SWAN HILL

DE LA MÊME AUTRICE

TRILOGIE « CASSANDRA »

L'Héritage de Cassandra, L'Archipel, 2020 ; Archipoche, 2021.
Cassandra et ses sœurs, L'Archipel, 2019 ; Archipoche, 2020.
Le Destin de Cassandra, L'Archipel, 2018 ; Archipoche, 2019.

SAGA « SWAN HILL »

La Traversée, L'Archipel, 2022.
Au bout du rêve, L'Archipel, 2021 ; Archipoche, 2022.
Les Pionniers, L'Archipel, 2020 ; Archipoche, 2021.

TRILOGIE « LES PIONNIÈRES »

Un arc-en-ciel dans le bush, L'Archipel, 2022.
Une place au soleil, L'Archipel, 2021 ; Archipoche, 2022.

ANNA JACOBS

SWAN HILL

Au bout du rêve **

traduit de l'anglais
par Catherine Delaruelle et Martine Desoille

ARCHIPOCHE

Ce livre a été publié sous le titre
The Trader's Sister
par Hodder & Stoughton, Londres.

Notre catalogue est consultable à l'adresse suivante :
www.archipoche.com

Éditions Archipoche
92, avenue de France
75013 Paris

ISBN 979-10-392-0180-3

À mon adorable nièce Clare et à sa famille :
Damion, Amber, Darcy et Connie.

1

Irlande, mai 1868

Une lettre était arrivée d'Australie. La mère d'Ismay Deagan effleura du doigt l'adresse que Bram avait rédigée de sa main sur l'enveloppe. C'était un peu comme si elle avait pu toucher son fils aîné.

— Tu ne vas pas l'ouvrir ? s'impatienta Ismay.

Sa mère la lui tendit en soupirant :

— Lis-la, toi.

Ismay inséra la lame du couteau de cuisine sous le rabat et le décolla délicatement. La missive disait à peu près la même chose que la précédente. Son frère allait bien, ses affaires prospéraient et…

— Oh, sa femme va bientôt accoucher ! C'était il y a trois mois. Le bébé a dû naître entre-temps.

— Et dire que je ne verrai jamais le petit ange, murmura sa mère. Est-ce qu'ils vont seulement en faire un bon chrétien dans ce pays de sauvages ?

— Allons, Bram a dit qu'il y avait une église à Fremantle. Et puis il a promis de nous faire venir quand son affaire sera consolidée. Malin comme il est, tu peux être sûre que mon frère va faire fortune. Comme ça, tu pourras faire la connaissance du petit.

Sa mère secoua la tête.

— Je suis trop vieille pour faire le voyage. Je n'y survivrai pas. Et puis tous mes autres enfants et petits-enfants sont ici. Je ne peux pas les laisser. S'il fait fortune, il faudra qu'il revienne vivre en Irlande et qu'il achète des terres. Comme ça, tout le monde y trouvera son compte.

— Mais il aime sa vie là-bas, et il gagne beaucoup d'argent. Moi, j'irai le rejoindre en Australie s'il me le propose.

Sa mère lui décocha un regard furieux.

— Jamais ton père ne te laissera partir, et tant mieux. Je n'ai pas envie de perdre encore un de mes enfants.

— Tu en as eu une telle quantité que, un de plus ou de moins, je ne vois pas ce que ça change, marmonna Ismay en prenant garde de ne pas être entendue.

La fois où elle avait eu le malheur de dire qu'elle voulait partir rejoindre son frère, son père l'avait rouée de coups de ceinturon.

Avant, quand Bram était encore à la maison, leur père levait rarement la main sur eux. Mais depuis qu'il était parti, il était toujours de mauvaise humeur. À croire qu'il était furieux que son fils eût aussi bien réussi en Australie.

Son père n'arrêtait pas de répéter qu'Ismay était habitée par le démon, mais qu'il finirait bien par le faire sortir.

Ils avaient même fait venir le prêtre à la maison, et le père Patrick leur avait rebattu les oreilles avec le cinquième commandement : « Tu honoreras ton père et ta mère. »

Réalisant que sa mère lui parlait, elle demanda :

— Pardon ?

— Bram ne dit rien d'autre dans sa lettre ?

— Non. Il a envoyé de l'argent pour toi chez M. Kieran, dans la grande maison. Il te le donnera quand il l'aura reçu, comme la dernière fois.

— J'aimerais mieux que Bram s'en serve pour rentrer au pays.

Ismay n'en pouvait plus de l'entendre se répandre en griefs sur la vie dans les colonies, qui devait être mille fois plus agréable que dans ce trou perdu. D'aucuns trouvaient leur village charmant, avec sa mare aux canards, juste au bout du sentier, et sa campagne vallonnée tout autour. Sauf qu'elle n'avait jamais vraiment eu l'occasion de les explorer car son père exigeait que ses filles restent à la maison.

Le bourg comptait quelques jolies maisons en pierre, ainsi qu'une église ornée de vitraux, mais leur masure à eux était minuscule, le toit de chaume tombait en poussière et les murs étaient rongés par l'humidité.

Son père rentra juste à ce moment-là des champs. Il avait l'air épuisé et ses souliers étaient tout crottés, mais ça ne l'empêchait pas de ramener la boue du dehors alors que maman venait juste de balayer.

Ismay ne comprenait pas pourquoi sa mère se donnait autant de mal pour entretenir ce sol en terre battue. Même les écuries de la grande maison étaient plus confortables, en dépit du fait que le jeune M. Kieran avait fait réparer les toitures quand il avait hérité du domaine et donné à chaque famille de métayers un tonneau neuf pour recueillir les eaux de pluie.

M. Kieran avait promis de faire construire de nouvelles chaumières quand il en aurait les moyens.

Aucun d'eux n'appelait le nouveau maître, M. Largan, un nom qui leur rappelait trop de mauvais souvenirs. On racontait que le vieux Largan avait dilapidé la fortune familiale, même si M. Kieran continuait d'empocher chaque année plus d'argent qu'Ismay et les siens n'en verraient de toute leur vie.

Ismay dormait au grenier, avec ses deux sœurs et deux de ses plus jeunes frères. On y accédait par une échelle de meunier, et le soir elle devait attendre que tous fussent couchés pour monter à son tour. Étant l'aînée, elle devait se déshabiller dans le lit des filles, sous les couvertures, à l'abri du regard des garçons.

– Lis donc la lettre à ton père, lui dit sa mère.

Ismay lut à nouveau à haute voix, en prenant garde de ne pas faire de remarques qui auraient pu le mettre en colère.

– Le brave petit ne nous a pas oubliés, renifla sa mère en écrasant une larme. Mais il est si loin que nous ne le reverrons jamais.

– Le père Patrick dit que c'est la volonté de Dieu.

En entendant sa mère parler ainsi, Ismay crut qu'elle allait se mettre à hurler. Le prêtre n'était qu'un gros plein de soupe qui ne cessait de répéter que tout ce qui arrivait était la volonté du Seigneur. Ce fainéant avait tout intérêt à ce que rien ne change, contrairement à elle, qui trimait du matin au soir pour gagner trois malheureux sous, dont son père dépensait la moitié en boisson.

Si Bram leur donnait une chance de partir en Australie, Ismay la saisirait quoi qu'il arrive, et demanderait à M. Kieran de l'aider dans les démarches. Il n'allait tout de même pas le lui refuser, si ?

Le lundi, quand Ismay se présenta dans la grande maison pour faire la lessive de la semaine, on l'informa que la gouvernante voulait la voir.

— Qu'est-ce que j'ai fait de mal ? s'alarma-t-elle, affolée à l'idée de se faire renvoyer.

Ginny la blanchisseuse lui donna une tape sur l'épaule.

— Allons, vas-y, ce n'est pas à moi de te le dire.

Assise derrière son grand bureau, Mme Jamieson la dévisagea pendant un moment avant de déclarer :

— On m'informe que tu fais du bon travail à la buanderie.

Ouf ! Elle n'était pas sur la sellette. Elle se détendit un peu.

— Maintenant que M. Kieran et son épouse se sont installés ici, nous allons avoir besoin d'une nouvelle femme de chambre. J'ai pensé à toi. (Elle la fixa du regard, la tête inclinée de côté, comme pour la jauger.) Mais il s'agit d'un emploi à demeure.

— Oh, mais je serais ravie de vivre ici, s'empressa de dire Ismay, soudain en proie à une vive excitation.

Jusqu'à présent, elle n'avait jamais trouvé mieux que de petites corvées ici et là, comme la plupart des gens du village, raison pour laquelle ses parents souhaitaient qu'elle se marie au plus vite, afin de ne plus l'avoir à leur charge. Mais si elle trouvait un emploi à demeure, ils cesseraient peut-être de la tarabuster.

— M. Kieran ayant insisté pour employer quelqu'un du village, Mme Largan a donné son accord.

— Oh, merci, merci ! Je vous promets que vous ne le regretterez pas.

— Parfait. Dans ce cas, je vais aller voir tes parents. Reviens demain après-midi, et nous nous occuperons de te trouver une tenue convenable.

En ressortant du bureau de la gouvernante, Ismay s'adossa au mur et poussa un soupir satisfait. Enfin, elle allait pouvoir dormir dans un vrai lit et porter une vraie robe, même si les femmes de chambre étaient obligées de porter ces charlottes ridicules.

En rentrant à la maison, elle annonça la nouvelle à sa mère.

— Mais tu dois épouser Rory Flynn. Ton père a déjà tout arrangé avec le prêtre.

Ismay écarquilla des yeux effarés.

— J'ai déjà dit à Rory le mois dernier que je ne voulais pas de lui. Et je l'ai dit à papa aussi.

— Mais ton père exige que tu l'épouses. Et d'ailleurs pourquoi refuserais-tu ? Rory est un bon parti. Et il a une bonne place à la laiterie. Avec lui, au moins, tu ne mourras pas de faim.

De faim, peut-être pas, mais d'ennui, si. C'est à peine s'il décrochait un mot. Et puis elle ne supportait pas l'idée qu'il puisse poser sur elle ses grosses mains rouges. La semaine dernière, après la messe, il avait fait exprès de lui rentrer dedans pour pouvoir la tripoter. Elle avait cru défaillir.

— Eh bien, c'est non ! Je n'aime pas Rory.

— Et pourquoi cela ? C'est un jeune et beau gaillard.

Ismay se tortilla nerveusement.

— Il ne s'agit pas de cela. Simplement, je… je n'ai pas envie qu'il me touche.

— Oh, ça ! Tu t'y habitueras. Pour les hommes c'est un besoin.

— Comment est-ce que je pourrais m'y habituer alors qu'il me déplaît ?

— Parce que tu n'as pas le choix. Ton père en a décidé ainsi.

Elle prit une profonde inspiration.

— Je *n'épouserai pas* Rory Flynn.

Sa mère secoua la tête, attristée.

— Ton père trouvera le moyen de te faire entendre raison. Comme toujours.

— Pas cette fois.

Mais elle était paniquée à l'idée de devoir lui tenir tête et regrettait que son frère Bram ne fût pas là pour prendre sa défense.

Quand son père rentra, il y eut un long conciliabule entre adultes, après quoi il pointa un doigt vers Ismay et demanda :

— Qu'est-ce que c'est que cette histoire d'aller travailler dans la grande maison ?

— Mme Jamieson m'a proposé de m'engager comme femme de chambre et j'ai accepté.

— Eh bien, tu vas lui dire que tu as changé d'avis. Dans quelques semaines tu seras mariée et tu devras t'occuper de ton mari et de vos enfants.

— Je t'ai déjà dit que je ne voulais pas l'épouser.

La fureur dans ses yeux la fit frissonner, mais elle n'en démordit pas.

— Tu vas l'épouser, ma fille, même si je dois te porter de force jusqu'à l'autel.

— Tu me porteras peut-être jusqu'à l'autel, mais tu ne pourras pas m'obliger à dire oui.

— C'est ce qu'on verra !

Il commença à défaire son ceinturon.

Cette fois, elle ne se laissa pas faire. Elle sortit de la maison en courant et se mit à détaler sur le sentier, son père à ses trousses lui hurlant de revenir. Quand les cris se perdirent dans la distance, elle s'arrêta et tendit l'oreille. Plus aucun bruit ne lui parvint. Ce n'était pas demain la veille qu'il la battrait à la course.

La pluie s'était mise à tomber et elle s'abrita sous un arbre. Elle avait les larmes aux yeux. Il était hors de question qu'elle rentre à la maison pour se faire rosser, mais où allait-elle passer la nuit ?

Pour finir, elle se faufila dans l'église par la porte latérale, et quand le prêtre entra pour dire ses prières du soir, elle s'accroupit entre deux rangées de bancs. Elle allait dormir ici, en espérant que demain son père se serait un peu calmé.

Ce fut une nuit longue et froide, et bien qu'elle parvînt à s'envelopper dans un vieux bout de tapis qui traînait là, elle ne dormit guère.

Si son père lui disait encore une fois qu'elle devait épouser Rory, elle s'enfuirait pour de bon. Plutôt vivre comme une mendiante que devenir la femme de cette brute qui lui ferait un enfant chaque année.

*

Bram Deagan contemplait le petit paquet entre ses bras en pleurant des larmes de joie. Son fils, son premier enfant ! Il se tourna vers sa femme, étendue dans le lit, visiblement exténuée.

— Il est magnifique.

Un sourire béat illumina ses traits tirés.

— Oui, magnifique.

— Tu as beaucoup souffert, ma chérie.

Elle haussa les épaules.

— Je serai bientôt sur pied.

— Votre épouse doit se reposer, dit la sage-femme.

Bram déposa un baiser sur la joue veloutée du bébé, puis le tendit à l'accoucheuse et se pencha vers Isabella pour l'embrasser.

Bien que la sage-femme fût la meilleure de la colonie, elle n'avait rien pu faire pour adoucir les souffrances de son épouse pendant le long et laborieux accouchement.

Mieux valait qu'ils n'aient pas trop d'enfants, songea-t-il en descendant dans le salon. Isabella avait trente et un ans, un âge avancé pour un premier enfant. Il existait des moyens de limiter les naissances – n'en déplaise au curé – et il allait les employer.

— Arlen, dit-il tout haut, le nom qu'ils avaient choisi pour leur fils.

Cela signifiait « promesse », car ce bébé incarnait à ses yeux la promesse de son amour pour Isabella. Et puis c'était un vieux prénom de famille, celui de son grand-père.

Il n'avait pas voulu l'appeler comme son père. Car Sean Deagan était un homme brutal, en particulier avec les filles. À sa décharge, il fallait bien reconnaître qu'il n'avait pas eu la vie facile avec toutes ces bouches à nourrir. Mais Bram se demandait parfois ce qu'il allait advenir de sa sœur Ismay maintenant qu'il n'était plus là pour s'interposer entre elle et leur père.

Sa mère l'appelait « le pacificateur », un rôle qu'il avait toujours pris à cœur, les coups et les injures n'étant à ses yeux qu'une perte de temps.

Dans un an ou deux, il aurait amassé assez d'argent pour pouvoir faire venir ses parents et tous ceux de ses frères et sœurs qui voudraient s'installer en Australie. Il savait qu'ils n'auraient aucun mal à se faire embaucher ici, car les Deagan étaient des travailleurs.

Sally, qui aidait aux soins du ménage, lui adressa un sourire depuis la cuisine, et la petite Louisa reposa sa tasse, une moustache de lait sur sa lèvre supérieure.

La petite aurait dû être avec sa mère, la cousine d'Isabella, mais Alice s'était débrouillée pour se décharger sur eux de la fille de son premier mariage lorsqu'elle était partie vivre avec son second époux.

Bah, de toute façon, il avait les moyens de l'élever, et il s'était attaché à la fillette.

*

Le lendemain, Ismay se risqua à retourner à la maison et constata, à son grand soulagement, que sa mère était occupée à cueillir des légumes dans le potager. Vite, elle se faufila dans la chaumière, fit sa toilette et enfila ses vêtements du dimanche, les seuls dont elle disposait. Puis elle alla se cacher dans les bois, à l'extérieur de la grande maison, et attendit.

Quand l'heure fut venue, elle alla frapper à la porte de l'office. Elle était affamée mais soulagée d'avoir réussi à échapper à son père. Elle allait supplier la gouvernante de la laisser rester.

— Que fais-tu ici, Ismay ? demanda la femme, l'air surpris.

— C'est vous qui m'avez demandé de venir, madame Jamieson. Vous m'avez dit que vous me trouveriez des vêtements convenables pour mon nouvel emploi.

— Ton père est passé me voir ce matin pour me dire que tu allais bientôt te marier et que tu avais changé d'avis. Tu n'es pas au courant ?

Ismay resta un instant sans voix. Puis la colère prit le dessus et elle s'écria :

— Non, je ne le savais pas, parce que ce n'est pas vrai. Mon père veut que j'épouse Rory Flynn, mais moi, je ne veux pas, et je lui ai déjà dit mille fois. Je déteste cet homme et je préfère encore vivre dans la rue que d'être sa femme.

— Oh, je vois. Mais je crains que nous ne puissions pas aller à l'encontre des désirs de ton père.

Ismay fondit en larmes. Cela ne lui ressemblait pas, mais jamais ses espérances n'avaient été aussi cruellement déçues.

— Si mon père insiste pour que j'épouse Rory, je me sauverai. Pour de bon cette fois !

— Allons, allons, calme-toi, petite. Personne ne peut t'obliger à dire oui.

— Papa va tout faire pour, quitte à me battre comme plâtre. Il a essayé de me frapper avec son ceinturon hier soir, mais je me suis échappée. J'ai dormi dans l'église, et je n'ai rien mangé depuis hier. Je vous en supplie, madame Jamieson, donnez-moi une chance. S'il vous plaît, madame Jamieson.

La gouvernante fronça les sourcils.

— Je vais aller parler à Madame, et peut-être aussi à M. Kieran et voir ce qu'ils en pensent. En attendant, va t'asseoir à la cuisine et demande à la cuisinière de te donner à manger. Dis-lui que c'est moi qui t'envoie.

Dix minutes plus tard, son père fit irruption dans la cuisine et fondit sur elle.

— Il me semblait bien t'avoir vue rôder par ici. Tu vas rentrer illico à la maison !

Ismay courut se réfugier de l'autre côté de la grande table.

— Non ! Je n'épouserai pas Rory Flynn.

— Tu feras ce que je t'ordonne.

Il bondit dans sa direction, mais elle fut la plus rapide. Sauf qu'elle entra en collision avec le garçon de cuisine qui arrivait avec un seau d'eau, qui se déversa sur le sol.

— Ça suffit ! hurla la cuisinière. Sortez de ma cuisine, Sean Deagan.

Mais il l'ignora. Il avait réussi à attraper Ismay par le bras et la bourrelait de coups de poing.

L'espace d'un instant, elle vit trente-six chandelles, puis elle se mit à crier et à se débattre pour s'arracher aux griffes de son père. Il avait beau n'être pas très grand, il était costaud. Il se mit à la traîner de force tandis qu'elle hurlait et appelait à l'aide.

— Arrêtez tout de suite ! s'écria une voix au moment où ils allaient franchir la porte.

M. Deagan ne lâcha pas Ismay, mais il se retourna en reconnaissant la voix du maître.

M. Kieran s'approcha à grands pas.

— Laissez-la, Deagan.

— Elle va se sauver, monsieur.

— Elle n'en fera rien. N'est-ce pas, Ismay ?

Elle hocha la tête. On ne désobéissait pas au patron, surtout si on voulait garder un toit au-dessus de sa tête. Cet homme n'était peut-être pas aussi mauvais que son père, mais il régnait en maître sur leurs vies.

— Et maintenant, poursuivit Kieran, nous allons parler de tout ceci en gens civilisés dans le bureau de la gouvernante. Si quelqu'un veut bien aller chercher mon épouse.

La cuisinière fit signe à son assistante, qui s'éclipsa aussitôt.

Sans même se retourner pour s'assurer qu'ils le suivaient, M. Kieran les précéda dans un couloir.

— Tu ne perds rien pour attendre, Ismay, murmura son père.

Sans répondre, elle s'élança à la suite du maître, hors d'atteinte du poing menaçant de son père.

Dans le bureau, Mme Jamieson céda son fauteuil à M. Kieran, puis fit signe à Ismay de venir se poster à côté d'elle.

— Monsieur Deagan, mettez-vous de ce côté, ordonna Kieran en jetant un rapide coup d'œil à la fille ; une frêle créature à l'air terrorisé.

Elle avait un œil enflé et ses paupières commençaient à bleuir. Son père n'y était pas allé de main morte. Kieran n'approuvait pas la brutalité envers les femmes.

Mme Largan entra et posa sur son époux un regard interrogateur.

— Nous avons une affaire domestique à régler sur laquelle j'aimerais avoir votre avis, très chère, expliqua celui-ci. Madame Jamieson, si vous voulez bien nous exposer la situation ?

— Je vais le faire, moi, monsieur, intervint Deagan.

— Je préfère que ma gouvernante s'en charge, répondit le maître, qui malgré sa voix posée et ses manières affables, n'était pas quelqu'un à qui l'on tenait tête.

Ismay se fit alors la réflexion que si M. Kieran lui ordonnait d'épouser Rory, elle serait obligée de lui désobéir à lui aussi. À condition d'en avoir le courage.

Lorsque Mme Jamieson eut résumé la situation, Kieran se tourna vers M. Deagan.

— Est-ce bien ainsi ?

Deagan hocha la tête.

— Oui, monsieur. C'est un bon parti et je veux qu'elle l'épouse.

Mme Largan murmura à l'oreille de Kieran qui demanda à Ismay :

— Attends-tu un enfant ?

La mâchoire d'Ismay s'affaissa.

— Oh, mais non, monsieur ! protesta-t-elle. Je n'ai jamais été avec un homme.

Kieran l'observa avec soin pendant quelques secondes. Il la croyait. Elle n'avait pas l'air d'une menteuse.

— Si elle n'est pas enceinte, dit-il à son père, pourquoi épouserait-elle Flynn ?

Deagan piétinait de rage.

— Je veux la caser, monsieur, près de chez nous, au village. C'est qu'elle s'est fourré de drôles d'idées en tête depuis qu'elle va à cette maudite école. Les filles n'ont pas besoin d'instruction. Tout ce qu'on leur demande, c'est de bien s'occuper de leur ménage.

Kieran fronça les sourcils. Il était convaincu que tout le monde aurait dû apprendre à lire et à écrire, et la plupart des familles étaient contentes que leurs enfants reçoivent des rudiments d'éducation. Mais il y avait encore trop d'hommes qui pensaient comme Deagan qu'éduquer les femmes était une perte de temps.

Sa femme émit un petit raclement de gorge irrité. Pour elle, l'éducation des filles était une priorité, n'en déplaise au curé et au maître d'école, et Kieran était du même avis.

La fille Deagan, son visage livide couvert de bleus, fixait sur eux un regard implorant, et bien qu'il sût qu'il devait trancher cette affaire en toute impartialité, il ne put s'empêcher de la prendre en pitié.

— Ismay, pourquoi est-ce que tu ne veux pas épouser Flynn ? Ton père a raison, c'est un bon parti.

— Je ne l'aime pas, monsieur. Il n'a jamais cessé de me tourmenter depuis qu'on est petits, et je ne supporte pas qu'il me touche. Et de toute façon, quand mon frère Bram nous enverra de l'argent pour qu'on aille le rejoindre en Australie, je partirai. Il n'y a rien ici pour moi, à part m'épuiser à la tâche et mettre des enfants au monde, si je puis me permettre, monsieur.

— Sa mère ne veut pas qu'un autre de ses enfants parte dans ce... maudit pays, dit son père, sa grosse voix tremblante de colère contenue.

Kieran regarda sa femme comme pour l'inviter à s'exprimer.

— Je pense qu'il serait préférable qu'Ismay reste ici avec nous pendant quelque temps, dit-elle d'une voix posée. Dès lors qu'elle n'attend pas d'enfant, il n'y a aucune raison de précipiter les choses. Nous y verrons plus clair quand les esprits se seront calmés.

Deagan était fou de rage.

— Je vous demande pardon, madame, mais c'est *ma* fille, et c'est donc à *moi* de décider. Je ne veux pas la tuer, juste la marier à un brave homme. Où est le problème ?

— Quel âge as-tu, Ismay ? demanda Kieran.

— Vingt-deux ans, monsieur.

— Et comment se fait-il que tu ne sois pas encore mariée, comme la plupart des filles du village ?

Une fois encore, ce fut Deagan qui répondit à sa place.

— Parce qu'elle rêve du grand amour, voilà pourquoi. À force de lire ces maudits livres. Mais que je la prenne encore une fois à lire et je vais lui tanner le cuir.

Puis fusillant sa fille du regard :

— Tu n'iras pas en Australie ! Tu veux donc briser le cœur de ta pauvre mère ?

Cette fois, l'homme dépassait les bornes.

— Je vous prie de ne pas élever la voix en présence de mon épouse, Deagan. Et puis c'est à votre fille de s'exprimer.

Deagan ouvrit la bouche pour protester, puis se ravisa, se contentant de décocher à Ismay un regard assassin. Il l'aurait tuée s'il avait pu.

— Pourquoi n'es-tu pas encore mariée ? demanda à nouveau Kieran.

— Parce que je ne veux pas passer ma vie dans une masure avec une tripotée de gamins. Si je pars rejoindre mon frère à Swan River, il m'a dit que je pourrai travailler dans son magasin. Bram a bien réussi là-bas, monsieur.

— Je sais. Lui et mon frère Conn sont associés. J'ai reçu moi-même une lettre de Bram cette semaine. Non seulement il a ouvert un magasin, mais il s'est lancé dans l'importation de marchandises depuis Singapour.

Ismay fronça les sourcils.

— Ce n'est pas comme d'ouvrir un magasin ?

— Si, mais en beaucoup plus grand.

Elle sourit.

— Eh bien, vous voyez ? Il aura sûrement du travail pour moi.

Julia intervint.

— Tu serais prête à partir rejoindre ton frère, même si ta mère y est opposée ?

— Ma mère a sept autres enfants ici, madame Largan. Sans compter les petits-enfants. Ce n'est pas comme si elle n'avait que moi pour s'occuper d'elle quand elle sera vieille.

Kieran la scruta avec intérêt. Elle s'exprimait bien, avec véhémence. Ses yeux pétillaient d'intelligence, et la gouvernante disait d'elle qu'elle apprenait vite.

— Je pense que l'idée de mon épouse est la meilleure, Deagan. Nous allons prendre Ismay à notre service pour un certain temps et reparler de tout ceci quand les esprits seront moins échauffés.

Voyant que Deagan allait à nouveau protester, Kieran leva la main en un geste d'apaisement.

— Il est inutile de discuter, Deagan. Votre fille a atteint sa majorité.

Comme l'homme n'avait pas l'air de comprendre, il poursuivit :

— Elle a plus de vingt et un ans, et a donc légalement le droit de faire ses propres choix.

— N'empêche qu'elle est ma fille et qu'elle le sera toujours.

Julia intervint d'une voix calme mais ferme.

— Madame Jamieson, veuillez emmener Ismay dans le quartier des domestiques.

Deagan fit un pas en avant, comme s'il voulait retenir Ismay. Kieran contourna promptement le bureau pour s'interposer entre eux.

Il y eut un silence tendu, puis l'homme finit par reculer.

Mais son expression hargneuse inquiéta Kieran, et il remarqua que la fille tremblait lorsqu'elle passa devant son père en gardant le plus possible ses distances avec lui. Kieran sentit son cœur se serrer. Lui aussi avait vécu dans la terreur de son propre père, un homme violent et impulsif.

Il fallait donner à cette petite une chance d'avoir une vie meilleure. Rory Flynn n'aurait qu'à se chercher une autre épouse.

Une fois dans le quartier des domestiques, Mme Jamieson demanda à Ismay :

— Penses-tu que le jeu en vaille vraiment la chandelle ? Est-ce que tu es prête à sacrifier ta famille ?

La jeune fille baissa les yeux, craignant de froisser la gouvernante, puis s'armant de courage déclara :

— Je ne veux pas sacrifier ma famille, madame Jamieson, mais je ne veux pas épouser Rory Flynn. Ça, non, alors. Je le connais depuis que je suis toute petite. Il n'arrête pas de me tourner autour et de me lorgner. C'est la pire brute de tout le village. Il est grossier, et à part ses vaches et aller boire un coup à la taverne, il ne s'intéresse à rien. Quelle sorte de vie aurais-je avec un homme comme lui ?

À sa surprise, la gouvernante lui tapota gentiment l'épaule et répondit :

— Tu as raison. Nous allons t'aider à construire ta vie. Après tout, on n'est plus au Moyen Âge, même si on peut en douter parfois.

Elle soupira avant d'ajouter d'une voix plus enjouée :

— Et maintenant, nous allons te trouver une robe convenable. Mais avant cela, Ginny va devoir s'assurer que tu n'as pas de poux.

Quelle humiliation que de devoir s'immerger entièrement nue dans la petite baignoire réservée au bain hebdomadaire des domestiques, puis de se faire passer le peigne à poux par la blanchisseuse ! Comme elle fondait en larmes, Ginny lui tapota l'épaule en riant.

— Allons, allons, Ismay ! Tu n'es pas la première qui vient ici pour se faire épouiller.

— Mais j'ai toujours veillé à rester propre.

— Certes, mais quand on vit les uns sur les autres... Ce n'est pas de ta faute, allons. Sèche tes larmes.

C'est sûrement papa, songea Ismay, dépitée. Ça ne pouvait être que lui. Il n'arrêtait pas de se gratter et maman devait insister pour qu'il accepte de changer de vêtements une fois par mois.

Sans doute était-ce pour cela qu'on ne lui confiait que les basses besognes quand elle travaillait à la buanderie, sans jamais la laisser s'approcher du linge propre ou de la planche à repasser.

Une fois lavée et essuyée, on lui donna des sous-vêtements. Ils n'étaient pas neufs, mais c'étaient les plus beaux qu'elle eût jamais portés. À la buanderie, elle avait vu ceux de la maîtresse, tout brodés de dentelle. Les dames de la famille et les femmes de chambre avaient une telle quantité d'habits qu'on en avait le tournis.

Et voilà qu'elle était désormais l'heureuse propriétaire de trois chemises de batiste, sans accrocs, ou alors un seul, tout petit, qui avait été raccommodé avec beaucoup de soin, trois jupons, dont un en flanelle jaunie, et deux en coton, dont l'un avait même une ganse de dentelle dans le bas ! Elle la caressa du bout du doigt.

À cela s'ajoutaient deux jupes et trois corsages, ainsi qu'une casaque et un grand et beau châle.

Elle se prit la tête dans les mains, émue aux larmes par cette somptueuse garde-robe.

— Allons bon, qu'est-ce qui ne va pas maintenant ?
— Je suis tellement contente !
— Allons, grande sotte ! dit Ginny en riant.

*

Après le départ d'Ismay, Julia regarda son époux et Deagan, et dit :

— Je vous laisse à vos affaires.

Kieran lui adressa un regard suppliant.

— Restez encore un instant. Deagan a peut-être d'autres questions.

L'homme leur lança un regard torve, sa lèvre inférieure projetée en avant.

— Je veux qu'elle épouse Flynn. C'est la meilleure solution.

— Quand bien même elle l'aurait en aversion ? objecta Kieran.

— Aversion ou pas, c'est mon choix ! Le père Patrick est disposé à célébrer leur mariage. *Il* approuve cette union.

— Sait-il qu'elle ne veut pas de Flynn pour époux ?

— Bien sûr, mais il dit que la décision m'appartient. Votre père n'aurait jamais toléré qu'elle me tienne tête, monsieur.

C'était ce qu'il ne fallait pas dire. Contrairement à son arrogant de père, Kieran entendait faire preuve de mansuétude envers ceux qui dépendaient de lui.

— Ainsi que je vous l'ai déjà dit, votre fille n'est nullement tenue de vous obéir.

— Elle le fera si elle ne veut pas s'attirer d'ennuis. On voit que vous ne la connaissez pas, monsieur Kieran. C'est une vraie diablesse.

— Dans ce cas, vous devriez être content d'en être débarrassé. Et maintenant, assez discuté. Nous allons la prendre comme femme de chambre et vous percevrez la moitié de ses gages chaque jour du terme. Et n'ayez crainte, nous veillerons sur sa vertu.

Le regard sombre de Deagan vira au noir.

— La *moitié* de ses gages ? Ils devraient m'être versés en totalité.

Cet homme n'était donc jamais satisfait ? Ravalant une réponse cinglante, Kieran dit simplement :

— Elle va avoir besoin d'argent pour sa garde-robe.

— Mais monsieur…

— Assez ! Si vous voulez garder votre emploi et votre toit, faites ce que je vous dis. Ma femme a besoin d'une femme de chambre et votre fille ne veut pas épouser Flynn, quoi que vous puissiez dire ou faire. Et maintenant, retournez travailler.

Quand Deagan fut parti, Kieran dit à Julia :

— Vous allez veiller sur elle, n'est-ce pas ?

— Bien sûr.

— Mieux vaut la tenir à distance des siens tant qu'ils ne seront pas revenus à de meilleurs sentiments.

Julia se pencha vers son époux et déposa un baiser sur sa joue.

— Vous avez pris une sage décision, Kieran, très cher. On ne devrait pas obliger une jeune femme à épouser un homme qu'elle n'aime pas. Cela arrive aussi dans notre milieu. Quelle chance j'ai eue de vous rencontrer et que vous ayez eu votre indépendance financière ! Car ainsi, votre père n'a pas pu intervenir dans votre choix, comme il l'a fait avec votre frère, qu'il a forcé à épouser cette horrible femme.

Kieran lui sourit.

– Moi aussi, j'ai eu de la chance que père m'ait tenu à distance parce qu'il ne voulait pas que je m'immisce dans ses affaires. Cependant, je ne lui pardonnerai jamais d'avoir produit de faux documents qui ont contraint mon frère à l'exil. Comment un homme peut-il infliger une telle humiliation à son propre fils !

Elle serra affectueusement sa main dans la sienne, et comme toujours, l'horizon s'éclaircit. La tâche qui l'attendait était immense, mais avec elle à ses côtés, il trouverait la force de réparer les dégâts infligés par son père au domaine familial, et de remplacer petit à petit les masures insalubres de ses métayers.

2

Adam Tregear fit livrer ses bagages à la maison de Liverpool qu'il considérait désormais comme son foyer puis se rendit chez le notaire de la famille. Après toutes ces semaines à bord du paquebot qui le ramenait de New York, la marche lui fit le plus grand bien. Quand il arriva à l'étude, il se sentait prêt à affronter le monde entier.

Le clerc le regarda entrer avec des yeux ronds.

— Oh, nous n'attendions pas… Je vais dire à maître Saxby que vous êtes là, monsieur.

— Ne vous donnez pas cette peine.

Il s'engagea dans le couloir avant que le vieil employé eût eu le temps de dire un mot. Il voulait régler l'affaire au plus vite, même s'il ne savait pas de quoi il retournait. Maintes fois il avait été convoqué à l'étude, et jamais pour une bonne raison. Le notaire, qui exécutait les instructions du père d'Adam, n'y était évidemment pour rien.

Il frappa un grand coup sur la porte, entra d'un pas décidé et lança de but en blanc :

— Eh bien, qu'est-ce que cette vieille fripouille a encore inventé pour me tourmenter ? Cela doit être particulièrement sournois pour justifier la dépense d'un télégramme transatlantique. Oh, pardonnez-moi ! ajouta-t-il en voyant que le notaire n'était pas seul.

Quentin Saxby lui lança un regard sévère et se tourna vers la vieille dame qui regardait l'intrus d'un air inquiet.

— Je crois que nous en avons terminé pour aujourd'hui, mademoiselle Carter. Vous allez devoir m'excuser, j'ai une affaire urgente à régler avec cet impétueux jeune homme. Je veillerai à ce que le clerc vous informe dès que votre nouveau testament sera prêt.

Adam lui tint la porte.

— Toutes mes excuses, madame.

Lorsqu'elle fut sortie, il se retourna et adressa un sourire piteux au notaire. Celui-ci le pria de bien vouloir s'assurer avant d'entrer, à l'avenir, qu'il n'était pas occupé. Adam acquiesça d'un hochement de tête. Sans qu'il sût pourquoi, le vieux notaire avait toujours le don de l'apaiser.

— Vas-tu t'asseoir ou comptes-tu rester planté là à fulminer ?

Adam referma la porte du pied et s'affala dans le fauteuil tapissé de velours pourpre. Il croisa les bras et attendit que le notaire prenne la parole.

Après un moment de silence, maître Saxby joignit les doigts et annonça :

— Je suis au regret de t'informer que ton père est décédé il y a deux semaines.

— Ah bon ? Je ne vois pas en quoi cela peut intéresser le bâtard que je suis, vu qu'il n'a jamais voulu de moi.

— Il fallait quand même que je t'en informe. Nous l'avons enterré jeudi dernier.

— Comme ça, je ne pouvais pas être présent aux obsèques, n'est-ce pas ?

— Tu aurais souhaité y être ?

— Pour entendre de nouvelles rebuffades ? Franchement non. Mais quand même, ne croyez-vous pas qu'un homme doit être présent à l'enterrement de son père ?

Une fois de plus, il avait été tenu à l'écart, comme c'était la règle depuis qu'il avait perdu sa mère à l'âge de dix ans.

— Après la cérémonie, nous avons procédé à la lecture du testament. Tu n'as pas été oublié, c'est pourquoi je t'ai fait venir.

— Ah bon ? Je ne m'attendais pas à ça !

— J'en ai été moi-même étonné lorsque nous avons établi le testament l'année dernière... C'est un legs qui sort de l'ordinaire.

— Et sans aucun doute accompagné de réserves, de conditions et d'obligations diverses ? Il a toujours aimé régner par la menace.

Quentin hocha la tête. Il n'en voulait pas à Adam de ne montrer aucune affection envers son père. John Joseph Harbisher avait été un homme dur et inflexible. Après avoir eu ce fils bâtard à la suite d'une erreur de jeunesse, il s'était repenti et la famille avait pourvu aux besoins de l'enfant en versant à la mère une frugale pension. Et comme il vaut mieux se marier plutôt que de brûler de désir, on s'était empressé de lui trouver une épouse. Une femme d'une piété exemplaire qui n'avait pas tardé à faire de lui l'un des piliers de la paroisse.

Mais quand la mère d'Adam était morte subitement alors que l'enfant n'avait que dix ans, Harbisher s'était retrouvé avec son bâtard sur les bras. Sa conscience chrétienne lui interdisant de mettre à la rue la chair de sa chair, il l'avait casé dans un modeste pensionnat et avait trouvé une dame respectable pour l'accueillir pendant les vacances. Cette femme s'était prise d'une grande affection pour l'enfant, ce que le notaire s'était bien gardé de révéler à son client, sinon ce dernier le lui aurait enlevé pour le confier à un foyer moins aimant.

Quentin Saxby était chargé de veiller à ce que tout se passe sans anicroche. À plusieurs reprises, il avait emmené Adam dans un salon de thé pour avoir une conversation avec lui parce qu'il y a certaines choses qu'une veuve de marin ne peut pas expliquer à un jeune homme.

Harbisher limitait les contacts avec son fils à un entretien annuel dans l'étude du notaire, et lisait les rapports trimestriels du pensionnat. Quand Adam avait atteint sa quinzième année, il lui avait trouvé un emploi de bureau pour la Compagnie des Indes orientales, en Inde. Adam avait préféré s'enfuir.

Jamais jeune homme n'avait été aussi peu fait pour la vie de bureau. Quentin Saxby n'aurait pas été étonné qu'un peu de sang tzigane eût été mêlé à la souche cornique. Adam avait le teint basané, des cheveux noirs bouclés et des yeux sombres, et il semblait né pour vivre au grand air. Ironie du sort, il aurait été parfait pour s'occuper du domaine, contrairement à son imbécile de demi-frère qui allait tout droit à la ruine avec ses projets grandioses de rénovation de la maison. Il était intelligent, avait l'esprit curieux et, bâtard ou pas, était devenu un homme dont n'importe quel père normalement constitué aurait été fier.

— Quelles que soient les dispositions du testament, reprit Adam d'une voix plus posée, je ne vous en voudrai pas, maître Saxby. Vous vous êtes souvent comporté en ami avec moi. Dites-moi ce qu'il en est.

— Très bien. Ton père t'a laissé plusieurs biens immobiliers et la moitié d'une goélette.

Cette nouvelle, qui en aurait réjoui plus d'un, suscita chez Adam une méfiance accrue.

— Et alors ?

— Alors, comme tu l'as deviné, il y a des conditions. C'est pourquoi je t'ai envoyé ce télégramme. Les propriétés et la goélette se trouvent en Australie et le testament stipule que pour toucher l'héritage, tu dois embarquer au plus tard un mois après le décès, ou, le cas échéant, dès que la traversée sera possible.

Il n'avait pas besoin de préciser qu'Adam Harbisher avait acheté ces biens à l'autre bout du monde pour se débarrasser de ce fils dont il n'avait jamais voulu. Adam ferma les yeux un court instant.

— Et si je refuse de partir ?

— Tu n'auras rien. Les biens seront vendus et le produit ira à ton demi-frère Godfrey.

— Qui me déteste et sera ravi de l'aubaine. C'est vous qui avez payé le télégramme ?

— Oui.

— Merci. Sans vous, je ne serais probablement pas arrivé à temps.

Adam réfléchit quelques instants en se mordillant les lèvres avant de reprendre :

— Je ne suis jamais allé en Australie. Parlez-moi un peu de ces propriétés et du bateau. Est-ce qu'ils valent la peine de faire ce long voyage ?

— Je ne peux pas t'en dire bien long. Tout ce que je sais, c'est qu'il s'agit d'une taverne et de deux maisons dans la ville de Fremantle, qui se trouve dans la colonie de Swan River, sur la côte occidentale. Ton père a réglé toutes les transactions par l'intermédiaire d'un notaire établi là-bas, le fils d'un de ses amis.

— Et la goélette ?

— Elle se nomme la *Hannah Grey* et est basée au port de Fremantle. C'est un navire marchand qui navigue en Extrême-Orient, à Singapour pour principale destination. Il me semble qu'elle est aussi allée à Galle et à Suez, mais j'avoue que je ne connais guère ni ces destinations ni la nature du fret. En fait, la seule information supplémentaire que je peux te fournir sur ton héritage, c'est le nom du notaire de Perth qui s'occupe de tout.

Une fois ses explications terminées, maître Saxby contempla le jeune homme avec sympathie. Personne n'aurait pu imaginer qu'il ferait carrière dans la marine marchande. Adam s'était montré bon marin, il avait été promu au rang d'officier et il se débrouillait fort bien, contrairement aux prédictions de feu son père.

— Si j'accepte, j'exauce le souhait de mon père une fois de plus. Et la famille se sera débarrassée de moi définitivement.

— Oui.

— En même temps, il y a une chance ténue que ça en vaille la peine. (Adam frappa le bureau du plat de la main.) C'est d'accord, j'irai. Il a bien doré la pilule.

— Il existe une dernière condition qui comporte deux points : tu dois te marier dans l'année et rester loin de l'Angleterre pendant au moins dix ans.

Adam se raidit.

— Vieille fripouille ! Il ne voulait vraiment me donner aucune liberté. Ça ne lui a pas suffi de marier en hâte mon demi-frère et ma demi-sœur pour les éloigner du péché qu'il voit partout ?

Maître Saxby examina longuement ses dossiers avant de répondre.

— Si cela peut te consoler, il était certain que tu tiendrais parole si tu acceptais. Il m'a dit qu'il ne t'avait jamais surpris à mentir ou à tricher. Et j'ai pu au moins le convaincre de te laisser choisir toi-même ta fiancée.

— J'aurais tout refusé s'il m'en avait imposé une.

— C'est ce que je lui ai dit, et de deux maux il a choisi le moindre.

— Bon, j'ai vingt-huit ans et je me retrouve avec des biens et une demi-goélette, je pense raisonnablement pouvoir trouver un parti qui me convienne. Mais si le bateau ne vaut rien, alors je ne resterai pas en Australie et il pourra aller au diable avec ses exigences.

— Je ne pense pas qu'il se soit moqué de toi.

— Non. C'était un dévot borné, mais il n'était pas malhonnête. Si je pensais le contraire, je ne partirais pas. Je sais cependant que de mauvaises surprises m'attendent là-bas, il n'a jamais rien donné sans contrepartie. (Adam lança au notaire un sourire en coin.) Aviez-vous envisagé que je refuse ?

— Non. Sauf si tu avais fait fortune en Amérique entre-temps.

— Je ne suis pas sans le sou, je me débrouille mieux que ce que croyait le vieux, mais la moitié d'une goélette, cela dépasse de beaucoup mes moyens. Même si ce n'est pas un vapeur.

— Alors tu dois me signer quelques documents. Si tu préfères, tu peux les faire relire par un avocat.

— Pas besoin, j'ai confiance en vous, après toute la bonté que vous m'avez témoignée au cours des ans et dont je vous suis très reconnaissant. Si j'ai besoin de conseils juridiques en Angleterre, est-ce que je pourrai toujours faire appel à vous ?

— Avec plaisir. J'espère bien que tu me tiendras au courant, et que tu me rendras visite si tu reviens en Angleterre. Je serais désolé de ne plus te revoir.

Adam le gratifia d'un de ses rares sourires éclatants qui le rendaient presque beau. Quentin Saxby se dit que s'il avait eu un fils, il l'aurait voulu aussi indépendant que ce brave jeune homme. Mais son épouse et lui n'avaient pas eu la chance de fonder une famille et ils en étaient tous deux très chagrinés.

Il tendit les documents à Adam. Celui-ci les lut de fond en comble avant de signer d'une main ferme.

— Tu habites toujours chez Mme Seaton ?

— Oui, bien sûr.

— Elle t'aime beaucoup.

— Moi aussi, je l'aime beaucoup. Je l'appelle Tante, comme vous savez. Vous avez bien choisi quand vous avez dû trouver quelqu'un pour s'occuper de moi.

— Je connaissais son mari, un ami d'enfance. Et je savais qu'il lui fallait quelqu'un à qui elle pourrait donner son affection.

Ils repensèrent tous deux en silence à la femme aimante qui avait servi de mère à Adam.

— Si nous en avons terminé pour aujourd'hui, je vais aller fêter comme il se doit cet héritage imprévu. (Voyant l'air étonné du notaire, Adam éclata de rire.) J'ai passé l'âge des beuveries et je supporte mal l'alcool, cela n'a donc jamais été une de mes activités favorites. Et puis Harriet Seaton ne laisserait jamais un soûlard rentrer chez elle.

Adam marcha lentement sur le chemin du retour. Il acheta un bouquet à une marchande de fleurs. Il se demandait s'il avait fait le bon choix. Il s'était juré de ne jamais accepter un autre penny de son père, et il pouvait très bien se débrouiller sans cet héritage. Mais posséder la moitié d'un navire, c'est ce dont il avait toujours rêvé et il lui aurait fallu épargner sou à sou pendant des années pour y parvenir. Quant au mariage, ce ne serait pas une corvée, il aspirait à fonder une famille. Il devait juste faire un choix avisé, se trouver une épouse aimable et non quelque héritière capricieuse.

En arrivant, il alla directement à la cuisine et tendit les fleurs d'un geste théâtral.

Harriet Seaton prit le bouquet avec le sourire.

— Même en plein hiver, tu arrives toujours à penser à moi. Merci, mon chéri.

— Mes bagages sont bien arrivés ?

— Oublie tes bagages et viens m'embrasser, cela fait presque deux mois que je ne t'ai pas vu.

Elle lui colla un baiser affectueux sur la joue, semblable à celui qui l'avait accueilli jadis quand, gamin endeuillé, il était arrivé chez elle le cœur plein de tristesse.

Il s'assit dans la petite cuisine immaculée tandis qu'elle sortait un gâteau d'une jolie boîte en fer-blanc. Elle coupa deux tranches épaisses en attendant que le thé infuse. Quand il revenait, il y avait toujours, après les embrassades, un gâteau qui l'attendait dans cette boîte.

— Tu savais que maître Saxby m'avait envoyé un télégramme pour que je rentre vite ?

— Oui. Il est passé me voir, il voulait savoir quand tu étais censé revenir. Il m'a parlé de l'héritage. Ça vaut la peine, mon petit Adam ?

— Peut-être. Tu connais… tu connaissais mon père.

— Je ne te reverrai plus si tu pars si loin…

Des larmes perlèrent à ses paupières, elle tira un mouchoir de sa poche.

— J'ai bien réfléchi en revenant de l'étude. Pourquoi ne viendrais-tu pas avec moi en Australie, tante Harriet ? Le vieux diable n'a pas pensé à ça, sinon il m'aurait imposé de te laisser ici.

Abasourdie, elle le fixa en silence, reposant violemment la théière sur la table. Quelques gouttes se répandirent sur la nappe.

— Partir en Australie avec toi ?

— Pourquoi pas ? Tu n'as plus de famille proche en Angleterre depuis le décès de ton cousin.

Voyant son agitation, il lui versa du thé. Il ajouta le lait et le sucre et poussa la tasse dans sa direction. Elle la porta à ses lèvres d'une main tremblante.

— Mon Jamie aurait suggéré la même chose. Tu lui ressembles tant, mon chéri.

Adam ferma les yeux. Il avait compris et se sentait lui-même au bord des larmes. Elle allait venir, parce que son mari aurait approuvé. Vingt ans après la disparition en mer de James Seaton, elle restait fidèle à ce principe.

— Je pense qu'on doit arroser ça. Un petit cognac ?

— D'accord, mais c'est bien parce que j'en ai besoin pour mon cœur, après toutes ces émotions.

Il alla chercher la bouteille et versa deux doigts de liquide ambré. Elle le gardait en réserve pour soigner ses rares faiblesses. Quand elle était perturbée, elle se permettait quelques gorgées qu'elle sirotait délicatement.

Il leva son verre et trinqua avec elle.

— À l'Australie ! À notre nouvelle vie !

Ismay ne s'était jamais sentie aussi heureuse. Elle était propre, bien nourrie et correctement habillée. Elle avait tellement de choses à apprendre dans son nouvel emploi qu'elle ne voyait pas le temps passer. Les autres domestiques étaient gentils, ils ne se moquaient pas de son ignorance, et même sa maîtresse prenait parfois le temps de lui demander comment elle se débrouillait.

Un jour, n'ayant personne d'autre sous la main, la cuisinière la chargea d'aller chercher des œufs à la ferme.

Il faisait beau et Ismay, ravie de cette sortie imprévue, se mit en chemin, le grand panier à la main. Désireuse d'éviter tout affrontement, elle passa en hâte devant le champ où travaillait son père.

Alors qu'elle revenait, un homme surgit de derrière un buisson. Elle tenta de passer mais Rory lui barra la route et, l'agrippant par le bras, la tourna vers lui.

— Lâche-moi, tu as failli casser les œufs que je suis allée chercher pour la maîtresse.

Pour toute réponse, il saisit le panier et le posa par terre sans lâcher son bras. Elle sentit la peur qui s'insinuait en elle.

— Je te demande de changer d'avis. Épouse-moi. Tu sais que j'ai toujours voulu que tu sois ma femme. Ton père et le curé disent que c'est ce que tu dois faire.

— Je ne veux me marier avec personne.

— Tu me dis non une fois de plus ?

Elle faillit accéder à sa demande juste pour se débarrasser de lui, mais elle se rebella. Elle redressa le dos et répliqua d'une voix ferme :

— Je ne changerai pas d'avis, Rory. J'aime bien travailler dans la grande maison et je vais aller vivre en Australie quand mon frère m'aura envoyé l'argent.

Il la contempla, laissant ses yeux se poser longuement sur ses seins, puis sur son ventre.

— Dans ce cas, je vais faire ce qu'il faut pour que tu m'épouses.

Elle poussa un cri, comprenant ses intentions, puis se mit à hurler sans retenue. Mais personne ne vint à la rescousse et Rory la jeta à terre. Il remonta ses jupes tandis qu'il commençait à déboutonner son pantalon.

Ismay avait du mal à croire ce qui était en train de lui arriver, et que personne n'ait entendu ses hurlements. Elle se défendit bec et ongles, mais rien n'y fit. Il était beaucoup plus fort qu'elle, elle n'avait aucune chance de lui échapper. Et il lui fit mal, très mal.

À aucun moment elle n'arrêta de hurler, de mordre, de griffer. Elle lui cracha au visage. Elle n'était pas prête à se rendre même après qu'il lui eut flanqué plusieurs gifles brutales. Il ne pouvait pas à la fois la maintenir au sol et la bâillonner, alors elle continua de crier tout en sanglotant.

— À quoi joues-tu, gredin ? tonna une voix à l'improviste.

Rory émit un grognement et se détacha de la jeune femme.

— Elle vient de me dire qu'elle est d'accord pour m'épouser.

Ismay tenta de se dégager mais il la maintenait toujours par un bras.

— Je n'ai rien accepté du tout, monsieur. Il m'a forcée à… ça. Il a dit qu'il allait faire ce qu'il fallait pour que je l'épouse. Mais il peut bien faire ce qu'il veut, je n'accepterai jamais !

Elle ne pouvait retenir ses sanglots, elle se sentait souillée, malade de honte et de dégoût.

M. Kieran descendit de son cheval et usa de sa cravache sur Rory.

— Lâche-la, espèce de bougre !

Ismay sentit enfin la prise se relâcher.

Rory se releva et, les poings serrés, défia son maître d'un air menaçant. Pendant quelques instants, Ismay crut qu'il allait se jeter sur lui.

M. Kieran parla sans hausser la voix, mais le ton d'autorité était plus que clair.

— Porte la main sur moi et tu seras en prison avant ce soir.

Rory cracha par terre en signe de mépris.

— De toute façon, maintenant il va bien falloir qu'elle m'épouse. Ce qui est fait est fait. Si ça se trouve, elle portera mon enfant. Un bon taureau n'a pas besoin de monter la vache plus d'une fois pour qu'elle soit grosse.

Ismay s'écarta vivement, terrifiée à l'idée qu'il la saisisse de nouveau. Une fois hors de sa portée, elle lissa sa jupe d'une main tremblante.

— Je te déteste tellement, Rory Flynn, que je préférerais me tuer plutôt que de t'épouser.

Elle s'essuya les yeux avec sa manche mais ne réussit pas à arrêter de pleurer. Il lui semblait qu'il n'y avait pas assez de larmes sur toute la Terre pour laver sa honte.

Kieran contempla son vacher, outré de son comportement. Il avait entendu et vu de ses yeux que Flynn avait forcé la fille, cette pauvre petite. Elle avait dû lutter de toutes ses forces car elle semblait dévastée.

— Tu es congédié, Flynn, et je veux que tu quittes le domaine avant la nuit. Si tu restes une minute de plus, c'est la maréchaussée qui s'occupera de toi. Et si jamais tu oses t'approcher d'Ismay, je te ferai castrer par un de mes gens.

Les mots qu'il employa le choquèrent lui-même, car ce n'était pas un homme violent, mais il était prêt à mettre sa menace à exécution. Il exécrait le viol.

Cette fois, la peur se lut sur le visage de Rory. Il porta instinctivement la main à son entrejambe comme pour protéger ses parties intimes, puis finit de reboutonner son pantalon.

Kieran se rapprocha de la fille, ne sachant trop quoi faire pour la réconforter. Flynn la fixa et lança d'un ton hargneux.

— Ton père t'enverra à moi, où que j'aille. Tu verras !

Puis il tourna les talons.

— Ton père ne fera sûrement pas une chose pareille, quand il apprendra ce qu'il s'est passé ! s'exclama Kieran.

— Oh mais si ! rétorqua Ismay qui se remit à pleurer de plus belle. Papa veut me marier à tout prix. Je vais devoir partir d'ici, monsieur. Si je reste, je ne serai jamais en sécurité. Jamais.

Elle s'occupa de sa mise et il la vit rougir tandis qu'elle rajustait la chemise déchirée sur sa poitrine. Il ne pouvait pas la ramener dans cet état. Il prit son manteau et le lui tendit.

— Couvre-toi avec ça, ma fille. Je te raccompagne à la maison.

— Merci, monsieur.

Elle s'enveloppa dans le manteau beaucoup trop grand pour sa frêle carrure.

Devant la porte de la cuisine, elle rechigna à entrer.

— Ils vont tous dire que je l'ai provoqué. Même Mme Jamieson m'a demandé si c'était sage de défier ainsi mon père.

— Je peux témoigner qu'il t'a forcée.

La voyant si désemparée, Kieran passa un bras autour de son épaule et la fit entrer dans la cuisine.

Tout le monde se tourna vers eux, et la cuisinière en fit tomber sa louche. Kieran fit un récit exact des événements :

— Ismay a été agressée par Rory Flynn. Je l'ai pris sur le fait. Il doit quitter le domaine avant ce soir, et si jamais vous l'apercevez après, vous devez m'en informer. Qu'on aille cherche ma femme et Mme Jamieson. Dites-leur de se dépêcher.

Il continua de soutenir la jeune femme en pleurs et la conduisit dans le boudoir de sa femme. On entendit des pas qui annonçaient l'arrivée de la gouvernante, suivie de Julia. À la porte, elles restèrent pétrifiées.

— Mon Dieu, que s'est-il passé ?

Ismay ne sanglotait plus mais elle restait emmitouflée dans le manteau et ne semblait pas en état d'articuler le moindre mot. Kieran expliqua la situation.

Les deux femmes échangèrent un regard choqué et la gouvernante s'avança.

— Reprends-toi, Ismay, tu es en sécurité maintenant.

Kieran n'apprécia guère la brusquerie de Mme Jamieson et fut heureux que son épouse intervienne. Celle-ci alla s'asseoir auprès d'Ismay et passa un bras autour de ses épaules.

— Nous allons la mener dans mon cabinet de toilette et lui faire prendre un bain. Puis vous emporterez ces vêtements et vous les brûlerez, madame Jamieson. Demandez qu'on apporte de l'eau chaude en quantité suffisante.

Kieran, devant le pauvre petit visage tuméfié de la bonne, sentit sa colère revenir.

— Bon, je te verrai plus tard, Ismay.

Il chuchota « Merci » en passant devant sa femme et alla dans sa bibliothèque. Mais il ne put s'atteler à sa correspondance et arpenta la pièce de long en large, furieux qu'un tel événement se fût produit sur son domaine.

Ismay, devant l'air réprobateur de Mme Jamieson, comprit ce qu'elle pensait. Dès que le maître fut sorti, elle lança :

— Je ne l'ai pas provoqué. Absolument pas. Il s'est précipité de derrière un buisson et il m'a sauté dessus. Je le hais.

— Je te crois, dit sa maîtresse. Si tu l'avais provoqué, il ne t'aurait pas frappée.

— Il n'y a pas de fumée sans feu, insista la gouvernante, butée.

— Mon mari a dit qu'elle hurlait et qu'elle se débattait.

— En tout cas, c'est ce qu'on dira, au village. Qu'elle l'a cherché, et les gens sympathiseront avec lui parce qu'il a perdu son emploi et son logement.

— Rory prétend que papa va m'envoyer à lui dès qu'il le pourra. Il dit qu'on me forcera à l'épouser. (Une pensée traversa soudain son esprit, qui la fit sangloter de nouveau.) Papa m'a sûrement vue partir chercher les œufs. C'est lui qui a dit à Rory où il pourrait me trouver.

Cette trahison la blessait presque autant que l'agression.

— Ton père n'a sûrement rien à voir avec ce qui t'est arrivé, objecta Julia, interloquée.

— Mais pourquoi ferait-il cela ? demanda Mme Jamieson, tout aussi choquée.

— Pour m'obliger à épouser Rory.

— Deagan est connu pour mener sa famille à la baguette, expliqua la gouvernante. Il veut que ses enfants filent droit, ce qui n'est pas un mal. Mais il est malheureux depuis que son aîné, Bram, a été envoyé aux colonies par la femme de M. Conn, et il est plus dur avec les autres. Il dit qu'il ne permettra pas que ça arrive de nouveau.

On frappa à la porte. Mme Jamieson fit entrer Mary. La fille de cuisine, qui apportait un broc d'eau chaude, regarda Ismay avec des yeux ronds et repartit chercher de l'eau, faisant le va-et-vient jusqu'à ce que la baignoire fût pleine.

La gouvernante ferma la porte avec soin et dit à Ismay.

— Donne-moi le manteau de Monsieur et déshabille-toi. L'eau est bien chaude, tu te sentiras mieux quand tu seras propre.

Ismay avait honte d'exhiber son corps meurtri. Quand elle vit les contusions, même la gouvernante fut convaincue.

— Doux Jésus ! Mais c'est vraiment un animal, pour t'avoir fait ça ! Regardez-moi ces bleus ! Je suis désolée, Ismay, je n'avais pas pris la mesure.

— Je crois qu'elle se sentira plus à l'aise avec un peu d'intimité, observa Mme Kieran en tirant un rideau autour de la baignoire.

Ismay fut soulagée de se retrouver à l'abri des regards et se plongea avec délectation dans l'eau chaude et claire. Mais les propos qui lui parvinrent la glacèrent d'effroi.

— Et que se passera-t-il s'il l'a engrossée, madame ?

Silence, puis :

— Oh, mon Dieu ! Je n'y avais pas pensé.

— Ces Deagan, il suffit de les regarder pour qu'elles tombent enceintes. Et chez les Flynn, c'est pareil.

— Mais quand même pas la première fois ?

— Ça arrive.

Un autre silence suivit. Ismay se laissa glisser au fond de la baignoire, plongea la tête dans l'eau et émergea en crachotant. Elle aurait voulu se noyer sur-le-champ pour être débarrassée de son angoisse. Elle n'avait pas réfléchi à cette éventualité désastreuse, mais si jamais elle portait son enfant, elle n'aurait pas le choix. Elle se tuerait.

Elle sentit Mme Jamieson lui secouer le bras.

— Finis de te laver les cheveux avant que l'eau ne refroidisse.

Ismay s'exécuta puis sortit de la baignoire. Une fois séchée, elle enfila les vêtements qu'on lui avait apportés. Un bourdonnement dans sa tête l'empêchait de suivre ce qui se disait de l'autre côté du rideau. Elle avait juste envie de hurler de terreur.

Et si elle portait l'enfant de Rory Flynn, alors comment pourrait-elle lui échapper ?

En bas, dans le bureau, Kieran parlait avec le père d'Ismay. Il l'avait envoyé chercher et avait précisé qu'on ne lui dise rien de ce qui s'était produit. Il ne voulait pas qu'il puisse préparer un mensonge.

Quand Sean Deagan entra, son visage rayonnait comme celui d'un homme qui vient d'apprendre une bonne nouvelle.

Kieran l'observa attentivement tandis qu'il lui racontait les événements.

— Rory Flynn a coincé ta fille qui rentrait de la ferme tout à l'heure et… bon, inutile de travestir la vérité… il l'a violée.

Un large sourire se peignit sur le visage de Deagan. Kieran n'en croyait pas ses yeux.

— Tu trouves ça drôle ?

— Non, monsieur. Mais ce n'est que justice, elle n'avait qu'à pas me désobéir. Elle va bien être obligée de l'épouser, maintenant, non ? Plus personne d'autre ne voudra d'elle.

— Tu as perdu la tête ? Je l'ai vu de mes yeux, il l'a frappée, sans parler du reste. Je ne vais certainement pas la forcer à épouser une brute pareille.

— Pas besoin, monsieur, je m'en charge.

— Pas question. J'ai congédié Flynn et lui ai ordonné de disparaître du domaine aujourd'hui même.

Le sourire satisfait de Deagan disparut.

— Mais comment va-t-il faire vivre Ismay s'il n'a pas de travail ?

— Ce n'est pas lui qui la fera vivre.

— Si vous l'éloignez, ce sera trop tard pour faire ce qu'il faut quand elle se retrouvera grosse. Non, il faut qu'elle l'épouse. S'il vous plaît, monsieur, donnez une deuxième chance au gars. Il est travailleur, et il la traitera bien.

— Faire ce qu'il faut, Deagan, ça consiste à assurer la sécurité de ta fille et certainement pas à la donner à un homme qui la battra comme plâtre jusqu'à la fin de ses jours.

— Mais enfin, quelques claques, ce n'est rien. Les femmes, ça doit filer doux. Surtout celle-là. Elle est insolente et incontrôlable.

— Il ne s'agissait pas que de quelques claques. Elle a été tabassée, il n'y a pas d'autres mots. Et elle n'a jamais été insolente avec nous. Mon épouse et moi la trouvons discrète et consciencieuse. Elle apprend vite.

Un rictus tordit le visage de Deagan.

— Elle ne travaille chez vous que depuis quelques jours. Vous ne la connaissez pas. (Il croisa les bas et lança un avertissement.) Si vous chassez Flynn, je ne reprends pas Ismay. J'ai mes autres enfants qui sont obéissants, ça me suffit.

Kieran se leva.

— Je ne te l'enverrai certainement pas, pas plus qu'à Rory. Quant à tes enfants, si c'est comme cela que tu les traites, je suis sincèrement désolé pour eux. Retourne travailler. Je t'assure que s'il n'y avait pas tous ces gosses, je te congédierais aussi. Je n'ai aucune envie d'avoir à mon service un homme qui tolère le viol. Et ne t'inquiète pas. Je me charge de ta fille… quoi qu'il advienne.

Quand son épouse le rejoignit, Kieran expliqua :

— Son père l'a reniée. Il voulait la marier de force à cette brute. Ça l'a même fait sourire qu'elle ait été violée. Il a dit que c'était une bonne leçon…

— Elle pense que c'est son père qui a indiqué à Flynn où il pourrait la trouver. Quand elle m'a dit ça, je ne savais si je devais la croire.

— Il était au courant quand il est arrivé ici, ça se lisait sur son visage. Elle a sans doute vu juste.

— Les hommes sont parfois de vrais sauvages !

— Je lui ai dit que désormais, nous nous chargions d'Ismay.

— Je n'en attendais pas moins de toi. (Elle s'approcha, lui prit la main et la porta à sa joue.) Tu es le meilleur des hommes.

Une demi-heure plus tard, le majordome entra dans la bibliothèque pour annoncer le père Patrick. Kieran leva les yeux de ses comptes.

— Je devrais probablement le recevoir. Que me veut-il aujourd'hui ?

— Il ne l'a pas dit, monsieur.

Le curé entra, précédé d'une panse généreuse qui contrastait avec la maigreur des villageois. Kieran ne l'aimait pas, il le trouvait paresseux et rétrograde.

— Asseyez-vous, mon père. Que puis-je pour vous ?

— C'est au sujet d'Ismay Deagan.

— Ah bon ?

— Son père est venu me trouver, il est très perturbé. Ce que Flynn a fait est mal, et vous pouvez être assuré que je lui imposerai une lourde pénitence, mais la fille doit l'épouser.

— Pourquoi ?

Le prêtre, surpris, cligna des yeux.

— Mais cela va de soi. Au cas où elle porterait un enfant.

— Ainsi, vous la condamneriez à passer le reste de sa vie avec cette brute ?

— Le lot des femmes est de se marier et d'avoir des enfants, de souffrir pour expier la faute d'Ève.

Kieran se leva.

— J'ai pris d'autres dispositions pour cette jeune femme, mon père.

Comme le curé restait planté sur sa chaise sans faire mine de se lever, Kieran alla lui-même ouvrir la porte.

— Si vous voulez bien me pardonner, j'ai à faire.

— Mon fils, vous devez écouter les conseils d'un homme avisé.

— Ma décision est prise. Et maintenant, si vous voulez bien me laisser…

— Vous faites là une grave erreur, monsieur Kieran.

— Une erreur ! Je vous rappelle que Flynn l'a violée.

— Ces jeunes gens sont un peu impétueux. Tout ira bien quand il sera marié. Pensez à l'enfant, monsieur.

— Il n'y a pas d'enfant.

— Il pourrait y en avoir un. Il doit naître d'une union sanctifiée par l'Église, et non comme bâtard et…

Kieran était écœuré de l'attitude du prêtre. Mais visiblement, celui-ci avait l'intention de l'avoir à l'usure, et il quitta lui-même la pièce.

— Raccompagnez le père Patrick à la porte quand il sera prêt à s'en aller, dit-il à son majordome, puis il baissa la voix : Il ne veut pas partir de lui-même.

Le majordome était venu avec la maison, en quelque sorte il faisait partie de l'héritage. Il était anglais et ne pratiquait pas le catholicisme. Il inclina la tête.

— Je m'en occupe, monsieur.

Le curé sortit en marmonnant entre ses dents, irrité de n'avoir pas réussi à faire changer d'avis le maître de maison. À la grille de la propriété, il tomba sur Deagan qui l'attendait.

— Vous avez réglé le problème, mon père ?

— Non. Tu avais raison, il n'a même pas voulu m'écouter. Je vais devoir écrire à l'évêque. Immédiatement.

Dès qu'il fut de retour au presbytère, il écrivit la lettre et pria sa gouvernante de la poster séance tenante. Elle chargea un gamin de la course. Il devait la porter sans tarder à la grande maison car il n'y avait pas de bureau de poste au village. Les Largan expédiaient le courrier à Enniskillen presque tous les jours.

Kieran alla trouver sa femme et lui raconta la visite.

— À votre avis, Julia, qu'est-ce que nous pouvons faire avec Ismay ? La garder ici jusqu'à ce qu'on sache si elle est enceinte ?

— Non, répondit Julia en secouant la tête. Elle ne se sentira pas en sécurité ici, sauf si elle reste cloîtrée à l'intérieur. Nous devons lui trouver un autre lieu.

— Je dois reconnaître que tu as raison. Son père ne supporte pas ce qu'il appelle sa désobéissance, et s'il arrive à mettre le curé de son côté, nous aurons encore plus de problèmes.

Julia le contempla, la tête légèrement penchée sur le côté.

— Vous, vous avez une idée en tête, je dirais.

Kieran alla prendre une lettre sur son bureau et la brandit devant elle.

— Par pure coïncidence, j'ai appris hier que le mandat expédié par le frère d'Ismay est arrivé. Bram est très différent de son père. Pourquoi ne pas utiliser l'argent pour envoyer Ismay le retrouver ? Je serai ravi d'expliquer au père ce que nous avons décidé, plutôt que de lui donner l'argent. La dernière fois, il a tout bu, sa femme et ses enfants n'ont pas vu un penny.

— Excellente idée.

— Et puis mon frère Conn est là-bas, je lui demanderai aussi d'avoir l'œil sur elle. Elle sera bien entourée.

— Sans attendre de savoir si elle est enceinte ?

— Oui. Nous expédions une jeune veuve endeuillée sur le premier navire en partance, avec une lettre de vous lui donnant d'excellentes références et lui souhaitant de se remettre de la perte qu'elle vient de subir. S'il y a un bébé, ce sera une surprise et tout le monde compatira. Mais il faut se dépêcher pour qu'elle puisse prendre le premier bateau en partance. J'ai le calendrier des traversées pour savoir quand je peux envoyer une lettre à Conn, et je viens de vérifier les prochains départs.

— Sera-t-elle disposée à partir sans délai ?

— Je pense que oui.

Une heure plus tard, le majordome alla trouver son maître.

— On vient d'apporter une lettre à poster avec les autres, monsieur. C'est le prêtre qui écrit à l'évêque.

Il tendit la missive à Kieran, qui la contempla quelques instants.

— Je pense que nous pouvons deviner quel en est l'objet, n'est-ce pas ?

— Oui, monsieur. Dois-je la mettre avec celles qui partent aujourd'hui ?

— Non. Faites porter les autres mais laissez celle-ci. Je dois réfléchir.

Le curé ne manquait pas de culot ! Kieran allait demander qu'on nomme un autre prêtre pour la paroisse. Cet homme était si rétrograde qu'il n'arrêtait pas de mettre des bâtons dans les roues des projets de Julia pour l'instruction des filles.

3

Tante Harriet ayant décidé de partir avec lui en Australie, Adam se rendit dans une agence maritime, où on lui dit qu'un navire devait quitter Southampton dans quelques jours. Cela ne leur laissait guère de temps pour se préparer, mais les dispositions testamentaires exigeant qu'il quittât au plus tôt le pays, il s'autorisa la dépense de deux shillings afin de réserver deux cabines privées par télégramme.

Il apprit également, à sa grande surprise, qu'il allait devoir prouver qu'Harriet et lui auraient de quoi subvenir à leurs besoins une fois sur place, afin de ne pas dépendre des deniers publics.

Sa tante ouvrit des yeux affolés lorsqu'il lui annonça leur départ imminent, puis, se ressaisissant, entreprit aussitôt de faire ses bagages.

Le lendemain matin, Adam lui demanda :

— Est-ce te demander plus que tu ne t'en sens capable ?

Elle baissa la tête et concéda :

— Ce n'est pas facile pour moi, mais je préfère encore laisser ma maison que de vivre sans toi. Tu es comme mon fils, Adam, et il est hors de question que nous soyons séparés. Ton père avait beau être tout le temps fourré à l'église, c'était un méchant homme.

Sur ce point, Adam était tout à fait d'accord. Son demi-frère était presque aussi mauvais que son père, mais étant d'une nature indolente, il présentait une moindre menace. Quant à sa demi-sœur Joanne, elle ne lui avait pas paru hostile, les rares fois où il l'avait rencontrée, mais ce n'était peut-être qu'une impression. Non, décidément, la tante Harriet était sa seule vraie famille.

Elle posa sur lui un regard anxieux.

— Je ne veux pas être une charge pour toi.

— Tu ne seras jamais un boulet. Mais je ne veux pas t'obliger à faire un choix que tu pourrais regretter ensuite. C'est pourquoi je pense que tu devrais mettre ta maison en location jusqu'à ce que nous soyons certains de vouloir rester là-bas. Ainsi, tu pourras toujours revenir si tu changes d'avis.

— Tu as raison. Il se pourrait que ton père ait cherché à nous tendre un piège. Va savoir s'il n'a pas prévu de te faire assassiner une fois sur place.

— Oh, je ne crois pas qu'il aurait jamais envisagé cela, car ce serait contraire au sixième commandement. Mais il ne m'aurait sans doute pas pleuré s'il m'était arrivé malheur.

Elle prit sa main dans la sienne et dit :

— C'était un homme cruel.

— Je crois qu'il cherchait surtout à me tenir à l'écart de sa famille et le plus loin possible de l'Angleterre, conclut-il. C'est pourquoi, ma chère tante, nous allons nous bâtir ensemble une vie meilleure. Nous allons demander à M. Saxby de s'occuper de trouver un locataire pour ta maison et de te verser la rente sur un compte en Australie.

— Tout semble si facile avec toi, mon cher Adam.

— Facile n'est peut-être pas le mot qui convient, mais nous allons faire en sorte que ce voyage soit une réussite. Et maintenant, je vais aller acheter un paquetage et une robuste malle-cabine à tiroirs. Une fois à Southampton, nous achèterons quelques extras pour la traversée – même si je me suis laissé dire que la compagnie P&O veillait à ce que ses passagers ne manquent de rien.

Adam se félicitait qu'ils aient eu tant à faire avant leur départ, car ainsi sa tante n'avait pas le temps de broyer du noir. Passer plus de deux mois en mer était une épreuve, pour une femme de cinquante-six ans, contrairement aux traversées transatlantiques qui n'excédaient pas deux semaines.

Il allait veiller sur elle, la choyer jusqu'à la fin de ses jours, pour qu'elle ne regrette pas de l'avoir suivi. Et lorsqu'il choisirait une épouse, il veillerait à ce qu'elle témoigne à sa tante la même affection que lui.

Il sentait l'excitation le gagner. Depuis toujours il rêvait de faire le tour du monde, et voilà qu'il allait voir Malte, Alexandrie, Suez, Ceylan et l'Australie.

Et il ne serait pas seul.

*

Le lendemain matin, Ismay se réveilla avec la tête lourde après une nuit presque sans sommeil. Elle ne put pas éluder le petit-déjeuner en compagnie des autres domestiques, car elle savait que Mme Jamieson allait exiger d'elle qu'elle vaquât normalement à ses occupations.

Lorsqu'elle prit place à table, elle sentit tous les regards se poser sur elle. Elle n'avait pas faim mais s'obligea à avaler au moins quelques bouchées, car on ne gâchait pas une aussi bonne nourriture. Elle savait que son visage était tout bouffi et couvert de bleus. Elle avait eu un choc en découvrant son reflet dans la glace, sur le palier, à l'étage des domestiques.

L'aide-cuisinière, qui était sa voisine de table, se pencha et lui murmura à l'oreille :

— Ce sale type devrait être abattu comme un chien après ce qu'il t'a fait.

Sur le coup, Ismay crut qu'elle n'avait pas bien entendu, puis elle comprit que ses paroles étaient empreintes de gentillesse et non de mépris.

— Merci, dit-elle.

— Tu peux me croire, on lui en veut tous à mort.

Ismay risqua un bref regard circulaire à la table, et vit quelques hochements de tête et des sourires compatissants.

— Je pensais que les gens allaient… s'imaginer que je l'avais provoqué et qu'ils allaient me jeter la pierre.

Amochée comme tu l'es, il est évident que tu t'es débattue, dit la jeune femme avec un reniflement de dépit.

Lorsqu'ils eurent fini de déjeuner, les autres se levèrent de table et s'approchèrent un à un d'elle pour lui témoigner leur sympathie et lui souhaiter un prompt rétablissement.

Elle éclata en sanglots déchirants, la tête enfouie dans son tablier.

La cuisinière vint s'asseoir à ses côtés.

— Qu'est-ce qu'ils t'ont dit pour te faire pleurer comme ça, ma grande ? S'ils t'ont dit des méchancetés, crois-moi qu'ils vont le regretter.

— Ils ont dit qu'ils… étaient désolés de ce qui s'était passé. Mais je m'attendais à… une autre réaction.

— Ah, je vois. Et c'est pour ça que tu n'as rien mangé ? Reste ici. Je vais chercher de quoi te restaurer et m'assurer que tu avales tout jusqu'à la dernière bouchée.

Quand Mme Jamieson vint demander où était Ismay, la cuisinière la prit à part pour lui exposer la situation.

Ismay s'obligea à manger autant qu'elle le pouvait, puis se leva.

— Puis-je prendre mon service à présent, madame Jamieson ? J'ai besoin de me tenir occupée pour ne pas avoir à penser.

— Entendu, mais ne t'épuise pas à la tâche.

Elle entendit la cuisinière qui longeait le couloir à sa suite.

— Ma parole que j'aimerais bien lui chatouiller les parties qui le démangent avec mon grand hachoir pour qu'il ne puisse plus jamais recommencer.

Trop tard en ce qui me concerne, songea Ismay. Elle frissonna comme chaque fois qu'elle repensait à ce qu'il lui avait fait.

Plus tard ce matin-là, Mme Jamieson monta à l'étage des domestiques où Ismay était en train de balayer et lui dit :

— Le maître veut te voir. Va vite te changer.

Ismay savait qu'il était inutile de demander à la gouvernante ce que voulait M. Kieran, si bien qu'elle s'empressa de remettre de l'ordre dans sa tenue, redressa sa charlotte ridicule qui lui retombait à tout bout de champ sur l'oreille, et enfila un tablier propre.

Mme Jamieson frappa à la porte de la bibliothèque, puis elle lui fit signe d'entrer la première et la suivit à l'intérieur.

M. Kieran était assis dans un gros fauteuil en cuir et sa femme dans un autre à côté de lui.

— Entre et assieds-toi, Ismay. Et vous aussi, madame Jamieson.

Ismay prit place nerveusement sur le sofa qu'il lui indiquait, sans savoir à quoi s'attendre.

— Tu as dit que tu voulais partir rejoindre ton frère en Australie ? dit le maître.

— Oui, monsieur, c'est exact.

— Mon épouse et moi-même pensons que c'est une bonne idée, compte tenu des circonstances. Ainsi, tu ne risquerais plus d'être… importunée ici.

— Je n'ai pas de quoi acheter mon passage, monsieur, sans quoi je serais déjà partie.

— L'argent de ton frère est arrivé. Je vais m'en servir pour t'envoyer en Australie. Ton père ne le mérite pas après ce qu'il a fait.

— Mais ma mère en a besoin pour les petits. Ils ne mangent pas toujours à leur faim et ils ont besoin de vêtements neufs, protesta-t-elle, soudain assaillie par la culpabilité.

— Je vais m'assurer qu'ils ne manquent de rien, promit Mme Julia. Mais en ce qui concerne ton père, c'est une autre histoire.

— Si nous lui donnons l'argent, il va le dépenser en boisson, déclara M. Kieran d'une voix où pointait le dépit. C'est pourquoi nous allons l'utiliser pour t'envoyer en Australie, comme je te l'ai dit.

Elle n'en croyait pas ses oreilles.

— En Australie ? murmura-t-elle, abasourdie.

— Oui, Ismay. Tu vas rejoindre ton frère Bram.

Elle ferma quelques instants les paupières, le temps de digérer les deux nouvelles. C'était tout simplement trop beau ! Quand elle rouvrit les yeux, tout ce qu'elle parvint à dire fut :

— Je n'arrive pas à y croire… merci, monsieur, merci, madame. J'ai tellement envie d'y aller. Mais, à dire vrai, je ne sais pas trop comment faire.

— Tu vas te rendre à Southampton, dans le sud de l'Angleterre, où tu prendras le bateau. Tu devras faire escale et changer de navire en cours de route, mais je te mettrai tout cela par écrit.

Elle était incapable d'articuler un son. Ce voyage lui semblait tout à la fois terrifiant et exaltant.

— Par le plus heureux des hasards, mon épouse et moi-même avons l'intention de rendre visite à des amis à Londres. De sorte que nous allons t'accompagner jusqu'à Southampton et te mettre à bord du premier navire en partance.

Mme Jamieson intervint, l'air embarrassé.

— Monsieur… à supposer qu'elle soit enceinte ?

Ismay frissonna. Non, c'était impossible ! Dieu ne pouvait pas être aussi cruel.

M. Kieran regarda sa femme, qui lui fit signe de continuer.

— Nous en avons discuté. Tu devras dire que tu viens de perdre ton mari, au cas où on te poserait des questions. Tu diras que tu pars rejoindre ton frère pour refaire ta vie. Tu t'en sens capable, n'est-ce pas ?

— Oui, monsieur.

Même si l'idée d'entreprendre seule un aussi long voyage l'effrayait, elle aurait fait n'importe quoi pour pouvoir partir en Australie. Dieu n'allait tout de même pas lui tenir rigueur d'un ou deux petits mensonges ?

M. Kieran lui expliqua tout le déroulement du voyage, puis il tendit une feuille à la gouvernante.

— Mon épouse et moi-même avons fait une liste de ce dont elle va avoir besoin. Pensez-vous pouvoir lui procurer tous ces vêtements, madame Jamieson ?

La gouvernante prit le papier et eut un haut-le-corps.

— C'est qu'il y en a beaucoup. Je ne suis pas sûre d'en avoir autant en réserve, monsieur. Et ceux que nous avons… vu sa petite taille, lui iront trop grand, et nous n'avons pas le temps de faire toutes les retouches.

— Sais-tu coudre, Ismay ? demanda Mme Julia.

Elle secoua la tête.

— Non, madame. J'ai appris un peu à l'école, mais je ne sais faire que les ourlets et coudre des boutons. Je ne crois pas que je saurais reprendre une robe. Ginny, de la buanderie, m'a dit qu'elle allait m'apprendre à repriser les habits et le linge…

Mme Julia l'observa d'un air songeur.

— Lève-toi, Ismay, lui dit-elle, puis elle alla se poster à côté d'elle. C'est bien ce que je pensais ! Elle et moi faisons à peu près la même taille. Je pourrais lui donner quelques-unes de mes vieilles robes parmi celles qui ont été remisées au grenier et qui ne peuvent servir à personne.

Ismay ouvrit des yeux stupéfaits. Elle n'arrivait pas à s'imaginer dans d'aussi beaux vêtements.

— Nous allons monter là-haut ensemble pour y jeter un coup d'œil, madame Jamieson, quand vous aurez un moment.

M. Kieran sourit à son épouse, et Ismay soupira, touchée de voir à quel point ils formaient un couple uni.

M. Kieran reprit la parole.

— Nous devons nous mettre en route dès demain si nous voulons arriver à Southampton à temps. Aucun bateau de la ligne P&O assurant la liaison avec l'Extrême-Orient ne part de Liverpool.

Se tournant vers Ismay, il ajouta :

— Si tu ne veux pas partir, il te suffit de le dire, et nous réfléchirons à une autre solution.

— Oh, mais, je veux partir, monsieur. Je le veux vraiment et je sais que Bram sera heureux de m'accueillir. C'est mon frère préféré.

Mme Julia se leva.

— Dans ce cas, occupons-nous sans délai de ta garde-robe.

Après cela, ce fut un tourbillon de préparatifs. Mme Jamieson, Mme Julia et sa femme de chambre entraînèrent Ismay au grenier où les trois femmes inspectèrent le contenu de plusieurs malles pleines de robes usagées.

— Nous n'aurons pas le temps de les aérer, soupira Mme Jamieson en considérant la pile qui grossissait à vue d'œil.

Ismay n'en revenait pas de la quantité de vêtements que Madame entendait lui donner.

— C'est trop, murmura-t-elle.

— Tu vas devoir te changer pendant le voyage, dit Mme Julia d'une voix ferme. Tu n'auras guère l'occasion de te laver une fois à bord. Et de toute façon, ces robes ne sont d'aucune utilité enfermées ici. Autant qu'elles te servent.

Ismay resta bouche bée. La tête lui tournait tandis qu'elle caressait le parement sur la jupe et le bustier qu'elle avait enfilés. Ils étaient d'un bleu magnifique et ne présentaient pas le moindre accroc ou le plus petit signe d'usure.

Plus tard, elles montèrent les effets dans une chambre vide du premier étage où une vieille cantine en fer attendait, grande ouverte.

— Voici ta malle, lui dit la gouvernante, et tu vas avoir besoin de cette valise en cuir également, ainsi que de ceci. (Elle lui tendit une bourse en peau fermée par un cordon.) Garde-la avec toi en toute occasion. Tu y rangeras ton argent, ainsi que les menus accessoires, mouchoirs ou autres. Les dames du monde ne portent pas de sacs, mais nous, si.

— Mme Julia porte un sac à main, parfois, quand elle voyage, fit remarquer la femme de chambre.

Lorsqu'elles redescendirent à l'office, M. Kieran fit demander Ismay.

— Ah, te voilà, lui dit-il lorsqu'elle entra dans la bibliothèque. Mon épouse a attiré mon attention sur le fait que tu allais devoir t'occuper pendant la traversée qui dure plus de deux mois. Des livres. Du papier et des plumes. Tu pourrais peut-être tenir un journal ? Sais-tu lire et écrire, Ismay ?

S'il y avait une chose dont elle pouvait être fière, c'était bien cela.

— J'étais la première de ma classe, monsieur. Le maître m'aurait volontiers prêté des livres, même après que j'ai quitté l'école, sauf que mon père n'était pas d'accord.

— Ton père va devoir changer d'attitude s'il veut rester sur ce domaine, prononça M. Kieran d'une voix sentencieuse. À notre époque, tout le monde doit savoir lire et écrire, et cela vaut aussi bien pour les femmes que pour les hommes.

Ismay entrevit une chance d'aider ses jeunes frères et sœurs.

— Mon père empêche ses enfants de s'instruire chaque fois qu'il le peut.

— Cela aussi va devoir changer. Mon épouse a l'intention de prendre part à l'organisation de l'école du village. L'éducation lui tient beaucoup à cœur.

Mme Julia la considéra, l'air songeur.

— Étant donné que ton visage est toujours enflé, je propose que nous disions que ton mari est mort dans un accident de voiture et que tu étais avec lui au moment du drame. Quel nom de femme mariée souhaites-tu utiliser ? Je vais faire peindre les initiales sur tes bagages.

Ismay les regarda quelques instants sans rien dire, puis la réponse lui vint.

— Hope, monsieur. Ismay Catherine Hope[1].

Parce que c'est ce qu'ils lui avaient donné, l'espoir d'un avenir meilleur.

Ils sourirent comme s'ils avaient deviné ses pensées.

— Excellent choix, dit Mme Julia. Et, Ismay, je te souhaite le meilleur. N'oublie pas de nous écrire quand tu en auras l'occasion.

— Bien sûr, madame.

Comme elle regagnait le quartier des domestiques, elle fit une halte pour se regarder dans la glace. Son

1. *Hope* signifie « espoir » en français. (*N.d.T.*)

visage était toujours tuméfié, mais du moins avait-elle de beaux habits.

— Tu vas en Australie, murmura-t-elle à son reflet. Pour de vrai, Ismay Deagan.

Puis elle se reprit :

— Je veux dire Ismay Hope.

Son nouveau nom lui plaisait. Elle se signa et ajouta tout bas :

— S'il te plaît, mon Dieu, pardonne-moi si je mens.

Elle était épuisée quand elle se mit au lit. Bien que son souhait le plus cher d'aller rejoindre son frère en Australie fût exaucé, elle eut du mal à fermer l'œil car elle était terrorisée à l'idée de partir aussi loin toute seule.

*

Bien trop tôt, Ginny la secoua pour la tirer du sommeil.

— Allons, grosse marmotte. Habille-toi.

Une fois prête, Ismay descendit pour la dernière fois prendre son petit-déjeuner avec les autres domestiques. Deux valets attendaient au pied de l'escalier.

— Ta malle et ton sac sont prêts ? lui demanda l'un d'eux. Il faut qu'on les charge sur la voiture.

— Oui.

Elle remonta avec eux pour leur montrer où se trouvaient ses bagages, puis les regarda descendre la vieille malle métallique au bas des marches. Elle porta elle-même sa valise en cuir râpé, qui contenait les habits de rechange pour la première partie du voyage. Tous les autres se trouvaient dans la malle. Enveloppés dans des draps usagés, ils étaient prêts à être remontés de la cale au gré de ses besoins, tandis que ses vêtements sales prendraient leur place au fur et à mesure dans la cantine en fer.

Quand elle se présenta dans la salle à manger, elle trouva les autres déjà attablés. Elle se figea, stupéfaite, en découvrant que tous les domestiques étaient présents alors qu'en temps normal le petit-déjeuner se déroulait en deux services.

Lorsque la cuisinière lui fit signe de venir s'asseoir en tête de table, elle s'efforça de sourire. Mais à l'idée qu'elle allait devoir quitter tous ceux et celles qu'elle avait connus jusque-là, son estomac se noua.

Elle contempla le bol de porridge qu'on avait placé devant elle, incapable d'en prendre une bouchée. Quelqu'un fit tinter sa cuillère contre une tasse pour réclamer l'attention. Tous s'arrêtèrent de manger et se tournèrent vers le majordome qui se tenait à l'autre bout de la table.

— Nous sommes tous réunis ici pour dire au revoir à Ismay et lui souhaiter bonne chance dans sa nouvelle vie, commença l'homme.

Tout le monde applaudit et elle devint écarlate.

— Elle n'est pas restée bien longtemps parmi nous, mais elle a su montrer qu'elle était travailleuse, et nous sommes tous désolés de la voir partir.

Des acclamations joyeuses accueillirent ces paroles, et Ismay sentit les larmes lui monter aux yeux.

Quand le silence se fit à nouveau dans la salle à manger, Mme Jamieson se saisit d'une enveloppe qu'elle remit à Ismay.

— Nous avons fait une collecte parce que nous avons pensé que tu allais avoir besoin d'un petit pécule.

Les pièces cliquetèrent quand Ismay s'empara de l'enveloppe, surprise par son poids. Il y avait là-dedans plus d'argent qu'elle n'en avait jamais vu de sa vie, son père ne lui ayant jamais laissé plus d'un penny ou deux sur les gages qu'elle rapportait à la maison.

Tous attendaient, les yeux brillants d'excitation, et elle comprit qu'elle allait devoir prendre la parole. La moindre des choses était de les remercier.

— Vous avez tous été si bons avec moi. Je serais volontiers restée parmi vous.

Elle s'arrêta, déglutit avec force. Il ne fallait pas qu'elle fonde en larmes. Elle ne voulait pas qu'ils gardent d'elle le souvenir d'une femme éplorée.

— Mais je dois partir, reprit-elle. Je vous remercie d'avoir pensé à moi, et je peux vous assurer que chacune des pièces récoltées ici sera bien dépensée. Merci, merci du fond du cœur.

Incapable d'articuler un mot de plus, elle tourna un regard implorant vers la gouvernante.

— Nous te souhaitons tout le bonheur possible, Ismay.

Ils applaudirent à nouveau, puis se remirent à manger, et elle parvint tant bien que mal à avaler presque tout son porridge.

Quand tous les domestiques eurent repris leur service, la cuisinière lui tapota l'épaule, puis alla, elle aussi, vaquer à ses occupations, la laissant seule avec Mme Jamieson.

— Dans dix minutes exactement, tu iras rejoindre Monsieur et Madame dans le hall.

La gouvernante lui remit un paquet emballé dans du papier brun.

— J'ai pensé que ça pourrait t'aider à passer le temps pendant le voyage. C'est un roman.

Elle le fourra dans les mains d'Ismay, prit un mouchoir et se moucha vigoureusement.

— Dix minutes, répéta-t-elle. Et assure-toi de ne rien oublier dans ta chambre. Bonne chance à toi.

Restée seule, Ismay prit une inspiration tremblante et sortit vomir le porridge qu'elle s'était obligée à avaler dans les toilettes situées sur l'arrière. Puis elle s'essuya la bouche et but un verre d'eau.

Elle monta ensuite à l'étage des domestiques sans vraiment savoir pourquoi elle éprouvait le besoin d'aller jeter un dernier coup d'œil au village, depuis la fenêtre qui se trouvait au bout du couloir. D'ici, on apercevait des toits de chaume, mais pas celui de sa maison, qui n'était plus sa maison, mais qu'elle aurait aimé revoir une dernière fois.

À quoi ressemblaient les villages en Australie ? Bram disait que le climat était beaucoup plus chaud et sec, là où il vivait, dans la ville portuaire de Fremantle.

S'emparant du sac à main qui renfermait son bric-à-brac de première nécessité, elle descendit dans le hall principal réservé aux maîtres et à leurs hôtes, et alla se poster discrètement dans un recoin à côté de la porte d'entrée.

Des voix résonnèrent à l'étage, et le majordome sortit de son petit réduit, au fond du vestibule, pour ouvrir la grande porte.

Les voix se rapprochèrent et Monsieur et Madame parurent dans l'escalier. Ils formaient un beau couple, souriant et épanoui. Ismay songea qu'ils n'avaient jamais dû souffrir de la faim.

— Ah, tu es là ! s'exclama M. Kieran. Prête pour la grande aventure, madame Hope ?

Elle se demanda à qui il s'adressait, puis réalisa qu'il l'avait appelée par son nouveau nom. Il allait falloir qu'elle s'y habitue.

— Oui, monsieur, répondit-elle.

Alors qu'elle les suivait dehors, la pluie se mit à tomber, déposant de fines gouttelettes d'eau sur ses joues baignées de larmes.

*

Tapi dans les fourrés, Rory Flynn surveillait les allées et venues, quand il vit la voiture des maîtres quitter la grande maison. Mais pourquoi diable Ismay était-elle avec eux ? Où allaient-ils donc ainsi ?

Il courut jusqu'aux écuries, où travaillait un de ses cousins, pour lui demander des explications.

Tout fier de détenir une information aussi capitale, le cousin lui révéla que la jeune fille était en route pour l'Australie.

— Ils l'emmènent à Liverpool ? s'écria Rory, interloqué.

— Non. Plus loin. À Southampton. Et il faut qu'ils se dépêchent s'ils ne veulent pas louper le prochain navire en partance.

Puis avec un sourire plein de morgue, le cousin ajouta :

— Elle t'a bien eu, pas vrai ? Tu ne pourras plus l'épouser cette fois.

Rory retourna à toutes jambes à la cure.

Stupéfait, le père Patrick n'en crut pas ses oreilles lorsqu'il lui raconta ce qui s'était passé.

— Ils sont déjà en route pour Southampton ? Tu en es certain ?

— C'est ce qu'a dit mon cousin.

— Dans ce cas, il est trop tard, Rory.

— Mais il y a sûrement un moyen.

— Le temps que la réponse de Monseigneur nous parvienne, elle sera partie. Tu vas devoir te chercher une autre femme.

Pas question, songea Rory, fou de rage. Et il alla trouver Sean Deagan.

*

Adam s'éveilla de bonne heure. Toutes leurs affaires étaient prêtes et il aurait pu se prélasser encore un peu au lit, mais il n'avait plus sommeil. À sa grande surprise, tante Harriet était déjà à la cuisine.

— Il y a longtemps que tu es levée ?

— Environ une heure ou deux. Je n'arrivais pas à dormir. Je t'ai entendu ronfler quand je suis passée devant ta chambre.

— Ce n'est pas vrai, protesta-t-il d'une voix éteinte tandis qu'elle s'efforçait de sourire.

Quand il était plus jeune, c'était un sujet de plaisanterie entre eux, l'un et l'autre prétendant que l'autre ronflait comme un sonneur, mais cette fois, le cœur n'y était pas.

— Il est encore temps de changer d'avis, lui dit-il doucement.

— Il était déjà trop tard à l'instant même où ton père a rédigé ce testament. (Elle leva la main pour l'empêcher de l'interrompre.) Ma décision est prise, mon cher Adam, simplement, je suis un peu triste de quitter mon petit chez-moi.

— Tu ne le regretteras pas, lui promit-il.

Elle acquiesça et demanda :

— Je te sers une tasse de thé ?

Lorsqu'ils furent prêts à partir, il sortit chercher un fiacre, ce qui laissa à Harriet quelques instants pour dire adieu à ses souvenirs et à ses meubles, qui allaient être remisés dans un entrepôt.

Elle se dirigea ensuite vers le fiacre, la tête haute et les cils encore mouillés de larmes.

— C'est dommage qu'on ne puisse pas embarquer à Liverpool, dit-il quand ils montèrent dans le train pour Londres, où ils allaient devoir prendre un autre train pour se rendre à Southampton. Ce serait tellement plus simple. Vivement que le canal soit achevé. Tu imagines, un canal long de deux cents kilomètres reliant directement la Méditerranée au golfe de Suez ? Les passagers pourront rester à bord du même bateau, sans avoir à traverser l'isthme en chemin de fer, contrairement à nous !

Elle hocha la tête d'un air distrait. Elle ne l'écoutait pas vraiment, de sorte qu'il la laissa à ses pensées et se tourna vers la vitre pour contempler le paysage.

4

Ismay gardait le nez collé à la vitre. C'était un spectacle incessant qui défilait sous ses yeux au rythme cahotant de la calèche et remplissait sa tête d'images nouvelles. Ils étaient en route pour Enniskillen, d'où ils allaient prendre le train pour Dublin.

Ils firent halte dans une auberge, puis ils sortirent se dégourdir les jambes. Ses maîtres se promenaient bras dessus, bras dessous, Ismay marchait derrière eux. Quand ils s'arrêtèrent pour contempler le lac, immense comparé à l'étang du village, elle en fit autant. Elle adora ce grand plan d'eau scintillant sous le soleil et le château avec ses deux tours jumelles, dont elle avait entendu parler à l'école. Elle entendit un piétinement derrière elle. Un escadron de soldats la dépassa, ils portaient beau dans leurs uniformes rutilants. L'un d'eux lui lança un clin d'œil qu'elle fit semblant de ne pas remarquer. Elle ne voulait plus rien avoir à faire avec les hommes.

Pendant le reste de la promenade, elle ne cessa de regarder à droite et à gauche pour ne rien manquer du panorama.

— C'est la première fois que tu viens ici ?

— Oui, madame.

Julia se tourna vers son mari.

— Il faut que j'organise une excursion pour les écoliers. C'est un scandale qu'à l'époque du train ils ne soient jamais allés nulle part. Ne croyez-vous pas ?

— Je crois qu'ils vous vénéreront encore plus si vous leur faites pareil cadeau.

— J'aimerais beaucoup que nous ayons le temps de flâner à notre aise, reprit Julia, mais il ne faut pas rater le train.

— Je n'ai jamais pris le train, madame.

— Alors, prépare-toi à l'aventure ! D'ici à Southampton, nous allons en prendre plusieurs, et aussi un ferry pour traverser la mer d'Irlande. Je pense qu'il vaut mieux qu'Ismay voyage dans le même compartiment que nous, ajouta-t-elle en direction de son mari. Comme ça, nous ne risquons pas de la perdre.

Kieran acquiesça et expliqua à Ismay :

— Il y a plusieurs classes de sièges, tu verras.

— Mais ce n'est pas bien que je voyage avec vous !

Elle risquait de se sentir très mal à l'aise en leur compagnie et allait craindre sans cesse de commettre quelque bévue.

— Puisque c'est nous qui l'avons décidé, c'est bien, répliqua M. Largan d'un ton ferme.

C'est ainsi qu'elle se retrouva assise confortablement au milieu de la banquette, terrifiée à l'idée de ne pas se comporter comme il fallait. Ses maîtres bavardaient entre eux et avec le couple âgé qui partageait leur compartiment, tandis qu'elle regardait avec avidité le paysage qui défilait sous ses yeux. Des villes, des villages, des fermes et des champs. Les animaux ne semblaient pas du tout effrayés par le train qui passait en sifflant. Comme elle était ignorante ! Même les vaches avaient vu plus de trains qu'elle.

C'était étrange d'être ainsi enfermée jusqu'à la prochaine gare. Et si on se trouvait mal, ou si on avait besoin de faire usage des commodités ? Impossible de sortir.

Vers la mi-journée, le train s'arrêta dans une gare où l'on vendait des paniers de nourriture pour les voyageurs. Il y avait des toilettes à disposition. Elles étaient très bien, avec des cabinets confortables et des robinets d'eau courante pour se laver les mains et le visage. Ismay était ravie de ses nouveaux habits, une jupe et un corsage assorti qui avaient appartenu à Mme Largan, vert tendre avec des galons vert foncé. Ses vêtements à elle auraient semblé des guenilles auprès des tenues des autres voyageurs, même ceux de troisième classe.

Une fois remontée dans le train, elle eut honte à l'idée de manger devant ses maîtres, mais elle mourait de faim et finit par faire honneur à tout ce qu'on lui tendit. Si seulement sa famille avait pu goûter à tous ces délices ! Ismay se demanda à quoi sa mère pouvait bien être occupée en ce même instant, puis elle soupira et décida de penser à autre chose. Elle ne la reverrait jamais, ni ses frères et sœurs, mais si elle devait pleurer, elle attendrait d'être seule.

Ses maîtres étaient incroyablement gentils. Ils lui expliquaient tout et lui montraient le trajet parcouru sur la carte de M. Largan. Elle avait déjà vu des cartes à l'école mais ne les avait jamais étudiées, et voilà qu'elle voyageait sur une carte ! Il lui permit de la garder sur ses genoux pour qu'elle pût suivre leur périple jusqu'à Dublin.

Et puis ce fut le ferry, rien à voir avec les petits bacs qu'elle connaissait. Ils traversèrent la mer d'Irlande jusqu'aux côtes anglaises. Elle sentait les moteurs mugir sous ses pieds mais ne souffrait absolument pas du mal de mer, contrairement à Mme Largan qui était devenue toute pâle.

Incroyable ! Elle, Ismay Deagan, était en train de voguer sur la mer !

Et puis surtout, elle était bel et bien débarrassée de Rory, désormais. Elle avait l'impression que toute sa vie, il avait rôdé autour d'elle. Déjà quand elle était petite il la regardait fixement, puis il avait cherché à la toucher quand elle avait grandi, il l'avait toujours mise mal à l'aise.

Elle se sentit extraordinairement soulagée, ce qui la mit d'humeur joyeuse même si son visage lui faisait encore mal quand elle souriait.

*

Sean Deagan écuma de rage quand Rory lui apprit qu'ils avaient emmené sa fille. Sa fureur était si vive qu'il avait l'impression que sa tête allait éclater. Il dut s'asseoir un moment pour calmer son vertige.

Une fois que le sang se fut apaisé dans ses veines, il prit une profonde inspiration.

— Eh bien, il faut que tu partes à sa poursuite. Il attendit un instant avant de reprendre. Arrête de te conduire comme un idiot. Nous devons la récupérer.

— Et comment ? Je n'ai pas un sou.

— On va aller voir le père Patrick. Il nous donnera de l'argent quand il connaîtra la raison.

— Il dit que c'est peine perdue.

— Laisse-moi faire.

Sean parla avec une telle conviction que le curé n'eut d'autre choix que de lâcher un peu d'argent.

— Je ne peux pas t'en donner davantage et c'est loin d'être suffisant.

— Avec ça, Rory peut déjà se mettre en route. Il va lui falloir aussi une lettre, mon père, pour qu'il puisse obtenir de l'aide auprès d'autres prêtres.

— Je ne sais pas si je peux…

— Pensez à ce pauvre enfant sans père !

— Nous ne sommes pas sûrs qu'il y ait un enfant.

— Il y en aura un. Chez les Deagan, les gosses naissent comme s'il en pleuvait. Et c'est pareil pour les Flynn.

— Certes, vous avez tous les deux des familles nombreuses.

— Pensez à l'âme de ce pauvre enfant, mon père. Qui sait ce qu'il va advenir d'Ismay ? Il pourrait même être élevé en païen.

Le prêtre secoua la tête et s'assit à son bureau.

— Va faire ton sac, Rory. Prends tout ce que tu peux.

Rory fit le tour de ses cousins pour leur emprunter des vêtements et se retrouva avec plus d'habits qu'il n'en avait jamais possédés. Après lui avoir fait jurer de ne rien dire au maître, le fermier lui donna même une malle d'osier, parce qu'il n'appréciait pas qu'Ismay eût montré le mauvais exemple en désobéissant à son père.

Le majordome entendit bien sûr les commérages des domestiques mais il lui fallut un bon moment pour comprendre ce qui se tramait. Il posa des questions, et un garçon d'écurie qui était un cousin de Rory alerta ce dernier qu'il devait décamper en vitesse avant que quelqu'un de la grande maison n'essayât de l'en empêcher.

Il partit pour Enniskillen sur la charrette du colporteur. Il se laissa bercer par le trot des chevaux. Quand il repensait à tout ce qu'il avait accompli en l'espace de quelques heures, il en avait le tournis. Sans parler de ce qu'il lui restait à faire ! Voilà qui apprendrait au maître à se mêler de ses affaires !

Quand il arriva à la gare d'Enniskillen, il lui restait deux heures à attendre avant le prochain train. Il demanda où était le presbytère et s'y rendit en pestant contre sa malle qui pesait une tonne. En chemin, il acheta une corde pour pouvoir l'accrocher dans son dos.

Il montra la lettre du père Patrick et on lui donna une autre guinée.

Rory arriva trop tard à Dublin pour prendre le dernier ferry à destination de Liverpool mais il réussit à convaincre le curé de la paroisse la plus proche de le laisser dormir sur un banc de l'église.

Il était gonflé à bloc et bien décidé à ne s'arrêter que lorsqu'il aurait retrouvé Ismay. Elle verrait toute la peine qu'il s'était donnée pour la suivre, et elle finirait bien par comprendre qu'elle devait l'épouser. Et puis quand ils seraient mariés, il pourrait avoir son corps quand il voudrait. Entre mari et femme, personne ne pouvait s'interposer.

Pas même M. Largan en personne.

*

Quand Adam et tante Harriet arrivèrent à Southampton, il faisait déjà nuit et ils étaient tous deux exténués. Ils avaient dû changer plusieurs fois de train parce que les rails n'avaient pas le même écartement selon la compagnie de chemin de fer, ce qui avait mis Adam de mauvaise humeur.

— Pourquoi les compagnies ne s'organisent-elles pas pour harmoniser leurs gabarits ? C'est juste une question de bon sens. Il est beaucoup plus facile de voyager par bateau.

— Cela coûterait très cher de changer les rails.

— Oui, mais cela en vaudrait la peine. Je suis content qu'on en ait terminé avec le train. Une fois que nous serons à bord, je ne débarquerai pas avant Alexandrie.

Sa tante lui lança un faible sourire. Elle n'avait presque pas parlé de toute la journée et il s'inquiétait pour elle. Il s'en fallait de peu qu'il fît demi-tour pour la ramener chez elle, et au diable l'héritage ! Mais alors la goélette et les maisons iraient à son demi-frère. En admettant qu'il y ait vraiment une goélette du nom de *Hannah Grey*. C'était peut-être une ruse. Il avait du mal à croire que son père eût pu lui laisser quoi que ce soit possédant la moindre valeur.

Ils trouvèrent un hôtel non loin de la gare et prirent deux chambres pour une nuit, même s'ils risquaient de devoir prolonger leur séjour d'un jour ou deux, ne sachant pas exactement quand ils seraient autorisés à embarquer. Ils arrivèrent juste à temps pour dîner avant la fermeture de la salle à manger.

Tante Harriet montra peu d'appétit et repoussa son assiette après une bouchée d'*apple pie.*

— Vous devez manger pour prendre des forces.

— Je crois que le voyage m'a un peu barbouillée, et ce dont j'ai besoin avant tout, mon chéri, c'est d'une bonne nuit de sommeil. J'ai à peine fermé l'œil la nuit dernière. Je sens que je vais dormir comme un loir, même dans un lit étranger.

— Moi aussi, je suis fatigué, reconnut-il. Mais je terminerais bien ton *apple pie*, si tu n'en veux plus.

— Tu as toujours eu bon appétit, mais comme tu bouges tout le temps, tu n'engraisses pas.

— Je n'aime pas l'inaction.

Il n'était guère enthousiaste à l'idée de naviguer en tant que passager, avec rien d'autre à faire de toute la journée que se prélasser.

Le lendemain, Adam ne chôma pas. Il laissa sa tante occupée à lire le journal dans le salon des dames et se rendit à l'agence maritime. Un employé serviable lui expliqua dans le détail toutes les formalités auxquelles ils devaient se soumettre, dont un examen médical, et lui indiqua quand ils pourraient monter à bord.

— Je ne pense pas que l'examen médical vous pose le moindre problème, conclut-il avec le sourire. On cherche surtout à détecter les maladies contagieuses.

Adam rentra déjeuner à l'hôtel avec tante Harriet, puis ils sortirent ensemble pour effectuer des achats. Il savait exactement ce qui convenait le mieux à bord d'un navire, et lui conseilla de prendre des fruits secs ainsi que des bocaux de *chutney* et de confiture.

Et puis il va te falloir de quoi passer le temps. Des livres, peut-être ?

— J'ai envie d'acheter des livres, oui, mais je voudrais aussi commencer une broderie, si tu veux bien me trouver une mercerie. J'en ai pour une minute, tu peux m'attendre dehors. Je sais que les messieurs n'aiment pas ce genre de boutique.

— Je vais entrer avec toi pour t'aider à choisir. Je ne veux pas te lâcher d'une semelle.

Il ne précisa pas que l'on faisait souvent monter les prix pour les voyageurs sans méfiance, et qu'il comptait se prévaloir de sa qualité d'officier de marine pour l'éviter. C'était une chose que de dépenser de l'argent, une autre que d'en gaspiller.

Il leur restait encore une journée à terre. Ils se promenèrent en ville jusqu'à ce que Harriet se fatiguât. Un peu plus tard, Adam marcha d'un pas vif jusqu'au port, où il regarda le va-et-vient des navires sur le Southampton Water.

Il entama une conversation avec un vieux marin qui lui expliqua que le front de mer avait été récemment aménagé pour pouvoir accueillir de gros navires.

— Une porte d'accès vers l'Empire, voilà ce que nous sommes ! lança-t-il fièrement. Et nous avons deux marées hautes par jour, c'est bon pour la navigation.

Adam lui glissa une pièce de six pence et le marin souleva sa casquette.

— Merci, mon bon monsieur. Je boirai un coup à votre traversée.

Le lendemain matin, ils furent enfin autorisés à embarquer, au grand soulagement d'Adam. Il était impatient de quitter la terre ferme et curieux de voir comment le navire était organisé. C'était bien sûr un vaisseau hybride, à voile et à vapeur. Le vent ne coûtait rien, certes, mais encore fallait-il qu'il fût favorable. Grâce au charbon, on cessait d'être à la merci des éléments.

Les passagers suivis de porteurs chargés de bagages se pressaient pour monter à bord, gravissant les passerelles en un flot ininterrompu.

On les conduisit à leurs cabines, qui étaient petites mais fonctionnelles. Ils avaient payé un supplément pour être seuls mais n'avaient pas pris les premières classes, dont le prix avait fait frémir tante Harriet.

Les malles avaient été mises en soute et les bagages qui contenaient leurs affaires pour la première partie du voyage avaient été apportés dans les cabines. Adam sortit ce dont il avait besoin pour la nuit, posa un livre sur le lit et casa sa valise sous la couchette inférieure. Puis il alla s'assurer que sa tante, dans la cabine voisine, était bien installée.

— Allons faire un tour sur le pont, nous pourrons regarder les gens qui montent à bord.

Il faisait beau et une légère brise soufflait.

— Tu as meilleure mine, tante Harriet.

— Maintenant que je sais qu'on ne peut plus revenir en arrière et que je dois en tirer le meilleur parti possible, je me sens mieux. Cela te semble idiot ?

— Pas du tout.

Voilà qui lui ressemblait bien. Elle avait toujours pris les choses du bon côté. Il était heureux qu'elle vienne avec lui et il espérait ne plus jamais revoir un seul Harbisher de sa vie.

*

Au début, Liverpool terrifia Ismay. La ville était gigantesque, avec des rues encombrées de véhicules dont beaucoup lui étaient inconnus, et toute une foule qui se hâtait sur les trottoirs. Elle n'avait jamais vu ça et mourait de peur à l'idée de perdre ses maîtres de vue. D'où venaient-ils, tous ces gens ? Pourquoi étaient-ils si pressés ? Ismay entendait les voix des passants mais avait du mal à comprendre ce qu'ils disaient. Comme ils parlaient bizarrement !

Une fois de plus, elle remercia le Ciel de porter de bons vêtements. Ici, même les mendiants étaient mieux habillés qu'elle ne l'avait été avant de travailler à la grande maison.

M. Largan lui avait dit de faire très attention aux pickpockets. Son argent était à l'abri sous sa chemise, dans une petite pochette qu'elle avait laborieusement confectionnée à partir d'un mouchoir, en se piquant souvent les doigts à l'aiguille.

Le hall du Grand Hôtel du Nord-Ouest, où elle entra à la suite de ses maîtres, lui fit l'impression d'une cathédrale. Elle fut immédiatement séparée des Largan par l'homme en uniforme chamarré qui leur avait ouvert la porte. D'un signe de tête, sans un mot, il lui fit comprendre qu'elle devait se mettre sur le côté.

— Pouvez-vous me trouver quelqu'un pour s'occuper de ma femme de chambre ? demanda Julia. Elle vient de notre domaine irlandais, c'est la première fois qu'elle entre dans un hôtel.

— Certainement, madame. (Il se tourna vers Ismay et regarda d'un œil réprobateur sa joue tuméfiée.) Attends là qu'on vienne te chercher, et cache ta joue bleuie, ordonna-t-il à voix basse avant de revenir vers les Largan avec empressement.

Elle remarqua que Monsieur glissait une pièce à cet homme. Pourquoi donc lui donner de l'argent ? Il n'avait rien fait d'autre que parler.

Pleine d'appréhension, elle les regarda s'éloigner et attendit avec obéissance. À son grand soulagement, une domestique d'âge moyen arriva bientôt et lui demanda après l'avoir dévisagée un instant :

— Première fois dans le pays, pas vrai ?

— Oui, madame.

— Je veillerai à ce qu'on vienne te chercher pour le dîner. Tu risquerais de te perdre et de te retrouver avec la clientèle. Tiens, c'est ta chambre, annonça-t-elle après l'avoir escortée jusqu'au dernier étage.

Elle avança d'un pas martial jusqu'au bout du couloir et ouvrit une porte révélant des water-closets avec une chasse d'eau dont elle montra le fonctionnement.

Ismay n'osa même pas lui dire qu'elle savait actionner une chasse.

— Les commodités sont ici. Tu peux prendre de l'eau au robinet. Eau froide et eau chaude. Et c'est ici que tu jetteras ton eau sale. Entendu ?

— Oui, madame.

Après un moment d'hésitation, la femme demanda :

— Qu'est-ce qu'il t'est arrivé ?

— Un accident. Mon mari a perdu la vie.

Eh bien voilà, elle avait sorti le mensonge sans le moindre embarras, même si elle n'aimait pas mentir.

— Mon Dieu ! Je suis désolée.

Une fois qu'elle fut seule dans sa chambre, Ismay resta sans bouger, respirant lentement, laissant le silence l'envahir. Puis elle alla à la petite lucarne où, en montant sur une chaise, elle pouvait apercevoir la rue.

Elle avait tout juste la place de se tenir debout à côté du lit dans cette chambrette minuscule, mais elle s'en moquait bien. Pour la première fois de sa vie, elle allait dormir seule dans une pièce.

Elle perdit la notion du temps, puis se demanda, paniquée, quelle heure il était. Il ne manquerait plus qu'on vienne la chercher avant qu'elle soit prête ! En hâte, elle replaça la chaise, fila aux commodités et revint avec un broc rempli d'eau. Une fois qu'elle se fut rafraîchie et recoiffée, elle se sentit mieux, mais son visage restait affreusement tuméfié.

Elle était curieuse de voir à quoi pouvait ressembler la salle à manger des domestiques dans un hôtel. Encore une fois, deux mondes séparés. Mais au moins, elle n'aurait pas à surveiller ses manières en permanence comme lorsqu'elle partageait la table de ses maîtres.

Elle s'assit sur le lit, qui rebondit légèrement. Il était merveilleusement moelleux. Rien à voir avec une paillasse. Elle caressa les draps qui sentaient le propre et tâta l'épaisseur des couvertures. Prise d'une impulsion subite, elle sortit sa chemise de nuit et la plaça sous l'oreiller.

M. Largan lui avait dit qu'ils avaient déjà parcouru trois cents kilomètres, et qu'elle devrait en faire quinze mille pour rejoindre son frère. La traversée prenait plus de deux mois. Elle ne pouvait même pas imaginer une telle distance.

Mais il n'y avait pas de quoi avoir peur, des tas de gens se rendaient en Australie. Et puis, elle trouvait que voyager était une activité très intéressante même si elle appréhendait le moment où elle se retrouverait livrée à elle-même sur le bateau. Une fois arrivée en Australie, elle saurait se débrouiller. Elle était parfaitement capable de demander son chemin pour se rendre à la boutique de son frère… le Bazar Deagan, elle ne risquait pas d'oublier son nom. Elle se calma.

Quand une jeune femme de chambre vint la chercher, elle se sentit plus calme.

— Ferme la porte à clé, il y a un va-et-vient permanent ici.

Ismay la regarda avec un air d'incompréhension.

— La clé est à l'intérieur.

La femme ouvrit la porte avec impatience, la referma et tourna la clé dans la serrure avant de la tendre à Ismay.

Ismay regarda fixement la grosse clé de fer.

— Je ne sais pas où la mettre.

— Tu n'as pas de poche ? Un sac peut-être ?

— Oui, bien sûr, j'ai laissé mon sac sur le lit.

Elle ouvrit la porte sans prendre garde au soupir d'exaspération, entra en hâte et ressortit avec son sac à cordonnet où elle rangea la clé. Mme Jamieson avait raison, il était bien pratique en voyage.

— Voilà, je suis prête maintenant.

— Dieu soit loué !

La salle à manger des domestiques était bondée. À une table étaient assis des gens bien habillés, plus âgés, et qui parlaient comme des maîtres. Ils ne tournèrent même pas la tête à leur arrivée.

— Cette table est réservée à la domesticité de premier rang, chuchota son guide. Toi, va t'asseoir là-bas.

Elle prit place parmi des serviteurs plus jeunes, dont une fille joviale qui annonça qu'elle « s'occupait » d'une vieille dame. Visiblement, elle avait l'habitude des voyages.

— Madame a des amis et des parents partout. J'ai de la chance. Et elle est si gentille. Toi, tu n'as encore jamais voyagé, pas vrai ?

— Comment as-tu deviné ?

C'était la deuxième fois que quelqu'un comprenait immédiatement.

— Tu es toute tendue.

— Oh…

— Sans vouloir t'offenser. Moi, rien ne m'échappe.

— Tu ne m'as pas offensée. Je n'étais jamais sortie de mon village avant, tu peux imaginer aller dans un autre pays !

— Tu t'es enfuie de ton village.

— On peut dire ça, oui.

— Et qu'est-ce qui est arrivé à ton visage ?

Ismay sentit les larmes lui monter aux yeux. Elle détestait qu'on lui remette en mémoire ce qu'elle avait subi. Elle se rappela ce qu'elle devait dire. Des mensonges, une fois de plus !

— J'ai eu un accident avec mon mari. Il a été tué.

— Ma pauvre ! Vous étiez mariés depuis longtemps ?

— Quelques mois seulement.

— Quelle tristesse ! Et où vas-tu, maintenant ?

— En Australie. Ismay eut la satisfaction de voir les autres se tourner vers elle, bouche bée. Je vais retrouver mon frère qui vit là-bas. Ma maîtresse et Monsieur m'accompagnent au bateau.

— Ils sont gentils. Il n'y en a pas beaucoup qui accompagneraient une domestique.

— Oui, ils sont très bons.

— J'espère que tu seras heureuse en Australie.

— Merci.

Les autres convives avaient écouté sans vergogne leur conversation. Plusieurs hochèrent la tête comme s'ils lui souhaitaient aussi bonne chance.

C'était un péché de mentir, mais elle s'en moquait. Elle ne raconterait la vérité à personne, sauf à Bram, peut-être. Et elle devait se souvenir de son nouveau nom, qu'elle oubliait sans cesse.

Quand Monsieur annonça qu'on approchait de Southampton, Ismay avait déjà la tête pleine d'images et de sensations nouvelles.

Madame avait insisté pour qu'elle voyageât en première avec eux. Ismay profita d'un moment où son mari bavardait avec un autre passager.

— Je vous suis tellement reconnaissante, madame. Je ne sais pas ce que j'aurais fait sans vous, comment je me serais débrouillée.

— Ce n'est rien. Les gens doivent s'entraider, tu ne crois pas ?

— Oui, madame, répondit-elle en se demandant ce qu'elle pourrait bien faire pour aider quelqu'un comme sa maîtresse.

À Southampton, ils descendirent dans un hôtel de dimensions plus modestes. Elle n'eut pas le temps de se reposer parce que Madame l'emmena faire quelques derniers achats tandis que Monsieur vérifiait l'heure d'embarquement. Ismay n'en revenait pas de tout cet argent qu'ils dépensaient pour elle.

Il se mit à pleuvoir alors qu'elles étaient en ville, mais elles passèrent tout leur temps dans des boutiques et prirent un fiacre pour rentrer à l'hôtel. Ismay se sentit comme une reine sur le chemin du retour.

Elle monta dans sa chambre, s'affala sur le lit, épuisée, et resta à écouter la pluie qui tambourinait aux carreaux de la petite fenêtre. Mais quelques minutes plus tard, on frappa à sa porte. Son maître la demandait.

On la conduisit dans le grand hall où Kieran l'attendait.

— Bonnes nouvelles, Ismay. Tu pourras monter à bord dès demain matin. Nous t'accompagnerons puis nous retournerons à Londres.

Son accès de courage était passé et elle fut envahie de terreur. Cette fois, elle allait vraiment être toute seule. Elle réussit malgré tout à articuler :

— Merci, monsieur.

Il lui adressa ce sourire gentil qui le caractérisait.

— Ne t'inquiète pas, Ismay, tout se passera bien. L'équipage a l'habitude des passagers qui font la traversée pour la première fois. Et rappelle-toi bien ceci : si tu as besoin d'aide, demande à quelqu'un.

— Oui, monsieur.

— Tu peux disposer. Sois fin prête demain matin à 10 heures.

Elle les quitta jusqu'au lendemain. Personne ne vint frapper à sa porte pour la conduire à la salle à manger, mais elle trouva le chemin toute seule. Les autres domestiques, voyant sa joue tuméfiée, évitèrent de s'asseoir à côté d'elle.

Une fille d'aspect mal dégrossi qui était assise en face d'elle lui lança :

— Alors, tu t'es battue ?

Ismay, outrée, se redressa et rétorqua :

— Pas du tout. J'ai eu un accident avec mon mari, il a perdu la vie.

Le silence se fit autour de la table.

— Oh, pardon ! Je suis désolée.

Ils la regardèrent tous fixement, mais personne ne lui adressa la parole.

Ismay remonta dans sa chambre sans tarder après le dîner, heureusement sans se perdre. Elle eut envie de regarder par la fenêtre, mais la nuit était presque tombée et elle ne put entrevoir que les toits qui luisaient sous la pluie.

Elle ne s'était jamais sentie aussi seule de sa vie, et cela la terrifiait. Elle versa quelques larmes.

Mais l'idée d'être mariée à Rory Flynn était plus terrifiante encore. Au moins, elle était débarrassée de lui à tout jamais.

*

Un homme se laissa tomber du train de marchandises qui l'avait amené de Londres. Il avait eu de la chance de trouver le bon train, et de pouvoir se hisser avec sa malle dans un wagon sans être vu. Heureusement, avec toute cette pluie, les gens se dépêchaient et marchaient tête baissée. Il s'était ménagé un peu d'espace entre des caisses et, quand le train avait démarré, il s'était signé et avait loué la Providence.

À la gare de Southampton, il faillit être repéré mais s'en tira en escaladant un mur avec sa lourde malle. Il demanda au premier passant qu'il croisa de lui indiquer l'église catholique la plus proche. Il eut du mal à comprendre la réponse et dut redemander son chemin plusieurs fois mais il finit par trouver. L'accent de ces Anglais l'exaspérait.

Encore une fois, la lettre du père Patrick fit office de viatique et on le laissa passer la nuit sur place. Le jeune curé, voyant que la lettre commençait à se déchirer, lui donna même une enveloppe.

Le lendemain, un autre prêtre, plus âgé, le convoqua.

— J'ai réfléchi à ton problème, Flynn. Tu vas avoir du mal à trouver une couchette juste avant l'embarquement. Que dirais-tu de travailler pour payer ton voyage ? Souvent, il leur manque un homme ou deux à la dernière minute. Pour des besognes subalternes, laver le pont ou pelleter le charbon, mais je ne pense pas que ça te dérange.

— Je ferai n'importe quel travail que le Seigneur m'envoie, mon père.

Rory baissa la tête pour cacher un sourire. Quelle aubaine, s'il pouvait épargner l'argent du billet ! Il en aurait bien besoin en Australie.

— Avant tout, je te demande de jurer sur cette bible que tu n'es pas recherché pour quelque mauvaise action.

Il posa la main sur la Bible.

— Mon père, je le jure. Je veux juste retrouver la fille qui m'est promise et qu'ils m'ont arrachée.

Il embarqua à 6 heures le lendemain matin avec le jeune prêtre qui l'accompagna jusqu'au bout de la passerelle.

— Ne nous déçois pas, Flynn. Travaille dur.

— Bien sûr, mon père.

Un homme imposant en uniforme le dévisagea de la tête aux pieds comme s'il était un va-nu-pieds.

— Bon, tu as l'air assez costaud, au moins, Flynn. C'était quoi, ton travail ?

— Vacher, monsieur.

— Ici, tu es affecté à l'alimentation des chaudières et au lavage du pont. Et tu as intérêt à bien faire ton boulot, sinon je te débarque à Malte. (Il se tourna vers le prêtre.) Je m'occupe de lui, mon père. Par ici, Flynn.

— Oui, monsieur.

Il suivit l'officier dans les profondeurs malodorantes du navire, de plus en plus renfrogné. Cet endroit sombre et étouffant ne lui plaisait vraiment pas.

Elle allait lui payer ça, la garce…

Mais il ne laisserait personne d'autre l'épouser ou élever son enfant. Et s'il n'y avait pas d'enfant, il s'empresserait de lui en faire un.

5

Au moment d'embarquer, Ismay était tellement anxieuse qu'elle faillit s'agripper aux basques de M. Kieran, qui la précédait sur la passerelle. Ce dernier la présenta à l'hôtesse de bord, puis, posant une main bienveillante sur son épaule, lui dit :

— Je te souhaite bon voyage, Ismay. Et bonne chance. Transmets mes salutations à ton frère – dis-lui que je suis fier de la façon dont il gère ses affaires. Et donne le bonjour à Conn, si tu le vois.

— Merci, monsieur. Je n'y manquerai pas. Je ne sais comment vous remercier, madame et vous, pour votre gentillesse.

— Nous sommes heureux d'avoir pu t'aider. Tu ne méritais pas ce qui t'est arrivé.

Elle le regarda descendre sur le quai puis se perdre.

— Par ici, lui dit l'hôtesse. Tu vas voyager dans le quartier des célibataires, même si j'ai cru comprendre que tu étais veuve depuis peu.

— Oui, répondit-elle en portant une main à son visage. Un accident.

— Ça n'a pas dû être facile, commenta la femme d'une voix radoucie.

Elle la mena ensuite au pied de ce qui ressemblait à une échelle de meunier.

— Ne t'en fais pas, la rassura-t-elle en voyant sa mine affolée. Tu vas vite t'y habituer.

Ismay descendit prudemment les degrés et, en effet, ce n'était pas si difficile, tout au moins pour une jeune personne. Elle regarda autour d'elle.

— Ceci est la salle commune, expliqua l'hôtesse. C'est là que nous prenons nos repas et nous réunissons parfois.

— Est-ce qu'on a le droit de sortir sur le pont ?

— Les jours de beau temps, oui. Et le dimanche, bien sûr. C'est là qu'on célèbre l'office. Le capitaine tient à ce que chacun soit présent, quelles que soient ses convictions religieuses.

La messe était le dernier endroit où Ismay avait envie de mettre les pieds après le tour pendable que lui avait joué le père Patrick en se liguant avec Rory. Mais elle ne fit aucun commentaire.

— Tu pourras aussi t'inscrire à des ateliers.

— Vous voulez dire… comme à l'école ?

— Beaucoup mieux qu'à l'école ! répondit la femme en riant. Ici, personne ne se fait taper sur les doigts. Les cours sont organisés en fonction de la demande, couture, lecture…

— Oh, mais, c'est formidable ! J'aime tellement apprendre !

L'hôtesse consulta une liste épinglée au mur à côté de l'escalier, puis se dirigea vers l'une des nombreuses portes qui ouvraient sur la salle commune.

— Voici ta cabine. Tu n'auras qu'à ranger tes affaires dans un de ces tiroirs, et ensuite tu iras déposer ta valise dans la bagagerie.

Ismay jeta un regard circulaire à la minuscule pièce en se demandant comment quatre femmes pouvaient s'habiller toutes ensemble dans un si petit espace. Mais toujours est-il que chacune avait sa propre couchette. Un luxe !

— Étant donné que tu es la première arrivée, tu peux choisir le lit qui te convient le mieux, lui dit la surveillante. Quand tu seras installée, tu pourras aller t'asseoir dans la grande salle. Mais il est interdit de sortir sur le pont tant que nous n'aurons pas levé l'ancre. Et sache toutefois que certaines places sont réservées aux occupants des cabines passagers.

Comme Ismay n'avait pas l'air de comprendre, elle expliqua :

— Les passagers les plus fortunés disposent de cabines individuelles et d'une place attitrée sur le pont.

— Oh, je vois.

— Mais il y a beaucoup trop de va-et-vient là-haut pour l'instant. La surveillante du quartier des femmes ne devrait pas tarder à arriver. Elle ne plaisante pas avec la discipline – le capitaine est très strict – alors veille bien à ne pas enfreindre le règlement. En cas de problème, c'est à elle que tu dois t'adresser.

Restée seule, Ismay jeta un coup d'œil à l'immense salle vide. Bien que la lumière du jour n'éclairât pas la totalité du salon, on y voyait suffisamment pour pouvoir lire quand on se tenait au centre. Elle rentra à nouveau dans sa cabine et choisit le tiroir du haut pour ranger ses affaires, puis opta pour l'une des couchettes inférieures. À supposer qu'il y ait du tangage et qu'on tombe du lit en pleine nuit ?

Lorsqu'elle ressortit dans la salle commune, elle se retrouva nez à nez avec la surveillante, qui eut l'air surprise de la trouver là.

— Les passagers ne sont pas censés monter à bord avant cet après-midi.

— M. Kieran et son épouse m'ont amenée ici... Ils étaient mes maîtres jusqu'à ce que... mon époux meure. Comme ils étaient pressés de reprendre la route, ils ont demandé que je puisse embarquer avant tout le monde.

— Que t'est-il arrivé ? s'étonna la surveillante en scrutant son visage couvert d'ecchymoses.

— J'ai été blessée dans l'accident qui a tué mon mari. La charrette a versé.

— Je vois, je suis désolée. Bien. As-tu pris connaissance du règlement ?

— Non, madame.

— Appelle-moi madame la surveillante. Je vais t'en chercher un. Prends le temps de bien le lire. Le capitaine ne tolère pas le moindre écart de conduite. Je vais te faire apporter une collation de pain et de fromage.

— Merci, madame la surveillante.

Par deux fois déjà elle s'était entendue dire que le capitaine était intraitable, et elle commençait à le redouter. La liste des recommandations était interminable. À croire que toutes les femmes qui voyageaient seules ne songeaient qu'à se jeter à la tête des hommes qui se trouvaient à bord. Ce qui n'était vraiment pas son cas.

Elle avait beau se répéter qu'il était excitant d'aller retrouver son frère à l'autre bout du monde, elle était submergée par la tristesse et l'anxiété, et c'est avec soulagement qu'elle vit enfin arriver ses compagnes de voyage.

Cependant, la foule compacte des femmes qui se pressaient autour d'elle en jacassant ne tarda pas à lui donner le tournis. Toutes avaient reçu un règlement et une mise en garde. Gare à elles si elles se faisaient prendre seules en compagnie d'un homme ! Certaines s'en amusaient, d'autres rouspétaient.

À sa déception, ses trois compagnes de cabine étaient beaucoup plus âgées qu'elle. L'une était veuve et les deux autres étaient des vieilles filles qui la toisèrent d'un air hautain.

La nourriture qu'on leur servit au dîner était plus que correcte. Du pain avec du beurre et de la confiture, suivi d'un cake. Ismay s'étonna d'entendre certaines femmes se plaindre. Le pain était frais et croustillant, et la confiture de fraise délicieuse. Et on pouvait en reprendre autant qu'on en voulait !

Ensuite, la soirée traîna en longueur. À un moment, une grande femme s'approcha d'elle pour lui faire la conversation, puis, découvrant qu'elle était irlandaise, tourna les talons. Quel mal y a-t-il à être irlandaise ? se demanda Ismay.

Elle était épuisée, car elle n'avait pas bien dormi la veille, à l'hôtel, mais n'osait pas se retirer la première. Enfin, la surveillante sonna la cloche du coucher.

— J'ai pas sommeil, protesta une fille.

— Tout le monde se couche et se lève à la même heure, répliqua la matrone de sa grosse voix sévère.

Ismay se rendit aux water-closets et, en découvrant qu'ils se déversaient directement dans la mer, songea, amusée : Quel confort !

Enfin, elle se mit au lit.

Elle se tortillait en tous sens sur sa couchette pour essayer de trouver une position confortable, tandis que les deux vieilles filles, qui occupaient les lits du haut, n'arrêtaient pas de papoter. S'imaginaient-elles donc qu'elle était sourde ?

L'un dans l'autre, tout s'était plutôt bien passé. Son appréhension commençait à refluer. Après tout, on ne risquait pas de se perdre quand on était sur un bateau. Surtout si on suivait à la lettre toutes les règles et les consignes.

*

Adam se réjouissait que la mer fût calme, tout du moins pour l'instant. Sa tante semblait bien s'acclimater à la vie à bord. Il aurait aimé pouvoir se faire des amis aussi facilement qu'elle. En à peine deux jours, elle avait déjà fait la connaissance de tous les passagers de la classe cabine.

Le capitaine, en revanche, ne lui plaisait guère. C'était un de ces hommes autoritaires qui menait son monde à la baguette et terrorisait l'équipage.

Quant au bateau, un paquebot à turbine, il ne l'enthousiasmait pas davantage. Bien que plus rapide qu'un vapeur à aubes, il tanguait beaucoup, et Adam craignait que sa tante ne souffrît du mal de mer.

Il s'approcha du bastingage pour contempler le va-et-vient des autres navires. Ils en avaient croisé un bon nombre dans la Manche, mais maintenant qu'ils faisaient route vers la baie de Biscaye le trafic diminuait. Aujourd'hui, la houle était plus forte, et pour autant qu'il pouvait en juger, ils allaient être pas mal ballottés.

Sur le pont inférieur, il aperçut la jeune femme qu'il avait remarquée la veille. Elle ne semblait pas affectée par le tangage et paraissait au contraire fascinée par le spectacle de la mer. Agrippée à la rambarde, la tête rejetée en arrière, elle inspirait profondément, comme si elle se délectait du goût piquant de l'air du large. C'est alors qu'il avait constaté les ecchymoses sur sa figure et s'était demandé ce qui lui était arrivé.

Elle était jolie, ou elle le redeviendrait, tout au moins, quand son visage aurait repris un aspect normal, et plutôt bien habillée pour quelqu'un qui voyageait à l'entrepont. Elle respirait l'intelligence et il aurait aimé la rencontrer. Mais les voyageurs des deux classes ne pouvaient se croiser que durant les cours dispensés à bord et auxquels les passagers des ponts inférieurs prenaient rarement part.

Il se retourna vers sa tante et la trouva un peu pâle. Il fallait espérer que l'air vivifiant allait la requinquer. Certaines dames souffraient elles aussi du mal de mer et s'étaient déjà retirées dans leurs cabines.

Il se perdit à nouveau dans ses pensées jusqu'à ce qu'une vague particulièrement forte le fît vaciller de côté. La jeune femme sur le pont inférieur s'agrippa en riant au bastingage, ce qui le fit sourire.

À côté de lui, quelqu'un se racla la gorge et dit :

— Excusez-moi, monsieur Tregear, mais votre tante ne se sent pas bien.

Adam s'empressa d'aller la rejoindre à l'autre bout du pont.

— Je suis désolée de te causer tous ces soucis, dit Harriet en lui prenant la main. Oh, mon Dieu !

Lorsqu'il l'eut aidée à regagner sa cabine, il alla demander un seau au steward, qui lui dit, avec un sourire gêné :

— J'ai bien peur que nous n'essuyions un grain, monsieur Tregear.

— On n'a pourtant pas l'impression qu'il y ait de la tempête dans l'air.

— Non, mais la mer est souvent agitée sous ces latitudes, et je ne vais bientôt plus savoir où donner de la tête, même si le temps se maintient.

— Dans ce cas, je vais veiller moi-même sur ma tante. Je vous demanderai simplement de bien vouloir vider le seau de temps à autre.

— Oh, de ce côté-là, rien à craindre. Des seaux propres vous seront distribués régulièrement.

Harriet était malade comme un chien, mais au bout d'un moment, n'ayant plus rien à vomir, elle put de nouveau s'étendre sur sa couchette, les joues livides. Il lui présenta un verre d'eau, mais elle n'en but qu'une gorgée.

— Essaie de dormir. C'est ce que tu as de mieux à faire.

— J'ai besoin d'une femme de chambre, Adam. Il y a certaines tâches qu'un homme ne peut pas effectuer. Pourrais-tu appeler l'hôtesse ?

— Elle est très occupée. Mais je vais voir si je peux trouver quelqu'un pour prendre soin de toi.

Il ne restait que quelques personnes sur le pont. La jeune fille était l'une d'elles, aussi fraîche qu'une rose. Comme il l'observait, il vit la surveillante qui lui faisait signe de rentrer. Voyant la mine déçue de la jeune femme, il lui vint une idée.

Il dégringola les escaliers quatre à quatre.

— Pardonnez-moi, madame la surveillante, dit-il, mais y aurait-il parmi vos protégées une bonne âme qui accepterait de prendre soin de ma tante ? Elle est très malade et l'hôtesse ne sait plus où donner de la tête. Il y a certaines tâches dont un homme ne peut pas se charger.

— Oh, mais je serais ravie d'aider la pauvre femme, déclara spontanément la jeune fille sans qu'on lui eût rien demandé.

À son accent, il devina qu'elle était irlandaise. Elle avait un teint superbe. Mais d'où lui venaient ces ecchymoses ?

Il se tourna vers la matrone :

— L'autoriseriez-vous ? s'enquit-il.

— Je vais d'abord aller voir de quoi votre tante a besoin, si vous le permettez.

— Mais bien sûr. On n'est jamais trop prudent.

Il lui tendit sa main et se présenta :

— Adam Tregear. J'ai servi comme second à bord du *Silvero* qui assure la liaison avec New York. En revanche, ma tante n'a jamais mis les pieds sur un bateau.

Il la mena jusqu'à la cabine. Seul un gémissement leur parvint quand il frappa à la porte.

— Vous permettez ? dit la surveillante en entrant pour inspecter les lieux.

Satisfaite, elle hocha la tête, et demanda :

— Vous avez besoin d'une aide, madame ?

— Oui, s'il vous plaît.

— Mme Hope s'est proposée pour rester un moment à votre chevet.

Ainsi donc, la jeune femme était mariée, songea Adam, déçu à un point qui le surprit lui-même.

— Ma tante s'appelle Mme Seaton, dit-il. Elle est veuve.

— Comme Mme Hope, commenta la matrone, en braquant sur lui un regard de cerbère. Depuis peu.

— J'en suis désolé, dit-il en s'adressant à la surveillante plus qu'à la jeune inconnue. Vous pouvez me faire confiance, elle ne court aucun risque avec moi.

La matrone le scruta d'un œil perçant, puis opina :

— Très bien. Laissez-nous à présent.

Il ressortit sur le pont. La mer avait pris une teinte brunâtre très éloignée du bleu profond des mers du Sud, mais il aimait malgré tout passionnément l'océan.

Peu après, la surveillante vint le trouver.

— Je pense que votre tante est entre de bonnes mains. Mme Hope me fait l'effet d'une personne sérieuse et bien élevée, et qui plus est, le tangage ne semble pas l'affecter. Nous sommes convenues qu'elle passerait la nuit au chevet de votre tante. Je vais lui faire monter un matelas pour qu'elle puisse dormir par terre.

— Je vous remercie. Vous allez vous charger de veiller vous-même sur la situation ?

— C'est l'hôtesse de bord qui s'en chargera. J'ai plusieurs femmes malades sous ma responsabilité et je ne sais plus où donner de la tête.

— Oui, bien sûr. Excusez-moi. Et merci pour votre aide.

Le temps se calma, et bien qu'encore très affaiblie, Harriet commençait à reprendre un peu du poil de la bête. Sa jeune auxiliaire, quoique toute disposée à recueillir ses confidences, ne semblait guère encline à parler d'elle-même. Ce qu'Harriet mit sur le compte d'une grande timidité liée au fait qu'elle venait d'un milieu très modeste.

Le lendemain matin, Harriet se sentit suffisamment remise pour sortir faire un tour sur le pont et renvoyer Ismay dans le quartier des femmes.

— Accepterais-tu de passer encore une nuit ou deux à mon chevet ? lui demanda-t-elle. Juste au cas où je serais à nouveau prise de nausées ?

La jeune femme lui adressa un sourire lumineux.

— Oh, mais bien sûr, madame Seaton. On est au calme ici. À l'entrepont, le bruit est incessant, et je ne parle pas seulement des ronflements. Beaucoup de mes compagnes souffrent du mal de mer.

— Et sans doute l'ambiance est-elle un peu trop joviale pour une personne qui vient de perdre son mari. L'accident a dû être d'une rare violence à en juger par l'état de ton visage.

Ismay rougit, ouvrit la bouche comme pour dire quelque chose, puis la referma brusquement.

Cette enfant cache un douloureux secret qu'elle a du mal à porter, songea Harriet. Cependant, elle n'insista pas. Elle finirait bien par découvrir de quoi il retournait. La plupart des gens se confiaient à elle, une fois qu'ils avaient appris à la connaître, car ils sentaient qu'elle savait garder un secret.

— Comment s'est passée la leçon ? lui demanda-t-elle le lendemain après-midi.

— Oh, à merveille ! Nous avons lu un livre passionnant, chacun à tour de rôle, et le professeur nous a expliqué la signification des mots nouveaux. Il y a une telle quantité de mots intéressants !

— C'est vrai.

— Tous les élèves sont très motivés, si bien qu'on travaille dur et qu'on s'entraide les uns les autres. Et regardez…

Elle brandit une poche de toile qui, à l'évidence, contenait un livre :

— On nous a prêté à chacun un manuel pour nous entraîner.

— Je suis contente pour toi, ma chère. Et le cours de couture ?

Ismay haussa les épaules tandis que son sourire s'évanouissait.

— Je suis avec les débutantes et ce n'est pas très intéressant. Je sais coudre un ourlet, mais c'est tout, et l'instructrice m'a obligée à défaire mes points et à recommencer trois fois mon ouvrage. Elle est de Glasgow, et j'ai du mal à comprendre son accent, mais elle nous a parlé d'un homme du nom de M. Singer, qui a inventé une machine à coudre. Vous imaginez ! Mais il faut malgré tout savoir coudre à la main, car la machine ne peut pas tout faire.

Harriet fut frappée par la précision avec laquelle Ismay se rappelait chaque détail.

— J'ai entendu parler de ces machines, mais j'aime coudre à la main.

— Pas moi, pour être tout à fait honnête. Mais j'aimerais bien pouvoir coudre mes propres vêtements. Des bienfaitrices ont fait don de toile de coton à la classe de couture pour que nous puissions nous entraîner. Je suis en train de me confectionner un caraco, et si j'ai le temps, je me ferai une culotte. Il paraît que les dames sont de plus en plus nombreuses à en porter, au cas où leurs crinolines se relèveraient et dévoileraient leurs jambes. Elle lâcha un petit rire. Mais je ne me vois pas porter un de ces pantalons ridicules.

— Moi, non plus. Mes trois jupons me suffisent.

Lorsqu'elle eut fini de parler des cours, Ismay retomba dans le silence. Il était évident qu'elle était tracassée. Sans compter qu'elle n'avait pas l'air d'une veuve éplorée. Harriet ne savait que trop bien ce que ressentait une veuve.

Ce soir-là, alors qu'elles se préparaient à se mettre au lit, en tournant le dos avec pudeur, Harriet dit doucement :

— S'il y a quelque chose qui t'ennuie, Ismay, sache que tu peux te confier à moi. Ton secret sera bien gardé.

Un silence de mort se fit dans la cabine, puis un sanglot jaillit.

— Je croyais avoir bien caché mes tracas.

— Aux autres, peut-être, mais toi et moi avons passé beaucoup de temps ensemble.

Ismay plaqua une main sur ses lèvres comme pour refouler un autre sanglot.

— Allons, ma chère ! dit Harriet en la faisant asseoir à côté d'elle sur le lit et en passant un bras autour de ses épaules. Dis-moi tout.

— Je n'ose pas.

— Est-ce donc si grave ?

— Terrible.

À nouveau des sanglots.

— Voyons voir… Tu n'es pas vraiment veuve, n'est-ce pas ?

Elle sentit le corps gracile de la jeune fille se raidir contre le sien.

— Comment avez-vous deviné ?

— Parce que tu n'es pas accablée de chagrin. Tu ne serais pas la première. Il est courant que des familles envoient leurs filles enceintes en Australie ou en

Amérique, en racontant qu'elles viennent de perdre leur mari.

Ismay priait le Ciel pour qu'il n'en fût pas ainsi, car elle n'avait toujours pas eu ses saignements alors qu'en temps normal elle était parfaitement réglée.

— Est-il possible que tu attendes un enfant ?

— Il y a un homme qui... m'a forcée. Mon père voulait que je l'épouse, alors il a dit à Rory où je me trouvais et... et... Rory m'a suivie et il m'a...

Ismay s'interrompit et fondit en larmes.

— Ton propre père a fait cela ? Dieu du Ciel ! Allons, allons, ma mignonne, calme-toi.

Elle berça la jeune fille éplorée dans ses bras.

Au bout d'un moment, Ismay retrouva la force de parler.

— Le maître du domaine est arrivé à ce moment-là, et il l'a chassé. Mais c'était trop tard. Ensuite, j'ai pris la fuite parce que mon père et le curé voulaient m'obliger à épouser Rory, et que j'avais peur qu'il ne cherche à m'attraper à nouveau. Le maître et son épouse m'ont amenée jusqu'au bateau. Ils ont été si gentils avec moi. Et je vais vraiment retrouver mon frère en Australie, ça oui. Mais maintenant... me voilà seule pendant deux mois, et je ne sais pas ce que je vais faire si je suis enceinte.

— Tu n'es pas seule, ma chère enfant. Je suis venue plus d'une fois en aide à des filles comme toi, qui méritent d'être épaulées. Les femmes de ma paroisse, à Liverpool, ont acheté une maison pour accueillir les malheureuses jusqu'à ce qu'elles aient accouché. Je n'ai pour ma part jamais eu d'enfants, parce que je n'ai pas voulu me remarier après la mort de mon cher James, mais je suis la marraine d'une ribambelle de gamins. Et je serai plus qu'heureuse de t'aider dans la mesure de mes moyens.

— Vous n'allez en parler à personne, pas même à M. Tregear, n'est-ce pas ? Si le capitaine l'apprenait, il me mettrait au cachot pour conduite immorale. Il me fait peur.

— Je ne le dirai à personne.

Elle enlaça soudain Ismay et lui dit :

— Pourquoi ne passerais-tu pas le reste du voyage avec moi, dans ma cabine ? Nous dirons que je t'ai engagée comme femme de chambre. À condition que ça ne t'ennuie pas de dormir par terre ?

— Oh, mais non. J'en serais ravie au contraire. Vous êtes sûre, madame Seaton ?

— Tout à fait sûre. Je t'aiderai à faire tes exercices de lecture et de couture. Il n'y a pas que les ourlets. Il y a la broderie aussi. C'est plus amusant.

— Vous êtes si gentille.

— Ça m'aidera à passer le temps. Je n'aime pas rester à ne rien faire, et je m'ennuyais ferme avant ta venue. C'est un long voyage, et certaines dames à cet étage ne savent parler de rien d'autre que de chiffon, de bijoux et de maris fortunés.

— Comment pouvez-vous vous ennuyer avec tous les concerts, les lectures de poésie et tous les divertissements qui sont organisés à bord ? Pas le temps de s'ennuyer. Mais de se faire du mouron, si…

— À mon tour de te confier un secret, dit Harriet en souriant. Je n'ai pas l'oreille musicale pour deux sous, quant à entendre déclamer des hommes soupirant d'amour pour les beaux yeux d'une dame…

Ismay rit doucement.

— Merci de m'avoir écoutée.

— Il faut dormir à présent. Je crois que nous tombons toutes les deux de sommeil.

Pour la première fois depuis que *la chose* était arrivée, Ismay se sentit rassérénée. Elle n'avait pas la nausée le matin, si bien que le pire n'était peut-être pas certain, même si elle avait un petit retard de règles. Et puis elle avait trouvé une confidente dans la personne de cette gentille dame, qui ne la jugeait pas, de sorte qu'elle pouvait s'estimer chanceuse.

Elle n'avait guère eu l'occasion d'échanger avec le neveu de Mme Seaton, mais, selon sa tante, c'était un garçon charmant. Il était très beau, du moins aux yeux d'Ismay, car les autres femmes lui trouvaient le teint trop hâlé. Ce qui ne les empêchait pas de lui faire de grands sourires qu'il n'avait pas l'air de remarquer.

Peut-être avait-il déjà une fiancée ? Non, si c'était le cas, il l'aurait emmenée en Australie. Mais alors, pourquoi était-il toujours célibataire à vingt-huit ans ? Au village, tous les hommes se mariaient bien avant cela.

Ismay avait toujours espéré rencontrer un garçon un jour. Mais plus maintenant. Car s'il fallait faire *la chose* régulièrement avec son époux, cela n'en valait vraiment pas la peine. Elle frissonna au souvenir de la douleur atroce et du sentiment d'impuissance qu'elle avait ressentis. Il lui arrivait encore de faire des cauchemars dans lesquels Rory la prenait à nouveau de force.

Heureusement, plus jamais elle ne verrait sa vilaine trogne grêlée, ou n'entendrait sa voix rocailleuse lui susurrer des propos dégoûtants à l'oreille. Pendant des années il l'avait harcelée, et elle s'était toujours efforcée de l'ignorer, malgré la répulsion qu'il lui inspirait. Ce n'était pas convenable de parler ainsi à une femme.

6

Le capitaine Dougal McBride avait trouvé une gouvernante pour sa mère, qui perdait la mémoire et avait désormais besoin de quelqu'un à ses côtés en permanence. Mlle Gunson était une dame des plus respectables, munie de références irréprochables.

Il était remonté sur son bateau avec le sentiment du devoir accompli. Il ne souhaitait plus avoir de contacts avec sa mère depuis qu'elle était installée dans sa nouvelle maison dans le centre de Fremantle. Il sentait la fureur monter en lui chaque fois qu'il repensait à tous les stratagèmes dont elle avait usé pour empêcher sa sœur de vivre sa vie. Elle avait sali le nom de Flora et tué dans l'œuf son projet de pension de famille. Flora était partie quand même, et les insinuations calomnieuses de Mme McBride n'avaient fait qu'empirer.

À l'époque, personne ne savait qu'elle était en train de basculer dans la sénilité et de perdre contact avec la réalité. Toujours est-il que le venin de la calomnie avait œuvré, et Flora continuait de faire l'objet d'un certain ostracisme de la part de personnes qui croyaient que les rumeurs lancées par sa mère avaient un fond de vérité.

Dougal allait continuer de soutenir Flora, dont il était très proche, sans pour autant négliger ses devoirs envers sa mère.

Il avait hâte de reprendre la mer. La vie était tellement plus simple à bord. On luttait contre les éléments, on transportait des marchandises, on commandait son équipage. Même si c'était un peu solitaire. Un capitaine doit savoir garder ses distances.

*

Un mardi, Ann Gunson ouvrit la porte au pasteur qui passait faire une visite chaque semaine.

— Je suis très soulagée de vous voir, monsieur Howarth ! J'ai besoin de vos conseils.

— Que se passe-t-il, mademoiselle Gunson ?

— Mme McBride est particulièrement difficile aujourd'hui, expliqua-t-elle en baissant la voix. Écoutez ça…

Ils se turent pour entendre la vieille dame qui vociférait d'une voix stridente. La voix s'arrêta un moment puis reprit de plus belle.

— Elle est avec quelqu'un ? Souhaitez-vous que je revienne plus tard ?

— Non, elle parle toute seule. Elle voulait aller se promener, puis une fois que nous étions habillées pour sortir, elle a changé d'avis. Un éclat de rire provenant du salon l'interrompit. Je ne sais pas quoi faire.

— Qui est-ce ? demanda la voix.

— C'est M. Howarth, le pasteur !

— Pourquoi le laissez-vous sur le pas de la porte ? Faites-le entrer. C'est moi qu'il vient voir, pas vous !

Mme McBride accueillit l'ecclésiastique chaleureusement et se tourna vers sa dame de compagnie.

— Laissez-nous seuls, lança-t-elle d'un ton acerbe. Je veux parler avec mon visiteur en tête à tête.

Ann détestait écouter aux portes, mais elle avait compris que désormais, elle n'avait pas le choix. Elle devait vérifier constamment ce que faisait sa patronne. Même si les gages étaient le double de l'ordinaire, c'était de l'argent rudement gagné. Elle n'avait pas une minute à elle de toute la journée et la nuit, elle se réveillait en sursaut au moindre bruit.

Elle sortit sur le porche qui longeait la façade et alla discrètement se poster près de la fenêtre du salon. Même si un passant la surprenait à écouter, elle s'en moquait.

Mme McBride parlait sans discontinuer, ne laissant pas le pasteur répondre.

— Cette femme ne s'occupe pas de moi comme elle le devrait, monsieur Howarth. Je ne comprends pas pourquoi mon fils l'a engagée. Elle est méchante avec moi. Elle garde pour elle toute la bonne nourriture et ne me donne à manger que des tartines. Je me suis couchée affamée hier soir. Affamée ! Mon fils est capitaine, j'ai le droit d'être bien traitée !

Puis la voix baissa et devint inaudible, avant de reprendre avec véhémence.

— Je suis sûre qu'elle reçoit des hommes dans sa chambre. Je les entends rire, ils font des bruits suspects. Vous voyez ce que je veux dire…

Il y eut une pause, durant laquelle le pasteur ne dit mot, puis la vieille dame continua comme s'il lui avait posé une question.

— Oh, je ne pourrais pas faire ça ! J'ai peur de l'affronter. Elle est plus forte que moi, parfois elle me gifle.

En jetant un œil par la fenêtre, Ann vit le pasteur assis bouche bée en face de son hôtesse.

Ce pasteur n'est qu'une ganache prétentieuse, pensa-t-elle, il ne sera d'aucune utilité. Et puis, soudain, elle en eut assez. Cela faisait plusieurs mois qu'elle occupait cet emploi difficile, qui maintenant dépassait les limites du supportable. Il fallait déjà avoir la patience d'une sainte pour endurer la compagnie de Mme McBride dans ses meilleurs moments, mais ces derniers temps sa bizarrerie empirait et parfois, elle lui faisait peur. Ann avait beau être bien payée, il fallait qu'elle trouve un autre emploi. Un emploi normal avec des gens normaux.

Elle rentra dans la maison, alla à la cuisine et regarda le calendrier affiché sur le mur. Les notes gribouillées dans la marge n'avaient pas changé : le navire du capitaine McBride ne rentrerait pas avant cinq jours, dans le meilleur des cas, et elle n'était pas sûre de pouvoir tenir aussi longtemps.

Elle emprunta le couloir qui menait au salon. Lorsqu'elle entra, le pasteur eut l'air soulagé de la voir.

— Mme McBride imagine des choses qui n'existent pas, comme c'est parfois le cas avec les personnes âgées, lança-t-elle sans tourner autour du pot, en ayant assez de faire semblant.

— Comment osez-vous dire cela, espèce de menteuse ? cria Mme McBride. Bondissant de son fauteuil, elle se jeta sur sa dame de compagnie. C'était la première fois qu'elle l'agressait physiquement.

Ann se demanda comment elle se serait défendue sans l'aide du pasteur. La vieille dame semblait soudain dotée d'une force surnaturelle alors qu'elle-même était petite et frêle.

À eux deux, il leur fallut plusieurs minutes pour la maîtriser. Ils durent l'attacher à son fauteuil et elle se mit à hurler en tapant des pieds.

— Je n'imaginais pas… Est-ce qu'elle est souvent comme ça ? demanda l'ecclésiastique en haussant la voix pour couvrir le torrent d'invectives.

— Elle se calme généralement après avoir avalé sa dose de sirop, mais récemment son état a empiré.

— Elle essaye de m'empoisonner, vociféra Mme McBride. Aidez-moi, monsieur Howarth, avant qu'elle m'assassine. Aidez-moi !

Ann expliqua d'une voix aussi basse que possible.

— Le sirop contient du laudanum. Elle l'a sans doute recraché ce matin.

Ils réussirent à grand-peine à lui faire avaler une cuillerée de cordial, une double dose cette fois, et au bout d'un quart d'heure, la vieille dame commença à s'apaiser.

— Cela devrait l'endormir pour combien de temps ?

— Peut-être qu'elle ne dormira pas, mais elle sera paisible pendant plusieurs heures, j'espère. C'est la première fois qu'elle m'agresse physiquement, toutefois cela fait plusieurs semaines qu'elle profère contre moi des accusations délirantes. Nous ne pouvons pas continuer comme ça, monsieur Howarth, je suis à bout. Pouvez-vous rester avec moi jusqu'à l'arrivée de sa fille ?

— Je croyais qu'elles ne se voyaient plus…

— En effet, mais nous sommes en situation de crise et comme le capitaine McBride est en mer, il n'y a pas le choix. Il va falloir prendre une décision. Je ne resterai pas seule dans cette maison une nuit de plus. Elle s'est mise à errer chez elle à n'importe quelle heure. À plusieurs reprises, je l'ai retrouvée dans son jardin en pleine nuit.

Elle baissa la voix et ajouta :

— La dernière fois, elle était en train d'enlever ses habits.

Le pasteur émit un petit gloussement outré.

— Il vaut mieux que je reste, alors. Avez-vous quelqu'un qui puisse porter un message à sa fille ?

— Oui, un jeune voisin très serviable, toujours prêt à faire une course pour quelques sous. J'écris un mot en vitesse.

Elle s'exécuta et fit porter le billet.

Sur le divan, Mme McBride ronflait doucement. Elle avait l'air de la vieille dame paisible qu'elle n'était plus depuis longtemps.

Plus d'une heure passa.

— Peut-être que Mlle McBride n'est pas chez elle ? suggéra le pasteur après avoir consulté sa montre.

— Si vous partez, j'en fais autant, répliqua Ann de but en blanc.

— Je ne vais pas vous laisser seule, concéda-t-il en soupirant.

— Merci. Puis-je vous offrir une tasse de thé ?

— Avec plaisir, si ce n'est pas trop de dérangement.

— Pas du tout. J'en boirais moi-même bien volontiers.

Mais quand elle revint avec le plateau, il regardait de nouveau sa montre…

Flora McBride fut consternée à la lecture du billet, écrit d'une main agitée dont Ann Gunson n'était pas coutumière. Elle ne pouvait pas rester sans rien faire.

Votre mère devient agressive et perd la raison. Je ne peux continuer comme cela. Votre frère ne rentre pas avant plusieurs jours, j'ai besoin d'aide de toute urgence.
Ann Gunson

Flora s'était juré de ne jamais retourner voir sa mère. Elle ne le lui pardonnait pas d'avoir terni sa réputation. Tout le monde l'avait traitée comme une pestiférée pendant des semaines, jusqu'à ce que son frère rentrât de Singapour et y mît bon ordre. Mais on continuait de l'éviter et les racontars allaient toujours bon train. On prétendait qu'elle avait abandonné sa mère en la laissant aux soins d'une étrangère.

Elle ne savait que faire. Dougal était encore loin. Elle soupira. Elle était bien obligée d'intervenir, impossible de laisser la pauvre Mlle Gunson dans cette détresse. Elle lâcha un profond soupir. Voir sa mère était la dernière chose dont elle avait envie !

Que s'était-il passé ? Le pharmacien avait pourtant dit que la dose quotidienne de sirop devait suffire.

Flora prit son manteau et son chapeau et indiqua à sa bonne où elle se rendait. Elle marcha d'un pas lent dans les rues de Fremantle jusqu'à la coquette maison de bois où habitait sa mère. Elle redoutait terriblement le face-à-face.

À peine eut-elle frappé qu'elle entendit des pas précipités qui s'approchaient. Mlle Gunson ouvrit la porte.

— Dieu merci, vous voilà !

Flora vit que la jeune femme s'efforçait de retenir ses larmes. Elle lui prit le bras.

— C'est donc si grave ?

— Pendant un mois ou deux, ça a été, ses amies passaient la voir, mais son état a empiré rapidement et les visites ont cessé.

— Dites-moi tout.

Flora écouta, horrifiée. On entendait parfois parler de vieillards qui perdaient la tête et qu'il fallait attacher, mais que ce pût être le cas de sa propre mère lui causa un choc terrible. Au point qu'elle n'entendit pas les derniers propos d'Ann Gunson, qui s'était tue.

— Excusez-moi, vous disiez ?

— Vous devez engager une personne qui ait assez de force physique pour la maîtriser. Ce n'est pas mon cas. Et je crains fort qu'il ne faille l'enfermer, pour sa propre sécurité. Je l'ai surprise en train d'essayer de mettre le feu à la réserve de bois. Ann prit une profonde inspiration avant de poursuivre. Je suis désolée, mademoiselle McBride, mais je vais devoir quitter cette place. Je n'arrive plus à faire face.

Flora regarda la frêle silhouette d'Ann Gunson.

— Je comprends, et je vous donnerai d'excellentes références, bien entendu. Je vous serais très obligée de bien vouloir rester le temps de vous trouver une remplaçante.

— Je veux bien à condition que vous fassiez venir une femme robuste pour m'épauler, et que vous mettiez des verrous à la porte et à la fenêtre de sa chambre.

Flora réfléchit quelques instants.

— Peut-être que Mme Hollins aurait une idée. Les familles de militaires à la retraite se fréquentent entre elles, et elle connaît beaucoup de monde ici. Je vais aller la voir tout de suite. Vous pourrez vous débrouiller le temps que je revienne ?

— C'est que le pasteur est déjà en retard..., répondit la gouvernante après un moment d'hésitation.

— Nous allons lui donner une autre cuillerée de sirop, cela devrait suffire à la tenir tranquille.

Sa mère était encore somnolente, mais cela ne l'empêcha de recracher tout le sirop qu'elle pouvait en éclaboussant les deux femmes. Flora lui pinça le nez, et lorsque la vieille dame ouvrit la bouche pour respirer, Mlle Gunson réussit à faire couler le liquide brun dans sa gorge.

— Je dois partir, annonça le pasteur. Je suis déjà en retard.

Il décampa sans demander son reste.

Flora attendit que sa mère soit endormie.

— Nous allons la laisser attachée, comme cela vous ne craignez rien. Je ferai aussi vite que possible. La bonne est là.

— Elle parle de s'en aller, elle aussi.

— Dites-lui que nous augmenterons ses gages.

Mme Hollins connaissait une femme robuste qui était disposée à aider chez Mme McBride. Rhoda était une veuve joviale d'une quarantaine d'années. Mais elle était trop fruste pour tenir la maison et faire office de gouvernante une fois que Mlle Gunson serait partie.

La bonne accepta de rester à condition de ne pas avoir à s'occuper personnellement de la vieille dame. L'augmentation de ses gages était un argument de poids.

— Je pense que je vais publier une petite annonce pour une gouvernante dans le *Perth Gazette and West Australian Times*, annonça Flora.

— N'oubliez pas de préciser que votre mère requiert une présence attentive parce qu'elle perd la mémoire. C'est la formule consacrée, les gens comprennent ce que cela veut dire.

Il y eut un silence, suivi d'un soupir.

— Probablement. En attendant, je vais engager Rhoda. C'est une femme robuste, je suis sûre qu'elle pourra se débrouiller avec ma mère. Vraiment, je vous serais très reconnaissante de rester dans l'intervalle.

La réticence de Mlle Gunson se lisait sur son visage mais elle n'osa pas refuser.

— Je sais que vous souhaitez partir, reprit Flora, malheureusement l'état de ma mère est pire encore quand je suis auprès d'elle. Si vous acceptez, je vous donnerai une prime de vingt guinées à votre départ, en plus des excellentes références.

— Je pourrais rester encore une semaine ou deux.

Flora ferma les yeux de soulagement.

— Bien. Rhoda devrait arriver dans l'heure.

— Vous allez l'attendre avec moi ?

— Bien sûr.

— De mon côté, je dois aussi publier une petite annonce, mais pas tout de suite. Sauf si je dois quitter la maison au cas où vous trouveriez rapidement une remplaçante.

Fremantle était une petite bourgade qui comptait à peine trois mille âmes, et il allait être difficile d'y trouver la perle rare. Peut-être l'annonce attirerait-elle des femmes qui vivaient en dehors de la ville, ou bien des immigrantes fraîchement débarquées.

— Si nous engageons quelqu'un avant que vous ayez une nouvelle place, vous pourrez rester ici le temps qu'il faudra, ou aller habiter chez mon frère.

Flora avait formulé sa proposition sans réfléchir, mais elle n'avait guère le choix. Elle comprit à l'expression soulagée de Mlle Gunson que ce dernier argument l'avait convaincue. Pour les femmes comme elle, seules et obligées de travailler pour subvenir à leurs besoins, la vie n'était pas facile.

Elle rentra chez elle plongée dans ses pensées. Elle allait offrir à la nouvelle gouvernante un salaire supérieur à celui qu'elle versait à Mlle Gunson, ce qui rendrait la place très attrayante. Elle se demanda pourquoi les femmes étaient tellement moins bien payées que les hommes. Les vêtements et la nourriture coûtaient le même prix pour tous, après tout, sans compter que les femmes devaient parfois élever seules leurs enfants.

Flora, le cœur lourd, se dit que si Mlle Gunson devait partir avant l'arrivée de sa remplaçante, elle-même serait bien obligée de prendre le relais auprès de sa mère, une perspective qui la déprimait au plus haut point. Non seulement sa mère lui avait mené la vie dure, mais pour s'assurer qu'elle serait son bâton de vieillesse, elle n'avait pas hésité à éloigner d'elle l'amour de sa vie. Flora ne pourrait jamais lui pardonner d'avoir provoqué la séparation avec Joss. Parfois, elle rêvait encore de lui.

Dans l'immédiat, elle ne pouvait rien faire de plus. Elle devait faire preuve de patience et trouver rapidement une employée. En espérant que le navire de Dougal rentre sans encombre.

Elle demanda au Ciel de la guider. Elle ne savait toujours pas quoi faire de sa vie. Tôt ou tard, Dougal se marierait, et elle ne voulait pas finir comme ces vieilles filles qui n'attirent que pitié et commisération.

*

Bram fit le tour du bazar en compagnie du jeune homme qu'il venait d'embaucher comme assistant, afin de vérifier que tout était en ordre et rangé selon ses instructions. Il avait engagé Freddie Spooner parce que les affaires marchaient beaucoup mieux que prévu et qu'Isabella était désormais très prise par leur bébé. Parfois, il devait même faire appel à Mme Hollins pour aider à la vente même si la plupart des clients préféraient avoir affaire à un homme.

Une fois l'inspection terminée, il embrassa son bazar du regard, plein de fierté. Les baraques délabrées avaient été métamorphosées en une boutique avenante. Il avait changé les portes, fait poser un vrai plancher et repeindre les encadrements des fenêtres. Les vitrines, les étagères et les tables à tréteaux débordaient de marchandises multicolores. Il projetait de blanchir les murs à la chaux pour obtenir encore plus de luminosité.

Il avait la tête pleine de projets.

Son épouse gérait les comptes, et c'est elle aussi qui commandait les soieries que leur fournissaient M. Lee et sa fille. Isabella avait vécu deux ans à Singapour auprès des Lee, comme préceptrice d'anglais pour la famille, surtout pour M. Lee lui-même qui était en train de faire fortune dans le négoce. Elle avait été traitée comme un membre de la famille. Quand

Dougal allait à Singapour, elle lui confiait toujours une lettre pour eux.

Isabella avait tenu à ce qu'on accrochât une longueur de soie de couleur vive qui frappait l'œil dès qu'on entrait dans la boutique. Elle était tendue entre deux crochets fixés au plafond, et roulée soigneusement tous les soirs pour éviter qu'elle ne devînt la proie des insectes ou, pire encore, des souris. Bram se dit qu'il devrait prendre un chat.

Les clientes s'extasiaient toujours devant cette soierie, et généralement elle était vendue en quelques jours de sorte qu'il fallait régulièrement en exposer une nouvelle. C'était le seul tissu ainsi offert aux regards. Isabella pensait qu'il valait mieux appâter les clientes avec une belle pièce et exciter leur curiosité plutôt que de leur donner tout à voir d'emblée. Elle voulait que Bram se procure des boîtes vitrées pour présenter la soie. M. Lee saurait où les faire fabriquer à Singapour.

Quelle femme il avait ! La tête sur les épaules, et débordante d'idées avec ça !

Bram laissa Freddie s'occuper des premiers clients. Son nouvel assistant était un garçon d'aspect peu avenant, maigrichon, affublé de lunettes à verres épais qui lui faisaient des yeux de grenouille. Mais les gens l'aimaient bien et il ne rechignait pas à la tâche, content d'avoir un travail intéressant qui ne demandait pas une grande force physique.

Il était temps d'établir un état des stocks avant le prochain voyage de Dougal à Singapour, et pour cela Bram avait besoin d'Isabella. Il fallait évidemment réapprovisionner les articles qui se vendaient bien, mais cette fois ils avaient de quoi en commander beaucoup plus et diversifier leur gamme. Il régnait dans la colonie une pénurie chronique d'articles manufacturés.

Bram en avait presque le tournis quand il pensait à tous les bénéfices qu'ils engrangeaient déjà. Les affaires marchaient incroyablement bien. Était-ce ainsi que des gens faisaient fortune ? À son arrivée, il n'avait eu d'autre ambition que de réussir à faire vivre correctement sa famille au prix d'un dur labeur.

Allait-il continuer sur sa lancée ? Il osait à peine y croire, de crainte que le destin ne le rattrape. La ruine était toujours possible, les exemples n'étaient pas rares. Quand on était né dans la misère comme lui, on avait toujours du mal à croire en sa bonne étoile. Pour cette raison, il mettait régulièrement de l'argent de côté sans en parler à personne.

En arrivant chez lui, il s'arrêta sur le pas de la porte. Sa femme était assise à la table de la cuisine avec leur bonne Sally. Elles riaient. Un rayon de soleil illuminait la chevelure flamboyante d'Isabella et sa beauté lui coupa le souffle. C'était cette chevelure rousse qui avait aimanté son regard dans une rue de Singapour, et parfois il se disait qu'il était tombé amoureux d'elle sur-le-champ.

Le bébé, Arlen, était endormi dans un coin, le visage angélique. La petite Louisa jouait avec sa poupée sous la table. Il resta quelques instants à les contempler en silence puis lança d'une voix forte :

— Est-ce qu'il reste un peu de thé pour un homme assoiffé ?

Sally se leva d'un bond et répondit, avec son sourire habituel :

— Oh, monsieur, je ne vous avais pas vu ! Le thé est encore chaud.

— Pourriez-vous apporter une tasse à Freddie au bazar ? Il a travaillé d'arrache-pied toute la matinée.

Une fois seul avec sa femme, Bram l'attira vers lui et l'embrassa longuement, la laissant tout alanguie. Il sourit, heureux de sentir qu'il lui faisait toujours le même effet.

— J'ai hâte d'être à ce soir, lui chuchota-t-il à l'oreille.

Elle rougit et se blottit en souriant contre son épaule.

— Mais nous devons continuer de faire attention, deux enfants pour le moment, ça suffit.

Il lui caressa le visage et déposa un baiser sur sa tempe, puis recula d'un pas en prenant une profonde inspiration. Souvent, il aurait préféré qu'ils n'aient pas de domestiques, non seulement Sally mais aussi la femme qui venait trois fois par semaine pour le ménage et la lessive. Ils avaient du mal à garder leurs ébats silencieux, et espéraient que Sally ne les entendait pas. Les ressorts de leur lit étaient sûrement les mieux huilés de Fremantle !

— Parlons un instant des comptes. Si tu as trop à faire, on peut engager quelqu'un, suggéra Bram.

— C'est mon travail, je veux le garder. Je me sens pleine d'énergie et Sally se débrouille très bien avec Arlen. Ce dont nous avons besoin, c'est d'une deuxième bonne, pour que je puisse passer plus de temps au bazar… Si nous réussissons à en trouver une qui travaille bien, ce qui n'est pas facile à Fremantle.

— Alors nous devrons aussi déménager. Impossible de mettre une personne de plus dans la petite chambre.

— Je n'ai pas encore envie de changer de maison, j'aime beaucoup celle-ci. Nous y sommes si heureux !

Elle s'étira comme un chat et Bram sentit l'émotion l'étreindre. Elle était ravissante.

— Oui, mais ça ne fait pas de mal de changer.

— Arrête de me regarder comme ça et assieds-toi. Nous pouvons examiner les comptes maintenant.

— Tu veux une autre tasse de thé ?

— Non merci. Je ne connais aucun homme qui boive autant de thé que toi.

— Je n'aime pas le vin, et franchement après une chope de bière j'ai ma dose, mais oui, j'adore le thé. Bon, commençons par la soie. Qu'est-ce que tu veux commander ?

— Deux fois plus que la dernière fois.

— Autant que ça ? Tu es sûre ?

— Et comment ! (Elle lui prit la main.) L'argent ne va pas s'évanouir, Bram, et si nous importons davantage de Singapour, nous allons en gagner beaucoup plus.

— Je n'arrive pas à croire que ça puisse durer, observa-t-il, les yeux fermés.

— Moi, si. Tu es né pour le commerce. Tu as le don de choisir ce que les gens veulent. Et moi, grâce à Xiu Mei, je suis devenue experte en soieries. Elle me manque, elle a été une vraie sœur pour moi.

Sally revint et ils s'installèrent à un coin de table pour faire les comptes. La bonne sortit avec le bébé dans les bras.

Une fois la comptabilité terminée, Bram alla jeter un œil sur les écuries, qui faisaient également partie des entreprises que Conn Largan avait financées.

C'était Lester Harding qui les gérait désormais et, comme d'habitude, tout était impeccable.

Lester était heureux, et ça se voyait. Rien à voir avec l'ancien bagnard à bout de souffle que Conn et lui avaient remis en selle. Après que Lester avait été libéré, il avait été placé d'office chez un maître qui le traitait comme un esclave et il s'était enfui. Il s'était réfugié dans les écuries et s'était occupé à merveille des chevaux.

Il avait suffi qu'on lui donne sa chance. Il s'était révélé excellent travailleur et il n'avait pas son pareil avec les chevaux. De surcroît, il se faisait facilement des amis.

Son statut d'ex-bagnard lui collait malgré tout à la peau et beaucoup de gens continuaient de le snober. On aurait dit qu'il y avait deux mondes dans la colonie de Swan River. Les anciens forçats avaient beau mener une vie honnête et productive, se montrer des membres utiles à la société, les colons continuaient de les mépriser envers et contre tout.

Bram sympathisait avec Lester, entre autres parce qu'il savait qu'il était l'objet des mêmes préjugés. On n'aimait pas beaucoup les Irlandais, même si, du moins en apparence, son succès avait fait taire les médisances.

Il sourit. Bram Deagan, un homme riche ! Vous vous rendez compte ? Qui aurait jamais pu imaginer une chose pareille ? Il n'avait pas encore fait fortune mais la vitesse à laquelle il gagnait de l'argent l'effrayait.

*

Le navire devait faire escale à Gibraltar, pour quelques heures seulement car il n'y avait pas besoin de le ravitailler en charbon. Ismay avait étudié le détroit sur la carte et se trouva sur le pont dès la première heure pour le voir de ses yeux. Si elle était restée dans le quartier des femmes à l'entrepont, elle n'aurait pas pu admirer le paysage à cette heure matinale. La matrone ne les laissait sortir qu'après le petit-déjeuner.

La mer était calme ce jour-là et l'énorme rocher était mystérieux et romantique dans la brume de l'aube. Elle était fascinée par la façon dont il se jetait à pic dans la mer. Elle n'avait jamais rien vu de pareil.

Un peu plus tard, quelques passagers descendirent dans une chaloupe pour se rendre à terre, dont M. Tregear. Mme Seaton, quant à elle, ne voyait pas l'intérêt de toute cette gymnastique pour une escale de quelques heures. Sans compter qu'il faisait chaud et qu'elle préférait rester sous l'auvent de toile qui avait été monté sur le pont supérieur. Peut-être la brise se lèverait-elle dans l'après-midi.

Les passagers de l'entrepont ne pouvaient pas aller à terre et n'étaient pas non plus invités sur le pont supérieur. Ismay passa beaucoup de temps accoudée au bastingage, à regarder la ville inconnue qui s'étalait en pente douce de l'autre côté du rocher. C'était étrange, ces strates de pierre superposées qu'encerclait une végétation rabougrie. Et en altitude, il ne restait que la roche nue. Elle n'aurait pas aimé y vivre. La verdeur de l'Irlande lui manquait, et parfois, aussi, même le crachin rafraîchissant.

— Impossible de cultiver un champ là-dessus, murmura-t-elle. Comment font-ils pour se nourrir ?

— Les champs, non merci ! Pour moi, la ville, il n'y a que ça ! lança une des filles.

Ismay l'entendit ajouter quelques remarques sur les Irlandais et leurs tourbières qui firent ricaner ses compagnes. Elle commençait à en avoir assez de ces allusions désobligeantes. Elle s'éloigna vers l'autre partie du pont, personne ne tenta de l'arrêter.

Elle avait besoin d'être au calme. Ses menstrues n'étaient toujours pas arrivées. Que ferait-elle si…

Au détour d'une coursive, elle vit un homme en train de brosser le pont. Il se releva et la regarda fixement. Il ressemblait à… Non ! C'était impossible !

Elle se figea sur place, n'en croyant pas ses yeux.

Rory Flynn sourit.

– Bonjour, Ismay.

C'était bien lui ! Elle tenta de faire demi-tour pour s'enfuir mais le sol se déroba sous ses pieds et tout sembla tournoyer autour d'elle.

Quand elle reprit connaissance, elle gisait sur le pont et un officier était agenouillé à son côté. Elle regarda de part et d'autre, aucun signe de Rory.

– Comment vous sentez-vous ? Un des hommes d'équipage vous a trouvée évanouie. Permettez-moi de vous aider à vous relever.

Elle se redressa. La tête lui tournait encore mais elle respira profondément et attendit. Peu à peu, le tourbillon cessa et elle réussit à se mettre debout.

– Merci. Ça va, maintenant.

Devant l'expression dubitative de l'officier, elle ajouta :

– Je ne dois pas rester au soleil, c'est tout.

– Je vais vous ramener vers vos compagnes, juste pour m'assurer que tout va bien. Et vous devez rester dans la zone réservée aux passagers de l'entrepont, mademoiselle.

Elle ne put s'empêcher de jeter des coups d'œil à droite et à gauche, mais Rory avait disparu.

Comment s'était-il débrouillé pour monter sur le bateau ?

Elle ferma les yeux, toute tremblante. Maintenant, comment ferait-elle pour lui échapper ?

— Vous êtes sûre que ça va, mademoiselle ?

— Pardon ? Oh, désolée, oui, je me sens mieux maintenant.

En s'approchant de ses compagnes de voyage, elle s'immobilisa et regarda vers le pont supérieur où les dames prenaient l'air.

— Je dors dans la cabine de ma maîtresse. Je travaille comme femme de chambre pour Mme Seaton. J'ai besoin de m'étendre.

— Laquelle est-ce ? Je ferais bien d'aller l'informer de ce qu'il s'est passé.

Ismay n'en pouvait plus. Elle se hâta de regagner la cabine. Elle resta longtemps debout, le dos pressé contre la porte, affolée à l'idée que Rory ait pu la suivre.

Elle entendit frapper.

— Ismay, c'est toi ? Tu es là ?

— Oui, madame. Il faut que je me repose un moment.

— Ouvre-moi, Ismay.

Elle s'exécuta avec réticence.

Harriet examina le visage d'Ismay, où subsistaient encore quelques traces d'ecchymoses.

— Un officier m'a informé que tu t'étais évanouie.

— Oui, je suis désolée.

— Tu ne l'as pas fait exprès, mon enfant. Tu es encore toute pâle. Assieds-toi sur le lit si tu ne veux pas que ça recommence. Je t'apporte un verre d'eau.

Ismay avait l'air terrifiée. Harriet lui dit d'une voix douce :

— Raconte-moi ce qui est arrivé. Visiblement, quelque chose t'a effrayée.

La jeune femme lissa machinalement les plis de sa jupe puis s'écria.

— Je l'ai vu, madame ! C'est ça qui m'a fait peur.

— Tu as vu qui, ma chère enfant ?

— Rory Flynn. L'homme qui m'a agressée. Il est à bord. Il travaille sur le bateau.

Harriet ne répondit pas. Elle pensait que c'était impossible.

— Tu as dû te tromper.

— Non ! Je ne pourrais jamais le confondre avec un autre. Et puis il m'a parlé.

— Pourquoi donc partir ainsi à ta poursuite ?

— Je ne sais pas. Peut-être est-il devenu fou. Depuis toujours il me suit, me guette, me menace. Mais je tiendrai parole. Je me tuerai plutôt que de l'épouser !

Sa voix frisait l'hystérie. Harriet lui répondit avec calme :

— Tu n'en auras pas besoin. Jamais. Personne ne peut t'obliger à l'épouser, ni à épouser qui que ce soit.

Soudain, Ismay se précipita vers le lavabo, prise de vomissements. Harriet la regarda avec inquiétude. Non, pas ça ! Dieu du Ciel, pas ça ! Devant le silence de la jeune femme, elle hasarda :

— Est-il possible que tu portes son enfant ?

— Je n'ai pas de nausées matinales. Ma mère en avait à chaque fois, je pensais que c'était le premier signe.

Harriet était toujours étonnée de constater l'ignorance de la plupart des filles en la matière, même celles qui avaient grandi à la campagne.

— Tu sais, il y a d'autres indices.

Elle lui expliqua, et vit les larmes monter aux yeux d'Ismay.

— J'ai un peu mal là, dit-elle en baissant les yeux vers ses seins. Non ! Je ne pourrai pas le supporter.

Elle éclata en gros sanglots désespérés. Harriet la prit dans ses bras et la laissa pleurer tout son soûl, le corps agité de tremblement.

Quand elle se fut un peu calmée, Ismay articula d'une petite voix.

— Si c'est ça, ce n'est pas… pas juste.

— Non. Mais un enfant, c'est toujours une bénédiction.

— Pas le sien. Et que va dire mon frère ? Si Rory arrive en Australie et que Bram apprend pour le bébé, il voudra que j'épouse le père. Tout le monde le voudra.

— Personne ne peut t'obliger à l'épouser, répéta Harriet patiemment.

Mais Ismay ne la croyait pas et elle sanglota encore. Harriet ne pouvait pas lui en vouloir. Les femmes dans sa situation étaient méprisées par tous, et élever un bâtard, c'était avoir la vie dure. Adam était bien placé pour le savoir.

Non seulement c'était elle la victime, mais de plus elle devait en payer le prix. Harriet aurait voulu faire disparaître de la surface de la Terre tous ces hommes incapables de contrôler leurs pulsions. Elle en avait vu de ces filles, dont la vie avait été détruite, qui s'étaient suicidées plutôt que de connaître la honte. Avec ses amies, elle avait acheté une maison pour les accueillir et les aider.

Elle garda le silence, ne voulant pas imposer une conversation à cette pauvre fille. Elle entendit la chaloupe qui accostait et tira sa montre de gousset. Il était plus tard qu'elle ne le pensait.

— Je vais chercher Adam. Je le ramène ici, tu dois lui raconter. Ne proteste pas. Nous ne pouvons pas nous débrouiller sans son aide, pas avec ce Flynn qui rôde à bord.

Ismay lui lança un regard éteint et ferma les yeux.

— Comme vous voulez.

Harriet déposa un baiser sur son front.

— Je ne laisserai personne te faire du mal, ma petite. Je te le promets.

Elle pouvait voir que la jeune femme ne la croyait pas.

Rory se remit au travail, le sourire aux lèvres. Il avait causé un joli choc à Ismay. Elle n'avait que ce qu'elle méritait. Il l'aurait retrouvée plus tôt si elle était restée à sa place, c'est-à-dire à l'entrepont. Mais comme elle s'était installée avec la vieille dame, il n'avait pas pu s'approcher.

S'embarquer pour l'Australie était ce qu'il avait fait de mieux dans sa vie. Il n'avait jamais aussi bien mangé et le travail n'était pas plus dur que ce à quoi il était accoutumé. Il n'appréciait pas trop quand la mer était agitée, mais au moins il n'avait pas le mal de mer. Et surtout, il avait pu garder pour lui tout l'argent que les prêtres lui avaient donné. Ces idiots !

Et maintenant qu'on atteignait des climats chauds, il était encore plus content. Il adorait sentir la chaleur du soleil sur son dos quand il travaillait.

Mais Ismay ne semblait pas enceinte, elle était aussi mince qu'avant. Quand même, elle avait eu un malaise quand elle l'avait vu. Un signe, non ? Elle n'était pas du genre à tomber dans les pommes, sinon ça se serait su au village.

Il n'avait pas l'intention de se manifester avant l'Australie mais il était content qu'elle sût qu'il était à bord. En attendant, il allait travailler dur. Il voulait que Jed, cet abruti qui les supervisait, l'aidât à trouver un boulot sur le deuxième navire, entre Suez et l'Australie.

Au début, il n'avait pas compris que le navire n'allait pas directement en Australie et les autres gars s'étaient moqués de lui. Ils continuaient, d'ailleurs, ce qui le mettait en rage. Par miracle, il avait réussi à ne pas leur mettre son poing dans la figure. S'il voulait obtenir ce satané bout de papier qui lui servirait de référence, il devait contenir sa colère.

Même s'il réussissait à monter sur le même vapeur qu'Ismay, il se passerait encore à peu près un mois avant qu'ils n'arrivent à destination. D'ici là, il fallait traverser l'Égypte en train jusqu'à une ville appelée Suez. Il devrait dépenser de l'argent pour le billet. Ça, il l'avait compris, un des types lui avait montré le parcours sur une carte. Il avait découvert qu'une carte, c'était bien utile.

S'il y avait un bébé en route, ça finirait par se voir. Comme pour sa sœur. Et de toute façon, Ismay ne pouvait pas s'échapper, pas vrai ?

Une fois qu'ils seraient arrivés en Australie, son frère voudrait sûrement qu'elle épouse Rory pour que l'enfant ait un nom. Il en allait toujours ainsi, sinon les hommes de la famille se retrouvaient à devoir subvenir aux besoins de la mère et de l'enfant.

Et s'il n'y avait pas d'enfant, il ne se priverait pas de réessayer. L'idée de son corps souple et mince le mettait dans tous ses états. Elle avait été facile à prendre, la première fois. S'il le fallait, il l'enfermerait jusqu'à ce qu'une grossesse soit certaine. Elle était à lui et l'avait toujours été, point à la ligne. Rory continua de lessiver le pont en sifflotant.

— Bon travail, mon gars !

— Merci, monsieur.

Jed hocha la tête et reprit sa marche.

Rory sourit. Il connaissait la valeur de la propreté. À l'étable, on l'apprenait vite si on ne voulait pas que les vaches tombent malades. C'était pareil sur le bateau, avec tous ces gens les uns sur les autres. Il commençait à s'y habituer, et même à y prendre goût.

Sur le pont, Harriet vit son neveu qui était remonté à bord. Il était en pleine conversation avec un autre passager mais elle n'avait pas envie d'attendre et s'avança vers eux. L'autre homme, voyant son impatience, s'éloigna.

— Je dois te parler seule à seul, mon chéri. Est-ce qu'on peut aller dans ta cabine ?

Il darda sur elle ses yeux sombres.

— Il y a un problème ?

— Oui, mais il ne s'agit pas de moi. C'est cette pauvre Ismay qui a besoin de notre aide.

Elle n'en dit pas davantage tant qu'ils ne furent pas installés à l'abri des oreilles indiscrètes. Harriet choisit d'aller droit au but et lui raconta exactement ce qui était arrivé à Ismay. Adam était à la fois outré et dégoûté.

— Je la plains terriblement, mais qu'attends-tu de moi ?

— Je n'ai pas fini. Le coupable est à bord, il s'est fait embaucher pour la traversée. Elle l'a vu aujourd'hui et s'est évanouie sous le choc. Il l'a suivie, sans aucun doute.

— Vous êtes bien certaine que c'est lui ?

— Elle, oui. Je doute qu'elle se trompe.

— C'est déplorable, en effet, mais cela ne nous regarde pas, ma tante. Je ne veux pas que vous vous attiriez des ennuis.

— Tu ne souhaites quand même pas qu'elle l'épouse ?

— Non, bien sûr que non, répondit-il d'un ton brusque. C'est une fille bien. Elle n'a rien à faire avec une brute.

— Eh bien, je vais l'aider et j'espère que tu en feras autant.

Il ouvrit la bouche pour protester mais elle ne lui en laissa pas le temps.

— Quand je souffrais du mal de mer, elle m'a offert son aide sans rechigner pour nettoyer mes saletés. Je ne me suis pas sentie gênée, et elle a toujours gardé le sourire.

Harriet attendit mais Adam continuait de la regarder de travers. Sa réaction l'étonna.

— Tu sais que j'ai fait partie d'une société de bienfaisance qui aidait les jeunes filles en détresse ?

— Oui, vous en avez parlé plusieurs fois. Bon, vous êtes certaine qu'elle est enceinte ?

— C'est probable, les signes ne manquent pas.

— Elle va avoir besoin d'un mari, donc.

— Oui, mais pas d'un qui la rosse. Tu te rappelles les ecchymoses sur son visage quand elle est arrivée ? Ce n'était pas un accident. Il l'a battue quand il l'a forcée.

— Quelle brute !

Elle fut contente de voir la fureur qui s'était allumée dans son regard.

— Je veux que tu vérifies la présence de Rory Flynn à bord, et que tu saches ce qui lui arrivera une fois à Alexandrie.

— Et si c'est bien lui ?

— Nous devrons la protéger jusqu'à ce qu'elle rejoigne son frère.

— Il est peut-être préférable qu'elle épouse le père, non ?

— Si c'est ce que tu crois, je veillerai sur elle moi-même. Avec ou sans ton aide, mon garçon. Ce genre d'histoire me tient à cœur. Aider ces jeunes femmes a donné un sens à ma vie.

Adam la gratifia de ce sourire qu'il réservait à elle seule, et elle soupira de soulagement. Il allait l'aider.

— Eh bien, vous avez trouvé une autre malheureuse à secourir. Vous les collectionnez, on dirait.

— Ça te dérange ?

— Il ne manquerait plus que ça ! Vous m'avez accueilli quand j'en avais le plus besoin et, comme vous le disiez, Ismay vous a été d'une grande aide. Et puis… c'est une gentille fille.

À dire vrai, il appréciait beaucoup sa compagnie et sa gaieté.

— Elle est très gentille en effet, et elle ne mérite pas son sort. Je retourne la voir, elle doit s'inquiéter de ta réaction. Je vais lui proposer de la garder comme femme de chambre une fois en Australie, même après la naissance de l'enfant. Et si son frère est comme son père et qu'il veut la marier de force à ce Flynn, je lui ferai comprendre qu'il n'en est pas question.

Elle le regarda d'un air de défi.

— Vous m'avez convaincu. Je sais ce que cela veut dire, de se retrouver apeuré et sans défense. J'avais dix ans quand j'ai débarqué chez vous.

— Et on te battait dans cette horrible pension. Où serais-tu aujourd'hui si Quentin Saxby n'avait pas été là ?

— Sûrement pas ici avec vous. C'est entendu, je vais vous aider… et l'aider, elle.

Une fois sa tante partie rejoindre Ismay, Adam resta sur le pont. Il repensait au visage tuméfié d'Ismay. Lui-même, qui avait connu les coups, savait que la douleur n'était pas seulement physique. Soudain, une foule de souvenirs lui revinrent.

Il avait eu pitié d'elle quand il croyait que c'était un accident, mais là, maintenant qu'il savait qu'un type l'avait frappée au point que les traces restent plusieurs semaines, il sentait son sang bouillir.

Derrière la douceur du sourire d'Ismay, il devinait une âme bien trempée. Elle avait une insatiable envie d'apprendre et son excellente mémoire l'avait étonné plus d'une fois.

Il fit quelques pas et tomba sur un officier avec qui il avait sympathisé. En bavardant, il lui demanda si un certain Rory Flynn travaillait sur le bateau.

— Ce n'est pas vraiment mon rayon mais je peux me renseigner. C'est important ?

— Il s'agit de la femme de chambre de ma tante. Peut-être la suit-il, et si c'est le cas, elle pourrait être en danger. Je préfère ne pas vous en dire plus mais vous pouvez me croire.

— Je vais vérifier et vous tiendrai au courant.

Il vint trouver Adam après le dîner alors que celui-ci sortait de la salle à manger.

— Ce type, Flynn, est en effet à bord. Mais il est bien jugé, il travaille dur à ce qu'on dit.

— Zut ! J'espérais me tromper.

— Dois-je savoir quelque chose à son sujet ?

— C'est un problème privé, rien à voir avec son travail. Ma tante et moi devrons veiller sur cette jeune fille jusqu'à ce qu'elle retrouve son frère en Australie.

— Ah, s'il s'agit d'une femme, ça ne nous concerne pas. Il marche sur vos plates-bandes, c'est ça ?

Adam faillit nier mais se dit qu'il vaudrait mieux pour Ismay qu'on crût que c'était le cas. Il opina.

Il n'y eut pas besoin d'user de persuasion pour convaincre Ismay de ne pas se promener seule. Elle était maintenant pâle et nerveuse, elle sursautait pour un oui, pour un non. Elle n'osait plus profiter du beau temps sur le pont avec ses compagnes et se réfugiait dans la cabine d'Harriet à peine ses classes finies. Quel dommage pour elle de devoir se priver des plaisirs de la traversée !

Adam se surprit à repenser à elle plusieurs fois au cours de la journée. Elle allait avoir une vie dure, comme sa propre mère. Son père lui avait donné à peine assez d'argent pour survivre, et même cette maigre pension aurait cessé immédiatement si elle s'était mariée, ce qu'Adam avait toujours trouvé injuste. Mais elle ne s'était jamais plainte et l'avait aimé de tout son cœur.

Il avait malgré tout souffert de son statut de bâtard et il ne souhaitait ce sort à aucun enfant. Heureusement qu'il y avait eu Harriet. Tout enfant devrait avoir quelqu'un comme elle dans sa vie, et toutes les Ismay du monde avaient droit qu'on les aidât.

Il en parla avec Harriet.

— Quand nous irons à terre, si vous voulez faire du tourisme, il faut qu'Ismay vienne avec nous. Nous ne pouvons pas la laisser à bord.

— Tu es gentil, mon garçon.

— Cette traversée est une expérience unique pour nous tous. L'horizon d'Ismay s'est élargi, elle a beaucoup changé.

— Cette fille nous étonnera tous un de ces jours. Dans ma cabine, elle lit avec voracité. Chez elle, on ne la laissait pas lire. Incroyable ! Et même en couture elle a fait des progrès, alors que ce n'est pas ce qu'elle préfère.

— Vous l'aimez bien, n'est-ce pas ?

— Oui, répondit Harriet avec un éclat de rire. Quand on vit avec quelqu'un, soit on se fâche, soit on devient plus proches.

— Nous ferons une excursion vers ce nouveau canal de navigation qu'on est en train de construire, j'ai hâte de le voir. C'est une entreprise titanesque qui va révolutionner le voyage en Asie.

– Tu crois vraiment que ça va tout changer ? La compagnie maritime pense que son réseau d'hôtels et de voies ferrées résistera, et que le canal sera vite ensablé. D'ailleurs, elle vient d'ouvrir un nouvel hôtel, me disait le capitaine hier soir au dîner.

– À mon avis, elle se trompe. Si les passagers ont le choix de rester sur le même navire, s'ils ne sont plus obligés de descendre avec armes et bagages et de passer d'un hôtel à l'autre jusqu'à Suez, je pense qu'ils n'hésiteront pas. M. Thomas Cook organisera bientôt des croisières jusqu'en Australie.

– Cela m'étonnerait. Qui voudrait entreprendre un tel voyage juste pour le plaisir ?

Elle poussa un gros soupir auquel il ne réagit pas. Il savait qu'elle commençait déjà à trouver le voyage fastidieux. Elle détestait l'inaction et cette oisiveté forcée l'irritait. Heureusement qu'elle avait Ismay. Lui aussi aurait bien aimé avoir de quoi s'occuper.

7

Deux jours plus tard, Flora reçut une réponse à son annonce. Elle écrivit aussitôt, pour proposer à Mme Southerham de venir la voir le lendemain après-midi – à n'importe quelle heure à sa convenance – ou sinon le surlendemain. Elle avait bon espoir que sa lettre parviendrait rapidement à l'adresse indiquée, à Perth, qui ne se trouvait qu'à quelques kilomètres en amont de Fremantle.

Le lendemain, à son grand soulagement, on frappa à la porte. La visiteuse qui se tenait debout sur le seuil avait à peu près son âge, et elle devina d'emblée de qui il s'agissait.

— Madame Southerham ? Entrez, je vous en prie. Je suis Flora McBride. Ravie de faire votre connaissance.

Lorsqu'elles se furent installées, elle lui demanda :

— Vivez-vous à l'année à Perth ?

– Non. Je loge dans une pension de famille quand je dois me rendre en ville pour faire des emplettes. Mais le reste du temps, j'habite à la campagne, au sud de la capitale, à environ cinquante kilomètres sur la route d'Albany. J'ai vu votre annonce dans le journal, et je me suis dit que ça pourrait m'intéresser.

La moindre des choses, estima Flora, était de lui exposer la situation sans tourner autour du pot. Elle ne voulait pas engager quelqu'un qui allait lui rendre son tablier au bout d'une semaine.

Mme Southerham hocha la tête, a priori nullement rebutée.

— Je me suis occupée d'une vieille personne qui n'avait… plus tous ses esprits non plus. J'ai donc quelque expérience dans ce domaine. Si vous trouvez quelqu'un qui puisse prendre physiquement en charge votre mère, je veux bien gérer l'intendance et lui tenir compagnie. Est-ce ce que vous aviez en tête ? Car je n'ai pas la force nécessaire pour m'occuper d'une personne difficile.

— Nous avons quelqu'un pour cela. Et Rhoda se débrouille très bien. Elle est toujours souriante et bien disposée, même si elle ne fait pas tout ce que ma mère exige. Euh… avez-vous des références ?

— Je peux vous donner le nom du monsieur qui m'a confié la garde de son épouse. Il s'appelle M. Largan.

— Pas Conn Largan ?

— Si. J'ai connu son épouse et ses sœurs en Angleterre, et d'ailleurs Cassandra et moi sommes voisines.

Flora se détendit.

— Nous connaissons Conn et sa femme. Comme le monde est petit !

Livia eut l'air peinée.

— Oui, Swan River est minuscule. Nous nous sommes installés là-bas parce que mon mari avait des soucis de santé – il était tuberculeux – mais nous avons été mal renseignés quant aux opportunités qu'offrait la colonie. Nous espérions que le climat allait lui faire du bien, de sorte que nous avons acheté une ferme pour élever des chevaux. Il a eu l'air d'aller mieux pendant quelque temps, mais ensuite son état s'est rapidement dégradé et il est mort.

— Je suis désolée.

— Il n'y a pas que les conditions pécuniaires qui m'intéressent, mademoiselle McBride, même si un salaire aussi généreux est tentant. La vérité c'est que j'ai très envie de m'établir à Fremantle ou à Perth, et que je voudrais vendre la ferme pour pouvoir m'acheter une maison. J'ai besoin de voir du monde. On ne peut guère faire la conversation avec des arbres.

Flora hocha la tête. Elle avait entendu dire combien les femmes s'ennuyaient dans l'arrière-pays malgré une vie de famille très prenante.

— Un poste comme celui que vous proposez me permettrait de prospecter les environs et de choisir l'endroit qui me conviendrait le mieux.

Flora n'eut pas besoin d'y réfléchir à deux fois. Elle appréciait Mme Southerham, une femme élégante et du même âge qu'elle.

— Quand pourriez-vous commencer ?

— Je suis engagée ?

— Oui.

Voyant qu'elle était au bord des larmes, Flora fit mine de remettre un bibelot en place pour lui laisser le temps de se ressaisir.

— Je vous remercie. Il y a... autre chose. Ma femme de chambre, Orla. Pensez-vous qu'elle pourrait rester avec moi pendant quelques semaines ? Elle travaillera autant qu'elle le pourra en échange du gîte et du couvert. J'espère avoir les moyens de la garder à mon service quand j'aurai trouvé ma propre maison.

— Oh, mais bien sûr, répondit Flora qui était prête à toutes les concessions dès lors qu'une personne convenable voulait bien s'occuper de sa mère.

— Dans ce cas, j'accepte très volontiers. Je pourrai commencer dans une semaine, peut-être un peu plus. Le temps de régler mes affaires. Je dois retourner à la ferme et m'assurer que le voisin qui nous a loué les terres est toujours d'accord pour la racheter. Reece Gregory est marié à l'une des sœurs de Mme Largan, Cassandra. Je vais également devoir trouver un garde-meuble à Perth. Je tiens à mon mobilier.

— Nous avons un grand grenier quasi vide. Vous pourriez y entreposer vos affaires.

La visiteuse eut l'air surprise.

— C'est très gentil à vous.

— Je suis désespérée. Ma mère devient hystérique dès qu'elle me voit et je… je n'apprécie pas du tout sa compagnie.

— Vous ne pensez pas que je devrais rencontrer votre mère d'abord, mademoiselle McBride ?

— Non, sauf si vous y tenez. Si c'est *moi* qui vous la présente, elle va vous prendre en grippe. Quand vous reviendrez de la campagne, mon frère sera rentré de Singapour – il est capitaine de navire. Il pourra dire qu'il vous a engagée comme dame de compagnie. Mais je préfère vous mettre en garde. Si elle décide que vous ne lui convenez plus, il faudra que vous restiez malgré tout. Elle n'a plus toute sa tête et oublie bien souvent ce qu'elle a dit ou fait la veille.

Le regard compatissant dans les yeux de Livia Southerham n'échappa pas à Flora, qui songea qu'elle venait peut-être de se trouver une amie, en plus d'une dame de compagnie pour sa mère.

*

Ce soir-là, comme à l'accoutumée, Harriet et son neveu allèrent prendre leur repas dans la salle à manger, et Ismay descendit dans le quartier des femmes pour prendre le sien. Il n'y avait que quelques pas à faire et des gens partout, de sorte qu'elle n'avait pas trop peur de traverser le pont. Mais elle n'avait aucun appétit et se faisait du souci pour l'avenir.

— Tu ne te sens pas bien ? lui demanda une femme originaire de Londres. Tu n'as pour ainsi dire rien avalé depuis deux jours.

— Je me sens un peu vaseuse ces temps-ci.

Les yeux de la femme s'étrécirent.

— Tu ne serais pas enceinte des fois ? dit-elle tandis que son regard se posait sur son ventre.

— Bien sûr que non !

Mais elle eut beau se récrier, il était évident que la femme ne la croyait pas, et plus tard, elle la vit échanger des messes basses avec une autre commère, tandis qu'elles la dévisageaient de loin.

Dieu merci, elle avait raconté qu'elle était veuve ! Et elle avait Mme Julia pour étayer ses dires, faute de pouvoir produire un certificat de mariage.

Elle raconta ce qui s'était passé à Mme Seaton.

— Elles n'ont aucun moyen de prouver quoi que ce soit, ma chère enfant. Ignore-les. Ça ne se verra pas quand on arrivera en Australie. Et par chance, tu ne souffres pas de nausées matinales.

Le lendemain après-midi, cependant, la surveillante s'approcha d'Harriet, qui était sur le pont en train d'apprendre à coudre à Ismay.

— Puis-je vous parler en privé, madame Seaton ? dit-elle en décochant un regard réprobateur à Ismay.

Le cœur d'Harriet se serra. Quelqu'un avait dû répandre la rumeur après l'incident de la veille. Pourquoi fallait-il toujours que les gens se mêlent de ce qui ne les regardait pas ? Quoi qu'il en soit, elle n'allait pas se laisser faire. Après tout, elle était ici sur son propre territoire.

— Allons dans ma cabine. C'est bien, tu as fait de gros progrès, dit-elle à Ismay. Continue comme cela.

Sans attendre de réponse, elle tourna les talons et précéda la matrone.

Ismay, paniquée, regarda s'éloigner les deux femmes. Au même instant, Adam traversa le pont et vint la rejoindre, puis lui murmura :

— La surveillante est venue parler à ma tante à mon sujet. Si vous aviez vu le regard torve qu'elle m'a lancé.

— Hier, au dîner, une des filles a fait remarquer aux autres que j'avais mauvaise mine, et elles ont commencé à me harceler, en me demandant si j'étais enceinte. J'ai eu beau nier, elles n'ont pas cessé de m'asticoter. Elles sont jalouses que votre tante m'ait prise sous son aile. Quand la surveillante va rapporter cela au capitaine, il va me renvoyer dans le quartier des femmes. Il est très à cheval sur le règlement. Et si je retourne à l'entrepont, Rory pourra plus facilement m'approcher.

— Ils ne pourront pas obliger ma tante à se séparer de vous dès lors qu'elle a besoin de vos services.

Venez donc vous asseoir avec moi en attendant son retour.

— Je préfère rester ici, monsieur Tregear. Les autres dames n'apprécient pas ma présence ici, et si je m'assieds à côté de vous, elles vont s'offusquer.

— Très bien, dit Adam.

L'expression affolée sur ses traits lui faisait de la peine. Elle lui rappelait celle de sa mère, quand l'argent venait à manquer et qu'il ne restait plus rien dans le garde-manger.

La surveillante attendit qu'elles fussent toutes les deux assises, puis se racla la gorge.

— C'est au sujet d'Ismay Hope. Je crains qu'elle ne soit enceinte.

— Et en quoi cela vous surprend-il ? demanda Harriet, ravie de voir la mine déconfite de la matrone.

— Comment cela ? dit cette dernière, choquée par sa réponse.

— Elle n'a perdu son époux que depuis trois semaines. Elle m'a dit qu'elle avait un doute, mais je ne m'explique pas comment quelqu'un d'autre pourrait être au courant alors qu'elle ne souhaitait en parler à personne avant d'avoir rejoint son frère en Australie. Non seulement la pauvre petite a perdu son mari, mais elle va devoir élever son enfant seule. C'est terrible.

— Si tant est qu'il y ait eu un époux. Savez-vous si elle possède un certificat de mariage ?

— Il me semble qu'elle l'a égaré et qu'elle n'a pas eu le temps d'obtenir une copie. Elle a dû partir en catastrophe, sans quoi elle aurait dû attendre des semaines à Ceylan le prochain bateau en partance pour l'Australie occidentale.

Consciente qu'il s'agissait là d'un piètre alibi, Harriet ajouta avec emphase :

— Néanmoins, elle a une lettre de son employeur, qui craignait qu'elle ne se retrouve dans ce genre de situation.

— Vous avez vu la lettre ?

— Bien sûr.

— Qui vous dit que ce n'est pas un faux ?

— Si c'en est un, il n'émane pas d'Ismay. Elle apprend encore à lire et sait à peine écrire. De plus, son vocabulaire est limité. Non, il est impossible qu'elle ait écrit cette lettre. Et d'ailleurs, outre que le papier porte l'en-tête et l'adresse de ses maîtres, j'ai vu de mes yeux M. et Mme Largan l'accompagner à bord du bateau. Ils sont venus spécialement de Londres pour cela. Cela en dit long sur l'estime qu'ils lui portent, vous ne pensez pas ?

Cette dernière affirmation était un mensonge, car Harriet ne les avait pas vus, mais peu lui importait de mentir si cela pouvait tirer cette pauvre Ismay d'un mauvais pas.

— Ses employeurs l'ont amenée personnellement à bord ?

— Oui. Ils ont fait le voyage depuis l'Irlande. Je crois bien qu'ils ont parlé à l'une des hôtesses de bord. Vous n'avez qu'à vous renseigner si vous ne me croyez pas.

La surveillante rougit légèrement.

— Je ne mets pas votre parole en doute. Mais le capitaine est très strict. Vous avouerez qu'il n'est pas courant que des employeurs fassent ce genre de démarches pour leurs domestiques. C'est pourquoi j'aimerais voir la lettre, si vous le permettez. Je dois répondre de la moralité de chaque femme qui voyage sur ce bateau, et je prends mon rôle très au sérieux.

La vieille fouine, songea Harriet. Elle y prend plaisir.

— Dois-je vous rappeler que Mme Hope n'est pas une fille célibataire, mais une veuve ? Je vais lui demander de se joindre à nous et de vous présenter elle-même la lettre. Je n'en ai pas pour longtemps.

Harriet sortit sur le pont et trouva Ismay en compagnie d'Adam à côté du bastingage.

— La surveillante exige de voir la lettre de Mme Largan. Et de grâce, ne prends pas cet air coupable. Tu n'as rien à te reprocher.

— Je viens avec vous, dit Adam.

— Il ne vaut mieux pas. Ceci est une affaire de femmes. Et je suis tout à fait capable de m'en occuper. Relève bien haut la tête, Ismay, et ne me laisse pas tomber.

La jeune femme posa sur Harriet un regard plein d'admiration et se ressaisit aussitôt. Sa tante exerçait ce genre d'ascendant sur les gens, songea Adam. C'était une femme exceptionnelle !

Il regretta de ne pas pouvoir être présent lors de la confrontation. Il n'aimait pas du tout cette surveillante, qui lui rappelait celle qui supervisait le dortoir des garçons au pensionnat. Elle adorait les prendre en faute pour pouvoir les punir, et à cause d'elle il avait reçu le fouet plus souvent qu'à son tour.

De retour dans la cabine, Harriet dit posément :

— Montre-nous ta lettre, ma chère enfant.

La surveillante parcourut la lettre, puis les scruta tour à tour du regard.

Elle continue d'avoir des doutes, songea Harriet. Mais elle ne peut rien prouver de toute façon.

— Comme vous pouvez le constater, M. et Mme Largan tenaient Ismay en grande estime. Tout comme moi.

Cette remarque ne fit qu'assombrir un peu plus les traits de la matrone.

— Je compte sur vous, madame Seaton, pour faire en sorte que cette jeune personne se comporte dignement.

— Je n'ai pas remarqué qu'elle se soit jamais mal comportée. Et je ne sais pas ce que j'aurais fait sans elle. J'ai entendu dire qu'elle était très assidue pendant les cours. De toute façon, il ne reste plus que deux jours avant que nous ne jetions l'ancre à Alexandrie. Je pense que d'ici là vous ne devriez plus avoir de souci à vous faire pour elle.

Elle jeta un regard de défi à la surveillante, prête à défendre Ismay bec et ongles.

— Deux jours sont vite passés, en effet, concéda la matrone.

Puis avec un regard appuyé au ventre d'Ismay, elle se retira avec un petit hochement de tête.

— Ne pleure pas ! ordonna Harriet à Ismay. Tu vas remonter sur le pont la tête haute. Si tu te comportes en fautive, tout le monde va penser que les rumeurs sont fondées. Et maintenant, souris !

Ce soir-là, quand la rumeur remonta jusqu'aux oreilles de Rory, il bomba fièrement le torse. Il avait réussi. Il avait conçu un enfant. Il savait à présent qu'il était un homme.

La chance lui souriait, car il allait pouvoir revendiquer la paternité de l'enfant et exiger qu'Ismay l'épousât sur-le-champ. Mme Hope ! Ah, la bonne blague ! Elle n'était pas plus mariée que lui, et il allait le proclamer haut et fort !

Il alla trouver Jed, lui raconta toute l'histoire, puis conclut :

— Je veux l'épouser mais elle ne veut pas de moi.

— Elle n'a plus le choix désormais. Le capitaine ne va pas laisser passer ça. Il a une sainte horreur de la fornication. Je vais aller avertir le second toutes affaires cessantes. Attends-moi ici.

Le second descendit en personne interroger Rory, puis alla trouver le capitaine.

— J'ai bien fait de les informer, dit Jed à Rory. Les passagers de la classe cabine, eux, peuvent tout se permettre, mais ça ne les empêche pas de juger avec sévérité les femmes célibataires.

Rory écoutait Jed d'une oreille distraite. Il avait hâte de voir la tête d'Ismay quand elle apprendrait qu'elle devait l'épouser.

Un steward entra et dit :

— Le capitaine demande à te voir, Flynn.

C'était la première fois que Rory entrait dans la cabine du capitaine, et il fut surpris de constater combien elle était spacieuse et joliment meublée. Comme les salons de la grande maison, songea-t-il, même s'il ne les avait jamais vus qu'à travers les fenêtres. Il se tenait bien droit, comme il avait vu faire les membres de l'équipage, et attendit que le capitaine prenne la parole.

— Est-ce vrai ? Est-il exact que cette jeune femme porte ton enfant ?

— Oui, capitaine. Nous étions fiancés, et puis elle a changé d'avis pour partir en Australie. Je voulais l'épouser mais elle s'est sauvée en se faisant passer pour veuve. Sauf qu'elle n'est pas veuve.

— Tu veux dire qu'elle a *menti* ?

— Oui, monsieur.

— Et tu continues de vouloir l'épouser et de donner ton nom à l'enfant ?

— Oh oui, monsieur.

— Hum. Je suppose que c'est la meilleure solution, même si tu n'aurais pas dû la toucher avant le mariage. Va m'attendre sur le pont.

Harriet était en train de profiter de la brise du soir en compagnie de son neveu quand le second s'approcha d'eux.

— Oh ! Je croyais que Mme Hope était avec vous.

— Elle était fatiguée et s'est retirée dans la cabine. Est-ce important ?

— Oui. Le capitaine veut la voir.

Harriet échangea un rapide coup d'œil avec Adam et dit d'une voix ferme :

— Dans ce cas, je l'accompagne. Capitaine ou pas, je ne laisserai personne tourmenter cette malheureuse.

— Ce n'est pas la tourmenter que d'exiger qu'elle épouse le père de son enfant, si ?

Harriet se figea sur place.

— Je ne comprends pas. Elle était mariée au père de son enfant, mais le pauvre homme est mort.

— Un de nos hommes d'équipage soutient le contraire. Et elle a perdu connaissance en le voyant. C'est pour le moins suspect, vous ne pensez pas, madame ?

— Ça le serait si elle ne s'était pas déjà évanouie par deux fois dans ma cabine, comme cela arrive parfois aux femmes enceintes.

L'homme fronça les sourcils, puis haussa les épaules et leur demanda de le suivre jusqu'à la cabine.

— Je vais entrer la première et lui faire part de votre requête, déclara Harriet. Elle doit être couchée et va vouloir s'habiller avant d'aller trouver le capitaine.

— Je vais attendre ici avec vous, dit Adam au second d'un ton dégagé.

Quand sa tante eut refermé la porte derrière elle, il secoua la tête.

— Je ne sais pas où ce Flynn cherche à en venir en répandant tous ces mensonges, mais je crois qu'il est légèrement fêlé. Tout au moins en ce qui la concerne.

— Mais s'il est le père de l'enfant, il faut qu'il l'épouse.

— Quand bien même il serait le père, c'est à elle seule de décider si elle veut l'épouser ou non.

— Le capitaine n'est pas de cet avis. Il a la fornication en horreur.

— Je ne permettrai à personne de l'obliger à se marier contre son gré.

Le second roula des yeux effarés.

— Vous avez des visées sur elle ? Si c'est le cas, mieux vaut ne pas le dire au capitaine.

— Je n'ai d'autres visées que de faire triompher la justice.

— Pour une femme de chambre ?

— Pour n'importe qui.

L'homme ricana.

— Excusez-moi, mais je ne vous crois pas. Mme Hope est un joli brin de fille, je vous l'accorde, mais pas au point d'attirer l'attention d'un gentleman. (Il cligna de l'œil.) À moins qu'elle ne soit d'accord pour se laisser faire.

— C'est une femme tout ce qu'il y a d'honnête, et quelqu'un de très dévoué. Et je vous prierais de ne pas salir sa réputation.

Mais Adam voyait bien qu'il n'avait pas réussi à convaincre le second.

*

Ismay écarquilla des yeux épouvantés quand Mme Seaton lui annonça que le capitaine voulait la voir.

— Habille-toi, vite, ma chère enfant. Mets ta robe bleu foncé.

Harriet inspecta le résultat et hocha la tête.

— C'est parfait. Tu as l'air on ne peut plus convenable et modeste. Et garde bien à l'esprit que personne ne peut t'obliger à l'épouser.

— Mais, le capitaine… tout le monde le craint, même les officiers.

— Que veux-tu qu'il te fasse ? Nous débarquons dans deux jours.

— Il pourrait me jeter au cachot jusque-là, et m'empêcher d'embarquer sur le prochain bateau.

— Jamais de la vie ! Il n'est ni juge ni jury. Et tu n'as commis aucun crime.

— Parfois, j'ai l'impression que si.

— Allons, ma chère, tu sais bien que non. C'est cet horrible individu qui s'est rendu coupable.

Reprends-toi. Tu vas devoir défendre pied à pied ta liberté. Tu ne veux pas passer le restant de tes jours avec ce Rory Flynn, n'est-ce pas ?

Ismay frissonna.

— S'il le faut, nous mentirons. J'ai déjà dit au capitaine que j'avais vu de mes propres yeux tes maîtres te faire monter à bord.

Cet aveu fit chaud au cœur à Ismay.

— Vous êtes si bonne.

Lorsqu'elles ressortirent de la cabine, le second leur dit :

— Eh bien, vous avez pris votre temps.

— Je n'allais tout de même pas me présenter chez le capitaine en chemise de nuit, dit Ismay. Ce ne serait pas convenable.

M. Tregear articula silencieusement le mot « courage » à son adresse puis leur emboîta le pas.

— Le capitaine n'a fait demander que Mme Hope, dit le second en s'arrêtant soudain.

— Nous sommes ses amis en plus de ses employeurs.

Tout en disant cela, Mme Seaton étreignit discrètement la main d'Ismay.

Son geste tranquillisa Ismay, qui se sentait à présent le courage de faire face au capitaine.

À son grand soulagement, ils trouvèrent ce dernier seul dans son bureau. Rory n'était pas là. Le capitaine releva le nez de ses papiers et fronça les sourcils.

— Je n'ai demandé à voir que Mme Hope.

Mme Seaton prit la parole.

— Vous comprendrez bien, capitaine, que cette convocation nous a quelque peu choqués. Ismay est une veuve éplorée, et à en croire votre second, des rumeurs ridicules circulent à son sujet. Le minimum est de lui apporter notre soutien.

— Hum. (Il se tourna vers Ismay, scruta son ventre d'un regard insistant.) Rory Flynn est-il le père de ton enfant ?

Elle le regarda droit dans les yeux et, portée par la haine qu'elle vouait à Rory, dit sans la moindre hésitation :

— Non, monsieur.

— Mais tu le connais ?

— À mon grand dam, oui.

— À ton grand dam ? Et pourquoi cela ?

— Parce que mon mari était à peine décédé qu'il a commencé à m'importuner et à me harceler. Je pensais avoir réussi à mettre un terme à ce comportement inconvenant quand je me suis embarquée sur ce bateau. J'ai eu un terrible choc en le voyant, au point que j'en ai perdu connaissance.

Le capitaine la dévisagea d'une façon qui semblait dire qu'il ne la croyait pas, mais elle tint bon.

— Faites mander Flynn, dit-il.

Elle fut parcourue d'un frisson.

Quand le second s'approcha de la porte et ordonna qu'on allât chercher Flynn, Ismay se recula en direction de Mme Seaton. Rory entra, l'air triomphant.

— Mme Hope nie que tu sois le père de son enfant, dit le capitaine.

— Elle ment. Mais quand on sera mariés, je lui ferai passer le goût des menteries, monsieur.

— Et comment comptes-tu faire cela ? s'enquit Adam.

Flynn le foudroya du regard.

— Comme il convient. Les femmes doivent être dressées comme des bêtes. Une bonne correction résout bien des problèmes.

Harriet passa un bras autour des épaules d'Ismay.

— Vous approuvez les hommes violents, capitaine ?

— Parfois, un petit châtiment ne fait pas de mal.

— Dans ce cas, je me réjouis qu'Ismay n'ait aucune raison d'épouser cet homme. Je n'approuve pas la violence envers les femmes.

— Mais il y a un enfant, intervint Flynn. Il a besoin d'un père pour l'élever et le nourrir.

— Plutôt me jeter à l'eau que d'épouser un homme comme toi, Rory Flynn, dit Ismay. Le père de mon enfant n'a rien à voir avec toi.

Adam décida de détourner l'attention du capitaine. Quel affreux bigot ! Il s'approcha d'Ismay, lui prit la main et l'étreignit pour la mettre en garde, puis dit :

— Ismay, très chère, excusez-moi de prendre la parole sans vous en avoir demandé la permission au préalable.

Il se tourna vers le capitaine :

— Si c'est un soutien de famille qu'il vous faut, j'en ferai un bien meilleur que cet individu.

À ces mots, Ismay baissa les yeux, en s'efforçant de ne pas montrer sa stupeur. Mais Adam lui étreignit à nouveau la main et elle supposa qu'il disait cela pour qu'on la laissât tranquille.

— J'ai décidé d'attendre pour faire ma cour à Mme Hope, étant donné qu'elle porte encore le deuil.

Harriet approuva d'un hochement de tête.

— Mais étant donné les circonstances, sachez que dès que nous serons arrivés en Australie, où je pourrai faire la connaissance de son frère, je demanderai officiellement sa main à Ismay… afin de faire les choses dans les règles.

— J'ai du mal à y croire, étant donné qu'elle attend l'enfant d'un autre homme et que vous n'êtes pas du même milieu. D'ailleurs, vous ne la connaissez pas depuis longtemps.

— Un jour m'a suffi pour m'éprendre d'elle.

Le reniflement que laissa échapper le capitaine en disait long sur ce qu'il pensait.

— Quant à la différence de milieu, étant moi-même un fils illégitime, je n'intéresse pas les demoiselles de la haute société.

Il fit une pause, puis, voyant que le capitaine continuait de le dévisager avec hargne, reprit :

— Je dois faire mon chemin dans la vie, et j'ai besoin d'une femme intelligente. Je suis certain que les professeurs qui enseignent sur ce navire vous diront qu'Ismay a l'esprit vif et qu'elle ne rechigne pas à la tâche.

Ismay laissa échapper un long soupir silencieux. Elle s'était prise un instant à croire qu'il le pensait vraiment. *Allons, ne sois pas stupide !* se chapitra-t-elle. Comment un homme de sa condition aurait-il pu songer à épouser une fille comme elle ? Il avait dit cela par charité. Pour complaire à sa tante.

Il y eut un long silence, puis le capitaine déclara :

— Bien, dans ce cas, et à condition qu'elle se tienne à carreau, nous en resterons là.

Il regarda Ismay :

— Tu peux te retirer.

Rory fit un pas en avant pour lui barrer le passage.

— Mais elle ment, capitaine ! L'enfant est de moi. C'est moi qu'elle doit épouser.

— Il semblerait qu'elle ait trouvé un autre homme pour élever son enfant. C'est son choix. Et fort heureusement, elle va bientôt quitter ce navire.

Rory n'avait pas bougé d'un pouce, et Ismay se rapprocha d'Adam, apeurée à présent. Flynn avait sur le visage la même expression que le jour où il l'avait attaquée.

— Pas question de la laisser filer, beugla-t-il, avant d'ajouter : Ils auront bon causer, tu ne m'échapperas pas, Ismay Deagan ! Mon fils ne sera pas élevé par un autre.

— En voilà assez ! coupa le capitaine.

— Je refuse de la…

— Silence, Flynn !

Rory se tut, n'osant braver l'autorité du capitaine, mais il continua de la dévisager sans vergogne tandis qu'Adam et Mme Seaton l'entraînaient vers la sortie.

Ismay tressaillit, profondément ébranlée par la confrontation.

Elle savait de quoi Rory Flynn était capable et ne voulait pas que sa violence se retournât contre ses amis. Mais comment pouvait-elle les protéger ? Comment pouvait-elle faire comprendre à M. Tregear et sa tante qu'il était aussi dangereux qu'un taureau furieux ?

De retour dans la cabine, Harriet laissa échapper un long soupir de soulagement, puis s'assit sur le lit et fit signe à Ismay de l'imiter.

— Es tu sûr que c'était la bonne chose à dire, Adam ?

— Au moins, ainsi, nous avons pu couper court à cette mascarade. Mais parlons plus bas, ma tante. Les murs ont des oreilles.

Il tira sa chaise pour se rapprocher d'elles.

— Tu as placé Ismay dans une position délicate, chuchota Harriet.

— J'espère bien que non. Jusqu'à ce que nous atteignions la colonie de Swan River, elle jouira de la protection de mon nom. Une fois là-bas, nous pourrons rompre nos prétendues fiançailles et elle sera libre de refaire sa vie comme elle l'entend avec l'aide de son frère.

— Je ne pourrai jamais vous dire combien je vous suis reconnaissante de ce que vous avez fait pour moi, murmura Ismay, qui, bien qu'elle fût sincère, aurait préféré ne pas leur être redevable.

— Que l'on vous oblige à épouser cette brute m'était insupportable. De même que le fait que le capitaine approuve le châtiment corporel.

Il hésita, puis concéda :

— C'était l'une des formules préférées de mon père, qui avait la main très lourde.

Voyant les deux jeunes gens échanger un regard, Harriet se demanda soudain si Adam n'était pas véritablement attiré par Ismay. À moins qu'il ne se soit mis en tête de l'aider parce que la pauvre fille se retrouvait dans la même situation que sa mère ? Comment savoir ce qui poussait les gens à agir ainsi ? Bien souvent, ils ne savaient pas eux-mêmes et n'agissaient que par instinct.

Elle changea de sujet de conversation.

— Nous sommes à moins de deux jours d'Alexandrie. Une fois là-bas, nous serons débarrassés de cet horrible capitaine. Les commandants de vaisseau sont-ils tous aussi autoritaires, Adam ?

— Certains le sont. Mais celui-là est un bigot qui profite de sa position pour imposer aux autres sa conception du monde. Je suis étonné que la compagnie tolère ce genre d'attitude. J'ai entendu des officiers se plaindre. Avez-vous remarqué la longueur du service religieux dimanche dernier ? Et l'interdiction de faire classe ou de jouer à des jeux le jour du Seigneur ?

Il bâilla soudain.

— Excusez-moi, je tombe de sommeil. Je ferais bien d'aller me coucher. Tu penses pouvoir te débrouiller sans moi, tante Harriet ?

— Mais bien sûr.

Se tournant vers Ismay, elle lui conseilla :

— Tu devrais appeler mon neveu Adam dorénavant, et m'appeler tante Harriet.

Déconcertée, Ismay protesta :

— Oh, mais, ce ne serait pas convenable.

Harriet rit.

— Ça le sera si j'en décide ainsi.

Adam se leva.

— C'est une bonne idée. Et maintenant, allons-nous coucher. Oh, pensez bien à vous enfermer à double tour. Et ne sortez pas seule demain, Ismay.

— Je vais être obligée d'aller manger dans le quartier des femmes.

— Je vais demander à l'hôtesse de bord de te faire apporter une collation ici, dit Mme Seaton.

— Je m'en charge, dit Adam. Je lui donnerai la pièce au passage.

— Oh, mais je ne veux pas vous coûter de l'argent ! objecta Ismay.

— Quelques shillings ne vont pas faire sauter la banque.

— Sur le prochain bateau, je te ferai passer pour ma femme de chambre, déclara Harriet, et je te réserverai une cabine à côté de la mienne.

— Mais cela va vous coûter encore plus !

— Je peux dépenser mes sous comme je l'entends, dit Harriet avec un grand sourire. Et je préfère les dépenser pour ceux que j'aime.

— Oh…

— Et maintenant, il est temps de dormir.

Dès qu'elle fut couchée, Mme Seaton s'endormit sur ses deux oreilles, mais Ismay ne parvint pas à trouver le sommeil.

Il y avait toujours du bruit la nuit à bord, et ce soir plus que d'habitude. Il y avait les grincements réguliers de l'hélice qui propulsait le bateau, et les cris des matelots qui couraient en tous sens pour carguer ou affaler les voiles.

Les bêtes dans des cages sur le pont, pour l'essentiel des moutons et des poules, protestaient bruyamment à chaque mouvement du navire.

Quand le calme revenait, Ismay entendait un léger gargouillis. Elle sourit. Mme Seaton émettait toujours ce drôle de petit ronflement la nuit.

Que ces gens étaient bons ! Ils l'avaient sauvée du désastre. Le capitaine la terrorisait. Quant à Rory, elle ne voulait plus jamais le revoir. Elle le haïssait viscéralement. Lui et son père étaient les deux seules personnes sur cette terre qu'elle haïssait vraiment.

Elle se roula en boule, sentant le sommeil la gagner enfin. Si seulement tout ce qu'il avait dit était vrai ! Si seulement elle avait pu être fiancée à Adam Tregear, qui faisait battre son cœur rien que par sa présence !

8

Dougal rentra de Singapour quelques jours plus tôt que prévu. On ne savait jamais avec précision quand un bateau arrivait, hormis pour les navires de la P&O qui transportaient le courrier de Sa Majesté et dont on disait qu'on pouvait régler sa montre sur eux. Ils préféraient laisser des passagers en rade plutôt que de prendre du retard !

Flora descendit au port pour voir la *Bonny Mary* décharger son fret dans les barges depuis son mouillage à quelques encablures des quais. Elle rencontra Bram qui observait l'opération d'un œil impatient. La première barge chargée à ras bord accosta à la jetée sud.

— Vous attendez vos nouvelles marchandises, monsieur Deagan ?

— Oui, il y en a plus que la dernière fois, mademoiselle McBride. Il nous faudrait vraiment un port en eaux profondes, ne croyez-vous pas ?

— On en parle régulièrement, mais certains estiment que si de gros navires peuvent remonter jusqu'à Perth, cela causera la ruine de Fremantle.

Son frère disait que les autorités locales étaient des buses bornées, mais elle ne le répéta pas. Après un instant d'hésitation, Bram demanda :

— Comment va Madame votre mère ?

Bram était un ami, elle pouvait se permettre d'être franche.

— Elle empire de jour en jour, hélas. Dès que je m'approche d'elle, elle pique une crise. J'ai engagé quelqu'un pour s'occuper d'elle, une certaine Mme Southerham. Peut-être l'avez-vous rencontrée quand vous habitiez chez Conn ?

— J'ai entendu parler d'elle. On a enterré son mari quand j'étais encore là-bas et la famille est allée aux obsèques. Mme Southerham est-elle assez vigoureuse pour la tâche ?

— Peut-être pas, mais c'est une dame, et pour ma mère, il n'y a que cela qui compte, elle ne la tolère qu'à cette condition. Mme Southerham est aidée par une autre femme, qui est robuste et toujours de bonne humeur. Nous prenons chaque jour comme il vient. Ma mère a mauvaise mine, elle ne mange rien et s'énerve pour des broutilles.

— Quelle tristesse que de finir sa vie ainsi ! Nous avons eu une voisine dans le même cas, mais comme sa famille n'avait pas les moyens d'engager une domestique, il fallait la laisser attachée toute la journée. À la fin, elle ne bougeait plus de son lit et refusait de manger.

Flora hocha la tête et son visage s'assombrit. Elle passa à un sujet plus gai.

— Comment vont votre épouse et le petit Arlen ?

— Ils se portent à ravir, Dieu merci. Passez boire le thé un de ces jours, notre maison est voisine de celle de votre mère.

— Avec plaisir.

En réalité, voir une jeune mère épanouie était pour Flora une épreuve. Elle se demandait si elle surmonterait un jour son désir d'avoir son propre enfant.

Une fois rentrée, Flora s'assura que la chambre de Dougal était prête et qu'on avait fait provision de nourriture. Quand il était en mer, elle-même et sa bonne Linny vivaient assez frugalement, mais les hommes avaient toujours faim, il fallait en tenir compte.

Juste avant la tombée de la nuit, il entra dans la maison d'un pas vif et elle se précipita à sa rencontre. Dans l'entrée, il la prit dans ses bras, la souleva et la fit virevolter.

— Lâche-moi, grand bêta !

Pour toute réponse, il continua, la faisant rire aux éclats :

— J'ai bien le droit de faire tournoyer ma petite sœur, non ? (Il la reposa et contempla son visage.) Tu sembles tendue, Flora. Qu'est-il encore arrivé ?

Elle lui raconta à quel point l'état de leur mère avait empiré depuis qu'il était parti pour Singapour.

Il soupira.

— J'irai demain matin, après avoir inspecté le bateau.

— Avec toi, elle se tiendra mieux, sans doute. Tu as toujours été son préféré.

— Ce qui ne veut rien dire. Elle n'a jamais été facile, pour personne. Mais assez parlé de notre mère, raconte-moi ce que tu as fait. As-tu recommencé à prendre des pensionnaires ?

— J'ai décidé d'arrêter. Nous l'avons fait au début, quand tu as acheté ton premier bateau et que nous avions besoin d'argent, et parce que cela m'occupait.

Peut-être qu'un jour j'ouvrirai une pension, mais quand j'aurai ma propre maison, pas chez toi.

— Tu es ici chez toi, tu peux faire ce que tu veux.

— Je sais. Mais tôt ou tard, tu fonderas une famille et aucune femme ne voudrait s'installer dans une maison pleine d'étrangers. Dès que tu seras marié, je m'en irai. Je devrai te demander de l'argent pour pouvoir m'installer, ajouta-t-elle alors d'un air gêné.

— Je ne te chasserai pas même si je me marie.

— Je me chasserai moi-même, alors. Et au fait, comment comptes-tu trouver une épouse ? Tu n'es jamais là-bas !

— Nous allons devoir organiser quelques réceptions pendant que je suis à terre. Tu pourras me présenter à tous les bons partis que tu connais. La colonie compte-t-elle de nouvelles dames susceptibles de faire de bonnes candidates ?

Elle fit mine de lui donner une tape sur le bras.

— En voilà une façon de parler ! Comme si je devais les mettre en rang devant toi pour que tu fasses ton choix.

En réalité, cela risquait de se passer plus ou moins ainsi, étant donné la pénurie de femmes dans la colonie. Sans compter que Dougal était lui-même un bon parti. Ses affaires marchaient bien et il était bel homme.

Comme c'était agréable de l'avoir à la maison, de rire avec lui, de sentir à quel point il était attaché à elle ! Il lui manquait beaucoup quand il était en mer.

Après avoir englouti une deuxième part d'*apple pie*, il lui demanda :

— Pourquoi ne viendrais-tu pas avec moi la prochaine fois ? Tu es toute pâlichonne.

Elle faillit accepter mais le sens des réalités prit le dessus.

— Je ne pense pas que ce soit possible. Il y a notre mère, ne l'oublions pas.

— Tu as trouvé quelqu'un pour s'occuper d'elle, et nous pourrions nommer un tuteur, mon avocat, par exemple. Tu n'as pas envie de voir Singapour ?

— Je ne sais pas, je n'ai jamais envisagé sérieusement d'y aller… Mais oui, ça me plairait. Au moins une fois. Quand Isabella en parle, cela semble si exotique, si intéressant. Elle en conserve une certaine nostalgie, surtout de M. Lee et de sa famille.

— Alors, tu viendras ?

— Je dois d'abord voir comment Mme Southerham se débrouille. Peut-être le voyage suivant.

Il prit sa main et la secoua avec douceur.

— Non, le prochain. Tu as grand besoin d'un répit. J'attendrai pour repartir que Mme Southerham ait commencé à travailler.

Pendant le dîner, Flora, surexcitée, posa mille questions sur ce dont elle aurait besoin pour le voyage, mais une fois couchée, elle commença à avoir des doutes. Comme pouvait-elle partir ? Déjà qu'on médisait d'elle en ville… Les mensonges de sa mère faisaient long feu, on continuait de raconter qu'elle l'avait abandonnée. Malgré tout, l'idée de Singapour la faisait rêver. Dougal et Bram en parlaient comme d'une ville très animée, en pleine expansion. Le seul problème, c'était la chaleur excessive.

Elle n'était pas remontée sur un bateau depuis leur arrivée en Australie parce que sa mère souffrait horriblement du mal de mer, alors qu'elle-même avait adoré la traversée malgré toutes les incommodités.

Dougal disait que les bateaux étaient maintenant beaucoup plus confortables, et elle aurait une cabine pour elle toute seule.

Elle avait pris la résolution de changer de vie, de prendre son avenir en main. Elle n'allait pas reculer devant un voyage, de plus sous la protection de son frère. Et puis Mme Southerham serait là pour sa mère.

Sa décision prise, Flora s'endormit le sourire aux lèvres.

*

Le port d'Alexandrie fascina Ismay et elle resta longtemps à le contempler depuis le pont. Ce qu'elle voyait lui paraissait beaucoup plus exotique que Southampton et Malte. Le port était plus grand, plus animé aussi, avec des navires de toutes tailles et de toutes formes qui se faufilaient habilement pour trouver un amarrage.

À mesure qu'ils avançaient vers le quai ouest, elle étudia le long mur de pierre qui longeait le port. Comment ces blocs gigantesques avaient-ils été transportés ? Et comment avaient-ils été mis en place dans la mer ? À chaque escale, une myriade de questions lui venaient en tête auxquelles elle n'avait généralement pas de réponse. Elle détestait se sentir ignorante.

Elle profita du soleil, si chaud, si différent des brumes irlandaises.

Il était temps de faire les bagages avant de débarquer avec tante Harriet. Elle n'avait aucun mal à l'appeler « tante ». Comme elle aurait aimé qu'elle le fût vraiment !

Elle était sur ses gardes, craignant l'apparition de Rory, mais heureusement il resta invisible. Le problème, c'est qu'il risquait de trouver à se faire embaucher sur le prochain navire. Et puis zut ! Elle verrait bien. Sans compter qu'elle ne voyagerait plus à l'entrepont.

Adam la regardait, le sourire aux lèvres. Aujourd'hui, ils allaient visiter la ville d'Alexandrie. Dans le fiacre qui les conduisait à l'hôtel, elle resta le nez collé à la vitre, ne voulant rien manquer du spectacle.

— Réjouis-toi, Ismay, aujourd'hui nous avons le temps de faire un peu de tourisme.

— Ismay n'est pas la seule à déborder de curiosité, lança Harriet, le visage rayonnant. Quel bonheur d'être à terre ! J'ai envie d'une bonne promenade sur le plancher des vaches.

Le hall de l'hôtel était vaste, avec de grands ventilateurs qui brassaient l'air torride, et un directeur au teint bistre qui parlait un excellent anglais.

— Je vais au bureau de la P&O pour faire modifier nos billets pour Galle, annonça Adam. Cela ne devrait pas prendre beaucoup de temps. Pouvez-vous veiller à ce qu'on monte mes bagages, ma tante ?

Les chambres étaient très spacieuses et Ismay fut tout étonnée de constater que la sienne était aussi grande que celle de tante Harriet.

— Ça coûte trop cher, murmura-t-elle.

— Pas du tout. C'est beaucoup plus pratique que tu sois à côté de moi. Descendons boire une tasse de thé.

Ismay aurait préféré contempler l'animation de la rue, mais elle n'en dit rien.

Adam revint à l'hôtel à temps pour boire une tasse de thé avant l'excursion.

— Il fait une chaleur torride. Vous êtes sûre que vous voulez sortir ?

— Peu importe si c'est un four ! répliqua Harriet. J'ai envie de marcher.

Ismay ne put se retenir plus longtemps d'aborder le sujet qui l'obsédait.

— Et Rory ? Est-ce qu'il va nous suivre jusqu'à Suez ?

Adam vida sa tasse d'une gorgée et la tendit à sa tante pour qu'elle la remplisse de nouveau.

— Peut-être. Mais même s'il embarque comme passager d'entrepont ou pour travailler, il va être déçu parce que nous ne serons pas à bord. Je me suis arrangée avec la compagnie pour que nous prenions le bateau suivant. À Galle, vu que nous ne poursuivons pas notre voyage vers l'Extrême-Orient, nous reprendrons un navire postal jusqu'à Albany, dans la colonie de Swan River. Il ne nous restera plus qu'à emprunter un caboteur pour arriver à Fremantle, où tu retrouveras enfin ton frère. J'ai pensé que nous ferions mieux d'attendre ici plutôt qu'à Galle, qui est minuscule. J'espère que vous n'avez rien contre.

Ismay, soulagée au-delà de toute expression, ne réussit pas à articuler le moindre mot.

— Comme tu es malin, mon garçon ! Alors, qu'est-ce qu'il y a à voir ici ?

— Les travaux du nouveau canal ont démarré, j'aimerais beaucoup le voir même s'il faut compter une journée entière et que cela risque d'être fatigant. C'est l'une des merveilles du monde moderne. J'ai dû organiser l'excursion avec l'hôtel parce que l'agent de la compagnie maritime a froncé le nez. Il prétend qu'un canal ne remplacera jamais le confort qu'ils offrent avec leur propre ligne de chemin de fer qui descend à Suez.

— Tu penses qu'il a raison ?

— Non. Les dirigeants de la P&O ne semblent avoir aucune idée de ce que souhaitent leurs passagers. C'est tellement plus commode de ne pas avoir à changer de navire, et puis sur l'eau, il fait sûrement un peu plus frais. (Il grimaça.) Je ne pourrais pas vivre dans un pays aussi chaud.

Ismay était d'accord. Elle n'avait jamais imaginé qu'une telle chaleur fût possible, ce qui ne l'empêcha pas de profiter pleinement de l'excursion. Ils virent une quantité de bâtiments splendides et le site du phare antique, mais ce qui enchanta le plus Ismay, ce furent les petits détails, les visages des gens dans la rue, les voix qui parlaient dans une langue inconnue, les vêtements insolites. La plupart des femmes portaient d'amples tuniques qui les couvraient de la tête aux pieds, elles devaient mourir de chaud là-dessous ! Quant aux hommes, ils étaient vêtus de pantalons bouffants et coiffés de petits chapeaux surmontés d'un pompon appelés « fez ».

Elle resta émerveillée devant les chameaux qui se suivaient à la queue leu leu dans les rues, chargés de fardeaux bringuebalants, encore plus grands qu'elle ne les avait imaginés. Elle en avait entendu parler à l'école, quand elle étudiait la Bible, mais en vrai c'était beaucoup plus intéressant.

Ils passèrent toute la journée à déambuler escortés d'un guide et atterrirent au souk. C'était un immense marché où l'on vendait absolument de tout. Harriet acheta quelques babioles mais Ismay s'abstint, elle ne voulait pas gaspiller ses quelques deniers.

Le lendemain, ils partirent voir le chantier du canal. C'était moins passionnant pour Ismay mais l'enthousiasme d'Adam, qui discutait avec les ingénieurs de questions techniques, faisait plaisir à voir. Le sol était très sablonneux et on employait de lourdes machines de dragage pour creuser d'immenses trous qui, ensuite, étaient remplis d'eau l'un après l'autre.

Elle n'alla pas voir de près. Elle se sentait fatiguée et craignait de trébucher sur le sol inégal. Il faisait vraiment trop chaud ! Sous sa jupe, la sueur dégoulinait sur ses jambes et elle était sûrement aussi rouge que son père quand il avait bu.

Harriet lui proposa une pause bienvenue à l'ombre d'un auvent, mais à la fin de la journée, Ismay était si épuisée qu'elle n'arrivait plus à mettre un pied devant l'autre et sa tête l'élançait. Si seulement il n'avait pas fait aussi chaud ! Rentrée à l'hôtel, elle avala en hâte plusieurs tasses de thé et monta à sa chambre. Elle n'avait qu'une envie, dormir. Elle espérait qu'il faisait moins chaud en Australie.

Le lendemain, elle laissa Harriet et Adam sortir sans elle. Elle était toujours patraque et avait besoin de se reposer. Mais avec cette chaleur étouffante, et la sueur qui ruisselait sur son visage, elle n'arriva pas à trouver le sommeil.

Elle se sentait si mal qu'elle pensa avoir mangé quelque aliment avarié.

Le lendemain matin, ils devaient prendre le train pour Suez. Tante Harriet posa une main sur son front.

— Tu es un peu fiévreuse. Le problème, c'est que nous devons partir aujourd'hui si nous voulons attraper le prochain bateau.

— Ça va aller, je vous assure. Je resterai assise dans le train, c'est tout.

Pendant le trajet, elle fit de son mieux pour paraître dispose, mais à l'arrivée à Suez, elle dut agripper la main d'Harriet en se levant, elle ne tenait pas sur ses jambes. C'est alors qu'une douleur fulgurante la traversa et elle agrippa son ventre.

— Ismay, qu'est-ce qui ne va pas ?

— J'ai mal, très mal !

La douleur se calma quelque peu mais la tête lui tourna et tout sembla vaciller autour d'elle. Adam la rattrapa avant qu'elle ne tombât. Elle entendit vaguement qu'il disait quelques mots à tante Harriet et ferma les yeux, la lumière l'indisposait. Une main prit la sienne.

— Je suis là, mon petit.

— Mais, tante Harriet, je…

Un élancement insupportable lui coupa le souffle.

Elle eut vaguement conscience qu'on la mettait dans un véhicule qui la secouait affreusement.

— Désolée… de ce tracas, articula-t-elle avec peine.

— C'est nous qui sommes désolés de te voir dans cet état. Nous ferons venir un médecin dès que nous serons à l'hôtel.

Ismay n'essaya même plus de parler, la douleur avait repris de plus belle et ne la lâchait plus.

Harriet chuchota à son neveu :

— Je crains qu'elle ne soit en train de perdre le bébé.

— La pauvre. Elle est si pâle !

Harriet se faisait un sang d'encre mais ne voulait rien dire de crainte qu'Ismay ne l'entendît. La grossesse était dangereuse pour les femmes, et une de ses plus chères amies était morte en couches.

Le directeur de l'hôtel se montra serviable et efficace. Deux employés portèrent Ismay à sa chambre et il promit de faire venir un médecin sur-le-champ.

— Le meilleur que vous ayez, et qui parle anglais.

— Oui, monsieur Tregear, nous avons un excellent docteur pour nos visiteurs.

Toujours très inquiète, Harriet suivit Adam à l'étage et lui intima de rester dans sa chambre en attendant. Elle entra dans celle d'Ismay, alla vers le lit et desserra les vêtements de la jeune fille. Celle-ci semblait à peine consciente.

À son grand soulagement, le médecin arriva rapidement, escorté d'une assistante. Il parlait anglais avec un fort accent mais était compréhensible.

— Elle est enceinte, expliqua-t-elle.

— Je vois.

Il ordonna à la femme d'examiner Ismay. Il était immaculé et sûr de lui, ce qui mit Harriet en confiance. Elle aurait juste aimé comprendre ce que ces deux-là se disaient pendant l'examen.

— Fatima va s'occuper d'elle. Très bonne infirmière. (Il tendit à Harriet un petit flacon.) C'est pour la faire dormir. Dormir, pas bouger. (Le visage d'Ismay était tout empourpré. Il lui toucha le front.) Trop de soleil, aussi. Soleil, pas bon. Boire beaucoup d'eau.

Bientôt, Ismay perdit le bébé. Quand le médecin se fut assuré qu'il n'y avait pas d'hémorragie, il s'en alla en laissant Ismay aux soins de Fatima. Elle semblait savoir ce qu'elle faisait mais son anglais était encore plus rudimentaire et elle devait parfois mimer ce qu'elle voulait. Harriet la regarda administrer la potion dans un grand verre d'eau.

Ismay s'était endormie lorsqu'on frappa à la porte.

— Comment va-t-elle ? demanda Adam.

— Elle a fait une fausse couche. Elle n'était qu'à quelques semaines, ce n'est donc pas trop grave. Elle devrait se remettre vite si j'ai bien compris le médecin, mais elle a aussi attrapé une insolation.

— Va-t-elle pouvoir embarquer demain matin ?

— Je ne sais pas. On peut la faire transporter à bord. En ce moment, elle dort.

Mais le lendemain matin, lorsque Harriet entra dans la chambre, elle vit qu'Ismay était encore toute pâle. Fatima déclara catégoriquement qu'elle ne devait pas bouger. Harriet alla trouver Adam qui l'attendait dans sa chambre.

— Ismay doit rester alitée au moins un jour ou deux, annonça-t-elle avant d'expliquer la situation. Fatima va rester à son chevet, c'est une excellente infirmière.

— Mais le bateau n'attendra pas, il transporte le courrier, répliqua Adam, consterné.

— Je sais bien mais je ne veux pas prendre le risque de la faire bouger, lança-t-elle d'une voix ferme. Et il est hors de question que je la laisse ici, en terre étrangère, malade et seule.

— Bien sûr que non. Nous restons. Adam réfléchit quelques instants avant de poursuivre. Heureusement, mon père ne m'a pas imposé une durée maximale pour la traversée, donc cela ne pose pas de problème, sauf que nous risquons de ne pas avoir un autre bateau de sitôt.

— Peux-tu te débrouiller pour qu'on débarque nos bagages ?
— Je vais voir ce que je peux faire.
Harriet retourna auprès d'Ismay.
— Comment va-t-elle, Fatima ?
— Dors. Dormir, bien. Bientôt, debout. (Elle montra trois doigts.) Deux, trois jours, puis bouger, doucement.
— Dois-je rester auprès d'elle ?
— Pas besoin. Vous, reposer. Manger. Moi ici aujourd'hui, et tous les jours après.
Fatima semblait si fiable qu'Harriet décida de laisser Ismay à sa garde. L'inquiétude l'avait épuisée.

Adam se rendit en hâte au bateau et expliqua qu'Ismay était malade. Le second vint le trouver tandis qu'on rapportait sur le pont leurs bagages de cabine.
— Peut-on récupérer nos malles dans la soute ?
— Nous n'avons pas assez de temps, la soute est pleine de malles et nous devons partir à l'heure. Le courrier ne peut pas attendre.
— Diantre ! Qu'est-ce que je vais faire ?
— Est-il possible de les faire livrer chez quelqu'un, au port de destination ?
Adam lui donna l'adresse de Bram et griffonna un mot d'explication. Il n'y avait plus qu'à espérer que les précieux bagages ne s'égareraient pas.

*

Rory était inquiet. L'heure de larguer les amarres approchait et il n'y avait toujours pas le moindre signe d'Ismay. Il vit arriver un fiacre sur le quai, et Tregear monter à bord en hâte. Si près du départ, il comprit qu'il y avait un problème. Il tenta de s'approcher pour en savoir plus mais fut vertement remis à sa place. Il était là pour travailler, sinon il serait débarqué avant même que le bateau ne levât l'ancre. Il obtempéra, il n'était pas employé officiellement et devait rester discret.

Il finit par apprendre ce qu'il s'était passé en entendant par hasard des stewards se plaindre des pourboires qui leur passaient sous le nez, avec deux cabines vides. Une des deux femmes était tombée malade et les bagages de cabine avaient été débarqués.

C'était probablement la vieille dame. Logique, à son âge. Bien fait ! Ça lui apprendrait à se mêler des affaires des autres. Il réfléchit et se dit que, de toute façon, il retrouverait Ismay là-bas, dans la colonie de Swan River. Il avait appris qu'elle allait bientôt être rebaptisée « Australie-Occidentale ».

À Galle, Rory dut attendre quelques jours le bateau en partance pour la colonie de Swan River. Cette fois, il ne réussit pas à se faire embaucher et dut dépenser son précieux argent pour un billet à l'entrepont.

Il avait envisagé de les attendre à Galle, mais il aurait dû payer son hébergement, et il n'aimait pas se trouver en terre étrangère où il ne comprenait rien de ce que les gens disaient. Sans parler de la nourriture exécrable qu'on mangeait chez ces mécréants. Mieux valait repartir au plus vite et trouver un travail une fois arrivé.

Là-bas, il découvrirait où Bram habitait. Au pays, quand ils étaient petits, ils ne s'étaient jamais entendus mais il était évident qu'Ismay allait débarquer chez lui un jour ou l'autre. Rory serait là pour l'accueillir.

Il pensait souvent à Ismay. Si jolie, si douce. Et elle était à lui. Elle n'avait jamais connu d'homme avant lui et n'en connaîtrait pas après. Il y veillerait. Cette fois, elle ne lui échapperait pas.

Les passagers avec qui il bavardait semblaient tous certains qu'une vie meilleure les attendait. Il se dit que ça pourrait bien être son cas aussi. Le dur labeur ne le rebutait pas. Il avait bien fait de partir à la poursuite d'Ismay. S'il était resté en Irlande, il aurait gardé des vaches jusqu'à la fin de ses jours.

Une fois installé, ce serait la belle vie, avec Ismay dans son lit, qui tiendrait la maison et lui donnerait une ribambelle d'enfants. Qu'est-ce qu'un homme pouvait bien vouloir de plus ?

*

Le lendemain matin, Ismay se réveilla vaseuse, la tête dans le brouillard. Fatima l'examina soigneusement et lui dit qu'elle devait rester alitée encore un jour ou deux.

— Moi rentrer maison, revenir plus tard, annonça-t-elle.

Harriet prit son petit-déjeuner dans sa chambre puis vint s'asseoir auprès d'Ismay, qui était agitée. Elle écarta ses cheveux de son front trempé de sueur.

— Tout va bien aller, ma chère enfant.

— Que s'est-il passé ?

— Tu as perdu le bébé.

— Il est parti, vraiment parti ?

— Oui, et tu as attrapé une insolation, en plus. Le docteur dit que tu dois rester quelques jours au lit.

Ismay garda le silence pendant un long moment et Harriet crut qu'elle s'était rendormie, mais elle se mit soudain à sangloter.

— Je suis mauvaise, méchante.

— Pourquoi dis-tu cela ?

— Parce que je suis contente d'avoir perdu le bébé. Mais ce n'était pas sa faute, au bébé ! Est-ce que je vais aller en enfer parce que je suis contente qu'il soit mort ?

— Mais bien sûr que non ! Tu n'as rien fait pour provoquer sa mort.

Ismay se calma peu à peu. La potion devait être efficace parce qu'elle se rendormit rapidement. Ce qui valait mieux.

Harriet resta à son chevet. Elle aussi était satisfaite de ce dénouement. Élever seule un enfant aurait été un fardeau bien lourd, et peut-être n'aurait-elle pas réussi à aimer cet être engendré contre son gré. Personne n'avait besoin de savoir. Ismay pourrait se construire une vie digne de ce nom avec l'aide de son frère.

Qui sait, peut-être que dans la colonie, elle-même pourrait rencontrer d'autres femmes qui partageaient ses vues, et continuer d'aider des jeunes filles en détresse. Cette perspective était revigorante.

Elle était sûre qu'elle resterait amie avec Ismay. La jeune femme lui plaisait beaucoup. Elle avait l'esprit vif, s'intéressait à tout, et son enthousiasme était communicatif.

Adam était lui aussi sensible au charme d'Ismay. Un peu trop, soupçonnait Harriet, vu leur différence de milieu. Serait-il en train de lui faire la cour ? Harriet décida de ne pas s'en mêler. Il devait se construire une vie en Australie, ce qui risquait de l'occuper pendant un certain temps.

Harriet avait présenté à son neveu diverses jeunes filles qui auraient parfaitement fait l'affaire et dont les familles auraient accepté sa filiation douteuse, mais il ne les avait jamais regardées comme il regardait Ismay.

Pourquoi la vie était-elle toujours si compliquée ? Adam interrompit ses pensées en frappant à la porte de la chambre.

— Voulez-vous faire une promenade ?

— Non merci, il vaut mieux que je reste auprès d'Ismay au cas où elle aurait besoin de moi.

— Cela ne vous dérange pas si je sors un peu ?

— Bien sûr que non.

Harriet avait hâte d'arriver à destination. Elle n'était pas faite pour être servie. Elle aimait être chez elle, inviter ses amies, leur confectionner des gâteaux, bref, toutes les petites joies de la vie quotidienne.

Au moins, elle ne serait pas éloignée d'Adam et cela valait bien la peine de supporter cet interminable voyage. Les propriétés du jeune homme étaient à Fremantle et c'est là qu'il s'établirait, très probablement. L'idée de vivre dans une ville portuaire lui plaisait. Elle restait une femme de marin, la campagne loin de la côte ne la tentait pas du tout.

Elle entendit un bruit qui venait du lit et tourna la tête. Ismay se redressa.

— Je me sens beaucoup mieux.

— Tu es sûre ?

— Oui, je voudrais me lever.

— Tu dois rester alitée, ordre du médecin.

— Je n'ai pas l'intention d'aller me promener, répondit Ismay en souriant. J'aimerais faire quelques pas dans l'hôtel.

— Attendons de voir ce qu'en pense Fatima.

Cette dernière déclara qu'elle pouvait marcher, mais juste un peu.

— Pas beaucoup. Petite marche. Asseoir et se reposer. Et encore petite marche.

Elles rirent en voyant Ismay toute chancelante, mais celle-ci insista pour descendre dans le hall de l'hôtel, où elle s'assit un moment avant de remonter se coucher.

— Je descendrai déjeuner avec vous. Je meurs de faim. Merci d'être restée avec moi.

— Comme si on allait te laisser ici seule et malade !

— Vous êtes tellement gentille, j'aimerais bien que vous soyez vraiment ma tante. En fait, j'ai une tante préférée, Maura. C'est la petite sœur de mon père et elle n'a que dix ans de plus que moi. Elle est partie travailler comme bonne en Angleterre, et elle nous a tous manqué, même à mon père.

— Vous êtes nombreux, chez les Deagan, on dirait.

— Oui, trop nombreux.

Les doutes d'Harriet s'évanouirent. Ismay était visiblement assez en forme pour déjeuner avec eux.

9

Adam n'en pouvait plus de tourner en rond comme un lion en cage. Il décida de sortir faire un tour pour se dégourdir les jambes. Après tout, il n'allait pas s'absenter bien longtemps.

Il franchit la porte de l'hôtel et fut aussitôt assailli par une bouffée d'air sec et brûlant. Située dans le désert, la petite bourgade de Suez lui parut quelque peu défigurée par les travaux du canal et les monticules de gravats laissés un peu partout à l'abandon. Il décida d'aller explorer la vieille ville. Ainsi, il pourrait y emmener ces dames lorsqu'elles seraient disposées à sortir prendre l'air.

Après quelques pas, il retrouva sa bonne humeur. M. Saxby lui avait dit que sa goélette faisait escale ici de temps à autre. Il allait en profiter pour visiter la rade et les installations portuaires.

Longer les étroites ruelles supposait de se frayer un chemin parmi une foule de vendeurs ambulants, mendiants, gamins des rues, femmes enveloppées de la tête aux pieds dans des voiles sombres, hommes qui parlementaient en gesticulant – un spectacle qui ravirait Ismay à coup sûr.

Il se rangea de côté pour laisser passer une caravane de chameaux chargés de marchandises. Les créatures semblaient plutôt dociles, mais il leur trouvait un air hautain.

Ah, le port, enfin ! La marée était basse et les grosses barques de pêche, clouées au sol, reposaient sur le flanc comme des bêtes endormies. Il porta son regard vers le large et aperçut une goélette au mouillage. Les voiles étaient rabattues et le pont désert. À l'évidence, elle n'était pas près de prendre la mer. De là où il se trouvait, il ne pouvait pas distinguer le nom peint sur la coque.

Pour la centième fois, il se demanda à quoi ressemblait sa propre goélette. Ou disons, sa demi-goélette, qui transportait des marchandises dans tout l'Orient, mais principalement à Singapour. Quel bonheur de pouvoir naviguer de port en port !

Un homme vêtu à l'européenne se tenait debout à l'extrémité de la rade et observait la mer d'un œil distrait. Son teint hâlé suggérait qu'il passait beaucoup de temps au soleil, et Adam se demanda s'il faisait partie de l'équipage de la goélette. Un officier peut-être ? Il décida de l'approcher.

Lorsqu'il le salua d'un hochement tête, l'homme releva les yeux et lui rendit poliment son salut.

— Quelle chaleur ! dit Adam en guise d'entrée en matière. S'y habitue-t-on jamais ?

— À condition de s'habiller plus légèrement, dit l'homme en lui adressant un large sourire. Si vous arrivez d'Angleterre, je suppose que vous portez des sous-vêtements en lainage. Il vaut mieux porter du coton.

— Je vais en prendre bonne note.

Parler de sous-vêtements avec un parfait inconnu, voilà qui ne manquait pas de sel ! Cela dit, l'homme semblait de bon conseil.

— Si c'est un rafraîchissement que vous cherchez, et une place à l'ombre, je connais un endroit équipé d'un ventilateur où l'on peut boire un café corsé, invita l'inconnu en inclinant la tête de côté. Ainsi vous pourrez me mettre au fait des dernières nouvelles d'Angleterre.

— Excellente idée, ma foi. Les dames avec qui je voyage sont indisposées et je n'en pouvais plus de rester enfermé à l'hôtel.

Cet homme avait peut-être entendu parler de la *Hannah Grey*, ou l'avait peut-être même vue ?

Tout en cheminant, ils se mirent à parler de bateaux, et lorsqu'ils furent attablés, l'inconnu demanda :

— Vous semblez vous y connaître en navigation.

— En effet. J'ai été second sur un paquebot assurant la liaison entre Liverpool et l'Amérique.

— Joss Rutherford. Capitaine de la *Hannah Grey*, se présenta l'homme en lui serrant la main.

Adam eut un choc en l'entendant prononcer ce nom.

— Quel est votre port d'attache ?

— Fremantle, dans la colonie de Swan River.

Il ne pouvait pas y avoir deux goélettes du même nom dans le même port.

— Mon nom est Adam Tregear, et je viens justement d'hériter de la moitié d'une goélette du nom de *Hannah Grey*. C'est la raison pour laquelle je me rends en Australie. Mon notaire m'a dit qu'elle faisait parfois escale à Suez, mais je ne m'attendais pas à la trouver ici juste au moment où je m'y trouve moi-même.

L'homme se raidit, un regard méfiant dans les yeux.

— Et comment s'appelle votre notaire ?

— Quentin Saxby.

— Grands dieux ! Je n'ai jamais cru aux coïncidences, mais là, je suis obligé de me rendre à l'évidence. Je suis votre associé. Mon nom ne vous dit rien ?

— M. Saxby l'ignorait. C'est un notaire australien qui s'est chargé de régler la succession de mon père, et je n'en ai été moi-même informé que tout récemment. J'ai apparemment hérité également de trois maisons à Fremantle. Mon père était… un homme étrange.

— Vous saviez que je serais ici ? demanda Joss avant de répondre à sa propre question. Non, bien sûr, comment auriez-vous pu ? Je ne le savais pas moi-même, jusqu'à ce que l'occasion se présente de transporter de la marchandise ici depuis Galle. À dire vrai, je préfère assurer la liaison avec Singapour. Je me suis fait quelques amis là-bas.

— De sorte que vous ne venez pas souvent à Suez ?

Joss rit.

— Non, même si je suis toujours partant pour convoyer une belle cargaison. Je n'ai rien trouvé à rapporter en Australie, ou tout au moins à Galle, pour l'instant, mais je vais sans doute devoir me rendre à Singapour. J'en saurai plus cet après-midi.

— Avez-vous toujours détenu la moitié des parts de la goélette ? Ou appartenait-elle à quelqu'un d'autre avant ?

Une expression contrariée se peignit sur le visage de Joss.

— C'était mon premier bateau. Mais j'ai joué de malchance. Une tempête tropicale. La goélette a subi de grosses avaries. J'ai dû larguer une partie de la cargaison pour ne pas couler. Et il a fallu que je rembourse la marchandise perdue. Heureusement, c'est un bateau solide et nous avons réussi tant bien que mal à rallier Fremantle, où j'ai décidé de m'établir après cela, tout au moins en attendant de voir comment marchaient les affaires. Mon port d'attache à l'époque était Sydney.

Il se tut un instant, soupira en regardant ses mains, puis ajouta :

— Comme j'étais à court d'argent après avoir acheté la *Hannah Grey*, j'ai pris le risque de naviguer sans assurance. Il aura suffi d'une fois. Je n'aurais jamais dû, mais je traversais une passe difficile à l'époque, et je n'avais pas les idées claires. La seule façon de rembourser mes dettes et de remettre mon bateau en état était d'en céder la moitié. J'ai fait quelques bonnes affaires depuis, mais pas assez pour pouvoir vous racheter votre part.

— Je ne veux pas céder ma part. Je veux posséder mon propre bateau. Mais la moitié d'un me suffit pour commencer.

— À dire vrai, ce n'est pas exactement la moitié. Vous en détenez quarante-neuf pour cent et moi, cinquante et un. Si bien qu'en cas de désaccord, c'est moi qui décide. Vous comprenez ?

— Comment ? s'écria Adam, sentant soudain monter la colère.

Son maudit père l'avait encore une fois dupé. Il n'était pas copropriétaire de la goélette, mais actionnaire minoritaire, fût-ce de deux pour cent.

— Le notaire m'a assuré que j'étais propriétaire pour moitié. Mais mon petit doigt me dit que M. Saxby a été délibérément mal informé.

Il s'ensuivit un silence qu'Adam décida de rompre en jouant carte sur table. S'il devait travailler à l'avenir avec cet homme, mieux valait dissiper tout malentendu. C'est pourquoi il l'informa des circonstances de sa naissance et des rapports difficiles avec un père manipulateur.

Joss l'écouta sans l'interrompre, puis murmura :

— C'est une situation délicate pour vous. Mais l'Australie est un pays où chacun a sa chance, et où il y a moins de préjugés qu'en Angleterre – tout au moins chez les gens ordinaires – de sorte que les circonstances de votre naissance ne devraient pas être un problème. Et à moins que la *Hannah Grey* n'essuie d'autres tempêtes, vos quarante-neuf pour cent devraient vous rapporter de quoi vivre confortablement. Que diriez-vous d'être mon second ? À moins que vous ne préfériez vous en tenir au rôle d'associé commanditaire ?

— Je deviendrai fou si je reste cloué à terre. Je suis tout à fait disposé à tenter l'expérience, une fois que j'aurai installé commodément ma tante à Fremantle. (Il tira sa montre de sa poche et regarda l'heure.) En parlant de ma tante, elle va se faire du souci si elle ne me voit pas revenir.

Joss consulta sa propre montre.

— Et moi, je dois rencontrer l'agent de fret pour la cargaison de Singapour. Voulez-vous que nous nous retrouvions plus tard pour reprendre cette discussion ? Je dois lever l'ancre dans deux jours. Il vaudrait mieux tout régler avant. Et puis j'imagine que vous allez vouloir inspecter le bateau.

— Certainement. Que diriez-vous de vous joindre à nous pour le dîner, à l'hôtel ?

— Avec plaisir. (Il sourit.) D'autant que je n'ai pas de cuistot à bord ces jours-ci.

Ils se serrèrent la main et Joss s'éloigna d'un pas rapide.

Adam, toujours accablé par la chaleur, marchait sans se presser. Il jeta un coup d'œil à la goélette, regrettant de devoir attendre le lendemain pour pouvoir la voir de près.

Lorsqu'il quitta le port, il eut l'impression que la ville se refermait autour de lui comme une prison, avec ses rues pleines de gens qui jouaient des coudes et vous bousculaient. Lui, ce qu'il aimait c'était l'air vivifiant du large et les horizons lointains.

Ismay allait beaucoup mieux. Son visage ne la brûlait plus, même si son nez et son front pelaient. Et la migraine lancinante avait complètement disparu.

Mais le plus merveilleux de tout, c'est qu'elle ne portait plus l'enfant de Rory. Cette pensée la réconfortait. Elle avait l'impression d'être une condamnée à mort qu'on avait graciée à la dernière minute.

— Que suggérez-vous que je porte pour le dîner, tante Harriet ? C'est un hôtel plutôt… chic, non ?

Sur le bateau, elle avait remarqué que les passagers de la classe cabine se changeaient pour le repas du soir. Une idée saugrenue, dans la mesure où les vêtements qu'ils portaient n'avaient pas pu se salir en quelques heures passées à ne rien faire.

— La robe vert pâle, dit Harriet en étudiant Ismay d'un air songeur. Et puis, tu vas devoir arranger ta coiffure.

Ismay lui jeta un regard surpris.

— Vous voulez dire, mettre un bonnet pour dîner ?

— Non. Juste un petit ruban, tu es censée être veuve. En principe, il devrait être noir, mais nous allons faire une exception.

— Mais je n'ai pas de ruban.

— Je peux t'en prêter un.

Lorsqu'elles furent toutes deux prêtes, elle contempla Ismay d'un œil approbateur.

— Tu es ravissante.

— Moi ?

— Oui, toi. J'ai fait des miracles ce soir avec ta coiffure. Regarde.

Elle fit pivoter la jeune femme sur elle-même pour qu'elle pût s'admirer dans la glace. Sa chevelure brune brillait après avoir été soigneusement astiquée avec un carré de soie. Séparée au milieu par une raie, les côtés remontés en tortillons au-dessus des oreilles, elle formait un haut chignon surmonté d'un soupçon de dentelle et de rubans des plus flatteurs.

— C'est vraiment moi ?

Ismay avait du mal à se reconnaître dans cette jeune femme élégante. Elle leva une main pour palper la dentelle de la coiffe, puis lissa la soie de sa manche également garnie de dentelle. Comment Mme Julia avait-elle pu se séparer de parures aussi belles que celle-là ?

On frappa à la porte et Harriet alla ouvrir.

— Ah, Adam ! Je commençais à me faire du souci. Je me demandais où tu étais passé. Tu as fait une bonne promenade au moins ?

— Aussi bonne qu'il est possible dans cette chaleur et cette poussière. C'est une petite ville comparée à Alexandrie, mais les rues sont tout aussi encombrées. Cela dit, ça m'a fait du bien de sortir un peu et… (Il tourna la tête et lorsqu'il vit Ismay, sa mâchoire s'affaissa.) Vous êtes… ravissante ce soir, bredouilla-t-il.

Elle rougit.

— Merci.

Comme il continuait de la regarder, Ismay sentit ses joues s'empourprer. Tante Harriet intervint :

— As-tu vu quoi que ce soit d'intéressant dehors ?

— Comment ? Euh, oui. Tu ne vas pas le croire, mais j'ai rencontré l'homme qui détient l'autre moitié des parts de ma goélette. C'est mon bateau qu'on aperçoit au mouillage, juste au bout de la rade ! Je l'ai invité à se joindre à nous pour le dîner.

— Quelle merveilleuse coïncidence. Est-ce que c'est un bon bateau ?

— Il a fière allure, mais je ne l'ai vu que de loin. Demain, je vais pouvoir l'inspecter de près.

Ismay était dans ses petits souliers à l'idée de dîner en compagnie d'un étranger. S'exercer aux manières de table devant deux amis bienveillants était une chose, mais à supposer qu'elle se trompe de couverts en présence d'un inconnu elle mettrait tout le monde dans l'embarras, y compris elle-même. Elle s'était éclipsée quelques instants pendant que la tante Harriet se changeait, et était descendue jeter un coup d'œil à la salle à manger. C'était un endroit imposant, avec des nappes de lin blanc et une quantité invraisemblable de couteaux et de fourchettes.

— Je ferais peut-être bien de faire monter mon dîner ici afin de vous laisser discuter tranquillement avec votre nouvel ami ?

Tante Harriet posa sur elle un regard pénétrant.

— Tu n'as aucune raison de t'en faire. Tes manières de table sont tout à fait acceptables.

— Mais, quand nous arriverons à Fremantle, je vais devoir chercher une place de femme de chambre. Et je ne voudrais pas qu'on croie que je suis une mijaurée.

Elle savait que sa vie en compagnie d'Adam et Harriet n'était qu'un rêve ; un rêve confortable dont elle aurait voulu qu'il ne finît jamais. Mais cela ne durerait pas, hélas. Car toutes les bonnes choses avaient une fin.

Ignorant ses protestations, ils l'escortèrent jusqu'à la salle à manger et, une fois à table, la placèrent entre eux deux. À plusieurs reprises, elle surprit Adam en train de l'observer et se demanda si sa coiffure s'était défaite. Mais avant qu'elle eût pu poser la question à tante Harriet, un homme de grande taille parut sur le seuil et scruta la salle.

— Ah, le voici, dit Adam en agitant la main pour attirer l'attention du nouveau venu.

L'homme s'approcha à grandes enjambées, un garçon empressé à sa suite.

Il avait un aspect rassurant, songea Ismay. Sans doute pas le genre de personne à vous prendre de haut. Bien qu'il fût plus grand qu'Adam, il affichait la même allure décontractée. Une allure de marin.

Elle les laissa mener la conversation, quoiqu'en prêtant une oreille attentive à ce qui se disait. Son avenir était entre les mains de ses amis, tout au moins pour l'instant, et elle ne demandait qu'à se laisser guider par eux.

*

Livia Southerham arriva à Fremantle par un jour venteux, et le cœur battant à l'idée de prendre son nouveau poste.

Reece Gregory, le voisin qui avait racheté sa ferme, l'avait amenée jusqu'ici dans sa carriole. Devenus de bons amis, lui et sa femme Cassandra avaient refusé catégoriquement qu'elle se fît transporter depuis Perth jusqu'à Fremantle avec tous ses bagages et ses meubles par un étranger dont on ne pouvait pas savoir s'il était bien intentionné.

En apprenant qu'ils se rendaient à Fremantle, Conn Largan avait décidé de se joindre à eux. Bien que très attaché à son épouse Maia et à leur petit garçon, il lui prenait parfois une folle envie de partir à l'aventure avec son cheval. Il n'en pouvait plus d'attendre la preuve formelle de l'annulation de sa condamnation. Tant que celle-ci ne serait pas arrivée de Grande-Bretagne, les gens continueraient de le considérer comme un criminel, à tel point que Livia se demandait si sa réputation serait un jour définitivement lavée. Le fossé entre les gens qui venaient ici de leur plein gré et ceux qui avaient été déportés était immense. Même les enfants des anciens détenus étaient traités comme des parias. Ce qui était profondément injuste.

Conn allait en profiter pour faire un tour au bazar, dont il détenait des parts, et parler affaires avec Bram. Livia aussi avait hâte de voir le fameux bazar. Depuis son arrivée en Australie, presque cinq ans plus tôt, elle avait mené une existence solitaire au fin fond de la brousse, et n'avait jamais renouvelé sa garde-robe.

Francis et elle avaient eu un choc en découvrant combien la campagne ici était différente de la campagne anglaise – pas seulement par son aspect aride et jauni à la saison sèche ; mais aussi à cause des étés torrides et des hivers si pluvieux qu'on ne pouvait pas mettre le nez dehors.

Mais le plus dur à supporter était l'absence de voisinage. Ici, point de charmantes bourgades où l'on pouvait se rendre visite ou flâner. Il n'y avait qu'un seul commerce, situé à une demi-heure de route de leur ferme, où il fallait passer commande pour tout ce qui n'était pas des denrées de première nécessité. Quant aux concerts, spectacles de lanterne magique ou autres, elle n'avait assisté à aucun depuis qu'elle était arrivée. Ayant lu et relu les livres qu'elle avait apportés, elle ne savait plus quoi faire pour s'occuper l'esprit.

Parfois, elle se demandait de quoi serait fait l'avenir. Elle doutait de pouvoir se remarier, car elle n'avait jamais été une belle fille, et à part son cher Francis, aucun homme ne s'était jamais intéressé à elle. Mais l'idée de devoir se débrouiller entièrement seule pour survivre la terrorisait.

Orla, sa domestique, était aussi du voyage. Les gages que lui avait versés Livia l'an passé étaient dérisoires, car Francis étant un très mauvais gestionnaire, elle s'était retrouvée sans un sou.

Elle-même, au début, ignorant tout de l'économie domestique, n'avait pas vraiment su gérer l'argent du ménage. Après quoi, quand Francis était tombé malade, elle s'était retrouvée à devoir serrer les cordons de la bourse, même si elle n'était pas aussi douée que certaines femmes pour cela.

Depuis la mort de son mari, l'idée de dépenser ne serait-ce qu'un penny de plus que nécessaire la terrorisait, car Francis ne lui avait pas laissé grand-chose. Et bien qu'elle fût désormais en possession de l'argent de la ferme et des chevaux, il fallait qu'elle trouve un endroit où vivre et un moyen de gagner sa pitance jusqu'à la fin de ses jours.

— J'aurais bien aimé venir avec vous, lui avait dit Cassandra avant son départ, mais le bébé est trop petit pour pouvoir voyager, et Sofia serait intenable. Deux ans, c'est l'âge difficile. Ils courent partout mais n'ont aucun sens du danger.

— C'est une brave petite, et jolie en plus. Elle parle bien pour son âge.

Cassandra sourit à sa fille et l'étreignit brièvement.

— Toujours est-il que nous allons rester ici. Leo va veiller sur nous, et les animaux.

— C'est un gentil garçon.

Bien qu'un peu faible d'esprit, Leo savait s'y prendre avec les bêtes. Son beau-père l'avait envoyé en Australie pour se débarrasser de lui, mais il s'entendait bien avec Reece et Cassandra, qui allaient sans doute le garder avec eux jusqu'à la fin de ses jours.

Reece avait emporté quelques-uns des fromages que Cassandra et lui avaient commencé à fabriquer, aux cas où des gens seraient intéressés. Livia, qui avait eu l'occasion d'y goûter, les avait trouvés très bons, même s'ils se conservaient moins bien qu'en Angleterre, où il faisait moins chaud.

— Je pense que votre fromage va plaire. Ce dernier lot est particulièrement goûteux.

— La cave que nous avons creusée dans les collines nous permet de le conserver au frais, expliqua Cassandra avec satisfaction. Elle rit. Qui aurait cru qu'une fille comme moi, qui a grandi dans une ville minière du Lancashire, allait prendre un tel plaisir à jouer les fermières ?

Le silence s'installa et perdura. Les deux femmes avaient du mal à se dire au revoir. Elles avaient été si proches, et maintenant Cassandra allait se retrouver sans amie et à une heure de route de sa sœur.

La vie n'était pas facile, songea Livia. Tout au moins pas pour elle et Cassandra.

Ils arrivèrent à Fremantle le lendemain, après avoir bivouaqué en chemin la veille au soir – une expérience à laquelle les deux femmes n'étaient pas habituées. Grâce au travail des forçats, des routes avaient été aménagées dans cette partie de la colonie, mais la plupart étaient des pistes rudimentaires semées d'embûches.

— Quel bonheur de voir du monde ! s'écria Orla lorsqu'ils entrèrent dans Fremantle.

Livia hocha la tête, convaincue qu'elle avait bien fait de déménager, même si laisser la tombe de son mari derrière elle lui avait brisé le cœur.

Flora était censée les attendre à la maison, afin que Livia pût déposer ses meubles là-bas. Mais la femme de chambre qui vint leur ouvrir les informa que Mlle McBride avait été appelée en urgence chez sa mère.

— Mme McBride est-elle souffrante ? s'enquit Livia.

— Elle est… disons, un peu agitée.

Conn roula les yeux.

— Je parie que cette vieille pie a encore fait une scène pour rien. Elle mène une vie impossible à cette pauvre Flora. Allons-y pour voir si nous pouvons l'aider. Nous déchargerons vos affaires plus tard. Ce n'est pas loin.

À leur arrivée, ils trouvèrent la maison sens dessus dessous. Rhoda, la domestique qui veillait sur la mère de Flora, vint leur ouvrir tout en jetant des coups d'œil nerveux par-dessus son épaule.

— Je suis navrée de vous annoncer que nous sommes dans le pétrin, monsieur Largan. Cette tête de linotte de femme de chambre a plié bagage et s'en est allée en déclarant qu'elle ne reviendrait plus jamais, même pour tout l'or du monde.

— Mais pour quelle raison ?

— Parce qu'elle s'est amourachée et s'est mis en tête de se marier. Et maintenant, elle va devoir trimer du matin au soir, dit Rhoda de sa grosse voix joviale. Ce n'est pas facile de tenir un ménage, surtout quand les marmots commencent à arriver.

Soudain, Mlle Gunson arriva en courant et ordonna :

— Apportez de l'eau à Mme McBride, Rhoda. Je m'occupe des visiteurs. S'il vous plaît, entrez, ne restez pas au soleil, monsieur Largan.

Ce dernier fit rapidement les présentations.

Mlle Gunson fit un grand sourire à Livia.

— Je suis tellement heureuse de faire votre connaissance, madame Southerham. J'ai bien peur que Mme McBride ne soit particulièrement agitée aujourd'hui. (Elle baissa la voix.) Elle devient difficile à satisfaire. Ce matin, elle a fait voler le plateau du petit-déjeuner et cassé notre plus belle théière. Comme ça, sur un coup de tête. Après quoi, elle a giflé la femme de chambre.

Au même instant, Flora entra dans le salon, visiblement soulagée.

— Je suis tellement contente de vous voir, madame Southerham. Et vous aussi, Conn et Reece.

Une vieille femme aux cheveux en bataille et au visage déformé par la colère surgit derrière elle et la poussa violemment de côté.

— Qu'est-ce que c'est que ces messes basses ? (Elle foudroya sa fille du regard, puis Livia.) C'est elle ma nouvelle dame de compagnie ? Dieux soit loué ! Si tu n'es pas capable de faire ton devoir de fille et de veiller sur ta pauvre vieille mère, Flora McBride, je ne te retiens pas. Mais je ne veux plus revoir la femme de chambre. C'est une traînée. Elle ne convient pas pour une dame de ma condition. Et ces deux-là, qui est-ce ?

Flora roula des yeux effarés. Sa mère ne savait plus qui était Conn, alors qu'elle l'avait vu plusieurs fois, de même que Reece.

Livia sentit son cœur se serrer. Mme McBride promettait de lui mener la vie bien plus dure qu'elle ne se l'était imaginé. La vieille femme tout juste sortie du lit et fagotée dans ses vêtements enfilés à la va-vite offrait une vision cauchemardesque.

Flora lui présenta Livia, qui fit un pas en avant et lui tendit la main, espérant faire bonne impression. On lui avait dit que Mme McBride était très à cheval sur les bonnes manières.

Cette dernière lui serra la main tout en la dévisageant attentivement.

— Bien, vous, au moins, vous avez l'air d'une dame, pas d'un rat mouillé.

Elle darda un regard fielleux sur la pauvre Mlle Gunson.

— Je l'espère, dit Livia d'une voix enjouée. Mon regretté père était pasteur.

Mme McBride sembla se dérider un peu.

— Voilà une bonne nouvelle. Les pasteurs sont des gens respectables. Mais entrez donc, chère madame Southerham. Vous êtes veuve, n'est-ce pas ?

— Oui, malheureusement.

— Moi aussi. Nous avons au moins cela en commun. Et votre époux était-il lui aussi un gentleman ?

Livia n'était pas du genre à fanfaronner, mais soucieuse d'apaiser la vieille dame, elle déclara d'un ton dégagé :

— C'était un Southerham d'Outham. Sa famille possède un domaine dans le Lancashire, mais il était le cadet de la lignée.

Mme McBride passa son bras sous le sien et l'entraîna à l'intérieur.

— Nous allons prendre le thé, lança-t-elle par-dessus son épaule.

Lorsqu'elles furent entrées, Flora poussa un profond soupir de soulagement. La nouvelle dame de compagnie de sa mère n'avait pas pris ses jambes à son cou devant cette démonstration de mauvaise humeur.

— Je crois bien que ma mère a de la sympathie pour Mme Southerham. Tout au moins pour l'instant. Mais comment vais-je pouvoir trouver une nouvelle femme de chambre ? Elles sont si rares.

Orla fit un pas en avant et dit :

— Je peux m'en charger, mademoiselle McBride. Je suis à la recherche d'un emploi. Vous payez combien ?

— Compte tenu des conditions pas toujours faciles, je propose un salaire important.

Elle en précisa le montant et le visage d'Orla s'illumina.

— Vous pouvez demander à Mme Southerham pour les recommandations. Elle sait comment je travaille. J'aimerais tellement pouvoir rester avec elle.

Avec un clin d'œil discret à Reece, Conn dit à Flora :

— Bien, et maintenant que tout est rentré dans l'ordre, nous allons aller chercher les bagages de ces dames, et entreposer les meubles de Livia dans votre grenier.

— Je vais vous attendre à la cuisine, madame, dit Orla en se dirigeant vers l'unique porte qu'on apercevait au fond du couloir.

— Votre chambre se trouve juste à côté de la cuisine.

— Je vais lui montrer la cuisine et l'aider à préparer le thé, offrit Ann Gunson en faisant un pas en avant.

Flora expliqua aux hommes où mettre les bagages de Livia.

— Quand Mlle Gunson sera partie, Mme Southerham pourra s'installer dans la chambre de devant, mais en attendant, je pense qu'elle sera à son aise ici.

Elle jeta un coup d'œil en direction du salon, dont la porte restée ouverte révélait les deux femmes installées face à face.

— Ma mère n'a pas arrêté une seconde de jacasser depuis qu'elles se sont assises. Espérons que Mme Southerham ne va pas perdre patience.

— Livia est bien contente de gagner un peu d'argent en attendant de se trouver une maison. Et puis elle ne va pas rester au service de votre maman éternellement, dit Conn gentiment, pour ne pas lui donner de faux espoirs.

— Non. Le docteur m'a tout expliqué. Arrivera un moment où ma mère va refuser de manger, de boire ou de parler, répondit Flora d'une voix émue. Je n'éprouve plus aucune affection pour elle après ce qu'elle m'a fait, mais je ne souhaite à personne de finir ainsi.

Elle sortit son mouchoir et se moucha bruyamment.

— Nous allons apporter les meubles à présent, à moins que vous n'ayez besoin de nous pour autre chose ? demanda Conn.

— Non, non, tout va bien. Linny va vous montrer le grenier, et en attendant que Rhoda revienne des courses, je vais expliquer à Orla en quoi consiste son travail.

Les deux hommes retournèrent à la carriole.

— Pauvre femme ! dit Conn.

— Flora ou sa mère ?

— Les deux. Mais Livia aussi, maintenant. Elle ne va pas avoir la tâche facile. Allons, viens. Quand on en aura fini avec les meubles, on ira trouver Bram. Ça devrait nous remonter le moral. J'aperçois le bazar d'ici, et il a l'air encore plus beau que la dernière fois. J'ai hâte de le voir de l'intérieur.

*

Une centaine de mètres plus bas, Bram se tenait sur le seuil du bazar et regardait les gens passer dans la rue. C'était sa façon à lui de se détendre pendant les heures creuses, et parfois même, il en profitait pour aller voir sa femme et son fils dans leur petite maison.

Il aperçut Conn et Reece qui tournaient au coin des écuries et dévalaient la pente avec leur carriole.

— Hé ! Bonjour, les gars ! Vous avez fait bonne route ?

Conn sauta à terre et serra la main de son ami.

— Pas le moindre souci. On s'est dit que tu pourrais peut-être nous héberger pour la nuit.

— Mais bien sûr. En fait… (Il hésita, puis avec son débit précipité, livra le fond de sa pensée.) J'ai justement l'intention de construire un gîte à côté des écuries. Pas pour les dames, naturellement, mais pour les hommes seuls qui veulent faire une halte d'une nuit, avec leurs chevaux. Qu'est-ce que tu en penses ?

Conn lui sourit de toutes ses dents.

— Je pense qu'à chaque fois que je passe te voir tu as trouvé un nouveau moyen de gagner de l'argent. Et cette idée-là me paraît excellente, à condition de rester raisonnable. (Il regarda par-dessus l'épaule de Bram.) Isabella ! Vous êtes rayonnante. Il s'approcha pour l'embrasser sur la joue, et admirer le petit Arlen.

— Toujours pas de nouvelles d'Angleterre ? lui demanda-t-elle à voix basse.

— Non. Je ne comprends pas pourquoi il leur faut aussi longtemps pour m'informer officiellement que je n'ai commis aucun crime, alors que le jugement a déjà été rendu. (Il inspira profondément.) Mais on ne va pas les laisser gâcher notre soirée, pas vrai ?

10

Le lendemain matin, Joss allait au bateau pour surveiller le chargement et Adam l'accompagna. Sans laisser paraître son excitation, il suivit son associé et observa tout en écoutant attentivement. De toute évidence, Joss aimait la *Hannah Grey*. Il en parlait avec affection comme s'il s'agissait d'un être vivant.

Les deux hommes avaient beaucoup en commun, Adam espérait qu'ils deviendraient amis. Tous deux étaient jeunes et en train de construire leur vie. Joss avait un peu d'avance : il avait eu son propre bateau, il en était fier et sa seule erreur avait été de naviguer sans assurance. Adam allait veiller à ce que cela n'arrive plus, il n'avait aucune envie de perdre son bien le plus précieux.

Ils inspectèrent le navire de fond en comble. Une fois remontés sur le pont, les deux hommes se jaugèrent du regard, mine de rien. Le ridicule de la situation frappa Adam et il éclata de rire.

— Arrêtons de nous regarder comme deux chiens sur le point de se battre, et tirons le meilleur parti de notre association. Le bateau est impeccable et j'aime la façon dont vous parlez à vos hommes.

Il tendit sa main et Joss la saisit. La relation prenait une bonne tournure. Si deux hommes pouvaient rire ensemble, généralement ils pouvaient travailler en équipe, pensa Adam avec satisfaction.

— Vous êtes d'accord pour faire la traversée avec nous comme second ?

— À condition que ma tante et Ismay viennent avec nous à Singapour. Et j'espère que la goélette est assurée, désormais.

— Bien entendu. Une fois m'a suffi. Quand je pense que j'ai failli tout perdre bêtement... Je n'aurais pas agi ainsi si je n'avais pas été perturbé. Mais je ne transporte généralement pas de dames à bord, le confort est rudimentaire et il n'y a évidemment pas de personnel pour elles. Pourquoi n'attendent-elles pas le prochain vapeur de la P&O ? Elles seraient beaucoup mieux installées.

— Je ne souhaite pas laisser ma tante voyager seule. Elle n'était jamais sortie d'Angleterre auparavant et elle a accepté d'émigrer pour rester avec moi. Quant à Ismay, elle a grandi dans un petit village en Irlande, elle connaît encore moins les voyages

— Quelle amie étrange pour votre tante !

— Elle était femme de chambre avant, vous l'aurez compris. Sur le bateau, elle a beaucoup aidé ma tante qui s'est trouvée très mal en point dans le golfe de Gascogne, et depuis elle voyage avec nous. C'est une gentille fille, très travailleuse.

— Elle est jolie, aussi, remarqua Joss.

C'était une simple constatation sans aucune arrière-pensée.

Adam fut soulagé que Joss ne semble pas attiré par elle. Ismay occupait beaucoup ses pensées, ce qui ne laissait pas de l'étonner. Il ne s'était pas attendu à ce qu'une femme l'attire à ce point, encore moins une petite bonne. Mais elle était si intelligente et si gaie que sa compagnie était toujours un plaisir.

Son père lui avait enjoint dans son testament de se marier avant la fin de l'année. Il avait promis et signé. Et il était homme à tenir parole, qu'il y eût ou non un héritage à la clé.

Comment savoir si Ismay ferait une bonne épouse ? Il n'avait pour se guider que son intuition, ou plus exactement son désir, rectifia-t-il mentalement.

Et elle, aurait-elle envie de se marier après ce qu'elle avait subi ? N'était-il pas un peu trop sérieux à son goût ? Au moins, si jamais ils se retrouvaient à vivre ensemble tous les trois, elle s'entendrait bien avec sa tante, ce qui était déjà beaucoup. Mais à quoi bon se poser toutes ces questions ? Mieux valait se concentrer sur le présent, les réponses viendraient en temps voulu. Tout dépendait de ce que le sort lui réservait.

Joss s'était accoudé au bastingage, le dos tourné, plongé dans ses pensées. Il dit à mi-voix.

— Il faut que vous sachiez ce qui m'a fait prendre cette décision stupide, pour l'assurance. J'ai perdu ma femme et l'enfant qu'elle portait il y a un an.

— Je suis désolé pour vous. En mer, il est plus facile de se parler d'homme à homme, ajouta-t-il.

Souvent, sans qu'il sût pourquoi, les hommes se confiaient à lui et il essayait de les aider. Il savait ce que c'était que d'avoir besoin d'aide.

Joss hocha la tête et changea de sujet.

— Vous êtes sûr que votre tante et Mme Hope voudront faire le détour par Singapour ?

— En cet instant précis je ne suis sûr de rien. Je sais seulement que je veux naviguer sur cette goélette et apprendre à la connaître. Mais à mon avis, elles seront ravies d'être du voyage. Quand pensez-vous lever l'ancre ?

Joss suivit du regard les portefaix qui transportaient de gros paquets dans la soute.

— Ils sont costauds, ces gaillards. Je dois aller vérifier moi-même que tout est en ordre, après la défection de mon second. Pour répondre à votre question, je dirais que le plus vite sera le mieux. Nous devrions finir de charger ce soir. Si vous rejoignez l'équipage, nous pourrions partir demain avec la première marée. Cela signifie que vous devrez embarquer ce soir.

— Je vais jeter un dernier coup d'œil aux cabines et m'assurer que ma tante et Ismay veulent bien venir avec nous. Je vous ferai parvenir un billet dès que j'aurai leur réponse.

Joss fit un signe de tête et se hâta de vaquer à ses occupations sans attendre qu'Adam fût remonté dans la chaloupe qui l'attendait patiemment.

Revenu à terre, Adam s'arrêta un instant pour contempler la rade, un sourire de fierté aux lèvres. Son bateau, plus précisément le bateau dont il possédait une petite moitié, était un beau bâtiment. Il la tenait, sa chance de devenir quelqu'un, bâtard ou pas. Il pouvait aussi tout perdre même s'il travaillait sans relâche, la mer est une maîtresse cruelle. Mais s'il échouait, ce ne serait pas faute d'avoir essayé.

Le peu qu'il connaissait de Joss Rutherford lui plaisait, il se sentait à l'aise avec lui. C'était un grand bonhomme de près de deux mètres, avec des cheveux blonds grisonnants aux tempes. Ils apprendraient à se connaître en mer, quand ils dépendraient l'un de l'autre pour sauver leurs biens… ou leurs vies.

Quant à l'équipage, composé d'Australiens et de gaillards à la peau plus sombre, il semblait convenir. Pas plus que lui-même, Joss ne semblait du genre à embaucher des matelots vicieux ou brutaux.

Adam espérait seulement que sa tante et Ismay pourraient s'intégrer sans encombre. On ne savait jamais avec les femmes. Certaines suivaient leur mari en mer et avaient l'équipage à leurs pieds, d'autres ne montaient jamais à bord et semblaient supporter très bien les absences de leur mari. Lui était certain qu'il ne souhaiterait pas que sa femme l'accompagne, quand il serait marié. Sa présence aurait apporté un surcroît d'inquiétude, et de toute façon il voulait des enfants élevés dans un foyer stable, avec l'affection de leur mère.

Il avait envie de se marier, cela n'avait rien à voir avec la condition imposée par son père. Avec ce qu'il possédait, il pouvait se le permettre. Sans compter que son corps avait ses exigences. Il ne savait pas si Ismay était vraiment l'épouse qu'il recherchait ou s'il pensait à elle juste parce qu'elle était là, avec eux, si proche. Il l'imaginait très bien en mère, mais comment être sûr ? Le mariage n'était pas un acte à prendre à la légère.

Ismay observa tout bouche bée tandis que la chaloupe les emmenait sur la *Hannah Grey*. Elle ne détestait pas la légère ondulation des vagues et il faisait un peu plus frais sur l'eau, mais elle était contente que la mer fût calme. Harriet lui fit signe de passer en premier et elle grimpa sur l'échelle de corde pour monter à bord. Elle trouva cela amusant, comme quand, gamine, elle montait aux arbres… et qu'on la houspillait.

Adam attendait sur le pont pour l'aider.

— Ça va ?

Elle rit du simple plaisir de l'aventure.
— Cette petite escalade m'a beaucoup plu.
Mais lorsqu'elle se retourna, elle vit tante Harriet qui, pâle et angoissée, gravissait lentement les échelons de corde en s'arrêtant constamment, les mains crispées sur les nœuds.
— J'aurais dû comprendre, marmonna Adam.
D'un mouvement agile, il descendit l'échelle et accompagna sa tante en l'encourageant jusqu'à ce qu'elle posât les pieds sur le pont.
Il la prit dans ses bras.
— Bravo, ma tante chérie. Rassurez-vous, à Singapour il y a un port digne de ce nom et on débarque directement sur le quai.
— J'ai toujours détesté grimper.
À son tour, Ismay la serra contre elle.
— Je suis désolée, j'aurais dû vous laisser monter la première pour pouvoir vous aider.
— Tu ne savais pas, et de toute façon tu es trop petite pour me retenir si je tombe.
— J'aurais tellement voulu être plus grande.
— Tu es très bien comme ça. Et puis ça ne sert à rien de regretter ce qu'on ne peut pas changer. Eh bien, capitaine Rutherford, nous voici !
— Bienvenue à bord, mesdames, lança-t-il en tendant la main à Harriet. Nous vous avons donné deux cabines. Il n'y a pas d'autres passagers, cela risque d'être fort calme. J'ai quelques livres que vous apprécierez peut-être.
Le visage d'Ismay s'éclaira.
— J'adore la lecture.
Adam était ravi de constater qu'elle avait retrouvé sa joie de vivre, que lui et sa tante appréciaient tant.

En elle, tout respirait l'optimisme et l'espoir. Vu d'où elle venait, cela en disait long sur sa résilience.

Les dames s'installèrent sans tarder dans leurs cabines et réapparurent sur le pont, où elles trouvèrent Joss hors de lui.

— Qu'est-ce qui ne va pas ?

— Le cuisinier n'est pas là. (Il consulta sa montre une dernière fois.) Mesdames, je crains que nous ne devions larguer les amarres sans notre chef. Danny, son assistant, fait du bon pain, mais pour ce qui est de cuisiner, il est encore novice.

— Alors je pourrai l'aider, s'écria Harriet avec enthousiasme. Je cuisine très bien.

— Je ne peux pas demander à une dame de faire cela. Nourrir un équipage, c'est beaucoup de travail, et dans des conditions inconfortables.

— Vous ne le demandez pas puisque je me suis moi-même proposée. J'en serai ravie, je déteste rester à ne rien faire.

Ismay apporta de l'eau au moulin d'Harriet.

— Moi aussi, j'aimerais bien aider. Je ne m'y connais pas beaucoup, mais il suffit qu'on me dise quoi faire.

Joss tira une dernière fois sa montre de son gousset et ouvrit les mains en signe de résignation.

— Alors, je ne peux qu'accepter en vous remerciant. Danny fera le pain et portera tout ce qui est lourd, et c'est aussi lui qui nettoiera. Si vous pouvez lui montrer comment confectionner quelques plats simples, il prendra le relais. Je demanderai à un de mes mousses de vous assister. Il faut que je vous explique : Danny est trop vieux pour monter le gréement mais il navigue sur la *Hannah Grey* depuis toujours, bien avant que je le rachète, et je n'ai pas le cœur à le congédier.

Joss guetta la réaction d'Adam à ses propos.

— J'aurais fait de même, tant qu'il peut gagner son pain.

— Entendu, alors.

Il cria à un de ses hommes :

— Dis à Danny de monter sur le pont.

L'homme qui apparut était décharné, la peau tannée par toutes les années passées sous les tropiques, presque chauve et la bouche édentée. Quand le capitaine lui eut expliqué, il sourit aux dames.

— Je ferai de mon mieux, madame Seaton. J'aime bien la popote.

Joss lui laissa le soin de montrer les cuisines et il partit superviser le largage des amarres.

*

Bram et Conn ayant promis de garder un œil sur Mme McBride, Flora s'était laissé convaincre de partir à Singapour avec Dougal. Malgré son sentiment de culpabilité, elle éprouva un immense soulagement en montant à bord, comme si elle se détachait de tous ses problèmes pour la première fois depuis des années.

Dougal l'embrassa. Elle était grande mais moins que lui et, sur le bateau, il était encore plus imposant qu'à la maison. Ses hommes lui obéissaient au doigt et à l'œil, les officiers s'adressaient à lui avec respect, et on avait l'impression que le moindre souffle qui allait agiter les voiles encore roulées n'avait pas de secret pour lui.

Elle descendit à sa cabine, qu'elle trouva exiguë bien que ce fût la plus grande. Sa malle était déjà fixée au mur, ainsi que le bagage dans lequel elle avait rangé ses livres et son nécessaire d'écriture.

Elle s'assit sur le lit, se demandant quoi faire avant le départ. Sur le pont, elle gênerait les manœuvres, et elle n'avait pas envie de lire. Elle se détendit et laissa ses pensées divaguer.

Elle se dit qu'elle avait raison de partir en vacances. Le voyage ne durerait que quelques semaines, et cela lui ferait le plus grand bien d'oublier ses soucis. Du moins, elle l'espérait.

Sauf qu'au retour, la vie à Fremantle risquait de lui paraître plus terne que jamais. Elle n'avait plus guère envie d'ouvrir une pension de famille pour personnes de qualité, mais que pouvait faire d'autre une célibataire de son âge sans ressources propres ?

Elle savait que si elle le souhaitait, elle pourrait se trouver un mari. Elle avait reçu plusieurs demandes en mariage, ces derniers temps. Aurait-elle dû accepter celle de Mitchell Nash ? Non. C'était un ami proche, mais elle n'était pas attirée par lui. Quand on a goûté aux feux de l'amour, difficile d'accepter la tiédeur d'une union sans passion. Sa mère avait éloigné le seul homme que Flora eût jamais aimé, et il avait disparu sans donner de nouvelles.

Après ce voyage, elle devait trouver comment s'occuper. Tenir la maison de Dougal ne lui suffisait pas.

*

— Je ne suis pas pressée d'arriver à Galle, déclara Ismay au bout d'une semaine. J'aime bien aider aux cuisines. Il n'y a pas que Danny qui a appris à cuisiner avec vous, tante Harriet.

— Ta mère ne t'a rien enseigné ?

— On vivait surtout de patates et de choux, pas besoin de cuisiner pour ça. Quand il y avait un œuf ou un peu de viande, c'était pour mon père, et ma mère n'avait droit qu'à une bouchée ou deux. Et c'était rare. Bram, qui mangeait bien dans la grande maison, nous rapportait parfois des restes. Il était très gentil avec nous. Quand il est parti, la vie est devenue plus difficile.

— Dans ce cas, je suis ravie de t'aider. Mais je vais t'avouer que je n'aime pas faire le pain. Heureusement que c'est la spécialité de Danny parce que moi, j'achetais toujours le mien chez le boulanger.

L'équipage avait unanimement chanté les louanges de leurs petits plats.

— Je suis content que Sim ait fait défection, lança Danny. Vous êtes une bien meilleure cuisinière que lui, madame.

— Tu te débrouilleras parfaitement quand j'en aurai terminé avec toi. Tu sais t'y prendre.

— Vous croyez ? demanda-t-il, le visage rayonnant.

J'en suis sûre.

— Ça alors, merci ! Voilà qui devrait m'assurer une couchette sur la *Hannah Grey* pendant quelques années encore. Quand je ne pourrai plus travailler, pour moi ce sera l'asile des indigents. Je préférerais mourir à bord, j'ai la mer dans le sang. Mais on ne sait jamais ce que nous réserve le grand âge.

— C'est bien vrai, appuya Harriet avec un soupir.

Peu à peu, Danny prit la relève en cuisine, tout fier d'avoir un mousse comme assistant. Tante Harriet continuait de superviser, et de temps en temps elle confectionnait un gâteau pour l'équipage. Sur le pont, il y avait des poules en cage pour les œufs et la viande, ce qui changeait du régime habituel des marins, bœuf salé et jambon.

Quand elles avaient du temps libre, les deux dames s'installaient pour lire ou coudre sous un auvent qui les protégeait autant du soleil que des averses tropicales.

Joss était cordial mais restait distant. Adam avait dit qu'il était un excellent marin, qui connaissait comme sa poche cette mer parfois dangereuse.

— Il y a quelque chose de triste chez lui, remarqua Harriet. Une tristesse ancienne.

— Nous avons de la chance que vous l'ayez rencontré à Suez, lança Ismay, sinon nous serions encore coincés là-bas.

— Pour une fois le destin était de mon côté. J'ai hâte de voir les trois maisons que mon père m'a laissées à Fremantle. J'aurai sûrement des surprises. Mon père n'était pas un homme généreux.

Adam sentit une main se poser sur la sienne. Il la saisit instinctivement.

— Nous n'avons pas eu beaucoup de chance avec nos pères, n'est-ce pas ?

Un courant le traversa, comme un lien invisible qui l'attirait vers elle. Il comprit qu'elle le ressentait aussi.

Mais il fallait éviter ce genre de privautés devant l'équipage, et il ne devait pas lui donner des idées tant qu'il ne serait pas certain qu'ils avaient un avenir ensemble. Malgré tout, il ne pouvait s'empêcher de rechercher sa compagnie, elle l'attirait comme la lumière attire les phalènes. Il changea de sujet sans crier gare et lâcha sa main. Ismay ne laissa rien paraître de sa déception.

— Joss et moi pensons que vous devez être rémunérées pour tout le travail que vous avez fourni.

Elle secoua la tête.

— Il n'en est pas question. C'est tellement peu au regard de ce que votre tante et vous avez fait pour moi.

Harriet, qui venait de les rejoindre, renchérit.

— Je ne veux pas de ton argent. Nous sommes toutes les deux ravies d'avoir une occupation. Et puis maintenant que Danny a pris la relève en cuisine, je me contente de lui donner un coup de main ici ou là.

— Qu'est-ce que je vais faire avec deux femmes aussi têtues que vous ?

Ismay, craignant de laisser transparaître ses sentiments, détourna la tête. Mais Harriet avait compris, et la jeune femme espéra qu'elle ne lui en voudrait pas. À sa grande surprise, la tante ne fit aucune remarque.

Ils atteignirent bientôt Galle, qui offrait un panorama magnifique depuis la mer. Perchée sur un promontoire rocheux, dominée par une forteresse surplombant le port, elle se détachait sur un fond de collines verdoyantes, à mille lieues des étendues désertiques de Suez.

Les deux monuments les plus imposants étaient la cathédrale et la mosquée. Joss prit le temps d'expliquer ce qu'était une mosquée parce que ni Harriet ni Ismay ne connaissaient ce mot.

Un vapeur de la P&O était en ravitaillement, et Ismay le regarda quelques instants avec angoisse. Rory était peut-être à bord.

Adam s'arrêta à côté d'elle.

— Qu'est-ce qui ne va pas ?

Quand elle lui fit part de sa crainte, il la rassura. Le vapeur faisait route en sens inverse et allait en Angleterre. Malgré son soulagement, la hantise de voir Rory en Australie ne la quittait pas. Il était connu pour ne pas lâcher quand il voulait quelque chose, et il la voulait depuis toujours.

Les dames refusèrent d'attendre à Galle un navire pour l'Australie et eurent juste le temps de faire une agréable promenade dans la ville en compagnie d'un guide que Joss leur avait procuré. Quant à Danny, escorté d'un autre guide, il faisait des provisions au marché, muni de la liste que Harriet avait dressée. Il lisait avec difficulté mais il parcourut toute la liste consciencieusement en suivant les mots de l'index.

Le bateau déchargea une petite cargaison. Joss présenta à Adam l'agent avec lequel il était en affaires, et prit en échange un chargement destiné à un seul homme à Singapour.

Au dîner, ils dégustèrent des fruits tropicaux que seul Joss connaissait. Ismay ferma les yeux de délectation en mordant dans la pulpe orangée.

— Les mangues sont sûrement ce qu'il y a de plus délicieux au monde.

— Tu as dit la même chose des ananas, plaisanta Adam.

— J'ai changé d'avis. Les mangues sont encore meilleures.

— Et les bananes ?

Elle lécha le jus sur ses lèvres en riant.

— D'accord, ils sont tous aussi bons.

— Risquons-nous de rencontrer des tempêtes ? demanda Harriet à la fin du dîner.

— À cette période de l'année, ça devrait aller, répondit Joss de sa voix calme. Pendant la saison des tempêtes, j'évite de naviguer par ici. Ce serait différent si j'avais un moteur. Nous allons traverser le golfe du Bengale et la mer d'Andaman, puis nous descendrons le détroit de Malacca jusqu'à Singapour.

— Tous ces noms exotiques ! s'exclama Ismay les yeux brillants de curiosité. J'ai hâte de connaître Singapour. Pourrez-vous me montrer notre progression sur la carte tous les jours ?

— Bien entendu. Joss sourit devant l'enthousiasme de la jeune fille mais retomba bientôt dans le silence dont il était coutumier et c'est Adam qui fit la conversation.

*

Le temps passait lentement pour Rory à l'entrepont. Il aurait préféré travailler, non seulement pour économiser le prix de la traversée mais aussi parce qu'il se serait moins ennuyé.

Par désœuvrement, il se rendit au cours de lecture. Il avait vaguement appris à lire à l'école et se dit que ça pourrait lui être utile, pour être plus à l'aise dans son nouveau pays. Il y avait très peu de livres au village, il n'en avait pas vu un depuis des lustres.

L'homme qui leur faisait cours enseignait aussi des rudiments de comptabilité. La présence de femmes dans la classe ennuyait Rory. Une fois qu'elles seraient arrivées en Australie, leur place serait à la maison. Elles n'avaient rien à faire là. Quand il exprima ce qu'il pensait, tout le monde le regarda avec mépris et il se renfrogna un peu plus.

À la fin du cours, le professeur l'appela. Rory obtempéra. Cet homme avait peut-être des idées stupides, mais il donnait son temps gratuitement pour leur faire cours et Rory ne voulait pas se montrer impoli.

— Monsieur Flynn, quand vous suivez mes cours, je vous serais reconnaissant de garder pour vous vos opinions sur la place des femmes. Par ailleurs, je peux vous assurer que, d'après mon expérience, beaucoup de femmes sont plus douées que les hommes avec les chiffres.

Devant la mine ébahie de Rory, il confirma :

— Je vous garantis que c'est vrai.

— Et alors, qui va s'occuper du mari et des enfants si elles vont travailler ?

— Vous oubliez les veuves et les femmes sans enfants. Sans parler de tous ces maris qui ont besoin d'aide pour les comptes de leur boutique !

Rory ne sut que répliquer. Il n'avait jamais envisagé les femmes que comme des épouses, des mères ou des sœurs.

— Je vous attends au prochain cours, monsieur Flynn ?

Le respect poli qui transparaissait dans la question fit pencher la balance. Personne ne l'avait jamais appelé « monsieur Flynn ».

— Oui, si vous voulez bien, monsieur.

— Tant que vous restez poli envers les femmes, vous êtes le bienvenu.

Rory alla s'accouder au bastingage et contempla l'océan. Les gens avaient de ces idées ! Mais s'il n'allait pas au cours, il ne lui restait plus qu'à passer toute la sainte journée à regarder l'eau.

Il se demanda où était Ismay. Il avait appris que ses bagages étaient restés dans la soute. Elle allait certainement débarquer tôt ou tard à la colonie de Swan River pour rejoindre son frère. Au village, le père de Bram n'avait pas arrêté de se vanter du succès de son fils. Rory se sentait capable de réussir tout aussi bien. En tout cas, il n'allait pas se priver d'essayer.

Et quand Ismay débarquerait en Australie, il serait là à l'attendre. Elle ne lui échapperait pas une deuxième fois. Son fils, c'est lui qui allait l'élever, à sa manière !

La lenteur du voyage l'exaspérait. Il fallait encore compter au moins deux semaines, et ils n'arriveraient pas à Fremantle mais dans un port nommé Albany, ce qui les obligerait à prendre encore un autre bateau pour atteindre leur destination.

Quand il s'était mis en route, il n'avait pas la moindre idée que l'Australie était aussi loin. Il ne savait même pas quelle était sa taille. Il ferait bien de regarder de nouveau une de ces satanées cartes, parce que, quoi qu'il arrive, il ne retournerait pas en Irlande. Il n'avait jamais aussi bien mangé et ne s'était jamais senti aussi bien que depuis qu'il était parti.

Pour la première fois, il se demanda ce qu'il ferait s'il n'épousait pas Ismay. Allait-il se trouver une autre femme ?

Non. Ce serait elle et personne d'autre. Il l'avait toujours convoitée parce que c'était la plus jolie fille du village.

Ce qui ne l'empêchait pas de regarder les passagères. Moins jolies qu'Ismay, certes, mais beaucoup étaient loin d'être vilaines, et elles n'avaient pas cet air famélique des filles du village. Ou elles l'avaient perdu grâce aux bons repas servis à bord.

Jamais il n'avait eu ce genre de pensées auparavant. Les voyages, ça fait réfléchir, se dit-il.

*

Malgré quelques coups de vent qui indisposèrent légèrement tante Harriet, ils ne subirent aucune tempête tandis qu'ils voguaient vers Singapour.

— Nous devrions arriver dans deux ou trois jours, annonça Joss un soir au dîner. Mesdames, vous allez pouvoir visiter cette ville fascinante. Je suis sûr que les dames établies là-bas vous recevront avec plaisir, madame Seaton. Elles sont très accueillantes avec les visiteurs.

— Elles ne vont pas m'accueillir, moi ! lança Ismay sans détour.

— Elles, peut-être pas, mais leurs femmes de chambre, certainement. Nous pouvons aussi engager un guide pour vous escorter.

— J'aimerais beaucoup visiter la ville, elle semble si intéressante.

Tante Harriet s'éclaircit la gorge.

— Pour parler franchement, je préférerais me promener en compagnie d'Ismay. Je ne suis pas précisément une dame. Mon père était boutiquier, et il n'avait qu'une modeste mercerie.

Adam la regarda tout étonné.

— Comment ? Mais vous ne me l'aviez jamais dit !

— Quelle importance ? Il est mort quand j'avais vingt ans, la boutique battait de l'aile depuis plusieurs années. J'étais déjà mariée avec mon James et, Dieu soit loué, nous sommes partis vivre à Liverpool. Ma mère est décédée un an plus tard et j'ai perdu tout contact avec mes cousins quand ils ont déménagé.

– En Australie, mon frère appelle sa boutique un bazar. Je ne sais pas très bien ce que c'est. La connaissez-vous, capitaine ? C'est le Bazar Deagan, à Fremantle.

– J'en ai entendu parler. C'est une grande boutique, très populaire. Mais je n'ai pas eu le temps d'y aller, j'avais trop à faire à Fremantle, je devais trouver des fonds pour faire réparer le bateau.

Son visage reprit cet air triste qui s'abattait sur lui dès que l'on parlait de Fremantle. Il devait y avoir de mauvais souvenirs, bien qu'il y fût désormais établi. Tout le monde a ses secrets, se dit-elle. Comme moi.

Désormais, toutefois, elle n'avait plus besoin de prétendre qu'elle était veuve. Elle allait demander à tante Harriet si elle pouvait reprendre son vrai nom. Et si on lui posait des questions, elle dirait qu'elle avait voyagé en tant que femme mariée parce que c'était plus sûr.

Elle avait hâte de voir Bram et sa boutique. Et avant, de visiter une ville d'Orient. Un monde de perspectives s'ouvrait à elle.

11

Singapour leur apparut au loin, telle une tache sombre sur la ligne d'horizon. Ils avaient longé la côte depuis le matin, mais cette fois ils touchaient au but et allaient jeter l'ancre !

Debout sur le pont, Ismay trépignait d'impatience. Elle avait passé la journée à scruter l'océan.

Assise à l'ombre, tante Harriet, qui craignait la chaleur, lui cria :

— Tu vas finir ridée comme un pruneau si tu restes trop longtemps au soleil. Ou rouge comme une écrevisse, ce qui est encore pire.

Ils se trouvaient à présent à l'entrée du Nouveau Port, et il y avait une telle quantité de bateaux, grands et petits, sur l'eau, qu'Ismay se demanda comment tous ces gens faisaient pour ne pas se perdre dans la multitude. Elle ne savait où porter ses yeux, fascinée par les embarcations et leurs occupants : des hommes et des femmes à la peau légèrement jaune et aux yeux bridés, vêtus d'étoffes bariolées.

Le maître d'équipage vint se poster à côté d'elle et lui dit :

— Beaucoup de ces gens vivent sur l'eau. Vous voyez leurs ustensiles de cuisine, le linge qui sèche sur les cordages et les enfants qui jouent ?

— Ils n'ont pas peur que les petits tombent à l'eau ?

Il rit.

— Il faudrait leur poser la question. Personnellement, je n'ai jamais parlé à aucun d'eux.

D'un œil anxieux, elle suivit les manœuvres d'amarrage, lorsque Joss amena tout doucement la *Hannah Grey* au bord du quai et jeta l'ancre. Comme il était habile !

Il prenait très au sérieux son rôle de capitaine, gardant l'œil sur tout, lançant des ordres ici et là, tandis qu'Adam faisait de même. Les cordages furent enroulés, les voiles abaissées et le pont briqué comme toujours.

Les officiers des douanes montèrent à bord, et après une brève inspection donnèrent l'autorisation de décharger.

— Où va aller la marchandise ? demanda Ismay à Joss lorsque les douaniers eurent quitté la goélette.

— L'essentiel de la cargaison est destiné à un certain Lee Kai Ho. Le nom de famille vient en premier, c'est pourquoi nous l'appelons M. Lee. J'ignore s'il va se présenter en personne ou s'il va envoyer un employé. Je ne l'ai jamais rencontré.

Une heure plus tard, Ismay vit arriver un Chinois de haute taille. À voir la façon dont les gens s'écartaient sur son passage, ce devait être quelqu'un d'important. Il s'arrêta au pied de la *Hannah Grey*.

— Monsieur Lee ? lui cria Joss depuis le pont.

L'homme s'inclina.

Joss s'élança sur la passerelle pour aller le saluer ; un client qui faisait convoyer une telle quantité de marchandises méritait d'être traité avec déférence.

Les deux hommes se saluèrent poliment en hochant la tête à plusieurs reprises, puis Adam se joignit à eux.

— Il ne faut pas dévisager les gens ainsi, dit tante Harriet à Ismay, qui tendait l'oreille pour essayer d'entendre ce qu'ils disaient. Éloigne-toi du bastingage.

Mais, une fois n'est pas coutume, Ismay n'obtempéra pas. Elle ne voulait pas perdre une miette du spectacle qui s'offrait à elle.

Un marchand ambulant passa sur le quai, un plateau suspendu autour du cou. Des hommes qui travaillaient là s'approchèrent aussitôt pour acheter de la nourriture enveloppée dans ce qui ressemblait à des feuilles végétales. Comme elle aurait voulu y goûter, cela sentait si bon !

Un autre homme passa, assis dans une sorte de chaise roulante munie de deux brancards que tirait un pauvre diable aux jambes nues et musclées.

— C'est un pousse-pousse, mademoiselle, lui expliqua l'un des matelots. Ce sont des sortes de taxis locaux.

— Pousse-pousse, prononça-t-elle. Encore un mot nouveau.

Adam imita Joss et inclina la tête quand il fut présenté au commerçant chinois. Il était mal à l'aise car il savait qu'Ismay les observait depuis le pont.

— Parlez-vous anglais, monsieur ? demanda Joss. Ou avons-nous besoin d'un interprète ?

M. Lee leur sourit aimablement.

— Moi appris l'anglais, il y a très longtemps, faire humblement de mon mieux.

Son allure n'avait rien d'humble, et ses vêtements le désignaient comme un homme fortuné, ainsi que la présence de deux robustes gaillards qui attendaient, bras croisés, à quelques pas derrière lui.

— Votre cargaison est dans la cale, monsieur, si vous souhaitez la décharger, dit Joss en lui présentant un document. De la part de votre agent à Suez. Nous pouvons vous la faire livrer par des coolies si vous nous dites où.

M. Lee étudia le papier. À l'évidence, il savait lire l'anglais en plus de le parler.

— Moi, envoyer mes propres coolies.

Il leva un doigt et un troisième gaillard s'avança. Un ordre bref, et l'homme s'inclina et partit en courant.

— Voulez-vous monter à bord et prendre une tasse de thé pendant que vos hommes déchargent la marchandise ? proposa Adam.

M. Lee inclina la tête.

— Merci, non. Autre fois peut-être. Moi venir voir bateau bien arrivé.

— Personne n'a touché à votre cargaison au cours du voyage, s'empressa de le rassurer Joss.

Cette remarque fut accueillie par une autre courbette et rien de plus. M. Lee ne prenait rien à la légère.

— Votre bateau venir à Singapour avant, capitaine. Je connais tous les bateaux venant d'Australie. Vous retourner à Sydney ensuite ?

— Non, nous mettons le cap sur Fremantle.

— Ah, moi faire beaucoup commerce avec Fremantle. Peut-être, confier moi une nouvelle cargaison à vous.

— J'en cherche une justement.

L'homme qui était allé chercher des coolies était revenu avec un groupe d'individus musclés qui portaient des culottes arrivant au genou.

— Nous parler une autre fois. Décharger marchandise maintenant.

Après avoir salué Joss et Adam, M. Lee s'éloigna, suivi par ses deux serviteurs – ou étaient-ce ses gardes du corps ?

— C'est un homme important, à l'évidence, commenta Adam à voix basse.

— Je vais me renseigner à son sujet.

— Il mène son monde à la baguette en tout cas.

— Et il parle anglais bien mieux que la plupart des gens d'ici.

Joss et Adam quittèrent le bateau en promettant à Ismay qu'ils l'emmèneraient explorer la ville le lendemain.

Tante Harriet déclara qu'elle allait faire une sieste, ayant mal dormi la veille.

— Tu peux rester sur le pont, mais pas descendre à quai, lui dit-elle avant de regagner sa cabine.

D'un seul coup, le ciel se couvrit et il se mit à pleuvoir des cordes. Mais malgré cela Ismay n'avait aucune envie d'aller s'enfermer dans sa cabine. Elle se sentait pleine d'énergie maintenant que tous ses soucis s'étaient envolés.

Sitôt l'averse passée, et sans même songer qu'elle était en train de contrevenir aux ordres de tante Harriet, elle dévala la passerelle.

— Tout va bien, mademoiselle ? lui demanda l'homme de quart.

— Oui, je vais juste marcher un peu pour me dégourdir les jambes, répondit-elle, puis elle fila avant qu'il eût pu l'intercepter.

Elle n'avait fait que quelques pas quand une ruelle regorgeant d'échoppes plus fascinantes les unes que les autres attira son regard. Elle soupira, jeta un coup d'œil par-dessus son épaule, puis s'enfonça dans la venelle. Elle n'allait pas s'aventurer très loin de toute façon. Elle ne resterait que quelques minutes hors de vue de la goélette.

Ce qu'on vendait ici était tellement différent ! Elle n'aurait pas su nommer la moitié des articles qui se trouvaient là, et ne pouvait pas demander aux marchands de le lui expliquer, mais elle pouvait au moins admirer les étalages et flâner. Les gens qu'elle croisait étaient d'une politesse exquise, et bien vite elle se sentit rassurée et oublia qu'elle était la seule Européenne.

Devant les montagnes de fruits et de légumes, elle sentit l'eau lui monter à la bouche. Mais elle n'osait pas dépenser ses sous, et de toute façon, elle n'avait pas de monnaie locale.

La rue débouchait sur une autre rue, tout aussi intéressante. Elle s'y engagea, sur une courte distance, puis, arrivée au bout, bifurqua de nouveau. Cette fois, elle se trouvait dans une ruelle où l'on vendait des vêtements confectionnés dans des étoffes colorées qu'elle brûlait d'envie de toucher. Ici, les femmes portaient des tuniques par-dessus des pantalons amples. Elle rit toute seule en songeant à la tête qu'auraient fait les gens de son village s'ils l'avaient vue habillée ainsi.

Au bout d'un moment, elle se dit qu'elle ferait mieux de retourner au bateau. Il lui semblait se souvenir de tous les coins de rue où elle avait tourné, mais quand elle arriva au quatrième, elle se figea sur place. Elle n'était jamais passée par là. Pestant contre elle-même, elle revint sur ses pas, et ne tarda pas à réaliser qu'elle était complètement perdue. Elle n'avait pas la moindre idée de la direction qu'elle devait prendre.

Y avait-il quelqu'un ici qui parlait anglais ? se demanda-t-elle. Mais quand elle dit « Excusez-moi » à une Chinoise, la femme secoua la tête et passa promptement son chemin.

Ne sachant comment demander son chemin aux gens du cru, elle espérait qu'un des rares Européens qu'elle avait aperçus ici et là dans la foule croiserait à nouveau son chemin. Elle attendit, mais aucun ne parut, comme cela arrivait à chaque fois qu'on avait désespérément besoin de quelqu'un.

Légèrement paniquée, elle se remit à marcher lentement, s'arrêtant de temps à autre. Mais elle ne reconnaissait rien. Quand une femme passa devant elle, elle se risqua à l'aborder :

– S'il vous plaît. Pouvez-vous me dire où se trouve le port ?

Si elle avait compris ce qu'elle disait, la passante l'aurait peut-être aidée, mais elle se contenta de hausser les épaules et poursuivit son chemin.

Après deux autres tentatives, Ismay sentit la peur la gagner pour de bon.

C'est alors qu'elle se souvint du nom du commanditaire de la cargaison. C'était un personnage important, et il parlait l'anglais. Il ne refuserait sûrement pas de l'aider. Quelqu'un pourrait peut-être la mener chez lui ?

Elle arrêta une femme, inclina la tête, comme elle avait vu faire, puis dit :

— Lee Kar Ho ?

Rien que ces trois mots suffirent à capter l'attention de la femme. Ismay regarda autour d'elle en prenant l'air perdu et répéta le nom.

La femme lui fit signe de la suivre.

Ismay lui emboîta le pas en espérant qu'elle ne s'était pas fourrée dans un autre guêpier.

*

Quand Adam et Joss revinrent à bord, ils trouvèrent tante Harriet dans tous ses états.

— Ismay n'est pas avec vous ? leur demanda-t-elle.

— Non, nous ne l'avons pas vue depuis que nous avons quitté le bateau.

— Elle est descendue sur le quai pour se dégourdir les jambes. L'homme de quart l'a vue partir mais elle n'est pas revenue. J'espérais que vous l'auriez croisée.

— Il y a combien de temps ?

— Presque deux heures.

Adam sentit son cœur se serrer à la pensée d'Ismay, perdue, seule, dans cette ville inconnue dont elle ne parlait pas la langue. Il ne supportait pas l'idée qu'elle puisse être en danger, ou ne serait-ce que terrorisée. Non… il ne le supportait pas.

Il se tourna vers Joss.

— Comment allons-nous faire pour la retrouver ?

— Nous allons lancer des coolies sur ses traces. Elle n'a pas pu aller bien loin, et puis elle est facile à identifier.

— Et s'ils ne la retrouvent pas ?

— Ils vont la retrouver. Mais, dans le pire des cas, nous demanderons à M. Lee de nous aider.

*

La femme qui guidait Ismay s'arrêta devant une boutique qui vendait de somptueuses soieries. Elle lui fit à nouveau signe de la suivre et entra pour parler à la jeune femme qui se trouvait à l'intérieur.

Ismay demanda à nouveau :

— Parlez-vous anglais ?

— Oui.

— Oh, Dieu soit loué ! Je suis perdue et je ne sais pas comment faire pour regagner mon bateau.

— Ah ! Première fois à Singapour ?

— Oui. Je suis désolée de vous déranger, mais personne n'a su me répondre quand j'ai demandé mon chemin. Alors j'ai demandé à parler à l'homme dont nous avons apporté la cargaison. Lee Kar Ho. Il parlait bien l'anglais, vous comprenez ?

— C'est mon frère. Je suis Xiu Mei.

— Et moi Ismay Deagan.

La jeune femme la dévisagea avec surprise.

— Deagan ? Vous appelez Deagan ?

— Oui.

Ismay avait oublié de donner son faux nom. Bah, tant pis. Elle en avait assez de faire semblant d'être mariée.

— Nous rencontrer homme appelé Bram Deagan. Vient ici pour le commerce.

Ismay sentit sa mâchoire s'affaisser.

— Bram est venu ici ? C'est mon frère. Je vais le rejoindre à Fremantle.

— Ah ! s'exclama Xiu Mei, ravie. Il marie Isabella, qui apprend nous l'anglais.

— Je n'ai pas encore fait la connaissance de la femme de Bram. Je vais aller vivre avec eux à Fremantle, dit Ismay en jetant un regard émerveillé aux étoffes qui se trouvaient dans la boutique. Je me suis perdue en me promenant. Tout ici est tellement fascinant ! Pouvez-vous me dire comment retourner au port ?

Au même instant, M. Lee entra dans la boutique. Il resta interdit en voyant Ismay. Xiu Mei lui dit quelques mots en chinois et, se tournant vers Ismay, il lui dit :

— Vous êtes sœur de Bram ?

— Oui.

— Heureux d'aider vous. Très heureux. Nous raccompagner vous au bateau.

— Merci infiniment, monsieur Lee. Je suis désolée de vous causer tous ces tracas.

— Pas tracas. Vous femme capitaine ?

Elle rit.

Non, monsieur. Je suis une amie de Mme Seaton, la tante d'Adam Tregear, le second. Je suis Ismay Deagan.

Un autre rapide échange entre lui et sa sœur, puis cette dernière s'élança dans un couloir situé sur l'arrière de la boutique.

— Vous d'abord prendre thé. Vous fatiguée. Nous faire prévenir tout de suite capitaine.

— Mais… vous êtes sûrs que ça ne vous ennuie pas ?

— Pas du tout. Entrez, s'il vous plaît.

D'un geste de la main, il lui fit signe de le suivre dans le couloir.

Elle était ravie de pouvoir voir à quoi ressemblait l'intérieur d'une maison chinoise. Il eut l'air de s'en apercevoir car il s'arrêta et lui dit en souriant :

— Ceci maison-boutique.

Ils passèrent devant deux pièces qui semblaient servir à entreposer des marchandises et dont l'une était équipée d'une table faisant office de bureau. M. Lee s'arrêta là.

— Vous écrire message pour capitaine.

Elle s'assit et écrivit qu'elle s'était égarée et se trouvait à présent avec M. Lee.

Ce dernier lut ce qu'elle avait écrit, puis dit :

— Ajouter : vous bientôt revenir bateau.

Elle ajouta :

— Il m'a offert de prendre le thé et va me faire reconduire ensuite. Il est très gentil.

Il parcourut le message, sourit, puis le plia en deux et le prit avec lui.

Le couloir débouchait sur une vaste pièce munie de grandes fenêtres et d'une porte ouverte. Il y avait une petite cuisine dans un coin et une grande table derrière laquelle se tenait une vieille dame vêtue d'un pantalon et d'une tunique, comme la sœur de M. Lee, mais de couleur noire.

Ce devait être des vêtements très confortables, songea Ismay avec une pointe d'envie.

Une fille qui avait l'air d'une domestique se tenait dans le coin cuisine et les observait avec un intérêt manifeste.

— Voici ma mère, Lee Bo Jun.

La vieille femme inclina la tête, de sorte qu'Ismay ne lui tendit pas la main mais lui rendit son salut.

— Enchantée de vous connaître, madame Lee.

— Je dois retourner à la boutique, dit la jeune femme.

M. Lee lui tendit la feuille pliée et lui dit quelques mots en chinois. Elle acquiesça, puis sourit à leur invitée et s'en alla.

D'un geste, la vieille dame désigna une chaise à Ismay, mais celle-ci attendit que la vieille femme se fût assise, comme elle l'aurait fait dans la grande maison. Ce qui lui valut un petit hochement de tête approbateur.

Le thé fut servi sans lait et dans de tout petits bols, qui étaient si jolis qu'Ismay ne put résister à l'envie de caresser les contours de la fleur qui ornait la sienne. Ne sachant que faire, elle observa ses hôtes et remarqua que M. Lee attendait que sa mère eût bu avant de boire à son tour. Elle fit de même.

— Vous venir d'Irlande, comme Bram ? demanda-t-il.

— Oui, d'Irlande.

— Long voyage pour fille sans sa famille.

— Je voyage avec Mme Seaton et son neveu.

— Adam Tregear, prononça-t-il avec un peu de difficulté.

— Oui, Adam. Il détient la moitié des parts du bateau et il est second du navire.

Elle but le reste de son thé et, sans même qu'elle eût eu à demander, la domestique s'approcha pour lui en servir un deuxième.

— C'est bon.

— Vous pas prendre lait ?

— Non. Ma famille est pauvre. Nous n'avions pas les moyens d'acheter du lait, et parfois même pas de thé.

— Maintenant, fini être pauvre. Bram faire bons profits avec bazar. Lui réclamer toujours plus marchandises quand capitaine McBride vient ici.

Elle ne put s'empêcher de sourire.

— Oh, c'est merveilleux ! Il a toujours été très fort en affaires, notre Bram.

La domestique avait déposé une assiette d'amuse-bouche sur la table.

— Comme ils ont l'air bons ! s'exclama Ismay. Qu'est-ce que c'est ?

Ce fut M. Lee qui fit l'essentiel de la conversation, mais de toute évidence sa mère comprenait l'anglais.

Ismay goûta un petit gâteau à la saveur inconnue et qui la ravit.

Soudain, des pas résonnèrent dans le couloir et Adam, suivi de Xiu Mei, entra dans la pièce. Son regard se porta aussitôt sur Ismay et il demanda :

— Tout va bien ?

— Oui. Je me suis perdue.

Elle le présenta à la mère de M. Lee, puis lui expliqua comment elle était arrivée ici.

Adam avait du mal à cacher sa colère.

— Pourquoi avez-vous quitté le bateau ? C'est dangereux de flâner ainsi dans une ville inconnue.

— Mais c'était tellement fascinant que j'ai oublié où j'étais.

Il lui lança un regard furieux qui lui fit monter les larmes aux yeux.

— Je suis désolée.

M. Lee intervint.

— Prendre une tasse de thé vous.

Sentant qu'Adam allait refuser, Ismay s'empressa de renchérir :

— Oh, mais oui. M. Lee et sa mère sont très aimables et les petits pâtés sont délicieux.

Adam hésita, toujours renfrogné, puis il inspira profondément et se tournant vers son hôte s'excusa :

— Je suis désolé d'être impoli. Mais je me suis fait un tel souci pour elle.

M. Lee hocha la tête et, avec un sourire, l'invita à s'asseoir. Adam n'eut d'autre choix que d'accepter.

Du thé fut apporté, ainsi qu'une autre assiette de douceurs.

La conversation se mit à tourner autour des échanges commerciaux et Ismay remarqua que Mme Lee écoutait les deux hommes avec autant d'attention qu'elle-même. Au fond, elle se réjouissait de s'être égarée, car elle prenait beaucoup de plaisir à prendre le thé chez ces gens et à découvrir leurs coutumes.

Lorsqu'ils prirent congé, un homme les attendait dehors pour les raccompagner jusqu'au bateau.

Sur le chemin, Adam ne parla que très peu. Lorsqu'ils arrivèrent à la goélette, il donna une pièce à leur guide, puis, se tournant vers Ismay, il lui secoua vigoureusement le bras en disant :

— Ne faites plus *jamais* cela. Ma tante était morte d'inquiétude.

Elle frotta son bras endolori.

— Je ne le ferai plus.

Elle aurait aimé l'entendre dire qu'il s'était fait du souci, lui aussi, mais il n'avait parlé que de sa tante.

Elle remonta la passerelle en courant. Tante Harriet l'attendait, les bras grands ouverts. Profondément émue par ce témoignage d'affection, elle se jeta dans ses bras et fondit en larmes.

Lorsqu'elles regagnèrent leurs cabines, elle murmura à l'oreille de la vieille dame :

— Adam est furieux contre moi.

— Il s'est fait un sang d'encre. Tu n'as pas eu peur ?

— Si, un peu. Mais les gens ont été très serviables et j'ai vu des choses extraordinaires.

Elle lui décrivit sa visite chez les Lee.

Ce soir-là, le capitaine et le maître d'équipage dînèrent avec les dames. Ils étaient visiblement soulagés d'être arrivés à bon port, et demandèrent à Ismay de leur raconter une fois encore son expédition à terre.

Après le repas, tante Harriet déclara qu'elle était fatiguée et regagna sa cabine, laissant Ismay admirer seule le spectacle du quai qui grouillait toujours de matelots et de vendeurs ambulants.

Quelqu'un vint se poster à côté d'elle. Adam.

— Ces gens sont incroyables, dit-elle. On a l'impression qu'ils ne s'arrêtent jamais. J'adorerais goûter une de ces spécialités.

— Il faut faire attention à ce que nous mangeons. Il ne faudrait pas que nous tombions malades.

Il était si près d'elle que son cœur se mit à battre la chamade.

— Ce qu'on nous a servi chez les Lee ne m'a pas rendue malade. C'était délicieux.

— C'est vrai. Et je parie que si vous vous retrouviez en enfer, vous arriveriez à sympathiser avec le diable.

Comme elle se tournait vers lui, un regard surpris dans les yeux, sa manche retomba, dévoilant les ecchymoses sur son bras.

Adam écarquilla les yeux, consterné. Elle s'empressa de rabattre sa manche, mais il lui prit doucement le poignet et murmura :

— C'est moi qui vous ai fait ça ?

Elle haussa les épaules :

— Je marque facilement. Vous ne pouviez pas le deviner.

— J'étais en colère parce que je me faisais du souci pour vous.

— Oh…

L'air autour d'eux devint soudain électrique. Elle détourna son regard, mais il la prit délicatement dans ses bras et l'attira à lui.

— Je tiens à vous, Ismay, comme vous l'aurez sans doute remarqué.

Il ne lui inspirait aucune crainte, contrairement à Rory, qui n'était qu'un taureau furieux. Adam était toujours bien mis et de taille moyenne, plutôt comme son frère Bram. Et de toute façon… c'était Adam. Elle leva vers lui un regard triste et lui toucha la joue.

— Il ne faut pas vous éprendre de moi, dit-elle. Je ne suis qu'une domestique. Et vous êtes un aristocrate.

— Non. Je ne suis ni chair ni poisson, et la plupart des gens me méprisent parce que je suis un bâtard.

— Ils ne vous mépriseront plus maintenant que vous possédez la moitié d'un bateau. Vous êtes un homme de bien et… vous allez avoir besoin d'une épouse capable de vous seconder, pas d'une fille sans instruction comme moi. Et quant à moi, jamais je n'accepterai de coucher avec un homme qui n'est pas mon mari, malgré ce qui s'est passé.

— Je comprends. Et peu m'importe ce qui s'est passé.

— Pas moi. J'en fais encore des cauchemars la nuit.

— Je suis désolé.

Il l'avait prise dans ses bras et elle savourait la chaleur et la force qui émanaient de lui. Il se tenait si près qu'en se mettant sur la pointe des pieds elle aurait pu l'embrasser. Sauf qu'il ne fallait pas. Entre eux, c'était sans issue.

Elle exerça une petite pression sur ses bras et il desserra aussitôt son emprise.

— C'est impossible, répéta-t-elle. Ce ne serait pas raisonnable.

Elle lui lança un regard plein de regret et, ignorant ses protestations, fila se réfugier dans sa cabine.

Elle ferma la porte derrière elle et se mit à pleurer à chaudes larmes. Elle savait qu'une fois de retour dans son monde, Adam cesserait de l'aimer, et n'aurait plus que mépris pour son ignorance. Et elle ne voulait pas qu'il en soit ainsi.

C'est pourquoi elle devait garder ses distances. Gâcher sa vie n'était pas la bonne façon de le repayer pour toute sa gentillesse.

Adam la regarda se sauver. Il ne pouvait pas la retenir de force, parce qu'il n'était pas certain de vouloir l'épouser, ou d'épouser quiconque, pour l'instant. Et il était totalement exclu qu'il fasse d'elle sa maîtresse, il la respectait trop pour cela, et il était pris dans un tourbillon de pensées et d'émotions contradictoires.

Il n'avait jamais envisagé sérieusement de se marier, car pour autant qu'il avait pu en juger, le mariage n'était facile ni pour l'un ni pour l'autre des partenaires, même les plus unis. Et la vie d'une femme de marin était particulièrement difficile.

Tante Harriet disait toujours que son mariage avait été heureux, mais ce bonheur aurait-il duré si son époux était encore vivant ? Adam en doutait.

Sa mère lui avait souvent répété de ne pas se fier à l'amour, et bien qu'il eût été trop jeune à l'époque pour comprendre ce qu'elle entendait par là, il se souvenait de ses paroles et de la façon dont son père la traitait. Elle disait que l'amour était un piège qui vous poussait à faire n'importe quoi. Elle l'avait supplié maintes fois de ne pas mettre une fille dans l'embarras, parce que la faute retombait toujours sur cette dernière.

Joss s'approcha et vint se poster à ses côtés devant le bastingage.

Adam se surprit à dire :

— Je ne sais pas quoi faire.

— À propos d'Ismay ?

— Oui.

— Je ne suis pas le mieux placé pour vous répondre. En ce qui me concerne, j'ai tout gâché et j'ai perdu la femme que j'aimais. C'était longtemps avant que je ne rencontre mon épouse.

— Vous regrettez de ne pas avoir épousé votre premier amour ?

— Oui. Je le regrette chaque jour.

Il y eut un silence, puis Joss déclara :

— J'ignore ce qui est le mieux pour vous. Mais si vous avez le sentiment qu'Ismay est indispensable à votre bonheur, alors faites fi du qu'en-dira-t-on et épousez-la. Parce qu'il n'y a rien de pire que d'épouser quelqu'un qu'on n'aime pas.

— Vous n’avez pas été… heureux en ménage ?

— Pas heureux du tout. J’aurais préféré ne pas perdre Lottie de façon aussi brutale, mais c’est à cause de la brièveté de sa vie que j’ai eu de la peine, et non pas à cause de mes sentiments pour elle. Elle m’avait épousé parce qu’elle voulait avoir des enfants, et non pas parce que je lui plaisais plus qu’un autre. Elle savait que j’étais toujours amoureux d’une autre femme… que je ne pouvais pas épouser. Quand Lottie a perdu deux enfants, à quelques mois de distance, elle s’est transformée en harpie. Et j’ai commencé à regretter de devoir passer le reste de ma vie à ses côtés.

Sur ces mots, il tourna les talons et s’éloigna, et Adam se demanda si Joss regrettait de s’être laissé aller à ces confidences.

*

— Bram, très cher, tu devrais aller faire un tour, dit Isabella. Tu ne peux pas passer toutes tes journées au bazar.

— Mais j’aime ça.

— Mais moi, je veux un mari en bonne santé, pas un homme au teint blême qui s’épuise à la tâche.

Sa voix se fit caressante :

— Regarde cette magnifique journée de printemps. Je vais emmener Arlen en promenade plus tard. Il adore découvrir le monde. Viens donc avec nous.

Tandis qu’ils longeaient la grand-rue, en savourant la caresse du soleil, Bram aperçut un homme au loin. Il fronça les sourcils et s’arrêta de marcher. Sa tête lui disait quelque chose, mais il n’arrivait pas à le situer.

Qui était-ce ?

Un Irlandais ?

Il en avait l'air – ce n'était tout de même pas… Rory Flynn ! Mais que faisait-il à Swan River ?

— Qu'est-ce qu'il y a ? s'enquit Isabella.

— Je crois que je connais ce garçon.

— Lequel ?

Bram cligna des yeux. Était-ce la lumière du soleil qui lui jouait des tours ? Ce n'était qu'un grand et gros gaillard qui prenait l'air.

— Non, ce n'est pas lui en fin de compte.

Ils s'arrêtèrent devant la boulangerie et décidèrent d'acheter un gâteau pour le thé. Lorsqu'ils ressortirent, l'homme avait disparu.

Bram se tourna vers sa femme. Elle rayonnait de santé et ses yeux étaient pleins d'amour. La vie était belle. Au bazar, les affaires marchaient encore mieux qu'il ne l'avait escompté. Apparemment, il avait du flair pour choisir les articles dont les gens avaient besoin.

Il avait bien fait de diviser le bazar en deux parties et de mettre les nouveautés sur le devant, et les articles de seconde main sur l'arrière – des pièces de mobilier et du linge de maison qui avaient encore de beaux jours devant eux. Il y avait même quelques vêtements de pluie de bonne qualité, discrètement remisés derrière un paravent.

Pour rien au monde il n'aurait vendu des rogatons, même si cela pouvait lui rapporter de l'argent. Et dans un bourg où l'on manquait de tout, les articles d'occasion n'étaient pas déconsidérés, comme c'était le cas en Angleterre.

Juste avant la fermeture, Bram vit deux hommes en carriole s'arrêter devant le cottage et commencer à décharger. Les idiots ! C'était au magasin qu'ils auraient dû livrer la marchandise, et non pas chez lui.

— Garde la boutique, Freddie, dit-il avant de s'élancer sur le sentier tandis que les deux hommes disparaissaient à l'intérieur de la maison en portant ce qui ressemblait à une malle.

Il les suivit.

— Que se passe-t-il ?

Isabella lui fit signe d'approcher et lui tendit une lettre.

— Ce sont les bagages de ta sœur, et d'un ami à elle.

Il lut la lettre.

— Je n'ai jamais entendu parler de cet Adam Tregear. Pourquoi m'envoie-t-il ses affaires pour que je les garde chez moi ?

— Et celles d'Ismay, lui rappela-t-elle.

— Je ne savais même pas qu'elle était en route. Un instant, s'il vous plaît !

Les hommes le regardèrent, surpris.

— Il n'y a pas assez de place ici. Il va falloir tout mettre à l'écurie.

Il leur donna la pièce et les deux gaillards se montrèrent soudain très serviables.

Lorsqu'ils eurent terminé, Isabella et lui relurent la lettre.

— Ismay est souffrante et ils vont devoir rester à Aden jusqu'à ce qu'elle soit remise. Ils n'ont pas pu récupérer leurs bagages à temps.

— Si elle est malade, c'est heureux qu'elle ait trouvé des amis.

— Mais, je ne lui ai pas envoyé d'argent pour qu'elle puisse payer son voyage. Et je doute que papa l'aurait laissée partir seule.

— De toute façon, il n'y a rien que tu puisses faire tant qu'elle ne sera pas là.

Ismay était-elle vraiment en route pour Swan River ? Il l'espérait. Mais il ne pouvait s'empêcher de se faire du souci pour elle. S'était-elle rétablie entre-temps ? La lettre avait été postée un mois plus tôt et aucun bateau n'était attendu ici avant deux mois.

Bah, elle était jeune et robuste. Elle se remettrait certainement.

12

Flora, accoudée au bastingage de la *Bonny Mary*, offrait son visage au vent avec délectation. Elle trouvait le gros temps revigorant et était contente d'avoir montré qu'elle avait le pied marin. Dougal était à la barre. Elle lui fit un signe de la main auquel il répondit par un sourire.

Ils approchaient de Singapour, enfin ! Au début, la solitude l'avait apaisée après toutes ces années tourmentées où elle avait été soumise à sa mère. Mais désormais, elle désirait ardemment mener une vie normale. Elle voulait bavarder, rire, se faire des amis, leur rendre visite. Dougal lui avait dit qu'ils seraient invités à Singapour, les Européens y étaient fort accueillants.

Son frère l'avait convaincue d'y acheter des tissus pour se faire confectionner quelques robes. M. Lee vendait de magnifiques soieries, moins chères que dans la boutique de Bram, et les couturiers locaux travaillaient vite et bien, à bas coût.

Elle examina ses vêtements et fit la grimace. Ces couleurs ternes, ces coupes fonctionnelles, elle en avait assez. Elle voulait porter des teintes vives, des jupes larges et, qui sait, peut-être même des crinolines. Pas de ces énormités ridicules qu'elle avait vues à Perth et dans lesquelles on pouvait à peine passer une porte, mais elle adorait la façon dont la jupe se balançait quand on marchait, et elle voulait montrer qu'elle avait gardé la taille fine.

Son visage n'était pas beau mais pas non plus disgracieux. Elle avait encore la peau ferme et seuls quelques fils gris parsemaient sa chevelure. Elle qui n'avait jamais ressemblé aux canons de la féminité était sans doute plus séduisante maintenant.

Elle avait emporté une revue de mode pour la montrer au couturier et choisi quelques styles qui, selon elle, lui iraient bien, sans trop de froufrous. Sa mère ne serait pas là pour lui lancer des remarques désobligeantes, pour lui faire honte de vouloir porter des couleurs vives qui « ne convenaient qu'à des femmes plus jeunes et plus jolies ». Elle ne comprenait toujours pas comment elle avait pu se montrer si soumise.

Une bourrasque défit une mèche de cheveux. Elle la torsada et la remit en place, et un souvenir lui revint avec un serrement de cœur. Il avait adoré ses cheveux, pour lui ils étaient couleur de miel, et non de paille comme sa mère le lui répétait.

Elle ne réussit pas à chasser ce souvenir et se demanda si elle n'était pas qu'une vieille fille idiote qui essayait de retrouver sa jeunesse.

Peu importait. Idiote ou pas, elle allait désormais s'habiller selon son bon plaisir. Elle éclata de rire dans le vent.

*

Le lendemain matin de bonne heure, M. Lee fit porter un message sur la *Hannah Grey* proposant un guide pour les dames, qui les escorterait et leur ferait visiter les sites à voir. Joss le montra à Harriet.

— Qu'en pensez-vous ?

— Je serais ravie de faire une excursion. Ismay n'arrête pas de parler de son aventure, et je suis verte de jalousie !

— Vous pourriez acheter de la soie à M. Lee et vous faire confectionner chacune une robe.

Harriet battit des mains.

— Quelle excellente idée ! Ismay, écoute. M. Lee nous envoie un guide et Joss suggère que nous choisissions des longueurs de soie dans sa boutique pour nous faire faire des robes.

— Je serais très contente de revoir la ville, et de vous aider à choisir, mais je n'ai pas besoin d'une nouvelle robe. Mme Largan m'en a donné plusieurs qui lui appartenaient.

— Des robes en soie ?

— Non, bien sûre que non. Ce serait malséant.

Tante Harriet l'observa un instant, tête penchée.

— J'aurais dû préciser d'emblée que c'est moi qui te l'offre. Toute jeune fille a besoin d'une robe neuve pour se rendre à une réception.

Isma allait protester, mais elle se contenta d'observer avec un brin de mélancolie :

— Je ne suis jamais allée à une réception. Je n'ai jamais eu de robe neuve, non plus.

Joss la regarda avec sympathie. La pauvre avait eu une vie bien étriquée. C'est peut-être pour cette raison qu'elle faisait tout avec cet enthousiasme communicatif. Percevant une tendresse non dissimulée dans le regard d'Adam, il fut pris d'une impulsion subite.

— Eh bien, moi aussi, je vais organiser une petite réception à bord pour rendre la politesse. Comme ça, tu verras ce que c'est.

— Vous parlez de moi ? Elle n'en croyait pas ses oreilles.

— Arrête de dire que tu n'es qu'une femme de chambre. Tu l'étais, mais maintenant tu es la dame de compagnie de Mme Seaton.

Elle lui lança un regard étonnant de sagacité, qui la fit soudain paraître beaucoup plus que son âge.

— Et une fois à Fremantle, je devrai chercher du travail et je redeviendrai femme de chambre.

— Ou plutôt, tu te marieras. La colonie de Swan River manque de femmes et tu es très jolie. À peine auras-tu débarqué que tu auras des prétendants qui te courront après.

Il sourit en la voyant rougir. Adam fulminait d'indignation. Ne lutte pas contre ton amour pour elle, pensa-t-il. C'est bien trop rare et trop précieux.

— Vous êtes certain que ma présence sera acceptée ?

— Tu es la sœur de Bram Deagan, propriétaire d'une boutique importante, et tu as fait ton chemin. Il est temps que tu reprennes ton nom, qui est respecté dans la colonie. Ton frère a sûrement rendu visite aux Wallace quand il est venu à Singapour. Tous les gens qui comptent le font.

— Entendu, alors, lança tante Harriet. Ismay et moi irons choisir les tissus, et nous serons présentes à votre réception. Merci, Joss.

Il savait qu'elle ne le remerciait pas seulement pour la réception.

— Tout le plaisir est pour moi. Et maintenant, Adam, si tu es prêt, je souhaiterais que nous fassions quelques visites. Ensuite, nous irons voir les autres bateaux ancrés dans le port.

Joss mena d'abord Adam chez les Wallace, ignorant les protestations de ce dernier qui ne se sentait pas doué pour les mondanités.

Mme Wallace, une aimable dame aux formes généreuses, les convia derechef à venir dîner un de ces soirs.

— Nous serons ravis. Hum… nous avons à bord la tante de mon ami et sa dame de compagnie. Connaissez-vous Bram Deagan ?

— Oui, un homme très avisé. Nous avons été invités à son mariage.

— Vraiment ? Eh bien, la dame de compagnie de Mme Seaton est sa sœur. Je suis convaincu qu'elle sera heureuse que vous lui racontiez le mariage.

— Parfait, amenez-les à dîner. Nous autres, ajouta-t-elle avec un petit gloussement, nous sommes las d'être toujours entre nous. C'est un plaisir de voir de nouveaux visages.

On convint d'une date puis Joss fit à Adam les honneurs de la ville, insistant pour qu'il se fît lui aussi confectionner des vêtements neufs.

Adam resta silencieux sur le chemin du retour.

— Le frère d'Ismay est très apprécié, dirait-on, lâcha-t-il enfin.

— En effet. Je ne le connais pas personnellement, mais tout le monde dit du bien de lui.

Au port, une autre goélette était ancrée à côté d'eux. Ils s'approchèrent mais Joss s'arrêta net.

— Je connais le propriétaire de la *Bonny Mary*, je préférerais ne pas le croiser.

Il ne fournit aucune explication et regagna la *Hannah Grey* d'un pas vif.

Le guide envoyé par M. Lee était une dame, une Chinoise d'un certain âge qui se débrouillait fort bien en anglais. Elle les conduisit à la boutique de M. Lee pour qu'elles choisissent des tissus.

Dès qu'Ismay eut expliqué ce qu'elles souhaitaient, Xiu Mei commença à dérouler ses soieries.

— Je ne peux pas prendre de la soie, chuchota Ismay, ce serait déplacé, et puis je n'aurais aucune autre occasion d'en porter.

Harriet secoua la tête.

— Ce n'est pas à toi de me dicter quel cadeau je vais t'offrir.

— Mais…

— Oh, regarde celle-ci ! Elle t'irait à merveille, c'est exactement le même bleu que tes yeux, et avec tes cheveux bruns, ce sera ravissant.

Elle plaça le tissu contre la jeune fille. Ismay ne put s'empêcher de caresser cette matière somptueuse, d'une main dont la peau n'était plus rugueuse mais douce comme celle d'une dame.

— C'est parfait. Il va t'adorer en te voyant. Elle gloussa. Ne rougis pas. Si tu crois que je ne me suis rendu compte de rien, tu te trompes.

— Mais je ne suis pas assez bien pour lui.

Harriet la prit dans ses bras.

— Tu es assez bien pour n'importe qui. Et même si tes sentiments pour Adam s'arrêtent là, tu dois faire honneur à ton frère. Merci, mademoiselle Lee.

— Pas couper soie avant de décider style.

— Très juste ! Maintenant, Ismay, tu veux bien m'aider à choisir mon tissu ?

La jeune cliente était toute bouleversée, et ce fut Xiu Mei qui conseilla Harriet. Elle étudia celle-ci puis grimpa sur un escabeau et tira un rouleau de soie moirée, avec des reflets magenta qui mettaient en valeur le teint de la vieille dame. Elles décidèrent de l'assortir avec un jupon d'une nuance légèrement plus foncée.

À leur grande surprise, Xiu Mei avait déjà vu les modèles à la mode qu'elles lui montrèrent. Elle connaissait aussi d'excellents couturiers qui travaillaient pour les Européennes. Elle envoya en chercher un et invita ses clientes à s'asseoir en attendant.

— Nous recevons beaucoup de dames européennes, expliqua-t-elle. Montrent dessins, parlent. Besoin boutique plus grande. Mon frère veut grande boutique, pas dans maison.

Le couturier s'entretint brièvement avec Xiu Mei, puis la laissa traduire pour les deux étrangères. Il étudia les dessins qu'elles lui montraient, tira un rouleau de papier et un fusain et traça rapidement le croquis d'une robe avec les modifications qu'elles avaient demandées.

— C'est exactement cela ! s'exclama Harriet, aux anges.

Une fois qu'elles furent sorties de la boutique, elle commenta :

— Comment va-t-il faire pour nous les livrer dans deux jours ? Cela tient du miracle.

— Grâce à de pauvres ouvrières qui travailleront jour et nuit.

— Je pense qu'elles seront heureuses de gagner un peu plus d'argent. Je dois demander à Joss combien de temps il compte rester ici. Je pourrais me commander une ou deux robes de plus. Des robes simples, tu vois.

— Moi, j'en ai déjà beaucoup, s'empressa de répondre Ismay.

— Dans ce cas, tu pourrais les faire retoucher, pour qu'elles soient plus à la mode.

Elle ne pouvait refuser, mais parfois se sentait un peu écrasée par la générosité d'Harriet. Quant à Adam, elle se demandait comment il réagirait quand il la verrait si bien habillée.

De retour sur le bateau, Joss leur tendit le billet d'invitation de Mme Wallace.

— Je ne peux pas, s'étrangla Ismay.

— Adam, persuade-la, intima Harriet en partant vers sa cabine.

— Bien sûr que tu peux, dit-il d'une voix douce. Si tu écoutes plus que tu ne parles et que tu es d'accord avec les opinions de ton hôtesse, tout ira bien. C'est ce que je fais quand je me trouve dans ce genre de situation.

Elle le regarda, perplexe. Elle avait l'impression qu'ils étaient seuls à bord malgré la présence des marins à quelques mètres. Adam insista.

— Je sais ce que je dis. Tu te débrouilleras parfaitement. Il lui sourit et vit qu'elle rougissait. Ismay, je…

À ce moment, Joss l'appela et il ne termina pas sa phrase. Cela valait mieux, il était sur le point de dire quelque chose qu'il aurait peut-être regretté. Peut-être…

Plus tard, quand il aperçut Ismay pleine d'animation, qui bavardait avec sa tante sur le port, il se dit qu'il n'aurait rien regretté du tout. À côté d'elle, aucune autre femme n'existait.

Mais il ne savait pas ce qui l'attendait à Fremantle. Son père lui avait laissé trois biens, mais de quoi s'agissait-il ? Tant qu'il ne serait pas fixé, il ne saurait pas s'il avait un toit pour accueillir sa tante.

Ou sa femme.

L'héritage pouvait bien réserver quelque ruse machiavélique. Comme avec sa part dans le bateau, quarante-neuf pour cent ! Il ne fallait pas que cela pèse sur Ismay.

Une autre invitation leur parvint en fin d'après-midi après un bref orage. Elle émanait de M. Lee, qui les conviait à dîner le lendemain soir et se concluait sur ces mots : « Nous heureux d'avoir la compagnie de la sœur et des amis de Bram. Préparons mets préférés de Bram. Bien pour Européens goûter. »

Ismay conclut que son frère se débrouillait encore mieux qu'elle ne l'avait imaginé. Il suffisait que son nom fût prononcé pour qu'on les invitât à droite et à gauche. Heureusement qu'elle avait appris à tenir ses couverts correctement avec les Largan puis avec tante Harriet.

— Au fait, précisa Joss, les Chinois n'utilisent pas la fourchette et le couteau mais deux longues baguettes.

Comment faire tenir de la nourriture de cette sorte ? Si elle en renversait, elle mourrait de honte.

*

Dougal invita sa sœur à aller explorer Singapour en sa compagnie. Quand il se mit à pleuvoir, ils s'abritèrent sous les portiques qui longeaient les boutiques et regardèrent l'orage se déchaîner sur la ville. Mais la pluie fut de courte durée, et tout le monde vaquait à ses occupations comme si de rien n'était.

Ils allèrent voir la boutique de M. Lee. Dougal insista pour offrir à Flora de la soie pour sa robe. Elle ne tenta même pas de protester, à son grand étonnement, et il fut content de voir qu'elle choisissait enfin des styles et des couleurs qui lui seyaient. Sur le chemin du retour, ils virent une vieille femme hagarde ainsi qu'une autre, plus jeune, qu'elle essayait de faire avancer à coups d'injonctions criardes. Flora se sentit frémir.

— On dirait notre mère.

Dougal se contenta de hocher la tête. Il n'avait pas envie de penser à ça. Au bout de quelques instants, Flora murmura, comme pour elle-même :

— J'espère que ce n'est pas trop difficile pour Mme Southerham.

— Elle a de l'aide, et je suis sûr qu'elle s'en sort très bien. Rhoda est assez robuste pour faire face. Flora, s'il te plaît, oublie-les et profite de ta liberté.

Tous deux savaient qu'il repartirait en mer, et que Flora, de nouveau, se retrouverait responsable de la vieille dame sénile.

— Je suis désolé.

Flora n'avait pas besoin d'explications pour comprendre de quoi il s'excusait. Lui s'en voulait d'avoir laissé sa sœur gâcher ses plus belles années, et de n'avoir pas remarqué comment sa mère se comportait.

Au port, il s'arrêta devant la *Hannah Grey*, qu'il avait déjà vu en cale sèche à Fremantle. À qui appartenait cette goélette ? C'était un beau vaisseau, bien tenu. Il comptait aller à bord pour se présenter, simple question de courtoisie. Il aimait faire la connaissance des autres capitaines basés à Fremantle. Ils pouvaient s'entraider le cas échéant, et surtout, entre gens de mer, ils se comprenaient.

Il s'étonna que son capitaine ne fût pas encore venu le voir. Il devait pourtant savoir que les deux goélettes avaient le même port d'attache. Et comme elle était arrivée avant la *Bonny Mary*, son chargement aurait dû être terminé. Mais rien n'indiquait un appareillage imminent, et il n'y avait pas non plus d'activités de chargement. Étrange.

*

Sa belle robe ne serait prête que le lendemain. Pour le dîner chez les Lee, Ismay choisit la meilleure de celles que lui avait données Mme Largan, en coton fin avec des manches longues. Évidemment, elle était trop chaude pour le climat, mais elle n'avait rien de plus léger.

Tout en agitant son éventail, elle se demanda s'il ferait aussi chaud à Swan River. L'air était tellement chargé d'humidité qu'elle sentait déjà la sueur ruisseler sur son front et entre ses seins.

— Je n'aimerais pas vivre ici, dit-elle à tante Harriet.

— Moi non plus. Mais la ville est passionnante à visiter, et j'ai hâte de goûter à la cuisine chinoise.

De nouveau, M. Lee avait envoyé un guide. Ismay s'en étonna.

— Les rues semblent très sûres, pourquoi nous escorter ?

— La nuit, c'est différent, expliqua Joss. Si M. Lee ne l'avait pas fait, j'aurais demandé à un de mes hommes de vous accompagner. Il y a des sociétés secrètes, les Tongs, et parfois des violences éclatent en pleine rue.

La boutique était encore ouverte, tenue ce soir-là par une employée qui inclina la tête en les voyant et annonça leur arrivée en chinois. Elle leur indiqua le couloir étroit qui était bien éclairé.

M. Lee apparut au fond du couloir, et l'on procéda à l'échange de courbettes. À l'intérieur, Mme Lee et Xiu Mei les attendaient, toujours vêtues d'une tunique et d'un pantalon, apparemment la tenue normale des femmes. Cette fois, elles étaient d'une riche étoffe de soie qui chatoyait à la lueur des bougies. Deux bonnes préparaient à manger au fond de la pièce.

La tunique de Mme Lee était noire, avec autour du col une broderie de couleur pastel. Quant à Xiu Mei, elle portait une tunique rose vif brodée de fil noir et doré.

Après quelques paroles de bienvenue, on les convia à table et on disposa devant chacun un petit bol. Ismay regarda Adam d'un air perplexe mais il secoua la tête pour lui indiquer qu'il était aussi ignorant qu'elle.

M. Lee leur adressa un sourire bienveillant.

— Vous manger cuisine chinoise ce soir ?

— Avec plaisir, répondit Joss, mais vous devez nous expliquer comment procéder. Et ne pas nous en vouloir si nous sommes maladroits.

Un large sourire éclaira le visage de M. Lee.

— Pas baguettes. Pour vous, cuillères. Mais dans bol, comme nous. Il présenta le plat. D'abord riz seul. Goûter une bouchée de riz.

— Attendez seulement que ma mère ait mangé, chuchota Xiu Mei.

On leur présenta d'abord des légumes agrémentés d'une sauce délicate. Tous se servirent une petite portion. Adam contempla Ismay tandis qu'elle portait la cuillère de porcelaine blanche à sa bouche. Elle ferma les yeux avec une expression de ravissement, avant de les rouvrir et de s'exclamer :

— Je n'ai jamais rien mangé d'aussi délicieux !

Elle était charmante, toute rayonnante de contentement et d'enthousiasme. M. Lee semblait du même avis, ainsi que Joss qui la regardait avec attendrissement.

— J'apprécie beaucoup votre cuisine, dit-elle à M. Lee quand on remporta finalement les bols. J'aimerais beaucoup apprendre à préparer de tels plats.

— Pas difficile, répondit Mme Lee. Venir demain, et je montre recettes.

— Vous feriez cela ? Oh oui, avec plaisir !

Adam avait envie de la prendre dans ses bras. Sans en avoir conscience, elle avait conquis les Lee. Ce qui pourrait se révéler fort utile. Comment lui avait-il fallu autant de temps pour comprendre que comme épouse, elle serait un précieux atout ?

Après le dîner, ils bavardèrent en sirotant du thé dans de toutes petites tasses, puis Joss consulta sa montre.

— Nous devons vous quitter, maintenant, sinon nous nous coucherons trop tard.

Il semblait savoir parfaitement comment se comporter. Certes, il faisait du commerce avec l'Orient depuis pas mal de temps, mais d'autres marins qui sillonnaient toutes les mers du monde étaient incapables de s'écarter de leurs habitudes. Des hommes bornés, comme son père. Adam était soulagé que ce ne soit pas le cas de son associé.

Sur le chemin du retour, Joss offrit son bras à Harriet et Adam se retrouva avec Ismay. Elle lui prit le bras, puis le lâcha pour examiner une délicate sculpture dans une boutique encore ouverte. Il n'était pas fâché de laisser les autres les devancer.

Quelques mètres plus loin, elle s'intéressa à des céramiques, de petites tasses pour le thé et des bols pour la nourriture.

Adam sentit soudain qu'ils étaient suivis. Joss et Harriet avaient pris de l'avance et avaient disparu. Il s'arrêta et mit un doigt sur ses lèvres.

Elle se tut et le regarda d'un air incertain.

Deux hommes s'étaient arrêtés en même temps qu'eux et les fixaient ouvertement. Il se souvint de les avoir aperçus quelques minutes auparavant. Leurs visages étaient inexpressifs mais la menace était perceptible.

— Reste derrière moi, dit-il à voix basse. Je crois qu'il va y avoir du grabuge.

— S'ils s'en prennent à vous, je les frapperai avec ça, dit-elle en ramassant un caillou dans le caniveau.

Les hommes s'approchèrent. Ismay se pencha de nouveau mais Adam préféra ne pas détourner les yeux. Des passants s'écartèrent, il comprit que le danger était réel.

— Prenez, chuchota-t-elle.

Il sentit qu'elle lui glissait une pierre dans la main, ce qui lui arracha un sourire. N'importe quelle autre femme se serait mise à hurler ou se serait trouvée mal. Pas Ismay.

Il les sentit foncer sur lui mais ils étaient si rapides qu'il fut malgré tout pris par surprise. L'un des deux bondit sur lui avec un couteau et il se déporta sur le côté, espérant de tout son cœur qu'Ismay l'imiterait.

Ce qu'elle fit. Mais il ne fut pas assez leste et la lame du couteau effleura son avant-bras juste au-dessus du poignet. Il lâcha un juron en sentant le sang lui couler dans la main.

— Vous êtes blessé ? cria-t-elle.

— Non. Attention !

L'homme bondissait de nouveau, mais cette fois Adam était prêt et il esquiva le coup en même temps qu'il lança la pierre.

Ismay poussa un hurlement de harpie, auquel répondit le glapissement de l'homme, suivi de ce qui ressemblait fort à un juron.

Soudain, des cris retentirent à l'autre bout de la rue. Un petit groupe d'hommes arrivait au pas de course. Les agresseurs s'enfuirent mais les hommes de M. Lee eurent tôt fait de les rattraper et de les maîtriser. Des passants les entourèrent avec sympathie.

Joss et Harriet restaient invisibles. Adam attira Ismay à lui, priant le Ciel qu'il ne fût rien arrivé à sa tante.

— Où croyez-vous que sont les autres ? demanda-t-elle.

— À l'abri, j'espère. On peut faire confiance à Joss.

Adam posa la question à un de leurs sauveurs, mais l'homme ne comprenait pas un traître mot d'anglais.

— Où est ma tante ? répéta Adam en haussant la voix, terrifié à l'idée qu'elle pût être blessée. Il se tourna vers les autres, sans succès.

— Ils ne comprennent pas ce que vous dîtes.

— Vous n'avez rien, n'est-ce pas ?

— Non, mais si vous avez un mouchoir, vous feriez bien de me le donner pour que je puisse panser votre bras.

Elle venait de finir le pansement lorsque la foule s'écarta respectueusement pour laisser passer M. Lee.

— Êtes-vous gravement blessé, monsieur Tregear ? demanda-t-il, le visage sombre.

— Non, une simple égratignure. Mais je ne sais pas où ont disparu ma tante et le capitaine Rutherford, qui marchaient devant nous.

M. Lee se tourna pour échanger deux mots avec un de ses hommes.

— Ils sont en sécurité.

— Je ne comprends pas pourquoi nous avons été agressés.

— Ma faute. Certaines personnes... veulent du mal à moi. Eux échoué. Temps de montrer ma force, maintenant.

— Des ennemis ? hasarda Adam.

— Tongs. Des groupes. J'appartiens un, ces hommes un autre. Attaquer Européens, stupide. Très stupide.

Comme pour témoigner de la force de leur maître, d'autres hommes virent se ranger derrière lui. C'était impressionnant.

— Vous pouvoir retourner au bateau. Dans la journée, très sûr. Pas la nuit. Pas encore. Demain soir, envoie pousse-pousse pour vous conduire chez les Wallace. Et vous ramener.

— Merci.

Il fit un geste et quatre de ses gaillards s'avancèrent.

— Devoir rentrer maintenant. Ramener sœur de Bram au bateau. Finir régler mes affaires ici.

Adam passa un bras autour d'Ismay et le laissa pendant tout le chemin du retour. Elle se pressa contre lui.

— Ça avait l'air si sûr pendant la journée.

— Certes. Mais ce soir, je pense que nous nous sommes trouvés entre deux gangs. Ils voulaient se servir de nous.

— M. Lee va gagner, affirma-t-elle.

— Ce n'est pas certain.

— Il est très intelligent, ça se voit sur son visage.

Elle avait raison, mais M. Lee avait aussi un côté impitoyable, et Adam était content d'être dans ses bonnes grâces.

Quand ils approchèrent du bateau, il fut soulagé de voir Joss en compagnie de trois hommes d'équipage, chacun affairé avec un cabillot. Joss accourut à leur rencontre.

— Vous êtes sains et saufs, Dieu merci !

— Merci surtout aux hommes de M. Lee !

Harriet attendait sur le pont mais était invisible du quai.

— Je vais bien, cria-t-il.

Elle se précipita vers lui et s'arrêta net en voyant le bandage ensanglanté.

— Tu es blessé !

— Une simple éraflure au bras, expliqua Ismay. On nous a agressés avec des couteaux.

— Il faut laver la plaie. Adam, viens dans ma cabine, je vais m'occuper de toi.

Il sourit et fit un clin d'œil à Ismay. Toute tension avait disparu comme par magie et il se sentait comme un gamin dont les égratignures ont été maintes fois pansées par sa tante. Après, elle lui donnait toujours un baiser.

Mais quand Harriet s'attela à la tâche, ses mains tremblaient et Ismay dut lui prendre le bandage des mains.

– Je m'en charge.

– Tout va bien, tante Harriet, je vous assure, dit Adam pour la rassurer.

– Je sais, mais il s'en est fallu de peu.

– J'aurais pu me faire renverser par un cheval fou, ou tomber par-dessus bord quand j'étais en mer, ou me faire trucider dans une ruelle sombre de Liverpool. Il n'existe aucun endroit au monde où l'on soit totalement en sécurité.

Après qu'Ismay eut bandé sa plaie, en réalité une petite coupure, il se pencha pour embrasser la joue douce de sa tante et répéta que tout allait bien.

Quand il regagna sa cabine, il n'arriva pas à trouver le sommeil malgré la fatigue. Il revoyait sans cesse l'image de ces deux hommes bondissant sur eux, le couteau à la main. Il leur aurait été facile de les tuer tous deux en lançant leur arme. S'ils ne l'avaient pas fait, c'est qu'ils voulaient les capturer. Heureusement qu'ils avaient échoué.

S'ils avaient touché à un cheveu d'Ismay, Dieu sait comment il aurait réagi !

Il sourit dans l'obscurité. Quelle femme ! Elle n'avait pas flanché, avait même trouvé des pierres pour qu'ils se défendent. Et ses mains étaient si douces sur sa peau quand elle avait posé le bandage sur sa blessure. Si extraordinairement douces…

Soudain, il fut envahi de la magnifique certitude qu'aucune autre femme ne pourrait mieux lui convenir.

Avant de demander sa main, il fallait toutefois qu'il voie ses maisons de Fremantle. Si elles n'étaient pas habitables, il devrait trouver un logement à louer pour eux. Pour eux trois, avec Harriet.

Content d'avoir pris la bonne décision, il se laissa glisser dans le sommeil.

13

Deux semaines durant, Livia Southerham s'était efforcée d'amadouer Mme McBride. En vain. La vieille femme s'était mis en tête de la mener à la baguette, entrant dans des rages folles lorsque Livia refusait de céder à ses caprices, et l'obligeant à appeler Orla et Rhoda à la rescousse pour la maîtriser.

Le retour de la *Bonny Mary* n'étant pas prévu avant au moins dix semaines, Livia se retrouvait seule aux commandes, même si, naturellement, elle savait qu'elle pouvait compter sur Bram ou le notaire en cas de besoin.

Et puis, presque du jour au lendemain, la vieille femme était devenue plus docile. Son arrogance envolée, elle s'était enfermée dans un silence maussade et observait le monde d'un œil courroucé. Après quoi, les jours passant, même son regard avait perdu de sa hargne.

Les trois femmes la traitaient avec douceur, l'estimant désormais inoffensive, jusqu'à ce qu'un soir, elles l'entendent se déchaîner dans sa chambre. Elles accoururent aussitôt, mais trouvèrent la porte verrouillée.

Rhoda avait dû sortir briser la vitre par l'extérieur pour pouvoir entrer. Elle s'était retrouvée face à face avec une harpie qui s'était jetée sur elle en la menaçant d'une paire de ciseaux. Mme McBride avait dû s'en servir pour découper ses draps en lanières. Ironiquement, ce furent ces mêmes lanières qui leur servirent à l'attacher sur sa chaise. Quand elles réussirent enfin à la mettre hors d'état de nuire, Livia et Rhoda étaient couvertes de bleus et de griffures.

Le lendemain à l'aube, Orla courut chez le docteur et lui expliqua ce qui s'était passé.

Devant l'étendue des dégâts, le médecin décida d'augmenter les doses de laudanum.

— J'espère que je ne finirai pas comme ça, dit Livia tandis qu'Orla, Rhoda et elle remettaient la chambre en état, une fois Mme McBride endormie et attachée dans son lit.

— Elle n'a jamais été facile à vivre, même quand elle avait toute sa tête, souligna Rhoda. J'ai parlé avec Linny, son ancienne femme de chambre. Et si vous saviez tous les mauvais tours qu'elle a joués à cette malheureuse Mlle Flora pour obtenir ce qu'elle voulait. S'il y a quelqu'un qui mérite son sort, c'est bien elle.

— Personne ne mérite une fin aussi atroce, dit calmement Livia.

Elle n'administrait pas du laudanum à la vieille femme de gaieté de cœur, c'est pourquoi, voyant que sa patiente se transformait en légume, elle décida de diminuer un peu les doses.

Deux soirs plus tard, elle fut réveillée par une odeur âcre de fumée. Bondissant hors du lit, elle courut à la cuisine. Des flammes s'échappaient en rugissant de la cuisinière bourrée à craquer de bois et dont la plaque était restée ouverte.

Mme McBride se tenait là et fixait les flammes, immobile comme une statue.

Rhoda accourut à son tour, mais lorsqu'elles voulurent écarter la vieille femme du poêle, celle-ci se mit à pousser des hurlements et à se débattre comme une furie.

— Orla et moi, on va la tenir, pendant que vous éteignez le feu, madame Southerham. Sinon, c'est la maison tout entière qui va brûler, haleta Rhoda.

Livia parvint à rabattre la plaque de fonte et ce faisant à stopper l'apport en oxygène et la combustion. Peu à peu, les flammes moururent et la chaleur diminua. Hormis le coin d'une étagère qui avait brûlé et les traces de suie au plafond, au-dessus de la cuisinière, il n'y avait pas de dégâts.

— Heureusement que vous avez senti l'odeur de la fumée, dit Orla en frissonnant.

Après cela, il fut décidé que la vieille dame recevrait une dose entière de laudanum et qu'elle serait enchaînée à son lit, car elle avait réussi à rogner ses liens avec ses dents une fois.

Une semaine plus tard, Mme McBride cessa de parler et il fallut la forcer à manger.

Après quoi elle cessa de manger et de boire complètement sans que rien ni personne ne parvînt à la persuader de s'alimenter.

— Il est inutile d'insister, dit le docteur. Elle va se laisser mourir de faim de toute façon. C'est ce qui arrive à tous les patients à ce stade. Vous ne feriez que ralentir un processus inéluctable.

Il considéra la vieille dame un instant en silence, puis ajouta :

— Je doute qu'elle tienne encore longtemps. Elle n'a plus que la peau sur les os. Ce sera une délivrance pour elle. Quand sa fille doit-elle rentrer ?

— En novembre, me semble-t-il.

— Ce sera sans doute trop tard. Elle décline plus vite que je ne l'avais prévu.

— Quelle fin atroce ! dit Livia en songeant à la première femme de Conn, qui avait cessé de manger et de boire durant la phase finale de sa maladie mentale.

— J'ai vu tellement de souffrance en ce monde, dit le médecin, que je bénis le Ciel pour chaque jour qu'il m'est donné de vivre.

Toisant brièvement Livia du regard, il déclara :

— Vous avez l'air épuisée, madame Southerham. Prenez soin de vous. Et ne culpabilisez pas. Vous n'y pouvez rien.

*

Quand les pousse-pousse arrivèrent pour les emmener chez les Wallace, Ismay grimpa dans le sien d'un geste souple. L'homme qui le tirait avait beau être chétif, ses jambes, qui dépassaient de sa culotte courte et ample, étaient incroyablement musclées.

Adam aida sa tante à monter dans le deuxième rickshaw, et monta ensuite dans le troisième. Puis, comme sur un signal, ils démarrèrent tous ensemble, avec Joss en tête.

Les Wallace possédaient une vaste maison dans le quartier européen. Ils ne donnaient pas sur le front de mer, mais presque. La bâtisse, semblable à une boîte cubique, comptait deux niveaux, chacun pourvu d'une haute véranda, et était entourée d'un parc bien entretenu où poussaient des palmiers et d'autres plantes qui lui étaient inconnues. Des lanternes de papier étaient accrochées dans les arbres.

Adam aida Ismay à descendre, même si elle aurait parfaitement pu sauter à terre toute seule. Elle fit quelques pas, puis s'arrêta pour contempler les lanternes et s'exclama :

– Comme c'est beau !

– Venez, ne restons pas à la traîne, lui dit Adam en la tirant par le bras.

Mais une fois à l'intérieur, l'enthousiasme d'Ismay retomba d'un coup et il comprit qu'elle devait être intimidée.

Mme Wallace s'approcha pour les saluer.

– Madame Seaton, je suis ravie de faire votre connaissance. Et vous devez être la sœur de M. Deagan. La ressemblance est frappante, ma chère.

– Merci, dit Ismay, hésitante, avant d'ajouter : Je crois savoir que vous êtes allée à son mariage. J'aimerais tellement que vous me racontiez.

– Nous y sommes allés, en effet. C'était tout à fait intéressant.

Elle scruta Ismay avec intérêt, puis dit :

– Nous aurons l'occasion d'en parler plus tard. Venez que je vous présente les Rowton. Ils ont un fils de votre âge.

Le garçon accueillit Ismay avec un regard chaleureux qui ne fit qu'accroître son malaise. Mais elle se détendit un peu lorsqu'elle apprit que le jeune homme se targuait d'être poète et comprit qu'il cherchait à attirer l'attention sur lui. Il n'avait pas grand-chose à dire d'intéressant, et les quelques bribes de poésie qu'il déclama en contemplant le plafond d'un air inspiré étaient pleines de mots qu'elle ne comprenait pas. Heureusement, il lui suffisait de répondre par oui ou par non pour qu'il continuât de parler, lui évitant ainsi de devoir faire la conversation.

Un regard et un hochement de tête de la part de tante Harriet lui indiquèrent qu'elle se débrouillait bien.

Joss était en train de bavarder avec une dame très élégante quand deux nouveaux venus entrèrent dans le salon. Sa mâchoire s'affaissa tandis qu'il se redressait d'une secousse, comme s'il avait voulu s'élancer en courant vers le couple, puis il prit une profonde inspiration et se calma.

Intriguée par la réaction de Joss, Ismay tourna la tête pour mieux voir à quoi ressemblaient les nouveaux convives. L'homme, râblé, le cheveu crépu d'un roux délavé, était accompagné d'une femme qui lui ressemblait assez pour suggérer qu'ils étaient parents. Mais ses cheveux à elle n'étaient pas crépus, juste suffisamment bouclés pour encadrer agréablement son visage. Vêtue avec élégance, elle avait un joli sourire et une voix grave et plaisante, ce qui donna envie à Ismay de faire sa connaissance.

Flora était en train d'attendre que leur hôtesse vînt les saluer, quand son frère tira sur son bras pour attirer son attention.

— Regarde là-bas !

Elle tourna la tête du côté qu'il lui indiquait. Joss ! Elle sentit soudain l'air lui manquer, tandis que la voix de son frère lui parvenait en un bourdonnement confus. Il y avait si longtemps qu'elle attendait ce moment !

Elle inspira profondément et se redressa.

Remarquant sa pâleur, leur hôtesse demanda :

— Vous ne vous sentez pas bien, mademoiselle McBride ?

— Ce n'est rien. Un léger vertige. Mais c'est passé à présent.

Son regard se porta à nouveau de l'autre côté du salon. Il avait pris quelques rides, mais sinon c'était toujours le Joss qu'elle avait connu.

— Si ma sœur pouvait s'asseoir quelques instants… ? dit Dougal.

— Non ! (Elle tenta de se dégager de son emprise, mais il tint bon.) Tu me fais mal, Dougal.

— Je ne veux pas que tu… commettes une sottise.

— Je suis assez grande pour décider de ce que je veux faire.

Elle chercha Joss du regard, mais ce dernier n'avait pas fait un pas dans sa direction. Il la dévisageait, mais demeurait aussi immobile qu'une statue de pierre.

Une jeune femme aux cheveux bruns et au visage agréable se tenait à ses côtés. Était-ce sa femme ? Était-il marié ?

Dieu merci, elle ne s'était pas jetée à sa tête, au risque de se couvrir de ridicule.

Lorsque son frère la relâcha, elle se frotta le bras et lissa le devant de sa robe.

— Ne te mêle pas de ça, Dougal.

— Qu'est-ce que tu vas faire ?

— Je ne sais pas encore.

Ce qui était sûr, c'est qu'elle n'allait pas laisser passer cette occasion. Mais d'abord, il fallait qu'elle sût qui était la jolie personne qui parlait avec Joss.

*

— Tout va bien, Joss ? demanda Ismay. Vous êtes si pâle.

Il cligna des yeux, regarda une femme qui lissait sa jupe à l'autre bout du salon, et dit avec un rire forcé qui ressemblait à un grincement :

— Je viens juste de voir un fantôme.

— Vous la connaissez ?

— Oh, oui ! Ou plutôt, je pensais la connaître.

À en juger par l'expression de son visage, il avait dû aimer cette femme par le passé, songea Ismay.

— Qui est-ce ?

— La sœur du capitaine Dougal McBride. Qui m'a déconseillé de lui faire la cour, il y a quelques années de cela, sous peine de représailles.

— Oh…

Joss se ressaisit et tourna les talons.

— Sortons quelques instants sur la véranda. On étouffe ici.

Ismay le suivit dehors. Elle ne chercha pas à faire la conversation, et lui non plus.

Un coup de gong retentit, annonçant qu'on allait passer à table.

— Pourvu qu'on ne m'ait pas placé à côté d'eux, marmonna Joss lorsqu'ils regagnèrent le salon.

Pourvu que je ne me couvre pas de ridicule, songea Ismay.

Ce fut Adam qui se retrouva assis à côté de Mlle McBride. La réaction de Joss ne lui avait pas échappé, ni celle de la demoiselle et il se demanda quelle était la cause d'un tel émoi. Joss et Mlle McBride avaient-ils eu une aventure jadis ? Elle n'avait pas l'air d'une femme légère. À moins qu'ils n'aient eu le béguin l'un pour l'autre quand ils étaient plus jeunes ? Non, plus que ça, à en juger par la stupéfaction, puis la tristesse, qui avaient envahi leurs traits.

Mlle McBride se tourna vers lui et commença à lui faire poliment la conversation, jusqu'à ce qu'un autre convive captât son attention.

L'autre voisine d'Adam en profita pour l'assaillir de questions et, apprenant qu'il détenait la moitié des parts de la goélette, se mit à lui parler de ses filles avec une telle insistance, qu'il dut lui murmurer qu'il était sur le point de se fiancer. Ce qui coupa net ses bavardages, Dieu soit loué.

Les mets étaient abondants et délicieux, mais l'atmosphère lourde et humide avait ôté l'appétit à Adam. Comment ces gens pouvaient-ils supporter de vivre toute l'année dans cette touffeur ? Sans doute n'avaient-ils pas le choix.

Il n'y avait que des Européens autour de la table, et les plats, typiquement anglais, n'étaient pas adaptés au climat : rosbif, pommes de terre, pâtés en croûte, petit gibier. Il préférait de loin le repas que leur avait servi M. Lee.

— Vous n'avez pas faim, monsieur Tregear ? lui demanda sa voisine en remarquant qu'il repoussait sa nourriture vers le bord de son assiette.

— Pas vraiment. Le repas est exquis, mais la chaleur…

Il y avait un ventilateur mécanique au plafond, vraisemblablement actionné par un domestique caché quelque part, mais il ne servait qu'à brasser l'air chaud sans parvenir à apporter de fraîcheur.

— On s'y habitue avec le temps, dit la femme, qui transpirait pourtant à grosses gouttes, et sortait régulièrement son mouchoir pour s'éponger le front.

Il avait hâte que le repas s'achevât ainsi que toutes ces mondanités ridicules. S'il avait été assis à côté d'Ismay, la conversation n'aurait pas tourné court.

Mlle McBride se tourna à nouveau vers lui et lui demanda de but en blanc :

— Vous ai-je entendu dire que vous étiez propriétaire de la moitié de la *Hannah Grey* ?

— Oui. Joss Rutherford en détient l'autre moitié.

— Ah, oui. Nous nous connaissions jadis. Mais il y a des années que je ne l'avais pas revu.

Elle hésita, puis baissant la voix, demanda :

— Il est marié ? Il était avec une jolie jeune femme tout à l'heure ?

— Non. Il s'agit de ma… jeune fiancée. Joss est veuf.

— Oh…

Constatant qu'elle triturait sa serviette, et n'avait pour ainsi dire pas touché à son assiette, Adam se demanda si c'était à cause d'*elle* que Joss n'avait jamais vraiment réussi à aimer sa femme ?

— Votre tante va s'installer en Australie, monsieur Tregear, ou est-ce juste une visite ?

— Elle va vivre avec moi. Nous ne sommes que tous les deux, jusqu'à ce que… je me marie.

Il avait omis de mentionner son demi-frère et sa demi-sœur d'Angleterre, qu'il ne reverrait probablement jamais.

— J'imagine que Mlle Deagan va aller vivre chez son frère ?

Il porta son regard sur Ismay, assise de l'autre côté de la table.

— Je l'imagine moi aussi. Dans un premier temps, en tout cas.

— Dans ce cas, je la reverrai certainement. Dougal et moi-même sommes amis avec Bram et son épouse. Je reverrai votre tante aussi, bien sûr. Elle va avoir besoin de se faire des amis.

— C'est très aimable à vous. Je vous la présenterai après le dîner.

Comme il était ennuyeux de devoir s'en tenir à de menus propos alors qu'il y avait tant d'autres sujets dont il aurait voulu parler.

Bavarder avec Ismay, la taquiner eût été tellement plus agréable. Il se tourna vers elle et sourit en voyant qu'elle était en train de l'observer.

Elle était la seule, l'unique.

Quand le dîner fut terminé, Dougal ne lâcha pas Flora d'une semelle, de sorte qu'elle ne put pas s'entretenir avec Joss. Elle ne savait si elle devait s'en réjouir ou s'en attrister. Il aurait mieux valu qu'elle évalue la situation avant d'entreprendre quoi que ce soit, mais elle espérait qu'il lui ferait comprendre d'une façon ou d'une autre qu'il était toujours intéressé.

Lorsqu'ils regagnèrent leur bateau, son frère lui dit sèchement :

— Il faut que nous parlions.

Elle le suivit dans sa cabine et attendit de voir ce qu'il avait à lui dire.

— Je suis navré que ce garçon soit à Singapour. J'ai vu comme tu as pâli en le voyant.

— Tu veux dire Joss ?

— Oui. Nous allons garder nos distances. Il ne faudrait pas que sa présence gâche ton séjour ici.

— Garder nos distances ?

— Il n'est pas digne de toi. S'il avait eu du cran, il serait resté, aurait tenu tête à notre mère et continué de te faire la cour.

— J'ignore encore pour quelle raison précise il est parti et ce qu'elle lui a vraiment dit. Car elle est toujours restée muette à ce sujet, déclarant qu'elle n'avait fait que lui poser les questions que formulent les parents en pareilles circonstances.

Soudain, sa décision était prise, et elle déclara :

— C'est pourquoi je vais lui demander moi-même.

— Flora, non ! Inutile de retourner le couteau dans la plaie. J'ai découvert qu'il… avait été marié. De sorte qu'il ne t'a pas pleurée bien longtemps.

— M. Tregear me l'a dit, en effet.

— Ne t'accroche pas à lui. Tu perds ton temps. Songe plutôt à la proposition de Mitchell. Vous vous entendez si bien tous les deux, et puis avec lui tu serais à l'abri du besoin.

— J'ai travaillé pour Mitchell Nash, mais il n'y a jamais eu la moindre équivoque entre nous. Combien de fois dois-je te répéter que tout ce qu'il veut c'est une femme pour tenir son ménage et s'occuper de son fils ? Il ne ressent pas d'affection pour moi.

— Et combien de fois dois-je te répéter qu'une bonne entente est la clé d'un mariage réussi à ton âge ?

Son frère disait toujours cela. Comme si les sentiments vieillissaient avec l'âge.

— Je vois Mitchell davantage comme un cousin que comme un prétendant. Je sais ce que veut dire être amoureuse et je ne me contenterai pas d'un vague attachement.

— Je t'en prie, Flora, ne rouvre pas de vieilles blessures.

Elle sourit, se leva et déposa un baiser sur sa joue.

— Tu es la crème des frères, et j'apprécie tout ce que tu fais pour moi, mais je suis une grande fille, et je peux prendre moi-même mes décisions. À propos de Joss, et de tout le reste.

Elle sortit mais ne regagna pas sa cabine. Debout sur le pont, là où l'air était plus frais, elle songea à leur discussion.

« Ne rouvre pas de vieilles blessures », avait dit Dougal. Sauf que les blessures ne s'étaient jamais refermées.

Ce qu'elle ne comprenait pas, c'est pourquoi Joss n'avait pas cherché à la revoir ; pourquoi il était parti sans rien dire. Cette question la taraudait depuis des années.

Allait-elle trouver le courage de la lui poser ?

Quels étaient les sentiments de Joss à son égard ? Il lui avait semblé si ombrageux ce soir. Était-il trop tard ? Mais à supposer que non. À supposer qu'il y ait eu ne serait-ce qu'une toute petite chance…

Elle ne pouvait pas la laisser passer. Il fallait qu'elle sache pourquoi il était parti de façon aussi soudaine.

14

Le lendemain, Flora enfila une de ses nouvelles robes et attendit que son frère se fût retiré dans sa cabine, où il allait remplir son journal de bord après les tâches de la matinée.

— Je sors me promener sur le quai. Je reste dans les parages, annonça-t-elle d'un ton jovial au matelot de garde.

Elle pressa le pas, s'attendant à tout instant à ce que Dougal l'appelât, mais il n'en fut rien, et elle continua de se frayer un chemin entre la myriade de gens affairés qui peuplaient les quais.

Arrivée devant la *Hannah Grey*, elle aperçut la sœur de Bram qui, depuis le pont, contemplait avec intérêt tout ce fourmillement. Elle la héla :

— Ohé, du bateau ! Je peux monter ?

— Quelle bonne surprise ! Venez donc. Je meurs d'envie d'aller faire un tour et tante Harriet se repose. (Ismay fit une grimace.) Ils m'ont fait promettre de ne pas descendre à terre non accompagnée. La première fois, je me suis perdue.

— Mon frère se comporte de même avec moi mais j'ai filé en douce. Il faut que je parle à Joss. C'est très important.

— Il n'est pas à bord, Adam et lui sont allés négocier une nouvelle cargaison. Joss a dit qu'il était temps de charger et de larguer les amarres.

— Oh !

Cette simple exclamation exprimait une telle tristesse qu'Ismay se sentit de tout cœur avec Flora.

— C'est dommage, moi je serais bien restée plus longtemps à Singapour. Toute cette animation, c'est incroyable. Avez-vous jamais rien vu de pareil ?

— Non, c'est la première fois que je viens. J'espérais moi aussi que nous resterions quelques jours de plus, mais Dougal se prépare à repartir. Après un instant d'hésitation, Flora opta pour la franchise.

— On vous a sans doute dit que Joss et moi… nous nous connaissions. En fait, nous voulions nous marier.

— J'avais deviné qu'il y avait quelque chose entre vous, mais je ne connais pas les détails. Hier soir, il a filé tout droit à sa cabine.

— Il avait l'air comment ?

— Triste. Il y a toujours un fond de tristesse chez lui.

— Mon frère pense que je dois à tout prix garder mes distances avec Joss mais je ne suis pas d'accord… et me voici ! Oh, Ismay ! Il faut que je lui parle. Impérativement !

— Tante Harriet dit qu'il ne faut pas s'en mêler mais je déteste voir des gens malheureux, surtout quand je les aime bien. Si je peux vous aider, je le ferai.

Après un silence, Flora suggéra :

— Et si vous veniez vous promener avec moi ? Sans aller loin. Nous pourrions aller dans la même direction que Joss et Adam ?

Ismay ne put réprimer un petit rire. Elle se sentait à l'aise avec cette femme.

— Et tomber sur eux par hasard quand ils reviendront ?

— Oui.

— Il ne me restera plus qu'à monopoliser l'attention d'Adam.

— Cela serait… judicieux. À condition que Joss ait envie de parler avec moi.

— Qui ne tente rien n'a rien ! Je vais laisser un message à tante Harriet. En marchant, vous me parlerez de mon frère. Les lettres de Bram sont laconiques et je meurs d'envie de savoir comment il va, ce qu'il fait de sa vie. Mme Wallace m'a parlé de son mariage. Il y avait la famille de M. Lee, qui a invité tout le monde à un dîner chinois, rien que ça ! Mme Wallace a été étonnée que ce soit si bon. Elle aurait dû le savoir, vu qu'elle vit ici. Mais elle n'a qu'un cuisinier anglais.

— Moi, je n'ai pas encore goûté à la cuisine chinoise. J'aimerais bien.

— M. Lee nous a invités à dîner. Quel homme extraordinaire, non ? Bon, je parle trop, je dois rédiger ce billet. Et puis partons pendant que personne ne nous voit.

Tandis qu'elles déambulaient sur le quai, Ismay posa les questions qui lui tenaient à cœur. Est-ce que Bram était heureux ? Vraiment heureux ? Et sa femme, comment était-elle ?

— Je crois que je n'ai jamais rencontré un homme aussi joyeusement affairé que votre frère, et sa femme m'est très chère. Ils s'adorent, ça se voit.

— J'en suis heureuse.

Elles marchaient lentement, Ismay faisait des remarques à chaque pas sur ce qu'elles voyaient et réussit à distraire Flora de la tension qui l'habitait.

Joss et Adam allèrent voir M. Lee dans son entrepôt du port, à son invitation. L'endroit était beaucoup plus grand que ce qu'ils avaient imaginé. M. Lee les attendait dans une pièce ménagée à l'arrière du bâtiment. Il les convia à s'asseoir et aucun propos ne fut échangé tant que chacun n'eut pas bu deux tasses de thé. M. Lee alla alors droit au but.

— J'ai une cargaison pour votre ami le capitaine McBride, une commande de Bram Deagan. Et d'autres marchandises, peut-être pour Sydney. Connaissez-vous des acheteurs potentiels à Sydney ? demanda-t-il à Joss.

— C'est possible. Quel type de marchandises ? Pouvez-vous me montrer ?

M. Lee les conduisit dans un coin retiré où des verreries et de la porcelaine étaient présentées sur des tables. De très belles pièces.

— Ce sont des articles coûteux, n'est-ce pas ?

— Excellents fabricants.

— On n'en voit pas de cette qualité dans la colonie. Joss sentait l'excitation monter en lui. Je pourrais organiser une vente à Sydney. Parfois, les bateaux vendent directement, sans passer par des boutiques. C'est plus rentable ainsi. Mais vous devrez me faire confiance parce que je n'ai pas les moyens de vous acheter la marchandise. Mon bateau a été endommagé, et tout mon argent est passé dans les réparations.

— Et vous avez dû prendre un associé.

Joss était ébahi que M. Lee fût au courant. Celui-ci esquissa l'ombre d'un sourire avant de reprendre un visage impassible. Puis il continua :

— Maintenant, le vaisseau est réparé, bien réparé, plus navigable qu'avant.

— Comment le savez-vous ?

— J'ai demandé. Je demande toujours avant de faire affaire. Je m'informe, je choisis. Des gens auxquels je fais confiance.

Joss examina les pièces attentivement.

— Est-ce que Bram pourrait en vendre à Perth ?

— Un peu. Bon commerçant, Bram. Bon mari pour Isabella. Mais pas assez de monde dans la colonie de Swan River. Isabella me raconte dans ses lettres.

— Le fait est qu'elle est beaucoup plus petite que les autres, à l'exception de la Tasmanie.

— Beaucoup plus de gens à Sydney. Et à Melbourne aussi, je pense.

— Certes. Quel volume avez-vous ?

— Porcelaine et verre de bonne qualité. Pas risquer une cargaison entière. J'ai aussi articles pour construction : clous, serrures, gonds. Vitres pour fenêtres. Vous pouvez aider à choisir.

Il s'arrêta là et scruta leurs visages. Joss réfléchit avant de répondre.

— Cela pourrait rapporter beaucoup d'argent, si on s'y prend bien.

M. Lee inclina la tête.

— Oui. Il faut prendre grand soin.

— Et l'argent ?

— Vous me le rapportez, plus quatre-vingts pour cent des bénéfices.

— Soixante-dix. Je dois payer et nourrir l'équipage.

Silence, suivi d'un nouveau hochement de tête.

— Bien.

Ils conclurent l'affaire d'une poignée de main.

— Malheureusement, je ne peux pas me rendre à Sydney maintenant, intervint Adam. Je dois recevoir un héritage à Fremantle, et il me reste peu de temps pour régler l'affaire. Et puis, plus important encore, je dois installer ma tante et Mlle Deagan avant de reprendre la mer.

Joss soupira. Il y avait toujours un problème qui surgissait et l'empêchait de saisir l'instant.

— Je leur ai promis de les emmener à Fremantle, je ne peux pas décemment leur imposer un détour par Sydney qui prendrait un mois ou plus.

— Il y a un autre navire qui repart bientôt pour Fremantle, intervint M. Lee après un court silence. M. Tregear naviguer avec capitaine McBride, si vous pouvoir vous passer de votre second, capitaine Rutherford.

— Je dois y réfléchir. Il est possible que le capitaine McBride ne le souhaite pas. Nous avons eu un différend il y a plusieurs années.

— Mauvais sentiments pas éternels. Pas bon pour les affaires.

— Je ne peux pas décider tout de suite.

— Capitaine McBride je pense homme bon, vous venir en aide.

M. Lee ramassa une liasse de papiers qu'il leur tendit.

— Voici liste d'articles qui devraient se vendre bien en Australie. Si vous avoir d'autres idées, moi pouvoir fournir.

Joss allait devoir ravaler sa fierté pour demander à McBride. En était-il capable ? Avec n'importe quel autre capitaine, il n'aurait pas hésité.

Il se dit qu'il y avait peu de chances que Dougal acceptât et qu'il allait devoir plaider sa cause. Flora pèserait-elle sur son frère pour qu'il refuse ? Il n'arrivait pas à effacer son visage de sa mémoire. L'âge lui allait bien, elle avait embelli. Même s'il l'avait aimée pour elle-même et non pour son apparence.

Le voyage à Sydney pourrait lui rapporter d'énormes bénéfices. Il se devait d'essayer. Il regarda M. Lee et se rappela soudain la modeste boutique avec le logement attenant dans lequel celui-ci vivait. Le doute s'insinua en lui.

— Excusez-moi, mais vous-même, vous avez l'assise financière suffisante pour cette entreprise ?

— J'ai plus d'argent qu'on ne le croie. Bientôt nouvelle maison. Grande. Temps de montrer que je suis fortuné. Il se leva. Parlez au capitaine McBride et revenez demain. Réfléchissez. Depuis longtemps je suis heureux de commercer avec l'Australie. Avec frère d'Isabella, ses amis.

Joss parla sans détour tandis qu'ils rejoignaient la *Hannah Grey*.

— Je ne pense pas que McBride vous prendra à son bord. Il m'en veut.

— J'ai vu le regard qu'il vous a lancé hier. C'est à cause de sa sœur, je présume ?

— Mmm.

— Le fossé est-il impossible à combler ?

— Je ne sais pas. Flora a été… cruelle. J'étais jeune, assez pour préférer briser net et souffrir plutôt que d'aller la voir pour parler de ce qui nous séparait, pour la convaincre d'attendre. Depuis, j'ai eu le temps de réfléchir. Je me demande si je n'aurais pas pu réagir plus intelligemment.

— Avec le recul, tout semble plus facile. (Adam saisit Joss par le bras.) Regardez ! Quand on parle du loup…

Les deux femmes se frayaient un chemin entre les piles de marchandises, les vendeurs ambulants, et toute une foule de passants et de badauds. Ismay les aperçut en premier. Elle leur fit signe de la main et donna un léger coup de coude à Flora. Celle-ci regarda Joss comme s'il n'y avait qu'eux au monde.

Il la fixa avec la même intensité.

— Allons à leur rencontre, proposa Adam. Elle n'a pas fait demi-tour. C'est bon signe, non ?

— Oui ? Vous avez raison.

Il inspira profondément, sentant renaître en lui un léger optimisme.

— Bonjour, lança Ismay. Je sais que j'avais promis de ne pas quitter le bateau toute seule, mais j'ai pensé que cela ne m'interdisait pas de faire quelques pas avec Flora. J'avais besoin de me dégourdir les jambes.

Elle sourit et fit un signe de tête à Adam pour indiquer qu'ils feraient bien de s'éloigner. Il lui offrit immédiatement son bras.

— Dans ce cas, si tu n'es pas fatiguée, permets-moi de t'accompagner. Je ne serais pas fâché d'une petite promenade.

Elle prit son bras sans même échanger un mot avec Joss et Flora. Ils ne l'auraient sans doute pas entendue. En s'éloignant, elle chuchota à sa nouvelle amie.

— J'espère que vous réussirez à résoudre vos problèmes.

— Et nous ? lança Adam. Tu penses que nous allons aussi résoudre les nôtres ?

La chaleur de son regard la laissa sans voix quelques instants.

— Je ne sais pas. Ils ne sont pas… trop grands ? Je ne peux pas changer ce que je suis.

— Je me moque de la taille des problèmes. J'aime ce que tu es. Joss et Flora ont été très malheureux, c'est clair. Je ne veux pas vivre avec… les mêmes regrets.

Dès que les autres se furent éloignés, Joss dit d'une voix douce.

— Nous aurions dû nous parler depuis des années. J'en suis désolé. J'ai agi comme un idiot en partant sans vous revoir.

— Moi aussi, je suis désolée. Je n'aurais pas dû laisser ma mère m'empêcher de vivre ma vie.

— Est-ce que nous pouvons parler, maintenant ?

— Oui, j'aimerais bien. Mais nous devrions trouver un lieu plus calme, ne pensez-vous pas ?

Un homme bouscula Joss et continua son chemin sans s'excuser.

— Je ne vois pas où, sauf… Seriez-vous d'accord pour qu'on aille dans ma cabine ? C'est le seul endroit où nous sommes sûrs de ne pas être dérangés. Vous me faites confiance ?

— Cela va de soi.

— Votre frère ne serait pas d'accord.

— J'ai laissé les autres me dicter ma conduite pendant trop longtemps. Et cela fait des années que je le regrette.

Elle avait prononcé ces derniers mots d'une voix si basse qu'il eut du mal à entendre, mais il se sentit submergé par le sentiment que tout redevenait possible. Ne sachant quoi dire de crainte de commettre un impair, il lui offrit son bras. À son grand soulagement, elle le prit et ils se mirent en marche tous les deux, sans un mot.

Il ne put s'empêcher de mettre sa main sur celle de Flora qui était posée sur son avant-bras. Elle frémit mais ne la chassa pas.

C'est ainsi qu'ils regagnèrent le bateau en silence, se touchant légèrement, peau contre peau. Avec l'espoir qui renaissait.

En grimpant sur le pont, Joss annonça au matelot de quart :

— Je serai dans ma cabine et ne veux être dérangé qu'en cas d'urgence. Pas de visiteurs.

*

Mme McBride déclina rapidement après la visite du médecin. Elle refusait le verre d'eau qu'on lui tendait, et quand on tentait de la faire manger, elle recrachait ou gardait la nourriture dans sa bouche. Rhoda était horrifiée.

— On ne peut quand même pas la laisser mourir de faim !

— Pas question de la nourrir de force, elle risquerait de s'étrangler.

— Il faut demander conseil. C'est une responsabilité trop lourde, madame Southerham.

— M. Deagan, peut-être ? C'est un homme intelligent, qui connaît la vie, et pas seulement les livres comme tant de médecins.

Livia jeta un coup d'œil sur Mme McBride et acquiesça. C'était toujours à elle qu'on s'adressait en cas de problème, mais la plupart du temps elle-même n'était pas sûre de faire ce qu'il fallait. Elle était arrivée en Australie totalement dénuée d'esprit pratique et avait bien dû apprendre. Mais elle n'en pouvait plus de s'occuper de malades. Elle n'allait pas y consacrer le reste de sa vie.

— Je vais le voir, déclara-t-elle brusquement. Elle avait besoin de s'aérer l'esprit.

Bram était au bazar. Il faisait ses comptes dans l'arrière-boutique et posa sa plume quand il la vit.

— Vous n'avez pas l'air dans votre assiette ?

— Non, en effet. Et je souhaiterais avoir votre avis sur la question, si cela ne vous dérange pas. Mlle McBride m'a suggéré de vous demander conseil si j'avais des soucis.

— Je ne demande pas mieux que de vous aider si je le peux, comme je vous l'ai dit avant son départ. (Il vissa le couvercle sur le flacon d'encre, tamponna ses comptes avec un buvard et referma le grand livre relié de cuir après y avoir glissé un marque-page.) Allons à la maison.

— Est-ce que… nous pourrions aller ailleurs ? C'est un sujet délicat. Votre femme ne me gêne pas du tout mais il y a votre bonne et…

— Alors, si vous n'avez rien contre, je vous propose l'une des nouvelles pièces à côté des écuries. Je suggérerais volontiers une promenade mais il va pleuvoir. Marcher, il n'y a rien de tel pour éclaircir les idées.

Tandis qu'ils descendaient la rue, il se mit à tomber des cordes et ils parcoururent au pas de course les vingt mètres qui les séparaient encore des écuries. Ils arrivèrent à bout de souffle et secouèrent les gouttes de leurs habits. Livia regarda autour d'elle.

— Cet endroit semble florissant, je doute que vous l'ayez trouvé dans cet état quand vous l'avez repris. Vous avez des mains en or.

— C'est Lester qu'il faut remercier. Cet homme est incroyable avec les chevaux, et grâce à lui, les écuries sont immaculées.

Lester, occupé à murmurer à l'oreille d'un cheval qu'on leur avait confié pour la nuit, leva la tête en entendant son nom. Il réagit au compliment par un large sourire.

Livia ne méprisait pas les êtres qui avaient commis une faute. Elle lui fit un signe de la main et le salua d'une voix claire. L'homme avait été mis en liberté conditionnelle, il avait le droit de faire ce qu'il voulait sauf quitter la colonie jusqu'à ce que sa peine fût entièrement purgée.

— Je montre à Mme Southerham les nouvelles chambres. Ne te dérange pas.

Sans attendre de réponse, il la mena à l'arrière et la fit entrer dans une bâtisse de plain-pied qui sentait encore la sciure de bois et la peinture.

— Elles ne sont pas terminées, mais il y en a déjà deux qui sont prêtes à être occupées.

Il lui montra une enfilade de petites chambres conçues pour loger simplement des palefreniers ou des hommes seuls qui cherchaient un hébergement pour la nuit.

— Asseyez-vous sur le lit, je vais chercher un tabouret.

Une fois assis tous les deux, il vit qu'elle se mordait les lèvres, ne sachant par où commencer.

— C'est au sujet de Mme McBride, n'est-ce pas ?

— Oui.

Elle hésitait. Comment demander s'il était juste de laisser mourir cette femme ? Puis elle s'en voulut de sa lâcheté et expliqua la situation.

Il l'écouta avec sympathie. À la fin, tandis qu'elle en avait presque les larmes aux yeux, il dit de sa voix douce que faisait chanter l'accent irlandais :

— Livia, vous ne pouvez pas accomplir un miracle. Personne ne le peut.

— Mais de là à laisser mourir de faim…

— Le médecin a dit qu'il valait mieux pour elle ne pas la forcer, c'est bien cela ?

— Oui.

— Montre-t-elle des signes de détresse ?

— Seulement si on essaye de la faire boire ou qu'on la touche.

— Alors, laissez-la partir en paix. Je vais vous raccompagner, comme cela je pourrai dire aux autres que je suis d'accord avec votre décision.

Il se leva, regarda par la fenêtre et fit la grimace.

— Mais nous allons d'abord passer à la maison. Isabella vous offrira une tasse de thé et toute sa sympathie, et avec un peu de chance la pluie cessera. Il me semble qu'il pleut beaucoup plus depuis quelque temps. Heureusement que l'été arrive bientôt. Je commence à apprécier la chaleur.

Au chevet de Mme McBride, Bram secoua la tête avec tristesse.

— La vie semble l'avoir presque quittée. Son visage ne reflète aucune expression. Ma chère amie, continua-t-il en lui prenant la main, il n'y a plus rien à faire. Veillez simplement à ce qu'elle soit propre et qu'elle n'ait aucun inconfort.

— J'aurais voulu qu'elle ne parte pas avant le retour de Flora.

— Peut-être qu'il sera plus facile pour elle que sa mère s'en aille paisiblement pendant qu'elle est à Singapour. Elle a eu la vie dure, ces dernières années. J'espère que le destin lui réservera un sort meilleur, désormais.

*

Joss attendit que Flora fût assise pour aller s'installer dans son fauteuil préféré, à côté du hublot. Il ne put s'empêcher de lui poser d'emblée la question qui le hantait depuis toujours.

— Pourquoi m'avez-vous écrit cette lettre ? Elle m'a... beaucoup blessé.

Elle lui lança un regard ébahi.

— De quelle lettre voulez-vous parler ?

Celle où vous disiez que vous vous sentiez trop coupable de continuer à négliger vos devoirs envers votre famille.

Elle se raidit.

— Je n'ai rien écrit de tel. Au contraire, dans ma lettre je vous disais que j'étais prête à m'enfuir avec vous. N'importe où. Vous n'avez jamais répondu.

Joss n'en revenait pas.

— Cette lettre, je ne l'ai pas reçue. Sinon, je vous aurais immédiatement arrachée avec joie à cette vieille harpie. En revanche, la lettre dont je vous parle, je l'ai toujours. Elle est de votre main, même si l'encre est parfois brouillée par les larmes.

— Joss, je vous promets que je n'ai jamais écrit ces mots, encore moins brouillés par des larmes, je suis beaucoup trop fière pour cela. Et jamais je n'aurais fait passer ma mère avant vous. Jamais !

Elle se prit le visage dans les mains, se refusant encore un instant à accepter l'évidence.

— Vous avez la lettre avec vous ? Est-ce que je peux la voir ?

— Oui. Je n'ai pas eu le courage de la brûler.

Flora savait déjà ce qu'elle allait lire. Elle sentit la haine la transpercer comme une lame d'acier, et attendit la confirmation de ses soupçons pendant une minute qui lui sembla interminable.

Joss alla à son secrétaire et ouvrit une magnifique écritoire marquetée. Il révéla un tiroir secret dont il extirpa un feuillet qui, visiblement, avait été froissé.

Incapable d'attendre une seconde de plus, elle le rejoignit et il lui tendit la lettre sans un mot. Elle la lissa et la lut sans comprendre, comme hébétée. Elle reprit ses esprits et se concentra sur les mots.

Joss, mon chéri, même si c'est la dernière fois que je me permets de vous appeler ainsi.
J'ai passé la nuit à pleurer mais j'ai pris ma décision. Je dois rester fidèle à ma famille.
J'ai des devoirs envers ma pauvre mère, qui se retrouve veuve, devoirs que j'ai négligés dernièrement. Ma conscience me harcèle.
Je ne peux donc pas accepter de vous revoir au risque de la laisser seule. Elle a déjà perdu son mari. Doit-elle aussi perdre sa fille ?
Je vous prie de bien vouloir vous abstenir de toute visite.
Ne m'écrivez pas, je ne lirai pas vos lettres.

Ma décision repose également sur un autre motif. Quels qu'aient été nos sentiments l'un pour l'autre, on m'a fait valoir que votre naissance et votre éducation ne sauraient être acceptables pour ma famille, et qu'elle me renierait si je vous épousais.
Je ne peux pas leur imposer cette union et, ensuite, ne plus jamais les voir.
Tous mes vœux vous accompagnent,
Flora.

Elle fronça les sourcils, la relut et leva les yeux vers Joss.

— L'écriture ressemble assez à la mienne, mais ces mots ? Non, ils ne sont pas de moi ! Joss, m'avez-vous déjà entendue tenir de semblables propos ? Je laissais ces niaiseries sentimentales à ma…

Sa voix se brisa et elle éclata en sanglots.

Il termina la phrase pour elle.

— … votre mère. C'est elle qui l'a écrite.

— Pas étonnant qu'elle ait semé des gouttes d'eau. Pour cacher qu'elle ne pouvait pas imiter mon écriture parfaitement.

— Quand je l'ai lue, je n'arrivais pas à y croire… Puis votre frère m'a parlé en des termes très comparables quand il m'a rendu visite.

— Dougal est allé vous voir ?

— Oui. Il m'a dit que je vous rendais très malheureuse et que la famille redoutait une mésalliance. D'abord la lettre, puis cette visite, je… (Il respira profondément en tremblant.) J'ai été très blessé de lire que ma naissance et mon éducation n'étaient pas acceptables, parce que depuis toujours, j'étais conscient que mon père s'était marié au-dessous de sa condition.

Leur amour n'a pas résisté à cette différence et ma mère a été très malheureuse, essayant toujours de se comporter comme il fallait. Cela fâchait mon père, et à la fin, il la traitait avec le plus parfait mépris. Je ne supportais pas l'idée que vous puissiez faire de même avec moi.

– Il ne fait aucun doute que c'est ma mère qui a écrit cela. C'est exactement la manière dont elle trace ses M, et le paraphe après la signature est tout aussi révélateur.

Elle essuya ses larmes du revers de la main, mais d'autres suivirent. Joss mit un bras autour de son épaule et la tint contre lui. Après quelques minutes, elle se reprit.

– Comment a-t-elle pu ? Comment a-t-elle pu faire une chose pareille à sa propre fille ? Elle savait combien je vous aimais.

Il la fit asseoir dans le fauteuil à côté du hublot, s'assit face à elle et l'entoura de ses bras. Elle ne sanglotait plus mais les larmes continuaient de ruisseler sur son visage. La voir dans cet état le bouleversait. Il finit par tirer un mouchoir de sa poche et essuya ses joues.

– Ne pleurez plus, mon amour, je vous en prie.

Puis il l'embrassa.

D'abord, elle se raidit contre lui, puis lui rendit son baiser avec avidité, comme une femme qui a été privée pendant des années. Il couvrit son visage de baisers, sentit ses lèvres sur sa peau, sentit qu'une douleur très ancienne en lui commençait à fondre.

Elle s'écarta et le regarda.

– Tant d'années gâchées. Des années d'ennui, d'affreuses années.

— Ça s'est mal passé ?

— Très mal. Au début, j'étais comme anesthésiée. Puis j'ai appris que vous aviez quitté la colonie et je n'ai plus eu envie de lutter. Je l'ai laissée faire ce qu'elle voulait de moi. Beaucoup trop.

— Maintenant, elle est loin. Vous êtes libre, non ?

— Je ne me suis échappée que parce qu'elle est malade. Elle perd la tête, c'est la sénilité. M'occuper d'elle m'épuisait et Dougal m'a emmenée à Singapour pour que je m'accorde un répit.

— Ce doit être très dur, quels que soient vos sentiments envers elle.

— En effet. Elle doit avoir une femme robuste pour s'occuper d'elle parce qu'elle a des accès de violence, elle risque de se faire du mal ou de blesser quelqu'un.

Ils restèrent silencieux quelques instants puis Joss reprit en changeant de sujet :

— Je n'arrivais pas à croire que c'était bien vous, hier soir chez les Wallace.

— Vous aviez l'air absolument stupéfié de me voir.

— Je l'étais, croyez-moi. Et ravi.

— Et cependant, vous vous êtes détourné.

— Je vous aurais volontiers enlevée, mais en même temps je craignais d'affronter votre mépris.

— Jamais je ne pourrais vous mépriser. Jamais.

— Est-ce que le voyage a été utile ?

— Oui. J'ai passé l'essentiel de la traversée à retrouver une certaine sérénité. J'adore rester sur le pont, je regarde l'océan, ou bien les matelots qui manient les voiles.

— Vous devez avoir le pied marin.

— Oui, je crois.

Restait un point à éclaircir.

— J'ai appris que vous avez été marié.

— C'était un mariage de convenance, d'un commun accord. Elle voulait des enfants et moi aussi. Mais elle croyait pouvoir faire en sorte que je l'aime.

— Ça ne marche jamais.

— Non. La grossesse l'a tuée… et entre-temps je l'avais rendue très malheureuse. Je pensais toujours à vous, Flora. Toujours.

Elle le laissa l'attirer de nouveau à lui, leva son visage et s'abandonna dans un long baiser. Quand il s'écarta, tout souriant, elle caressa sa joue et repoussa les cheveux de son front.

— Oh, Joss…

— Flora, je vous aime.

— Moi aussi, je vous aime.

— Voulez-vous m'épouser ? Dès que ce sera possible ?

— Oh oui ! Nous avons perdu assez de temps.

Des bruits se firent entendre sur le pont. Des hommes se querellaient.

— C'est mon frère.

— Êtes-vous prête à l'affronter ?

— Oui, mais ne le laissez pas vous faire perdre votre calme. Ma mère l'a abreuvé de mensonges, lui aussi.

Joss déposa un dernier baiser sur son front et alla ouvrir la porte de la cabine.

15

Adam et Ismay marchaient d'un pas tranquille, savourant le spectacle animé de la rue, et plus encore le plaisir d'être ensemble.

Comme ils reprenaient la direction du port, il déclara de but en blanc :

— Je veux vous épouser, Ismay. Je n'ai pas changé d'avis.

Posant sur lui un regard débordant d'amour, elle protesta :

— Mais je ne suis qu'une fille de la campagne. Je serais un fardeau pour vous.

— Et si vous faisiez mon bonheur ?

— Cela ne suffira pas. Un homme de votre rang a besoin d'une épouse digne de considération, pas d'une pauvre Irlandaise que les gens prendront de haut. Vous n'avez pas remarqué les pancartes *On ne recrute pas d'Irlandais* ? Avant de quitter l'Irlande, je n'avais pas réalisé à quel point les gens nous méprisaient.

— Tout ce qui m'importe c'est que vous soyez mon Ismay. Et puis vous semblez oublier que mon statut de fils bâtard n'inspire guère de considération.

— Raison de plus pour ne pas épouser quelqu'un de ma condition. Adam, vous détenez la moitié des parts d'un bateau, alors que je…

Il posa un doigt sur ses lèvres pour la faire taire.

— Laissez-moi finir. Vous apprenez vite. Et puis ma tante sera toujours là pour vous épauler en cas de problème. Tout ira bien, je vous assure.

— Je doute qu'elle approuve notre union.

— Détrompez-vous. Et le fait que vous vous entendiez aussi bien avec elle est pour moi capital. Elle a fait un gros sacrifice en venant jusqu'ici avec moi, et je veux lui offrir un foyer pendant aussi longtemps qu'elle le souhaitera. Il y a des épouses qui ne supportent pas de devoir vivre sous le même toit qu'une parente, mais je suis certain que ce n'est pas votre cas.

— Votre tante est si gentille et facile à vivre ! Qui ne voudrait pas cohabiter avec elle ?

— Vous voyez !

— Adam, je vous en prie, ne me tourmentez pas ainsi. J'essaie de faire ce qui est le mieux pour vous.

— Le mieux pour moi – la seule chose qui compte vraiment – c'est que j'épouse la femme que j'aime. Mais je ne me fiancerai officiellement que lorsque j'aurai fait toute la lumière sur mon héritage. Mon père m'a laissé trois propriétés à Fremantle, à propos desquelles le notaire n'a pu me fournir aucune information. Comme par hasard. Le connaissant, j'ai bien peur qu'il ne s'agisse d'un cadeau empoisonné.

— Qu'est-ce qui vous fait dire cela ? Il vous a laissé la moitié de la *Hannah Grey*, n'est-ce pas ?

— À condition que je quitte l'Angleterre pour en prendre possession. Il l'a fait pour me tenir le plus loin possible de ses autres enfants. Je me suis pris à rêver, à espérer que je pourrais devenir le capitaine de mon propre vaisseau, et que mon associé ne serait qu'un bailleur de fonds… mais il a tout fait pour que ça ne se réalise pas.

— Il n'empêche que votre part est importante.

— Quarante-neuf pour cent. Ce qui fait de Joss le décideur. C'est *lui* le capitaine.

— Mais Joss et vous vous entendez bien.

— Il n'empêche que mon maudit père m'a forcé la main. Il savait que je n'allais pas renoncer à ma part de la goélette. Enfin, c'est toujours mieux que rien.

— Vous parlez de lui comme si vous le haïssiez.

— En effet.

— D'une certaine façon, je suis soulagée de vous l'entendre dire. Parce que moi aussi, je hais mon père.

Il s'arrêta et prit sa main dans la sienne.

— Je sais. Et vous avez toutes les raisons du monde de le haïr. Mais vous, au moins, vous n'aurez pas de fardeau à porter.

Elle sentit les larmes lui monter aux yeux et, pour la première fois, elle osa dire à voix haute ce qu'elle avait sur le cœur.

— Non, mais j'ai gardé des blessures. Je continue de faire des cauchemars à cause de Rory.

Puis, elle lui fit part d'une autre pensée qui la tenait éveillée la nuit : la crainte que Rory ait gâché ses chances de pouvoir se marier un jour.

— Je ne sais pas comment je réagirais si mon époux me touchait comme il l'a fait. Je crois que vous devriez chercher une épouse qui n'a… qui n'a pas…

— Oh, Ismay ! (Il la serra brièvement dans ses bras et elle ne chercha pas à se dégager.) Si quelqu'un que vous aimez vous touche avec douceur et tendresse, je suis certain que vous allez bien réagir. Jamais je ne vous ferai de mal, vous le savez. Et d'ailleurs, vous ne m'avez pas repoussé, à l'instant, quand je vous ai prise dans mes bras.

— Non, c'est vrai.

Ils échangèrent un long regard, et elle sentit qu'elle ne pouvait plus résister.

— Vous êtes sûr…

Il sourit de toutes ses dents.

— Absolument certain.

— Oh, Adam… Je serais tellement heureuse d'être votre femme.

Il la serra à nouveau dans ses bras.

— Nous allons annoncer à tante Harriet que nous voulons nous marier, mais que nous n'allons nous fiancer officiellement que lorsque je serai certain de pouvoir vous offrir un nom respectable et assurer votre avenir.

Elle s'écarta, les joues roses de bonheur, et s'assura que sa coiffure était bien en place. Elle n'osait pas croire à son bonheur.

Mais alors qu'ils se remettaient à marcher, elle fut parcourue d'un frisson et sa main se crispa dans la sienne. Elle venait de se souvenir que Rory Flynn était en route pour l'Australie.

Serait-il déjà là-bas, en train de l'attendre ?

Serait-il toujours déterminé à faire d'elle sa femme ? Allait-il chercher à salir sa réputation pour l'empêcher d'épouser Adam ?

Ou même s'en prendre physiquement à lui ?

Qu'allait-elle faire lorsqu'ils seraient à Fremantle ? Bah, elle lui ferait part de ses craintes une autre fois, mieux valait ne pas gâcher ces instants de bonheur.

Dougal avait accepté de rejoindre Joss dans sa cabine. En entrant, il y trouva sa sœur debout et les cheveux ébouriffés. De toute évidence, ils s'étaient embrassés.

— Flora ! Comment peux-tu faire ainsi fi des convenances ?

— Je vous interdis de lui parler sur ce ton ! s'indigna Joss en venant se poster à côté d'elle.

— Je lui parle sur le ton qui me plaît. C'est ma sœur, et je ne tolérerai pas que vous lui brisiez à nouveau le cœur.

— Ce n'est pas mon intention. Nous allons nous marier.

Dougal ouvrit la bouche mais aucun son n'en sortit.

— S'il te plaît, Dougal, lui dit Flora. Je... il faut que nous parlions. Je crois que tu t'es fait rouler dans la farine par maman, tout comme Joss et moi.

Elle recula vers le hublot et s'assit sur la banquette en dessous. Elle craignait que son frère ne perdît son sang-froid et ne dît des mots qu'il regretterait par la suite. Quand il était plus jeune, son caractère irascible lui avait valu de nombreux déboires, et ce n'est qu'au prix de gros efforts qu'il avait appris à se maîtriser.

Dougal ouvrit la bouche comme pour protester, puis la referma dans un claquement de mâchoires, et s'assit sur la chaise qu'elle lui indiquait. Sa mine renfrognée s'assombrit encore plus lorsque Joss vint s'asseoir à côté d'elle et prit sa main dans la sienne.

— Malgré toutes ses belles déclarations, il t'a déjà abandonnée une fois, Flora. Tu ne peux pas lui faire confiance.

— Il avait une bonne raison de me quitter au moment des faits.

— Aucun homme ne quitte la femme qu'il aime parce que la mère de celle-ci lui intime de partir. Tu avais vingt et un ans passés, à l'époque, tu t'en souviens ?

— Je sais. Mais ce que tu ignores…

Elle dut marquer une pause pour ne pas fondre en larmes, mais sa voix trembla lorsqu'elle dit :

— Notre mère avait écrit à Joss une lettre de rupture en imitant mon écriture. Montrez-la-lui, Joss.

Dougal saisit la feuille de papier froissée, la lut une fois, puis la relut. Visiblement choqué, il la jeta sur le bureau, comme s'il s'agissait d'une fleur empoisonnée.

— Je n'arrive pas à croire qu'elle ait pu faire ça.

— Je sais. J'étais… consternée, moi aussi.

Et si profondément blessée qu'elle n'était pas sûre de vouloir revoir sa mère après cela.

— Il n'empêche que vous n'auriez pas dû vous enfermer tous les deux seuls dans cette cabine.

— Il s'est conduit en parfait gentleman.

Son frère laissa échapper un reniflement dédaigneux.

— Vraiment ? Alors comment se fait-il que tes cheveux soient en bataille et tes lèvres bouffies ?

Voyant que Joss allait répliquer, elle s'empressa de dire :

— Parce que nous avons échangé un baiser. C'est ce qu'on fait généralement quand on a décidé de se marier. Cela n'a rien d'inconvenant.

Son sourire était tellement radieux que Joss parvint à retrouver son calme et à lui rendre son sourire.

Dougal lança, avec un regard torve :

— Toujours est-il que cet amoureux transi s'est marié après que vous vous êtes séparés. *Il* ne t'a pas attendue. Comment peux-tu lui faire confiance ?

— Je sais que Joss s'est marié et pour quelles raisons il l'a fait. Et je m'en moque. En revanche, je n'apprécie guère que tu cherches à décider à ma place et à m'empêcher de faire ce que je veux. C'est inadmissible, Dougal ! Je suis libre de mes choix désormais, et je ne te laisserai pas prendre la place de mère et essayer de me dicter ma conduite. Je vais épouser Joss, un point c'est tout.

Dougal prit une profonde inspiration.

— Tu n'as donc pas compris que j'essaie de te protéger ?

— Je n'ai pas besoin de ta protection.

Il soupira, serra les poings et se tourna vers Joss.

— Mieux vaut pour vous que vous ne la rendiez pas malheureuse, sans quoi vous aurez affaire à moi.

— Je la rendrai aussi heureuse que le destin me le permettra.

— Bien, dit Flora avec un large sourire. L'affaire est réglée. Plus vite nous nous marierons et mieux ce sera.

Mais son sourire s'évanouit lorsqu'elle vit la mine renfrognée de son frère.

— C'est absolument hors de question ! dit Dougal en foudroyant Joss du regard. Tenez-vous à salir sa réputation, Rutherford ? Vous vous doutez bien que sa venue sur votre bateau va faire jaser. À cet égard, Singapour n'est pas différent de Fremantle. Si vous voulez vous marier, il ne faut pas le faire dans la hâte. Sans quoi les gens vont penser que vous avez fauté.

— Je me moque de ce que les gens peuvent dire ou penser, s'agaça Flora.

— Tu as tort. La boue qui entache une réputation est tenace. Tu es bien placée pour le savoir.

Cette fois, la patience de Flora était à bout. Elle se leva d'un bond et laissa exploser sa colère pour une fois.

— Je vais l'épouser aujourd'hui même si c'est possible. Et rien ni personne ne pourra m'en empêcher !

Joss se leva à son tour, sa mine contrariée ayant fait place à une expression de fureur. Il fit un pas dans la direction de Dougal, en respirant bruyamment.

Flora s'interposa aussitôt entre les deux hommes.

— Arrêtez tout de suite ! dit-elle en étirant les bras entre eux comme pour les tenir à distance l'un de l'autre. Je n'ai pas besoin de ta permission, Dougal, et vous, Joss, je vous interdis d'échanger des coups avec mon frère.

Les deux hommes firent un pas en arrière, mais leurs traits étaient toujours déformés par la colère.

— Moins on en dit et plus vite on se réconcilie, Dougal, tu te souviens ? Sauf si tu tiens à ce que nous nous brouillions pour toujours ? (Flora laissa à son frère le temps de digérer ses paroles, puis se tourna vers Joss.) S'il vous plaît, allez faire les démarches pour que nous puissions nous marier au plus vite, très cher.

Ignorant les protestations de son frère, elle se haussa sur la pointe des pieds pour embrasser son fiancé, puis passant un bras sous celui de Dougal, l'entraîna avec elle hors de la cabine.

— Je t'en prie, Flora, ne fais pas ça, l'implora-t-il tandis qu'ils se mettaient à longer le quai. Prends le temps de réfléchir avant de décider quoi que ce soit.

— À cause de mère, j'ai perdu des années de ma vie. Et peut-être même la possibilité d'avoir un enfant. Je refuse de perdre un jour de plus. *Pas un seul !*

Quand ils furent de retour à bord, elle annonça :

— Je vais faire mes bagages, et dès que Joss et moi serons mariés, j'embarquerai avec lui. J'espère que tu viendras à mon mariage, Dougal, sans quoi, les gens vont jaser pour de bon.

*

Livia fut tirée du sommeil par des coups frappés à sa porte. Elle bondit hors du lit en jetant un châle sur ses épaules. C'était Rhoda.

— Que se passe-t-il ?

— Quand je me suis présentée dans la chambre de Mme McBride pour faire sa toilette, je… je crois qu'elle est morte.

— J'arrive.

La vie était pleine de moments difficiles, songea-t-elle, et vous n'aviez d'autre choix que de prendre votre courage à deux mains et de faire face.

Les deux femmes scrutèrent les traits de Mme McBride.

— Elle n'a pas l'air de respirer, n'est-ce pas, madame Southerham ?

Aucune veine ne battait dans son cou. Livia alla prendre un petit miroir sur la coiffeuse et le tint devant le nez de la vieille dame. Elle voulait en être absolument certaine. Elle observa soigneusement la surface du miroir. Aucune vapeur ne s'y était déposée.

— Elle est morte, assurément.

— Elle a l'air fâchée, même dans la mort, vous ne trouvez pas ? Faut-il que je couvre son visage ?

— Oui, s'il te plaît. Je sais qu'on ne doit pas dire de mal des morts, mais ce n'était pas une gentille femme, pour autant que j'aie pu en juger. Je suis heureuse pour Flora que tout soit terminé.

— J'ai entendu pas mal de on-dit la concernant. On raconte qu'elle menait sa pauvre fille à la baguette, et se donnait des airs, alors qu'elle ne tenait qu'une pension minable !

Rhoda fit une pause, puis proposa :

— Je peux la préparer, si vous voulez. Je le fais parfois pour rendre service. Mais il faudra me payer. Si je perds mon travail, je vais avoir besoin de chaque sou.

— Il vaut mieux que nous ne la touchions pas tant que le docteur ne l'aura pas vue. Mais ensuite, oui, volontiers. Tu veux bien aller le chercher ?

Rhoda sortit de la chambre en chantonnant gaiement. Livia l'entendit aller à la cuisine pour tout raconter à Orla.

Après quoi la porte de devant claqua et le silence se fit à nouveau.

Livia regarda la vieille femme sur le lit et frissonna. Elle ne voulait pas mourir ainsi, seule et abandonnée de tous. Pourquoi le Ciel les avait-il privés de la joie d'avoir des enfants, Francis et elle, alors qu'il en avait donné deux à cette horrible mégère ?

Elle alla à la cuisine où Orla était en train de mettre la table du petit-déjeuner.

— Tout va bien, madame ? Je vais vous préparer du thé. Vous avez une petite mine.

— Vraiment ? Je ne suis pas contre une tasse de thé, mais je vais d'abord aller m'habiller.

Elle alla se préparer pour affronter ce qui s'annonçait comme une journée difficile.

Heureusement qu'Orla était là pour l'encourager. Et heureusement qu'elle en avait fini avec Mme McBride.

— Ma foi, je suis bonne pour me chercher un nouvel emploi, dit Orla, en finissant sa troisième tartine de pain et de confiture. Remarquez, j'ai toujours réussi à me caser jusqu'ici.

— Tu as déjà songé à te remarier ?

— Si seulement ! Je le ferai à la minute même, mais mon mari n'est pas mort. Pas que je sache tout au moins.

— Ça ne doit pas être facile pour toi.

— Bah, on se débrouille. Le bon côté, c'est que sans mari, on ne fait pas d'enfants. Du moins pas si on est une femme honnête. De toute façon, j'aurai bientôt passé l'âge d'en avoir, et les quatre miens sont tous grands et mariés.

— J'imagine que nous allons devoir trouver une nouvelle maison où habiter, n'est-ce pas, madame Southerham ? supputa Orla.

— Oui. Mais nous devrions pouvoir rester ici pendant encore une semaine ou deux.

— Ou bien, on pourrait peut-être louer cette maison et ouvrir une petite école comme vous l'envisagiez ?

— Peut-être.

En réalité, Livia avait perdu tout désir d'ouvrir une école. Elle n'était pas sûre de pouvoir assurer l'éducation d'enfants qui n'étaient pas les siens. Mais il était trop tôt pour y songer.

— Nous devons d'abord nous occuper des funérailles et de tout le reste, dit-elle.

Quand elle fut partie, Orla soupira et dit à Rhoda :

— Elle est épuisée, la pauvre. C'est une lourde responsabilité de s'occuper de quelqu'un comme la vieille dame. Et avant cela, elle n'a pas eu la vie facile non plus, avec son mari qui s'est éteint à petit feu. Elle m'a dit qu'elle me garderait à son service aussi longtemps qu'elle en aurait les moyens, et je compte bien la prendre au mot. J'aime bien travailler pour elle. Toujours polie, toujours un mot gentil. Elle m'a même encouragée à lire ses livres.

— C'est vrai qu'elle est pas comme les autres patrons, qui vous regardent de haut parce que vous êtes la bonne. Il resterait pas un peu de thé dans la théière ?

— Tout juste de quoi remplir une tasse, mais il va être très fort.

— Ça m'est égal. La bière et la gnôle, je cours pas après. Mais je dis jamais non à une bonne tasse de thé !

Le docteur arriva une demi-heure plus tard et prononça Mme McBride morte. Puis entraînant Livia vers la fenêtre, là où il pouvait examiner son visage en pleine lumière, il lui dit :

— Il faut vous reposer, maintenant, chère madame. Vous êtes allée jusqu'au bout de vos forces pendant trop longtemps. Il ne manquerait plus que vous fassiez un malaise.

— Je me reposerai quand elle sera enterrée.

— Je vous conseille de vous adresser à la maison Punchley pour les funérailles. J'imagine que vous ne voulez pas d'une célébration en grande pompe dès lors que ses enfants ne sont pas là.

— Non, juste un simple enterrement. Je vais envoyer Rhoda chercher le croque-mort.

Quand le docteur fut parti, elle dit :

— Il faut prévenir M. Deagan. Tu veux bien aller lui porter un mot, Rhoda, et passer chez Punchley, s'il te plaît ?

— Tu vois ce que je veux dire ? remarqua Orla quand Livia fut sortie. Toujours polie, comme si elle te demandait une faveur.

Bram arriva dès qu'il eut reçu le mot.

— Vous avez besoin de repos, ma chère Livia, dit-il en voyant sa mine de papier mâché.

— Vous êtes la deuxième personne à me dire ça aujourd'hui.

— Ah, oui ? Et qui était l'autre ?

— Le docteur. Mais je n'ai pas l'habitude de m'écouter. Je dois gagner ma vie, je n'ai pas le choix.

— Si vous avez besoin… ?

— J'ai assez d'argent pour le moment, je vous remercie. Et de toute façon, je ne peux pas rester toute la journée les bras croisés, n'est-ce pas ?

— Le mieux serait de vous trouver un nouvel époux.

— Comment ? En m'accrochant une pancarte dans le dos ? Non, j'ai passé l'âge de me marier.

— Balivernes. Vous êtes une belle femme, et vous serez encore plus belle si vous vous reposez un peu. (Il lui sourit de toutes ses dents.) Je vais m'occuper de vous trouver un mari.

— Ne soyez pas ridicule.

Mais il était on ne peut plus sérieux. Il prit congé et commença à s'éloigner, toujours souriant. Livia manquait de sens pratique, même si elle était pleine de bonne volonté. Elle était faite pour la vie de couple, avec un pasteur par exemple. Bram allait en toucher un mot à ses clientes. Il y avait pénurie de femmes dans les colonies, à tous les échelons de la société. Qui savait si elle ne rencontrerait pas la perle rare ?

Et puis il y avait Mitchell Nash, qui avait demandé la main de Flora, non parce qu'il l'aimait, mais parce qu'il voulait une femme pour s'occuper de son petit garçon. Peut-être serait-il intéressé par Livia ?

Oui, les hommes qui cherchaient des femmes ne manquaient pas ici. Le tout était de trouver chaussure à son pied. Il s'arrêta soudain et resta bouche bée en reconnaissant la silhouette qui marchait devant lui. Ainsi donc, il ne s'était pas trompé.

— Eh ! Rory Flynn ! cria-t-il aussi fort qu'il le pouvait.

L'homme se retourna, sursauta comme s'il avait voulu prendre ses jambes à son cou, puis attendit que Bram l'eût rattrapé.

Ils n'avaient jamais été vraiment amis, mais Rory avait peut-être des nouvelles du village.

— Eh, qu'est-ce que tu fais là, Rory ?

— Tout comme toi. J'essaie de faire fortune.

— Dans ce cas, bonne chance. Tu comptes t'y prendre comment ?

— Pas encore décidé.

— Tu as des nouvelles de ma famille ?

À sa surprise, Rory se mit à se dandiner d'un pied sur l'autre, comme s'il était mal à l'aise.

— Ton père va bien, finit-il par répondre. Tu lui manques.

— Et ma mère ?

— Toujours la même.

— Et Ismay ? Elle doit être grande maintenant. Elle est toujours aussi jolie ?

— Toujours. Et d'ailleurs, vu que t'es son frère, autant que tu le saches : je vais l'épouser.

— Sérieusement ?

Bram aurait fait n'importe quoi pour empêcher ce mariage, sachant combien Rory pouvait être brutal.

— Elle voulait pas de moi. (Rory hésita.) Elle s'est enfuie. Je m'attendais à la trouver ici depuis le temps. Mais elle est descendue du bateau à Aden et elle est pas remontée à bord ensuite.

Le cœur de Bram chavira.

— Elle ne s'est pas attiré d'ennuis, au moins ?

— Elle était avec une femme qui avait besoin d'une bonne.

Il aspira bruyamment l'air du coin de la bouche et ajouta :

— Mais je vais l'épouser de toute façon, et régler cette histoire. C'est pour ça que je suis venu.

— Mais tu as dit qu'elle ne voulait pas t'épouser.

— Sauf qu'elle a pas le choix.

Il fit un geste de la main suggérant un ventre rebondi.

Bram sentit la colère monter.

— Tu veux dire que tu l'as engrossée ?

Rory fit un pas en arrière, les yeux étrécis, comme un boxeur qui se met en position.

— J'ai dit que j'allais l'épouser, non ? Ton père est d'accord. Il a pas compris pourquoi elle voulait pas de moi.

— Où est-ce que tu loges ?

— Ici et là. Bon, il faut que j'y aille. Je vais être en retard au boulot et le patron il aime pas ça.

Il tourna sur ses talons et s'éloigna en hâte.

Bram ne chercha pas à le suivre. Il n'aurait pas de mal à le retrouver s'il vivait à Fremantle.

De toute façon, mieux valait ne rien précipiter. Il n'avait jamais aimé Rory Flynn, et n'avait aucune envie de l'avoir comme beau-frère. Ce type était incapable de rendre une femme heureuse, et encore moins une femme vive et pétillante comme Ismay.

Il n'arrivait pas à croire qu'elle fût enceinte de Rory. C'était impossible. Elle n'aurait jamais laissé un homme comme lui l'approcher. Pourtant… Rory avait l'air sûr de son fait.

Il mentionna l'incident à Isabella ce soir-là, et la mit en garde contre Rory, au cas où il se présenterait chez eux.

— Je me méfie de lui comme de la peste. Ne le laisse pas franchir le seuil, pas si tu es toute seule à la maison.

— Si tu ne l'aimes pas, c'est qu'il doit être malhonnête. Car tu sais voir cela chez les gens.

Il la prit dans ses bras et l'embrassa tendrement.

Ce n'est qu'une fois au lit que la pensée qu'il avait tenté de refouler tout au long de la journée, cette pensée qui lui donnait envie d'aller balancer son poing dans la figure de Rory, refit surface : si Ismay était tombée enceinte de cet homme, ce n'était sûrement pas parce qu'elle l'avait voulu. Elle l'avait toujours haï, même quand ils étaient petits et qu'ils allaient à l'école ensemble.

Rory lui aurait-il menti ? Mais pourquoi ?

Pour l'argent, pardi ! Pour soutirer autant d'argent qu'il le pourrait à Bram, maintenant qu'il gagnait bien sa vie.

En fait, le bazar lui rapportait tellement que Bram se demandait parfois s'il ne rêvait pas. S'il avait été habitué à vivre dans l'opulence, cela lui aurait peut-être paru dérisoire, mais pour lui, qui était parti de rien, c'était une fortune. Plus qu'il n'en fallait pour laisser son humble cottage. Plus qu'il n'en fallait pour faire venir toute sa famille d'Irlande. Bientôt, il allait leur offrir à chacun une chance de réussir.

Cependant, sa rencontre avec Rory le taraudait. Si ce goujat avait réellement mis Ismay dans l'embarras, il allait devoir lui rendre des comptes, d'une façon ou d'une autre. On ne touchait pas impunément à ceux qu'il aimait.

Ils enterrèrent Mme McBride le lendemain après-midi, en toute simplicité, et sans presque personne, à part le prêtre, Livia, Orla et Rhoda, ainsi que Bram et son épouse.

Après la cérémonie, Bram laissa Isabella retourner s'occuper du bazar, et accompagna les trois femmes jusqu'à la maison.

— Vous prendrez bien une tasse de thé ? proposa Livia.

Quand ils furent tous assis, elle alla droit au but :

— Pensez-vous qu'il soit possible qu'Orla et moi restions dans la maison ? Et puis il y a cette pauvre Rhoda qui n'a nulle part où aller tant qu'elle n'aura pas trouvé une nouvelle place.

— Il faut absolument que vous restiez jusqu'à ce que Dougal et Flora soient revenus, et je ne vois pas pourquoi les deux domestiques ne pourraient pas rester avec vous. Quand Dougal sera de retour, demandez-lui s'il veut bien vous louer la maison. À moins, bien sûr, que cette idée ne vous soit insupportable, après ce que vous avez vécu ici.

— Oh, mais non. Je serai ravie de pouvoir rester pendant un certain temps au moins. Je pense que j'en ai les moyens.

— Dois-je écrire à Conn pour le mettre au courant de ce qui s'est passé ?

— Je peux m'en charger, Bram. J'avais l'intention d'écrire à Maia et Cassandra de toute façon. Comme il semble loin le temps où nous étions tous au Lancashire ! Maintenant que cette effroyable guerre de Sécession est terminée en Amérique, et que les filatures sont de nouveau approvisionnées en coton, nous nous retrouvons tous ici, loin de la patrie.

Elle soupira et se tut pendant quelques secondes, puis ajouta :

— Je vais leur écrire une longue lettre. J'ai du temps à revendre à présent. Le capitaine McBride m'a dit qu'il n'avait pas l'intention de se dépêcher de rentrer, qu'il voulait que Flora puisse passer une semaine ou deux à Singapour pour se reposer. Elle est épuisée, apparemment.

Bram but son thé puis regagna le bazar en sifflotant doucement.

Ce soir, il allait demander à Isabella de l'aider à trouver un mari à Livia. Les femmes avaient davantage d'expérience que les hommes dans ce domaine.

Et puis il allait lui parler de Rory et lui rapporter ce qu'il avait dit au sujet d'Ismay. Il aurait dû le faire avant, mais la nouvelle l'avait tellement ébranlé, qu'il ne s'était pas senti capable d'aborder le sujet avec elle.

Soudain, il aperçut sa femme à l'extérieur du magasin. Une pièce de soie dans les mains, elle était en train de faire l'article à une cliente. Son cœur s'apaisa aussitôt, comme chaque fois qu'il la voyait.

Dieu soit loué, il avait assez d'argent pour s'occuper d'Ismay, quoi qu'il arrive. Mais il n'allait entreprendre aucune démarche pour faire venir le reste de la famille tant qu'il n'aurait pas découvert le fin mot de cette histoire.

Quelle sorte de père pouvait obliger sa fille à épouser une brute comme Rory ?

16

Lorsqu'ils furent remontés à bord, Dougal suivit Flora jusqu'à sa cabine et entra sans y être invité.

— Je ne peux pas te laisser faire.

Elle se tourna vivement vers lui.

— Je croyais que la question était réglée. Tu ne peux pas m'interdire de l'épouser. J'ai trente-trois ans et je m'appartiens.

— Mais je veux t'empêcher de te marier précipitamment. Tu dois réfléchir, être sûre de ne pas te tromper.

Elle mit les mains sur ses hanches et le foudroya du regard.

— Ah bon ? Et comment comptes-tu t'y prendre ?

— C'est simple : je vais t'enfermer dans ta cabine jusqu'à ce que nous ayons largué les amarres.

Elle ne s'était pas attendue à ça ! Mais il avait cet air buté qu'elle lui connaissait, il ne plaisantait pas.

— Dougal, non ! Tu ne vas pas me faire ça !

— Je n'hésiterai pas si c'est pour ton bien. Tu ne vas pas faire un mariage précipité que tu risques de regretter pendant des années.

— Je ne regretterai pas d'avoir épousé Joss.

— Qu'en sais-tu ?

— Parce que je l'aime. Parce que c'est comme si nous n'avions été séparés que quelques jours. Je me suis toujours sentie à l'aise avec lui. Comme si nous étions faits l'un pour l'autre.

— Si tu es si certaine de ton amour, alors tu peux attendre et l'épouser comme il faut à Fremantle.

— Je n'ai aucune envie d'attendre, j'ai déjà perdu assez de temps comme ça. De plus, Joss doit aller à Sydney et retourner ensuite à Singapour parce que c'est son premier voyage pour M. Lee. Il pourrait se passer des mois avant qu'il ne rentre à Fremantle, peut-être même un an. Je n'ai pas l'intention de rester séparée de lui aussi longtemps.

Ils se querellèrent bruyamment comme quand ils étaient enfants, puis soudain se turent et se regardèrent fixement. Dougal reprit d'une voix plus calme.

— Tu ne me feras pas changer d'avis. Je vais faire en sorte que tu aies le temps d'examiner la question posément.

Il recula de quelques pas avant d'ajouter :

— C'est pour ton bien, Flora.

Sans qu'elle eût le temps de l'arrêter, il retira la clé de la serrure et, alors qu'elle se précipitait vers lui, se glissa à l'extérieur de la cabine et claqua la porte.

Pétrifiée, elle entendit la clé tourner dans la serrure. Il n'allait pas la garder prisonnière ! Il ne pouvait pas, il n'avait pas le droit !

Elle commença à demander de l'aide à grands cris en frappant la porte de ses poings. Mais sa voix était étouffée par l'épais panneau et, de surcroît, elle se faisait mal aux mains. Elle ramassa le lourd vase de nuit en métal et le cogna contre la porte, hurlant à pleine voix, indifférente aux entailles qu'elle creusait dans le bois verni.

Personne ne vint à sa rescousse. Elle arrêta, haletante, et essaya de réfléchir. Que faire ?

Le hublot était beaucoup trop étroit pour s'y faufiler. Elle posa la tête contre le mur, les larmes aux yeux. Elle était vraiment prisonnière. Elle se dit que même Joss n'oserait pas s'en prendre à un autre capitaine. Quant aux autorités de Singapour, elles se moquaient bien d'elle. D'autant plus qu'elle n'était peut-être même plus sur leur territoire. Elle n'en savait rien.

Elle se reprit et releva la tête. Elle n'allait pas se laisser faire. Elle ouvrit le hublot et recommença à crier à pleins poumons. Elle avait toujours eu une voix qui porte.

Des passants sur le quai s'arrêtèrent et tournèrent la tête dans sa direction, bientôt rejoints par d'autres. Peu à peu se forma un groupe compact qui resta planté là à regarder sans bouger. Personne ne fit le moindre mouvement en direction du bateau.

— À l'aide ! Au secours ! On m'a enfermée…

Elle s'époumona jusqu'à ce qu'elle n'eût plus de voix.

Adam et Ismay passèrent devant la *Bonny Mary* en rentrant vers la *Hannah Grey*. Ils virent les badauds massés sur le quai et s'arrêtèrent pour comprendre ce qu'il se passait. C'est alors que, à leur stupéfaction, ils entendirent la voix de Flora et virent l'écharpe qu'elle agitait à travers le hublot pour attirer l'attention.

— Au secours ! Je suis prisonnière. Appelez la police. Qu'on me fasse sortir d'ici !

Joss avait accouru, l'air aussi stupéfait qu'eux. Dès qu'il comprit, la colère gronda en lui.

— Dieu du Ciel, que se passe-t-il ? murmura Ismay.

— Je ne sais pas, mais je n'aime pas l'expression de Joss. Les hommes n'ont pas les idées claires quand ils sont furieux à ce point. Adam intercepta le capitaine.

— Où allez-vous ?

— Il l'a enfermée dans sa cabine. Un de mes matelots l'a entendue crier et est allé me chercher. Écoutez-la ! Je dois la faire sortir.

— Qui l'a enfermée ?

— McBride. C'est sans doute parce que nous lui avons annoncé que nous allons nous marier sans attendre. Il a été peu aimable avec moi, mais je croyais qu'il s'était fait une raison. Jamais je n'aurais imaginé qu'il puisse traiter Flora ainsi, sinon je l'aurais gardée avec moi sur la *Hannah Grey*.

— Mais est-ce qu'il a le droit de l'enfermer comme ça ?

— Certains capitaines pensent qu'ils ont tous les droits à bord de leur bateau. Je ne pensais pas que c'était le genre de McBride mais je me trompais. En tout cas, je ne vais pas le laisser faire.

Il allait se précipiter sur la *Bonny Mary*. Deux matelots bloquaient le haut de la passerelle. Adam l'agrippa par le bras.

— Vous ne pouvez pas monter de force à bord d'un autre bateau et dicter ce qu'il doit faire à son capitaine.

— Mais je ne peux quand même pas la laisser là, non ? Et si la *Bonny Mary* lève l'ancre ? Si je ne la libère pas, qui le fera ?

— User de la force n'est pas une solution, sans compter que vous êtes seul contre tout un équipage.

— Il faut pourtant agir.

— Vous n'allez quand même pas provoquer une bataille entre deux équipages ?

Joss hésita un instant avant de secouer la tête.

— Non.

— Partons d'ici. Nous devons en discuter.

— Mais avant, je vais lui crier que nous allons trouver le moyen de la libérer. Je ne veux pas qu'elle pense que je l'abandonne encore une fois.

— Non, cela mettrait son frère sur ses gardes. Nous devons rester calmes et faire preuve de prudence. J'ai une idée.

— Peut-être qu'il me laisserait lui parler ? proposa Ismay.

Adam la regarda d'un air pensif.

— Pourquoi pas ? Observe bien tout à bord, de façon qu'on sache comment elle est gardée.

Ismay hocha la tête et avança d'un pas décidé sur la passerelle.

— Je viens voir Mlle McBride.

À cet instant, elle entendit qu'on fermait brutalement le hublot et la voix de Flora cessa d'être audible.

Dougal, rouge de colère, avait fait irruption dans la cabine de Flora.

— Arrête immédiatement ces beuglements. Tu te donnes en spectacle. Sur mon bateau.

— Tu n'as qu'à me libérer. De toute façon, tu n'as aucun droit de me garder prisonnière.

— Je te l'ai déjà dit, c'est pour ton bien.

— On dirait que je n'ai fait que changer de tyran ! Dougal, sois raisonnable, je t'en prie.

Un marin apparut à la porte. Il s'éclaircit la voix.

— Vous voulez me voir, capitaine ?

— Oui. Scelle ce hublot, au moins pour le moment.

— Non !

Flora essaya de bloquer l'accès au hublot mais Dougal lui saisit le bras et attendit que l'homme eût posé un verrou.

— Je vais suffoquer dans cette cabine.

— Mais non, voyons !

— Je vais mourir de chaud et tu le sais parfaitement.

Dougal ne put s'empêcher de rougir.

— Je ne te pardonnerai jamais ça, conclut Flora.

— Au contraire, un jour tu me remercieras.

— Te remercier ! Et puis quoi encore ? Tu ne sais pas ce que c'est que l'amour. Tu n'as jamais aimé personne. Il n'y a que la mer qui compte pour toi. Je suis désolée pour la femme qui acceptera de t'épouser. Je te déteste, Dougal McBride ! Tu ne vaux pas mieux que ta mère.

— Flora, je t'en prie…

Tremblante, elle lui tourna le dos.

Il tendit la main vers elle, hésita, puis la laissa retomber. En sortant, il referma la porte à double tour. Un de ses hommes l'attendait sur le pont.

— Excusez-moi, capitaine, il y a une dame qui demande à voir Mlle Flora. Elle dit qu'il était prévu qu'elle lui rende visite.

— Il ne manquait plus que cela !

Il alla à la rencontre d'Ismay.

— Je suis désolé, ma sœur ne se sent pas bien.

Il lut dans son regard qu'elle ne le croyait pas, mais la colère brûlait encore en lui et il s'en moquait.

— Je pourrais peut-être lui écrire un mot ?

— Comme vous voulez. De toute façon je ne le lui donnerai qu'après que nous aurons levé l'ancre.

— C'est donc vrai ! Vous l'avez enfermée dans sa cabine !

Elle lui lança un regard plein de dégoût qui le mit mal à l'aise. Pour la première fois, il commença de regretter ce qu'il avait fait… ou, plutôt, la façon dont il s'y était pris. Mais il n'allait pas offrir à son équipage le spectacle d'un homme qui change d'avis.

— Ce que je fais à bord de mon navire ne regarde que moi, mademoiselle Deagan. Je vous raccompagne à la passerelle.

— Je ne pensais pas que vous étiez un homme tyrannique, capitaine McBride. Ou cruel.

— Je veux juste arrêter ma sœur avant qu'elle ne fasse quelque chose qu'elle regrettera.

Les mots résonnèrent à vide dans sa tête comme s'ils étaient dénués de sens.

— Elle ne regrettera pas d'avoir retrouvé l'homme qu'elle aime, répliqua Ismay à mi-voix. Par contre, elle regrettera que vous l'ayez traitée ainsi. Quel frère êtes-vous donc ?

Ces derniers mots firent mouche. Il dut agripper le bastingage tandis qu'il la regardait redescendre sur le quai.

Le matelot gardait l'air impassible, les yeux fixés sur la ligne d'horizon. Plusieurs badauds étaient encore massés devant le bateau.

Il avait agi sous l'emprise de la colère, ce qu'il s'était promis de ne plus jamais faire. Au cours des années, il avait appris à se maîtriser mais voilà qu'encore une fois il s'était emporté. Quant à Flora, elle aussi s'était laissée guider par son impulsivité. Devait-il lui ouvrir la porte ?

Non. S'il la libérait maintenant, il se déconsidérerait aux yeux de ses hommes. Et il ne faisait pas vraiment confiance à Joss Rutherford.

Il regagna sa cabine d'un pas décidé, même s'il ne savait pas quoi faire.

— Allons-y, insista Adam.

— Nous devons attendre Ismay ici. S'il décide de lever l'ancre, je monte à bord, advienne que pourra !

— S'ils se préparaient au départ, ça se verrait. Mieux vaut attendre sur la *Hannah Grey*.

Joss se laissa convaincre à regret. Tandis qu'ils s'éloignaient, il ne put s'empêcher de regarder par-dessus son épaule.

— Cette affaire est parfaitement ridicule. On se croirait dans un de ces romans à trois sous que mon épouse affectionnait.

— Je suis étonnée que Dougal en soit arrivé à cette extrémité. Je le trouvais plutôt sympathique.

Adam suivit Joss dans sa cabine, et s'assura que la porte était bien fermée avant de proposer une solution.

— Je dois vous avouer que j'ai quelques compétences qui vont vous étonner. Crocheter des serrures, par exemple. On apprend pas mal de choses en pension, expliqua Adam en voyant l'expression incrédule de Joss. Je détestais être enfermé entre quatre murs. Si je n'avais pas réussi à m'échapper de temps en temps, je serais devenu fou. Je peux monter à bord de la *Bonny Mary* cette nuit et, si sa porte n'est pas gardée, je devrais pouvoir faire sortir Flora, ni vu, ni connu.

— Pourquoi ne pas aller tout de suite voir le gouverneur ?

— Vous voulez un esclandre ? Sans compter que ce serait très mauvais pour nos affaires. Je suis certain que McBride n'usera pas de violence physique.

— Heureusement qu'il a hérité de ce fichu orgueil familial… Vous savez vraiment crocheter des serrures ?

— Oui.

— Alors, allez-y. Cette nuit.

— Entendu. Quand tout le monde sera couché. Il est hors de question que je me batte avec un matelot.

— De quoi avez-vous besoin ?

— J'ai tout ce qu'il me faut, répondit Adam avec un petit sourire.

Il était soulagé que Joss eût renoncé à attaquer tête baissée. Une bataille entre deux capitaines furieux ne pouvait que provoquer un scandale et nuire gravement à leur réputation. Adam, même s'il était désolé pour Flora, ne voulait pas compromettre son avenir.

Ismay revint après quelques minutes, la mine contrariée

— Il ne m'a pas laissée m'approcher d'elle et m'a chassée du bateau. Désolée, j'y suis allée pour rien.

— Je vois à peu près où est située sa cabine. Je la trouverai, affirma Adam.

— Que voulez-vous dire ?

Il lui expliqua son plan, qui la laissa abasourdie. Puis elle esquissa un sourire.

— J'espère de tout cœur que vous réussirez.

— Il me suffira de quelques minutes, si personne ne m'intercepte.

— N'oubliez pas de verrouiller la cabine en sortant, pour qu'il ne comprenne pas comment elle est sortie.

Adam éclata de rire, et même Joss se dérida quelque peu. Ismay poursuivit :

— Joss, vous devez organiser la cérémonie immédiatement. Il y a bien un prêtre dans cette ville ?

— Rappelez-vous, nous sommes passés devant la cathédrale Saint-André. J'y vais, je leur demanderai.

— Ils seraient d'accord pour célébrer le mariage en pleine nuit ?

— Si c'est le seul moyen, je trouverai le moyen de les convaincre.

Joss s'éloigna, le visage sombre.

— Bon, au moins il va rester tranquille. Pendant un moment, j'ai cru qu'il allait se lancer tout seul à l'abordage de la *Bonny Mary* !

— Je comprends sa colère, et je la partage. Les hommes s'imaginent qu'ils peuvent traiter les femmes comme bon leur semble.

Elle resta un long moment sans rien dire. Adam savait qu'elle pensait à son propre sort. Il lui prit la main. Elle leva vers lui un visage souriant.

— Alors, comme ça, vous savez crocheter les serrures ? Montrez-moi comment vous vous y prenez.

Il l'amena à sa cabine et la laissa examiner sa collection de fins crochets de métal. Il n'en avait plus l'usage depuis de nombreuses années mais il les avait gardés sans trop savoir pourquoi. Quand il était pensionnaire, ils avaient été les instruments de sa liberté.

Il avait aussi conservé précieusement les lettres que tante Harriet lui avait écrites à l'époque. Avec quelle impatience il les avait attendues !

*

Livia écrivit à Conn et à son épouse pour les informer du décès de Mme McBride et alla déposer la lettre à la poste. Sur le chemin du retour, elle acheta un gâteau chez le boulanger.

Elle se sentait légèrement désemparée de n'avoir rien de précis à faire. Elle n'avait pas prévu que son emploi prendrait fin si rapidement.

De retour à la maison, elle invita Orla et Rhoda à partager le gâteau. Elle n'aurait pas détesté un verre de vin doux, mais les autres voulaient du thé, et puis il était trop tôt pour boire de l'alcool. Quand elle s'occupait de son mari mourant, elle s'était permis un verre à l'occasion, un petit réconfort durant les journées les plus difficiles. Un verre, jamais plus… ça aidait. Elle gardait dans sa chambre une bouteille de porto. Elle se dit qu'elle l'ouvrirait plus tard.

— Qu'est-ce que vous allez faire, maintenant, m'dame ? demanda Rhoda. Si vous avez besoin d'aide, je serai bien contente de rester…

— J'aimerais pouvoir t'engager, tu travailles bien. Mais je n'ai pas la moindre idée de ce que je vais faire.

Rhoda mastiqua sa bouchée de gâteau, l'air pensif, puis avala une gorgée de thé.

— À mon avis, vous devriez vous trouver un mari.

Livia accusa le choc. Toutefois, elle était habituée au verbe franc de Rhoda et savait que celle-ci ne lui manquait pas de respect. Au contraire, elle se préoccupait sincèrement de son sort. Aux colonies, les gens de maison étaient souvent plus sincères qu'en Angleterre, un peu comme les ouvrières des filatures dans le Lancashire.

— Un mari, ça ne se trouve pas comme ça !

— Parfois, dans la *Gazette*, il y a des annonces. Vous pourriez regarder. Ou dans l'*Inquirer*. Vous pouvez aussi mettre une annonce vous-même.

— Publier une annonce à mon sujet dans le journal, comme si j'étais une marchandise à vendre ? Épouser un inconnu ? Je ne pourrais jamais !

— En tout cas, ça n'engage à rien de regarder. Vous trouverez peut-être un monsieur gentil.

Livia secoua la tête. Il n'en était pas question.

*

Joss avait l'air fâché quand il revint de la cathédrale.

— Ils ne sont pas d'accord pour célébrer le mariage ? demanda Ismay, ignorant Adam qui, l'index sur la bouche, lui intimait de ne pas jeter de l'huile sur le feu.

— D'après la loi, on ne peut pas se marier entre 18 heures et 8 heures du matin.

— Oh…

— Mais en Australie et dans les autres colonies on est bien obligé d'être plus souple, sinon les couples ne se marieraient jamais. Comment publier les bans quand il n'y a pas de paroisse, avec juste un pasteur qui passe quatre fois par an ?

— Je ne savais pas. Comment allez-vous faire, alors ?

— J'ai réussi à les convaincre en leur expliquant l'urgence de la situation. Je voyais bien qu'ils n'approuvaient pas, mais le curé a accepté, pour que nous ne soyons pas dans le péché et parce qu'en Orient, on est moins strict. Il demande le double du tarif habituel et promet de garder le silence, pour protéger Flora. Je n'ai rien contre, mais son air réprobateur m'a franchement tapé sur les nerfs. En tout cas, c'est arrangé, et le curé est allé se coucher comme si de rien n'était ! Je dois le réveiller quand ma fiancée aura réussi à s'échapper. La cérémonie sera minable. Je suis sûr qu'il va bâiller tout le temps !

Ismay sourit.

— Flora s'en moque éperdument. Elle revit dès qu'elle est avec vous.

— Vraiment ?

Ismay entendit la note de mélancolie dans la question de Joss.

— C'est évident. Et puis Adam et moi serons présents à vos côtés comme témoins, vos amis seront avec vous. Elle se tourna vers Adam. Eh bien maintenant, tout dépend de vous. Si la serrure est compliquée…

— La serrure n'est pas un problème. Ce qui m'inquiète, c'est l'équipage.

Quelques heures plus tard, au moment du changement de quart sur la *Bonny Mary*, les trois amis descendirent sur le quai. Il y avait encore du monde et personne ne les remarqua.

Ismay était habillée de couleurs sombres et tenait à la main le livre de prières destiné à la fiancée. Joss avait revêtu son bel uniforme. Quant à Adam, il portait un pantalon bleu marine et un tricot de marin assorti, ainsi que des chaussures à semelle de corde pour ne pas faire de bruit. Ses crochets étaient emmaillotés dans un mouchoir.

— Attendez ici, intima-t-il.

Il s'approcha du bateau en restant dans l'ombre. À son désarroi, il vit un matelot qui montait la garde en haut de la passerelle. Que faire ?

Il attendit en rongeant son frein. Après quelques minutes, le matelot s'éloigna, probablement pour faire sa ronde. Adam ne bougea pas et calcula le temps qu'il fallait à l'homme pour reprendre son poste. Environ trois minutes, assez pour se faufiler à bord.

Cinq minutes plus tard, le matelot repartit pour sa ronde. C'était maintenant ou jamais.

Adam se précipita sur la passerelle à demi accroupi. Sur le pont, il ne rencontra personne et courut vers l'entrée des cabines. Là, il attendit que l'autre reprît sa garde. Heureusement, il avait le dos tourné.

Le sourire aux lèvres, Adam s'approcha de la porte de la cabine.

Dougal, debout dans l'ombre, regardait les bateaux ancrés dans le port. Il entendit un léger bruit et se retourna, assez vite pour apercevoir une silhouette qui avançait d'un pas leste vers les cabines.

Il reconnut l'intrus et se raidit. Que venait faire à cette heure tardive le second de la *Hannah Grey* ? La réponse était claire. Il voulait faire passer un message à Flora. Mais pourquoi lui et pas Joss ? Ce type était-il trop lâche pour régler lui-même ses problèmes ?

Tregear apportait probablement un message. Autant le laisser faire, peut-être que cela mettrait un peu de baume au cœur de Flora. Mais le temps passait et l'homme ne revenait pas. La porte était trop épaisse pour qu'il pût avoir une conversation avec sa sœur. Que faisait-il donc ?

Dougal attendit que le matelot de quart eût fini sa ronde pour s'approcher d'Adam. Quand il le vit penché sur la serrure, il comprit. Il n'allait pas le laisser faire. Il ouvrit la bouche pour appeler du renfort.

Adam se sentait un peu coupable mais McBride se comportait en goujat, et il se devait d'aider son ami. Il sortit ses crochets en tentant d'amortir leur léger tintement métallique.

Il inséra dans la serrure celui qu'il pensait le mieux adapté, mais dans son énervement fit tomber tout le jeu. Étouffant un juron, il les ramassa et fit une deuxième tentative. Il ne connaissait pas la serrure et dut essayer ses crochets l'un après l'autre avant d'entendre le « clic » qu'il espérait.

Il entrouvrit la porte lentement en chuchotant « chut ».

— Qui est-ce ?

— Adam Tregear. Vous êtes prête, mademoiselle McBride ?

À la lueur de la lune, il put voir qu'elle souriait.

— Oui. Mes bagages sont faits et je suis restée habillée parce que j'espérais que Joss viendrait à mon secours.

— Il ne sait pas crocheter des serrures, c'est pourquoi je suis venu à sa place. Il a tout préparé pour le mariage. Maintenant, vous devez garder un silence absolu ! Dès que le matelot de quart sera passé, nous descendrons la passerelle aussi discrètement que possible. Donnez-moi votre sac.

Il inspira profondément et ouvrit la porte.

Pour une raison qu'il ne réussit pas à s'expliquer, Dougal n'appela pas à l'aide. Il se dissimula dans un recoin sombre et aperçut Tregear qui sortait de la cabine, suivi de Flora.

Dans la clarté lunaire, le visage de sa sœur rayonnait de bonheur. Cela faisait des années qu'il ne l'avait pas vue aussi heureuse, pas depuis que Joss avait quitté la colonie.

Il les suivit du regard tandis qu'ils se hâtaient en silence vers la passerelle, et ne fit rien. Il ne tenta même pas de les suivre. Il ne voulait pas effacer cette expression de bonheur du visage de sa sœur. Et, comme elle l'avait dit, il n'avait pas le droit de la garder prisonnière. Il n'était pas une brute autoritaire, juste un frère impulsif.

Il regagna sa cabine et se versa un cognac bien tassé. La douce brûlure de l'alcool dans sa gorge lui fit du bien.

— Je suis un imbécile, se murmura-t-il à lui-même avant d'avaler une nouvelle gorgée.

Elle ne croirait jamais qu'il l'avait laissée partir, sa colère n'allait pas s'éteindre de sitôt.

Où était-elle, maintenant ? Sur la *Hannah Grey* avec Rutherford ? Ou en train de célébrer son mariage ?

Non, pas à cette heure tardive. Elle vivait dans le péché, il avait eu tort de la laisser filer.

Mais elle était heureuse.

Il porta le verre à ses lèvres puis, constatant qu'il était vide, se versa une nouvelle dose.

— J'espère que tu es heureuse, Flora. Et surtout, que tu seras bientôt mariée… et que tu me pardonneras un jour, ajouta-t-il avant d'avaler une autre gorgée.

Dès qu'ils eurent mis pied à terre, Flora se précipita dans les bras de Joss qui attendait sur le quai. Elle frémit de soulagement.

Adam restait sur le qui-vive.

— Nous devons filer avant que McBride ne s'aperçoive qu'elle n'est plus dans sa cabine.

— Je vais d'abord porter vos bagages sur le pont, dit Joss. J'en ai pour un instant.

Il revint, la main tendue vers Flora.

— Venez, ma chérie. Faites de moi votre légitime époux.

Tous les quatre se hâtèrent dans les rues encore encombrées, ne pouvant réprimer un sentiment de danger.

— Nous aurions dû nous faire accompagner de quelques matelots, marmonna Adam.

— Trop tard.

Un homme surgit de l'ombre, qui les fit sursauter.

— M. Lee dit, vous venir.

Ils ne bougèrent pas, et l'homme répéta.

— M. Lee dit, vous venir.

— Il ne comprend sans doute pas le sens de son message, observa Adam. Devons-nous lui faire confiance ?

— Je l'ai déjà vu, dit Ismay. C'est bien un homme de M. Lee.

— Dieu soit loué !

Adam hocha la tête en signe d'acquiescement et ils lui emboîtèrent le pas. Deux gardes se postèrent derrière eux.

— Comment M. Lee s'est-il débrouillé pour être au courant ? chuchota Adam.

— Je ne sais pas, répondit Ismay, mais cela peut nous être très utile.

Le guide les conduisit à la cathédrale et les fit entrer par une porte latérale d'où filtrait une maigre lumière.

— Je dois aller chercher le curé, annonça Joss. Attendez-nous, Flora.

M. Lee émergea de l'ombre

— Curé déjà appelé. Plus sûr attendre à l'intérieur.

— Comment saviez-vous que nous serions ici ? demanda Adam.

— Ai su capitaine McBride enfermé sa sœur. Et autre capitaine préparer mariage. (M. Lee regarda Flora.) Vous voulez marier cet homme ? Aller contre votre frère ? Personne ne vous oblige ?

— C'est mon vœu le plus cher, monsieur Lee. Mon frère insiste pour que j'attende, mais je ne suis plus toute jeune et une femme n'a pas l'éternité devant elle si elle veut une famille et des enfants.

M. Lee hocha gravement la tête, puis il leva les yeux.

— Voici le curé. Moi vous attendre.

Le prêtre était essoufflé et de méchante humeur.

— Ce Chinois est venu me chercher. Il est très obstiné.

— Cela ne prendra pas longtemps, vous retrouverez bientôt votre lit, mon père, lança Joss.

Le curé se tourna vers Flora.

— Vous voulez vraiment de ce mariage à la sauvette ?

— Oui. Résolument.

— Bon, alors entrez. Heureusement que vous êtes venus avec vos témoins, parce qu'à cette heure je ne pouvais pas en trouver. Votre façon de faire est éminemment répréhensible. Je m'y prête uniquement pour vous éviter de vivre dans le péché.

— Vous avez toute ma gratitude, lança Joss.

— Notre gratitude, renchérit Flora en lançant à son fiancé un sourire radieux.

Le prêtre renifla d'un air réprobateur devant cette manifestation d'affection.

La cérémonie fut brève mais Adam la trouva très émouvante. La joie qui se lisait sur le visage des mariés le toucha au plus haut point. Il aurait voulu être à leur place avec Ismay. Celle-ci, de son côté, réprimait ses larmes.

Quand les mariés sortirent de l'église, certificat de mariage en main et suivis de leurs témoins, M. Lee et ses hommes les attendaient pour les escorter jusqu'au bateau.

Adam, épuisé, rêvait de retrouver son lit et Ismay tombait de sommeil elle aussi, mais tante Harriet les attendait en somnolant à la table du mess sur laquelle trônait un gros gâteau. Elle se réveilla en sursaut.

— Alors, c'est fait ? Vous êtes mariés ?

— Oui, lança Flora, rayonnante.

— Félicitations ! Un mariage sans gâteau, c'est impensable, alors je vous en ai fait un. Il est un peu bancal et j'ai dû le décorer avec de vraies fleurs parce que je ne pouvais pas en confectionner en sucre.

— Il est magnifique ! s'exclama Flora.

— Bon, avec ça il nous faut une bonne bouteille pour trinquer à la santé de la mariée, renchérit Joss en riant.

Ils ne regagnèrent leurs cabines qu'une bonne heure plus tard.

Flora était nerveuse.

— Je n'ai jamais…

— Je m'en doutais. Ne vous inquiétez pas, ma chérie. Laissez-moi vous montrer.

Il fit preuve d'une telle délicatesse et d'une telle tendresse que ses craintes eurent tôt fait de s'évanouir.

Le lendemain matin, des charrettes remplies des marchandises de M. Lee étaient postées sous la *Hannah Grey*. Joss, qui avait dormi à peine deux heures, dut s'occuper du chargement et répondre à

M. Lee qui le convoquait à son entrepôt pour régler les derniers détails. Il montra le billet à Adam.

— Nous devons y aller ensemble pour négocier. J'ai conseillé à Flora de rester dans ma cabine jusqu'à mon retour. Mes hommes montent la garde, je vous garantis que personne ne pourra s'approcher d'elle ou d'Ismay.

Quand ils revinrent, le chargement était presque achevé et une grosse malle trônait sur le pont. Flora accourut à la rencontre de son époux.

— Dougal a fait porter ma malle. Je dois choisir quelques affaires avant qu'elle ne soit mise en soute.

— On va la déposer dans votre cabine, mais malheureusement il n'y a pas assez de place pour l'y laisser.

Joss ne put réprimer un bâillement.

— Vous devez être épuisé !

— Oui, mais cela en valait largement la peine.

Il effleura la joue de Flora du bout des doigts.

Vers la fin de l'après-midi, les nouvelles robes que ces dames avaient commandées furent apportées à bord. La couturière ne parlait quasiment pas l'anglais mais elle réussit à leur faire comprendre qu'elles devaient procéder à un dernier essayage. Après avoir effectué les ultimes retouches, elle se fit payer et partit. Le navire était chargé et prêt à lever l'ancre le lendemain à l'aube.

— Qu'est-ce que vous allez faire ? demanda Joss à ses passagers. Nul ne sait quand un bateau partira pour la colonie de Swan River.

— La *Bonny Mary* appareille dans un jour ou deux. Je vais acheter nos billets, répondit sèchement Harriet

— Vous pensez que Dougal va vous accepter à bord ?

— Il ne manquerait plus qu'il refuse ! Vous imaginez ? Laisser ses compatriotes échoués à Singapour ?

Adam réprima un éclat de rire. Quand Harriet montait sur ses grands chevaux, il aurait été mal avisé de parier contre elle.

— Si quelqu'un peut le convaincre, c'est bien ma tante.

Elle hocha la tête comme pour indiquer qu'elle se chargeait de l'affaire.

— Nous allons attendre que vous soyez prêts à larguer les amarres, et nous nous en remettrons au capitaine McBride, avec armes et bagages.

Tandis que le bateau se frayait un passage pour sortir du port, Joss et Flora virent quelques silhouettes groupées sur le pont de la *Bonny Mary*, au milieu desquelles dominait celle de Dougal.

— C'est mon frère ! s'écria Flora. Dieu soit loué, il accepte de les prendre à bord !

Ils passèrent lentement devant la goélette. Dougal les salua d'un signe de main. En direction de Flora, il articula un « bonne chance » inaudible avant de lancer d'une voix claire.

— Bon vent !

Flora lui rendit son salut après une seconde d'hésitation.

— Je pensais que vous n'alliez jamais lui pardonner, plaisanta Joss.

— Moi aussi, mais c'est mon frère. Je n'ai que lui.

— Et moi !

Le visage de Flora s'illumina.

— Oui. Et vous, mon tout nouveau mari adoré !

17

Trois semaines plus tard, la *Bonny Mary* accostait à Gage Roads, à l'extérieur de Fremantle, dans la colonie de Swan River. Debout sur le pont, en compagnie de tante Harriet, Ismay scrutait le petit port en s'efforçant de ne pas montrer sa déception. Elle s'était attendue à voir un grand port avec plein de bateaux et des docks. Mais il n'y avait pas même un quai et ils avaient dû jeter l'ancre au large !

Quant à la ville proprement dite, hormis quelques grosses bâtisses, elle ne comportait aucun de ces majestueux édifices comme ceux qui l'avaient tant impressionnée à Liverpool. Elle se rappela le magnifique hôtel où ils étaient descendus, ainsi que la gare de Lime Street avec sa gigantesque toiture en verre dont on se demandait comment elle pouvait résister à la tempête.

La plupart des maisons de Fremantle ressemblaient à des cubes : carrées et dépourvues de tout ornement, elles ne comptaient qu'un seul niveau. La clarté du soleil était éblouissante et il n'y avait pas un nuage dans le ciel. Mais du moins l'air ici était-il limpide, contrairement à Singapour, où la chaleur humide et poisseuse était insupportable.

À ses côtés, tante Harriet contemplait la ville sans dire un mot, ce qui ne lui ressemblait guère. Si la vieille dame était déçue, elle n'en laissa rien paraître, car elle n'était pas du genre à se plaindre.

Soudain, Ismay comprit ce qui la tracassait : c'était l'idée de devoir débarquer du bateau par le flanc.

— Tout va bien se passer, lui dit-elle pour la réconforter.

Adam vint les rejoindre.

— La ville est plus petite que je ne l'imaginais, mais je sens que nous allons nous y plaire.

— Bien sûr, mon cher. L'important c'est que nous soyons tous ensemble, dit tante Harriet en s'obligeant à sourire.

Voyant que le cœur n'y était pas, il lui demanda :

— Tu es sûre que tout va bien ?

Ismay passa un bras autour des épaules de la vieille dame.

— Elle est inquiète pour le débarquement.

— Je suis désolé, s'excusa-t-il avec un sourire penaud. Dougal a proposé de te hisser avec un harnais. Mais ne t'inquiète pas, tout ira bien.

Elle déglutit avec force.

— Je préférerais descendre par mes propres moyens, mais j'aimerais que tu restes à côté de moi au cas où il y aurait un problème. Je ne suis… plus aussi agile qu'antan.

— Mais tu es courageuse, lui dit-il doucement. Je vais descendre avec toi, et nous irons tout doucement. Je te le promets.

Dougal s'approcha.

— Eh bien ?

— Elle veut descendre toute seule.

— Tout ira bien, madame Seaton. La plupart des gens le font et nous n'avons encore jamais perdu personne.

Ils le regardèrent s'éloigner. Il les avait battus froid, pendant un jour ou deux, mais ensuite la glace s'était brisée, même s'il lui arrivait parfois de manquer de tact.

Ismay scruta le rivage.

— Je me demande combien de temps mon message va mettre pour parvenir jusqu'à Bram.

— Il est parti avec le premier canot, il l'aura certainement déjà reçu, la rassura Adam.

Elle ne put réprimer un bâillement. Elle avait mal dormi, car une pensée la taraudait : à supposer que Rory Flynn soit là, en train de l'attendre ? Car à moins qu'il ne soit tombé dans l'océan, il était forcément arrivé. Elle n'avait fait part de ses craintes à personne, mais Adam avait deviné ce qui la tracassait.

— Personne ne va vous toucher, Ismay, et certainement pas cet individu.

Elle hocha la tête, mais la peur ne la quitta pas pour autant. Elle aimait tendrement Adam et craignait autant pour lui que pour elle-même, au cas où une bagarre éclaterait.

Un jeune garçon apporta un message au magasin et le tendit à Bram.

— De la part de la *Bonny Mary*.

Bram gratifia spontanément le garçon d'un penny et s'empara de la missive. Il reconnut aussitôt l'écriture.

— C'est ma sœur ! s'écria-t-il en commençant aussitôt à lire.

Sa femme, occupée à la devanture, releva la tête.

— Ismay est ici ! Elle est à Fremantle. Elle est arrivée par la goélette !

Isabella s'approcha et serra son mari dans ses bras.

— Il faut que tu descendes sur le port tout de suite et que tu la ramènes ici. Nous allons bien trouver un coin où la caser.

— Elle voyage en compagnie de deux amis, les gens avec qui elle a fait la traversée depuis l'Angleterre. Je suppose qu'ils vont avoir besoin d'un endroit où dormir eux aussi.

Isabella réfléchit un moment.

— Ils pourraient dormir dans l'annexe, à côté de l'écurie. C'est le seul logement que nous puissions mettre à leur disposition. Ce n'est pas le grand luxe, mais c'est propre.

— Affaire réglée. Nous allons devoir chercher une maison plus grande. À quoi bon gagner de l'argent si on ne peut même pas accueillir des amis pour la nuit ?

— Mais j'aime bien notre cottage.

Il savait que c'était sa première vraie maison, ses parents imprévoyants n'ayant fait que la trimballer d'un côté et de l'autre depuis toute petite.

— Et moi aussi. C'est dans ce cottage que nous avons fait nos débuts en tant que jeunes mariés. Mais nous avons deux enfants à présent, ainsi qu'une bonne, et maintenant ma sœur. Et puis nous avons largement les moyens de nous offrir une maison plus grande.

— C'est vrai, nous avons besoin de plus d'espace mais… ce n'est pas une raison pour faire des folies, n'est-ce pas ?

Il lui donna un petit baiser.

— Ne t'inquiète pas, ma chérie. Je ne suis pas comme ton père, je ne jette pas l'argent par les fenêtres. Je t'ai promis que tu ne manquerais plus jamais de rien, n'est-ce pas ?

Elle sourit et étreignit doucement sa main.

— Oui.

— Je doute de devenir un jour un panier percé. J'ai trop souffert du manque de nourriture, dit Bram en contemplant la petite route en pente qui menait à leur maison. Je me demande si Conn serait d'accord pour me céder un bout de terrain, pour que nous puissions construire une maison à côté du bazar.

— On peut toujours lui poser la question. Mais ce n'est pas le moment de penser à ça. Va vite chercher ta sœur. Pendant ce temps, je vais tout préparer pour pouvoir l'accueillir dignement, ainsi que ses amis.

Rory se figea en reconnaissant l'homme qui dévalait la rue à toutes jambes. Bram Deagan ! Où courait-il ainsi avec cette mine rayonnante ? Mais au port, bien sûr ! Ismay devait être arrivée ! Ses yeux s'étrécirent et il décida de le suivre.

Il se cacha derrière une pile de cageots pour observer Bram, qui se tenait à présent sur la jetée, les yeux tournés vers la chaloupe qui avait quitté la goélette. Il y avait des femmes à bord.

Rory sourit. Elle était de retour !

Il avait pris son mal en patience, mais maintenant elle ne pouvait plus lui échapper. Oh, non ! Soudain, il sentit qu'on tirait sur sa casaque.

— Une barque, m'sieur ? lança un garçon. C'est rien qu'un shilling.

Rory le repoussa brutalement.

— Hors de ma vue, vermine !

Comme le garçon ne bougeait pas, il brandit son poing, l'air menaçant.

— J'ai dit, hors de ma vue !

Le garnement fit le geste de lui couper la gorge.

— Tu veux jouer au plus malin, hein ?

Il fit un pas en avant. Le garçon lui tint tête pendant une minute encore, puis quand Rory se rapprocha, il déguerpit à fond de train en lui tirant la langue.

— Sale porc d'Irlandais !

Rory l'ignora, il commençait à avoir l'habitude de ce genre d'insultes, même s'il ne comprenait pas pourquoi les gens détestaient à ce point les Irlandais. Il tourna à nouveau son attention vers le large. La chaloupe s'était rapprochée de la jetée. Il exulta à la vue d'Ismay, plus belle que jamais.

Il faillit se mettre à courir pour l'attraper. Mais, il y avait des hommes d'équipage avec elle, ainsi que son frère et le type du bateau, et la vieille dame.

Il contourna un entrepôt et continua de les observer. Inutile de les suivre. Il savait où elle allait et où il pourrait l'attraper quand il serait prêt.

Agrippée des deux mains au gros filet de corde, tante Harriet avait réussi à descendre sans encombre de la goélette, et à prendre place à côté d'Ismay dans la chaloupe. Elle frissonna de soulagement et dit :

— J'espère bien ne plus avoir à descendre ainsi d'un navire.

— Vous avez été très courageuse, la félicita Ismay en se tournant vers Adam.

Ce dernier contemplait au loin la ville où il espérait faire son nid et, si Dieu le voulait, faire de la femme qu'il aimait son épouse.

Tandis qu'ils se rapprochaient du port, Ismay poussa soudain un cri.

— Oh, oh ! C'est Bram ! Regardez, tante Harriet, c'est mon frère, le garçon qui fait des bonds de joie sur la jetée !

Quand le canot jeta l'ancre, Bram s'élança sur l'appontement, et quand Ismay eut débarqué, il l'attira à lui et la fit tournoyer dans ses bras, comme une enfant.

— Ismay ! Ismay ! Je n'arrive pas à y croire ! Si tu savais comme j'ai guetté les bateaux qui arrivaient au port en espérant que tu serais sur l'un d'eux !

Adam et Harriet se joignirent à eux et elle fit les présentations, ravie que Bram proposât de les accueillir chez lui et son épouse.

— Vous êtes sûr ? demanda tante Harriet. Nous ne voulons pas vous déranger.

— Absolument certain. Dès lors que vous êtes des amis de ma sœur – et même d'excellents amis, qui l'avez soignée quand elle était souffrante –, vous êtes mes amis. Nous avons une annexe avec des chambres à louer. Ce sont des chambres en enfilade, petites et simples, mais vous aurez chacun la vôtre, ainsi qu'une pièce commune où vous pourrez entreposer vos bagages. Ce n'est pas un palace, mais c'est propre. D'ailleurs, les vrais hôtels sont rares à Fremantle, et certains sont excessivement bruyants. Quant aux pensions de famille, on n'est pas libre d'y aller et venir comme on veut.

Tante Harriet lui sourit.

— Vous avez cent fois raison. C'est très gentil à vous de bien vouloir nous héberger, monsieur Deagan. C'est fou ce que vous ressemblez à votre sœur. Je vous aurais tout de suite reconnu même si on ne m'avait pas dit qui vous étiez.

— Oh, mais elle est beaucoup plus jolie que moi ! dit-il en souriant de toutes ses dents. Et maintenant, madame Seaton, vous sentez-vous capable de marcher jusqu'en ville ? Nous n'habitons qu'à dix minutes à pied. Et vos bagages suivront en charrette dès qu'ils auront été déchargés.

— Une petite marche me fera le plus grand bien.

— Que diriez-vous d'escorter ces dames pendant que j'attends les bagages ? suggéra Adam. Donnez-moi votre adresse.

Bram lui sourit fièrement.

— Il vous suffira de demander le Bazar Deagan. Tout le monde ici connaît mon petit magasin. Ma femme et moi habitons la maison juste à côté.

Ismay et tante Harriet, qui sentaient encore le roulis sous leurs pieds, donnèrent chacune un bras à Bram, et tous trois prirent gaiement la direction du bazar.

Quelques minutes plus tard, Bram s'arrêta à l'extérieur de ce qui ressemblait à des écuries et pointa du doigt une grande bâtisse en bois construite en surplomb.

— Nous y voici. Mon petit magasin.

Le nom de Deagan s'étalait en toutes lettres sur la devanture, et Bram n'en était pas peu fier.

Ismay resta un instant sans voix, puis elle le gratifia d'une bourrade en s'écriant :

— Ton *petit magasin*, hein ? Il est immense ! Bram, c'est merveilleux ! Tu es devenu un homme riche ?

Il hésita, puis déclara tout haut, et pour la première fois :

— Disons que je ne manque de rien.

— Et tu l'as bien mérité.

C'est alors qu'elle prit pleinement conscience de ce que cela impliquait. Si son frère était un commerçant respecté et non un misérable immigrant, peut-être que les gens la considéreraient comme étant plus digne d'épouser Adam – lorsque ce dernier aurait réussi à démêler le sac de nœuds de la succession de son père.

Bram lui donna un petit coup de coude.

— Réveille-toi. Je vous montrerai le bazar plus tard. Mais allons d'abord à la maison. J'ai hâte de vous présenter ma femme et mon fils – c'est le plus beau bébé que vous ayez jamais vu. Après quoi, je vous montrerai vos chambres. Ou plutôt, je laisserai Isabella s'en charger.

Ismay se prit aussitôt de sympathie pour sa belle-sœur, dont le sourire débordait d'amour chaque fois qu'elle regardait Bram. S'il y avait bien quelqu'un qui méritait une épouse affectueuse, c'était son frère préféré, qui l'avait toujours aidée à tenir bon dans les moments difficiles.

Tante Harriet accepta volontiers un fauteuil et une tasse de thé. Rejetant la tête en arrière, elle dit, dans un soupir de satisfaction :

— En temps normal, je peux marcher pendant des kilomètres sans me fatiguer, mais après tous ces mois passés en mer, je n'ai plus d'endurance.

— D'ici un jour ou deux, vous aurez retrouvé toutes vos forces, dit Bram en prenant le petit Arlen dans ses bras et en le faisant gigoter. Dis bonjour à ta tatie.

Ismay sourit et tendit les bras vers son neveu.

— Il est adorable. Eh, mais qui est-ce là-bas ?

Elle désigna de la tête une fillette qui se tenait dans un coin de la pièce, les yeux écarquillés.

— C'est Louisa. Elle vit avec nous à présent. Sa mère est une cousine d'Isabella.

Il attira la petite à lui avec des gestes d'une telle douceur qu'Ismay comprit que l'enfant n'avait pas dû avoir la vie facile. Elle tendit la main vers elle.

— Ravie de faire ta connaissance, miss Louisa.

Après quelques instants d'hésitation, la fillette lui serra la main avec solennité, puis remit son pouce dans sa bouche et se colla contre Bram, visiblement rassurée par sa présence.

Sur ces entrefaites, une jeune femme entra avec un plateau qu'elle posa sur un guéridon.

— Et voici Sally, dit Isabella. Elle nous aide avec les enfants et toutes les tâches du quotidien. Je ne sais pas ce que je ferais sans elle.

Sally sourit, visiblement flattée, puis salua Ismay d'un hochement de tête.

— Bienvenue à la colonie, mademoiselle.

— Merci.

Tout était si chaleureux et confortable, songea Ismay en prenant une gorgée de thé. Elle se sentait vraiment chez elle.

C'est alors qu'une pensée dérangeante refit surface.

— Bram, as-tu vu Rory Flynn ?

— Oui. Je l'ai croisé dans la rue l'autre jour. Il m'a dit qu'il allait t'épouser.

La tante Harriet s'empara de la tasse d'Ismay qui s'était mise à trembler dangereusement. Adam, qui venait juste d'arriver, s'agenouilla devant elle et demanda :

— Ismay ! Vous vous sentez bien ?

Elle frissonna et s'agrippa à lui.

— Je ne serai donc jamais débarrassée de cette brute ?

— Je ne le laisserai pas vous approcher.

Bram échangea un regard avec sa femme. Il attendit que sa sœur ait repris des couleurs, puis demanda :

— Qu'est-ce que Flynn t'a fait, Ismay ? S'il t'a offensée de quelque façon que ce soit, je...

— C'est à moi de donner à cet individu la correction qu'il mérite, déclara Adam d'un ton résolu.

Bram le regarda, puis regarda sa sœur, toujours agrippée à la main d'Adam. Un geste qui n'était pas anodin et qui méritait une explication. Mais pour l'heure il y avait des questions plus urgentes.

— Qu'est-ce que Flynn lui a fait ?

Ismay, mortifiée, cacha son visage dans ses mains. Désignant la porte de la tête, Adam murmura :

— J'aimerais bien me dégourdir les jambes. Que diriez-vous d'une petite marche, Deagan ?

Lorsque les deux hommes furent sortis, Ismay se recroquevilla dans son fauteuil.

Tante Harriet dit d'une voix énergique :

— Allons, allons, ressaisis-toi. Ce n'est pas le moment de flancher alors que tu t'es montrée si brave jusqu'à présent.

— C'est juste que... j'ai eu un choc en apprenant qu'il était ici. J'ai eu beau me dire qu'il serait sûrement en train de m'attendre, je n'ai pas pu m'empêcher d'espérer...

Elle renifla et sortit son mouchoir, puis se tourna vers sa belle-sœur et lui dit :

— Je ferais mieux de tout te raconter étant donné qu'Adam est en train de mettre Bram au courant.

D'une voix entrecoupée de sanglots, elle raconta ce qui lui était arrivé, la raison pour laquelle elle avait décidé de venir en Australie.

— Ma foi, cela aura eu au moins un effet bénéfique, dit tante Harriet quand elle eut fini son récit.

Les autres la regardèrent sans comprendre.

— Eh bien, oui, parce que cela nous a permis de faire connaissance et de devenir amies. Et parce qu'après cela, Ismay et mon neveu se sont épris l'un de l'autre. Parfois, c'est dans les buissons les plus épineux que fleurissent les plus belles fleurs. Elle posa sur Ismay un regard plein de douceur. Toutefois, nous allons nous efforcer de tirer un trait sur le passé. Ce qui est fait ne peut être défait.

Ismay hocha la tête. Les paroles de tante Harriet étaient pleines de bon sens. Qu'aurait-elle fait sans elle ?

— Désolée. Mais j'étais tellement heureuse d'être débarrassée de lui pendant ces dernières semaines.

Sa belle-sœur lui tapota la main et y glissa un mouchoir propre.

— Essuie tes yeux. Nous allons veiller à ce qu'il ne t'arrive rien.

Mais Ismay savait qu'elle ne se sentirait pas en sécurité tant que Rory Flynn rôderait dans les parages. Elle n'avait pas oublié…

*

— Allons dans un endroit tranquille, dit Bram en entraînant Adam vers la petite réserve qui lui servait de bureau.

Ni l'un ni l'autre ne jeta ne serait-ce qu'un coup d'œil aux articles exposés sur les étagères, tandis qu'ils traversaient le magasin.

Dès qu'il eut refermé la porte derrière eux, Bram demanda :

— Dites-moi tout.

Quand Adam lui eut tout raconté, Bram, en larmes, abattit son poing serré sur la table en jurant.

— Je n'ai jamais pu sentir cet individu, mais maintenant, j'ai envie de le tuer. Et tant pis si c'est un péché mortel. Comment a-t-il pu traiter Ismay ainsi ? Et avec la bénédiction de mon père, par-dessus le marché !

— Dieu merci, les Largan étaient là et ont pu l'aider, dit Adam. Il y a des patrons qui l'auraient blâmée et mise à la porte. Ou qui l'auraient obligée à l'épouser.

— Oui, les Largan sont des gens bien. Sauf le père. C'était un monstre et personne ne l'a pleuré quand il est mort. Il avait manigancé pour que son fils soit accusé de trahison et envoyé aux colonies. La condamnation de Conn Largan a été levée depuis, naturellement. Et lui et moi sommes associés. Il possède les terres sur lesquelles j'ai bâti le bazar. Il vient me rendre visite de temps à autre. On l'a fait prévenir de l'arrivée d'Ismay. Je vous en dirai plus à son sujet plus tard, mais pour l'heure, nous devons régler cette… affaire. Car il ne va sûrement pas vous laisser tranquilles.

Il y eut un silence, puis Bram reprit la parole.

— Et maintenant, que comptez-vous faire ? Vous avez de l'affection pour ma sœur, certes, mais il y a un gouffre entre elle et vous. Vous êtes propriétaire d'une goélette, ce qui n'est pas rien.

— Nous ne sommes pas si différents que vous le pensez. Je suis un fils illégitime, autrement dit ni chair ni poisson. Et si vous voulez tout savoir, j'ai l'intention de l'épouser.

— Elle semble très éprise de vous.

— Et moi d'elle. Et elle a accepté de devenir ma femme. Mais nous attendons d'abord de voir quelle mauvaise surprise mon père m'a préparée ici. Au cas où cela pourrait compromettre le bonheur de ma future épouse.

Bram battit des paupières, choqué.

— Vous voulez dire que votre *père* aurait cherché délibérément à vous nuire ?

Adam lui expliqua la situation.

— Du côté paternel, il semblerait que ni vous ni moi n'ayons été gâtés, conclut Bram, l'air maussade quand son compagnon lui eut tout raconté. J'avais l'intention de faire venir mes parents ici. Mais plus maintenant… (Il secoua la tête.) Non. Si je voyais mon père, je crois bien que je lui cracherais à la figure. Mais comme je ne veux pas abandonner ma pauvre mère, je vais continuer à leur envoyer de l'argent.

— Je vais aller à Perth dès demain pour rencontrer le notaire de mon père et voir exactement ce qu'il m'a laissé. Si tout est en ordre, Ismay et moi pourrons décider d'une date pour le mariage.

— En attendant, nous allons rentrer et la serrer très fort dans nos bras.

Ce que fit Bram, la gorge trop serrée pour pouvoir dire un mot, avant de l'étreindre à nouveau.

*

En Irlande, Rory aurait été mis à la porte s'il avait abandonné son poste pour épier Ismay et son frère pendant toute une journée. Mais ici, lorsqu'il était revenu travailler, son patron l'avait simplement agoni d'injures et averti qu'un shilling serait retenu sur sa paie.

Après avoir rentré les vaches, au lieu d'aller à la gargote comme à son habitude, il alla s'étendre sur son lit pour réfléchir.

La grossesse d'Ismay ne se remarquait pas. Il avait déjà vu des femmes comme ça, dont le ventre ne s'arrondissait pas pendant plusieurs mois, et qui enflaient d'un seul coup comme des outres.

Elle était sûrement au courant de la présence de Rory à Fremantle à l'heure qu'il était. Il ricana. Elle allait se ronger les sangs. Et grand bien lui fasse, la garce. Elle l'avait aguiché, et à cause d'elle il s'était mis dans le pétrin. Mais c'était un mal pour un bien, car en Australie il était possible de bien gagner sa vie, et il avait déjà commencé à mettre de l'argent de côté et à faire des projets.

Il allait commencer par aller trouver le prêtre, lui expliquer ce qu'il avait fait, faire pénitence, et s'arranger pour que le brave homme prenne son parti et oblige Ismay à l'épouser.

Têtue comme elle l'était, elle allait refuser, même malgré son état. Il ne pouvait pas la battre, pas avec un enfant dans le ventre, même s'il en connaissait plus d'un qui n'aurait pas eu autant de scrupules. Mais il allait trouver un moyen de lui faire entendre raison.

Il aurait pu l'intimider, en s'en prenant à une personne qui lui était chère, par exemple ? La vieille qui voyageait avec elle, ou l'un des marmots de Bram ?

En attendant, il allait la garder à l'œil et tout faire pour qu'elle sache qu'il était déterminé à l'épouser.

18

Dougal ne descendit à terre que le lendemain de leur arrivée à Fremantle. Maintenant que Flora n'était plus là pour l'accueillir, il n'était pas pressé de rentrer chez lui. Pour la première fois, il se rendait compte à quel point il avait attendu avec impatience de la retrouver à son retour, de lui narrer ses aventures et de l'écouter raconter ce qu'elle avait fait. Et aussi, de profiter du confort d'une maison bien tenue.

Il avait toujours pris plaisir à ses conversations avec Flora, qui offraient un contrepoint bienvenu aux propos ineptes de leur mère. Quand elle avait décidé de ne plus prendre de pensionnaires, il s'était réjoui en pensant qu'ils auraient toute la maison pour eux.

Il n'était pas encore prêt à aller voir sa mère. Le fait d'être désormais seul à veiller sur elle le préoccupait. Si elle était devenue totalement sénile, qu'allait-il faire ? Elle qui avait toujours eu si belle allure, quelle tristesse ! Le médecin avait dit qu'il ne lui restait que quelques semaines à vivre.

Une autre pensée s'ensuivit naturellement : il était temps qu'il se trouve une épouse. Le problème, c'était qu'il n'avait rencontré aucune femme avec qui il pouvait imaginer passer le restant de ses jours.

Flora avait raison, au fond. Il n'avait pensé qu'à son bateau et à ses affaires. Il avait bien eu quelques liaisons, mais ne ressentait pas le besoin constant d'une femme. Pourtant, il était parfaitement normal. Les hommes de sa famille se mariaient tard, voilà tout !

Et même s'il décidait de chercher sérieusement une candidate, il aurait du mal à trouver. Peu de femmes étaient assez solides pour accepter les longues séparations que son métier imposait, et lui-même n'était pas prêt à s'accommoder d'une épouse volage.

Le lendemain, il ne put retarder davantage sa visite. Après le petit-déjeuner, il descendit dans la chaloupe et se fit conduire à terre.

Il était tenté de passer d'abord chez lui. Linny, la bonne, ne manquerait pas de l'accueillir avec une bonne tasse de thé, et il savait qu'il pouvait compter sur elle pour s'occuper de la maison jusqu'au retour de Flora. Mais mieux valait se débarrasser d'abord des obligations familiales. Il marcha d'un pas vif vers la maison qu'il avait louée pour sa mère non loin du bazar. Le jardin était parfaitement entretenu, il n'y avait aucun signe de négligence. C'était déjà ça.

C'est Orla qui vint lui ouvrir, et elle n'avait pas son sourire habituel.

— Bienvenue, monsieur. Nous avons entendu dire que votre bateau était rentré au port. Mme Southerham est dans le salon. Elle annonça par la porte ouverte.

— Le capitaine McBride est ici, madame.

Dougal entra dans le salon en s'attendant à trouver sa mère affalée dans un fauteuil, les sens engourdis par le laudanum. Mais il ne vit que Livia, qui se leva avec un regard plein d'appréhension.

— Asseyez-vous, capitaine.

Il s'exécuta et attendit qu'elle parle. Clairement, il s'était passé quelque chose.

— Je suis au regret de vous annoncer que votre mère est décédée il y a plusieurs semaines.

— Ah…

Il tenta de dissimuler le soulagement qui l'envahissait. C'était mal de réagir ainsi à la disparition de sa propre mère, mais il ne pouvait s'en empêcher.

— Je puis vous assurer que nous nous sommes occupées d'elle du mieux possible.

— Je n'ai aucun doute à ce sujet. Et je suis tout aussi certain que sa fin miséricordieuse est une libération pour tout le monde, y compris pour vous-même. C'était une personne difficile, et elle souffrait d'une maladie très pénible pour tous. Comment cela est-il arrivé ?

— Elle a tout simplement cessé de manger et de boire, et le médecin a dit qu'il n'y avait rien à faire. Il nous a conseillé de ne pas l'alimenter de force, cela aurait risqué de prolonger ses souffrances. Elle s'est éteinte en douceur, dans son sommeil.

— C'est bien la seule chose qu'elle ait faite doucement !

Dougal vit que ses propos avaient choqué la gouvernante.

— Je ne vais pas prétendre que j'étais attaché à elle, surtout après ce qu'elle a fait à Flora. Heu… Je suppose que vous vous êtes occupée des obsèques ?

— Oui, je peux vous accompagner au cimetière.

Dougal réfléchit un court instant avant d'acquiescer.

— Je ferais mieux d'y aller, sinon on va jaser encore plus sur notre famille. Est-ce que cet après-midi vous conviendrait ? Je ne suis pas encore passé chez moi.

— Très bien. Vous allez devoir informer votre sœur.

— Eh bien… (Il hésitait, ne sachant pas comment expliquer la situation.) Hum… Flora n'est pas rentrée avec moi.

— Rien de grave, j'espère.

— Elle va très bien, c'est juste que… elle a retrouvé une ancienne flamme. Notre mère avait manigancé leur séparation en usant de toute la ruse dont elle était capable. Bref, ils éprouvent toujours les mêmes sentiments l'un envers l'autre et ont décidé de se marier. Elle l'accompagne à Sydney. Il est capitaine d'une goélette et elle va vivre sur le bateau avec lui, comme le font certaines femmes de marins.

— Mais c'est une excellente nouvelle ! (Livia battit des mains.) Je suis très heureuse pour elle.

— Ah bon ?

— Vous-même, vous n'approuvez pas ce mariage ?

— Entre nous, je crains qu'elle ne regrette de s'être mariée si hâtivement. Elle a déjà beaucoup fait jaser, à cause des ragots colportés par ma mère, imaginez un peu ce qu'on va dire quand on apprendra ce mariage précipité.

— Je suis certaine que si vous faites savoir haut et fort que vous l'approuvez et que vous publiez une annonce dans le journal, cela fera taire les mauvaises langues.

— Vous croyez ?

— Bien entendu. Bon, maintenant vous prendrez bien une tasse de thé avec une part de gâteau ?

— Avec plaisir, merci. Dougal n'était pas pressé de retrouver sa maison vide de la présence de Flora.

— Est-ce que… vous pourriez m'aider pour l'annonce ?

— Bien sûr.

— Et puis-je encore profiter de votre bonté pour vous demander de débarrasser les affaires de ma mère ? Vous pouvez les garder ou les donner, comme il vous plaira.

— Je m'en chargerai bien volontiers. Quand voulez-vous que je vide les lieux ?

— Ah oui, il y a la maison, aussi.

Il réfléchit. Généralement, c'était Flora qui s'occupait de tous les détails.

— Eh bien, le bail court encore, vous pouvez rester ici tant que vous n'aurez pas retrouvé une place. Prenez votre temps. Et puis peut-être pourriez-vous me conseiller, je ne sais pas quoi faire des meubles. J'en ai suffisamment chez moi et je ne veux pas les prendre.

Il comprenait soudain à quel point il était désemparé sans l'aide de Flora. Il hésitait à solliciter encore la gouvernante, puis se souvint qu'elle devait elle aussi gagner sa vie.

— Je me demandais… Peut-être que je pourrais vous engager pour… vous occuper des détails, vous voyez ? Je ne sais pas comment cela s'appelle.

— Je pense que secrétaire particulière serait le terme adéquat, répondit Livia en souriant.

— Voilà, c'est cela. Je vous verserai les mêmes gages que ceux que vous receviez pour vous occuper de ma mère.

— Je serais heureuse de vous aider. Si vous me laissez rester dans la maison, vous n'avez pas besoin de me payer.

— Si, si, j'insiste. Et il faut aussi que vous gardiez les deux bonnes pour le moment. Je tiens à ce que la maison soit bien tenue.

— Vous êtes sûr ? Cela va vous coûter cher, je pourrais me débrouiller avec une seule.

— La cargaison que je rapporte devrait me faire gagner beaucoup d'argent, madame Southerham. Gardez-les toutes les deux. Mais peut-être que Rhoda pourrait venir prêter main-forte à Linny chez moi ? Maintenant que je suis de retour à la maison, la tâche sera trop lourde pour elle toute seule. Je peux compter sur vous pour organiser cela, n'est-ce pas ?

Les yeux de Livia se remplirent de larmes de gratitude, et Dougal comprit qu'il avait pris la bonne décision.

— Merci, capitaine McBride. Dès lors que je travaille pour vous, maintenant j'ai du temps, je ne suis plus obligée de prendre le premier emploi venu. (Elle se tamponna les yeux.) Pardon…

— Ne vous excusez pas, je comprends vos préoccupations. Et votre présence est pour moi une véritable bénédiction. Je ne saurais pas par où commencer, expliqua-t-il en balayant la pièce d'un geste. Et, dites-moi, est-ce qu'il resterait une petite part de ce gâteau délicieux ?

— Rhoda est une pâtissière née.

Une fois Dougal parti, Livia alla à la cuisine.

— J'ai de bonnes nouvelles. Nous restons ici. La sœur du capitaine McBride s'est mariée, et elle vit avec son mari. Du coup, le capitaine a besoin d'aide pour toutes sortes de détails.

Elle expliqua l'arrangement qu'ils avaient conclu.

– Dieu soit loué ! s'exclama Orla. Je n'avais aucune envie de repartir. Je commence tout juste à apprécier la vie à Fremantle, maintenant que nous n'avons plus le souci de la vieille dame.

– Vous êtes sûre qu'il veut que je reste moi aussi ? demanda Rhoda.

– Absolument. Tu te partageras entre ici et chez lui. Et il a adoré ton gâteau.

Rhoda était aux anges.

– Eh bien ça, c'est un soulagement ! Je lui ferai dix gâteaux par semaine, si ça peut lui faire plaisir. Je ne me suis jamais sentie aussi bien.

Livia aurait pu en dire autant, même si elle n'osait pas s'installer dans un sentiment de confort. Elle avait aimé son mari tendrement mais la vie avec lui avait été jalonnée de difficultés et de problèmes financiers, et tôt ou tard, elle devrait trouver un emploi stable. Contrairement à ce qu'avait suggéré Orla, elle n'allait certainement pas se chercher un mari, elle ne s'en sentait pas le courage.

Qu'allait-elle faire de sa vie ?

*

Le lendemain matin, Adam confia les dames aux bons soins de Bram et de son épouse et rendit visite au notaire qui avait géré les affaires de son père en Australie. Son avenir était suspendu à ce qu'il allait découvrir, et il était très tendu. Sans savoir pourquoi, il était absolument certain qu'une mauvaise surprise l'attendait.

Il remonta la Swan River jusqu'à Perth sur un petit vapeur à aubes qui transportait une foule de passagers.

Il regarda avec intérêt le rivage qu'ils longeaient. On ne pouvait pas dire que le paysage était beau, avec ses langues de terre aux berges sableuses, couvertes de végétation rabougrie et parsemées de quelques arbres. Adam ne reconnaissait pas ces arbres. Il avait entendu parler des eucalyptus, il avait même regardé des croquis, mais ce qu'il voyait était bien différent d'un dessin en noir et blanc. Le feuillage était d'une teinte terne qui le rendait nostalgique de la verdoyante campagne anglaise.

Le vapeur louvoyait entre de petites barques de pêche. Les eaux devaient être poissonneuses, Adam vit plusieurs fois des pêcheurs ramener de belles prises.

L'estuaire de la Swan River était pourtant magnifique avec ses méandres majestueux, et le bruit des aubes brassant l'eau produisait un effet très apaisant. Alors qu'ils ralentissaient pour aborder, la rivière s'élargit encore plus. À cet endroit, elle portait le nom de Perth Water, comme le lui expliqua un passager accoudé à côté de lui.

La ville déçut Adam. Malgré son appellation ronflante de capitale, ce n'était qu'un gros bourg avec quelques bâtisses majestueuses : le palais du gouverneur avec ses tourelles, la nouvelle mairie encore inachevée, la cathédrale catholique et les *Pensioner Barracks*, un ensemble construit pour les militaires qui escortaient les bagnards jusqu'à la colonie. Peu après leur arrivée, ils recevaient un lopin de terre et devenaient pensionnés de la Couronne moyennant quelques jours de service par an.

Depuis peu, les déportations de bagnards avaient cessé, ce que déplorait le compagnon de voyage d'Adam. Il y avait encore tant de routes à construire, tant de ponts à ériger, sans parler de l'absence de voies ferrées. Une honte !

— Comment allons-nous nous développer si nous ne disposons pas de moyens de transport modernes ?

Le vapeur s'amarra à la jetée de William Street. Adam constata avec étonnement que la rue qui menait à la ville était une simple piste sablonneuse. Son compagnon bavard lui servit de guide et lui indiqua la rue où le notaire avait son étude.

Aux colonies, les gens étaient beaucoup plus cordiaux. Probablement une conséquence de l'isolement. Quoi qu'il en fût, Adam trouvait cela fort agréable.

Il vit la plaque de cuivre qui indiquait l'étude et prit une profonde inspiration. Il allait être fixé sur son sort, qu'il le veuille ou non.

Il expliqua les raisons de sa visite à un vieux clerc installé dans la pièce qui faisait office de réception.

— Je vais informer maître Wilford de votre arrivée, répondit l'homme en lui lançant un regard de sympathie, comme s'il savait que quelque nouvelle désagréable attendait le jeune homme.

Les nerfs en pelote, Adam prit son mal en patience.

— Maître Wilford peut vous recevoir maintenant. Par ici, s'il vous plaît.

Adam le suivit comme s'il allait à l'échafaud.

Le notaire était plus jeune qu'il ne l'avait imaginé. Il prit le temps de dévisager son visiteur.

— Asseyez-vous donc. Je dois vous dire que le legs est assez... insolite.

Voyant qu'Adam ne réagissait pas, il poursuivit :

— Votre père m'a demandé d'acheter des biens et de les mettre à votre nom.

Puis il se tut et poussa un soupir.

— Dites-moi ce qu'il en est, lança Adam. Je me doute bien qu'il y a anguille sous roche. Il n'y avait pas d'affection entre mon père et moi. Il n'a acheté ces biens que pour s'assurer que je disparaîtrais d'Angleterre.

— Très bien, je vais être franc. Les biens devaient être loués, mais pas à des entreprises respectables. Il a été très clair à ce sujet. Il s'agit donc d'une maison close et d'un pub très mal famé, un bouge, à vrai dire. Quant au troisième, c'est une petite maison délabrée dans laquelle vous devrez vivre pendant un an si vous voulez toucher l'héritage.

— Il avait le droit de faire ça ? D'imposer de telles conditions ?

— Il pouvait faire ce qu'il voulait, mais je doute que quelqu'un vienne vérifier. Nous sommes à l'autre bout du monde, qui ira raconter que les conditions ne sont pas respectées à la lettre ? ajouta le notaire avec un fin sourire. Votre père ne m'a pas demandé expressément de tenir les héritiers informés.

— Je doute que cela intéresse mon demi-frère, de toute façon. Quant à mon père, il a eu ce qu'il voulait… Adam, la gorge serrée par la colère, ne réussit pas à terminer sa phrase.

— Et que voulait-il ?

— Ternir ma réputation, m'empêcher définitivement de devenir quelqu'un.

— Votre propre père ?

— Il a toujours regretté d'avoir fait un bâtard et il me l'a fait payer comme si c'était de ma faute !

Maître Wilford secoua la tête et reprit d'une voix calme :

— Vous savez, ici, naître hors mariage est moins grave qu'en Angleterre. Cela vaut nettement mieux que d'être un ancien bagnard.

— Mais si en plus le bâtard est propriétaire d'un bordel… ça n'arrange rien.

— Avec le temps, vous serez jugé sur votre valeur, j'en suis convaincu. Beaucoup plus qu'en Angleterre. Et puis vous n'allez pas continuer cette activité, n'est-ce pas ?

Un ange passa.

Si la réputation d'Adam était déjà compromise, comment allait-il se débrouiller ? Mais le notaire ne le regardait pas avec mépris, peut-être y avait-il encore quelque raison d'espérer.

— Si vous acceptez, il y a des papiers à signer.

— Si j'accepte ?

— Oui, il a prévu l'éventualité que vous refusiez ces biens.

— Je vois.

Adam voyait très bien. Non seulement son père l'avait envoyé à l'autre bout du monde, mais de plus il avait tout manigancé pour qu'il échoue en Australie.

— Pourquoi a-t-il voulu m'assener ce coup de grâce ? Il avait déjà réussi à m'éloigner de l'Angleterre et de ses deux enfants légitimes. Ça aurait dû lui suffire, non ? Même à lui !

— Vous m'avez dit que vous n'étiez pas proches, reprit le notaire après une hésitation. Vous savez, certaines personnes se comportent bizarrement en vieillissant, en particulier en ce qui concerne leur testament. Je n'ai pas connu votre père, j'ai été mis en contact avec lui par le biais de mes parents de

Liverpool. Mais il est clair qu'il n'avait aucune bonté. Et ces dispositions… c'est de la méchanceté pure.

— Oui, et le problème, c'est que si je suis connu comme le propriétaire de ces établissements, ma réputation est probablement fichue. J'avais prévu de faire du commerce maritime à partir de Fremantle. Les gens voudront-ils faire affaire avec le propriétaire d'une maison close ?

— La société a beau être moins guindée ici qu'en Angleterre, ce ne sera guère apprécié.

— Même si je ferme cette maison immédiatement ?

— Cela aidera, sans aucun doute. Mais il faudra que vous fassiez vos preuves avant d'être accepté.

Son père avait tout prémédité à la perfection. L'homme qui aurait dû prendre soin de lui et ne l'avait jamais fait. Adam resta abattu un long moment, puis il se reprit.

— Très bien, je vais signer. Je ne sais pas encore ce que je vais faire de ces biens, mais il est hors de question que je les refuse.

— Vous avez raison, j'en ferais autant à votre place. Si vous voulez, je peux dire en ville que vous ne saviez pas en quoi votre héritage consistait, et que vous avez été très choqué de l'apprendre.

— Merci.

Adam quitta l'étude avec une épaisse liasse de papiers sous le bras. Comme il avait du temps à perdre avant le départ du vapeur, il fit un tour dans la ville. Mais il ne vit rien, tellement il était envahi par ses problèmes et par la colère qui bouillonnait en lui.

Il était sûr d'une chose. Il ne ferait jamais rien qui pût ternir la réputation d'Ismay. Ce qui signifiait que, en l'état actuel, il ne pouvait pas lui demander sa main.

Avec le temps, il espérait redorer son blason. Pourrait-elle attendre un an ou deux ? Sans compter qu'il risquait aussi de porter atteinte à Bram ! Les ragots malveillants étaient comme les boules d'un jeu de quilles, qui démolissaient tout sans discernement.

Et puis, même si Ismay était prête à l'attendre, charmante comme elle était, elle n'allait pas tarder à être courtisée par d'autres hommes.

Une vague de souffrance impuissante le submergea. Il avait beau être à plus de dix mille kilomètres de l'Angleterre, sa naissance et le mépris de son père pesaient toujours comme une lourde pierre à son cou.

Ismay resta à proximité de la maison toute la journée. Elle craignait de sortir sans la protection d'Adam. Elle fit un tour à la boutique de Bram avec Harriet, et elles passèrent un moment agréable à admirer les merveilles qui étaient à vendre. Devant les petites tasses à thé, elle se rappela, avec un sourire, la gentillesse de M. Lee. Il y avait aussi un splendide panneau de bois gravé, et des soieries magnifiques. Elle regarda avec envie ces splendides étoffes chatoyantes.

Sur le chemin du retour, alors qu'elles étaient presque arrivées, elle aperçut la silhouette d'un homme. Elle stoppa net. C'était lui. Rory Flynn.

– Ne lui montre surtout pas que tu l'as remarqué, lança Harriet. Contente-toi de le toiser comme si c'était un inconnu.

Ismay s'en sentait incapable. C'était impossible ! Elle réussit seulement à détourner les yeux et les deux femmes regagnèrent en hâte leur logement à l'arrière des écuries.

— Il va falloir que tu apprennes à l'affronter. À ne manifester envers lui qu'une indifférence méprisante.

— Je ne peux pas. Après ce qu'il m'a fait…

Ismay fut prise d'une violente nausée.

— Si je pouvais, je l'étranglerais de mes mains. Viens ici, ma chère enfant. Je t'en demandais trop, je suis désolée.

Harriet passa un bras autour d'Ismay et la fit asseoir sur le lit à côté d'elle.

Ce simple geste, qui s'ajoutait à tout ce qui s'était passé la veille, commença à provoquer un changement en Ismay. Elle se sentait encore souillée par ce que Rory lui avait fait, mais elle avait le soutien et l'affection d'Harriet. Quant à Adam, il l'aimait assez pour vouloir l'épouser.

Son monde ne s'était pas écroulé après l'outrage qu'elle avait subi. Les personnes qui savaient ne la repoussaient pas pour autant. Elle prit la main d'Harriet et la porta à ses lèvres.

— Vous n'imaginez pas ce que votre bonté signifie pour moi. Je n'ai jamais rien connu de pareil. C'est comme si vous étiez vraiment ma tante, comme si vous m'aimiez vraiment, comme si…

Elle ne put continuer.

— Mais bien sûr que je t'aime. Et j'aime Adam. Vous êtes mes enfants de cœur, même si ce n'est pas moi qui vous ai donné le jour.

Elle prit le menton d'Ismay dans sa main, de façon que la jeune femme la regardât dans les yeux, et continua :

— Et puis je voudrais que tu me promettes que, quoi qu'il arrive aujourd'hui, tu n'accepteras pas qu'il repousse votre mariage. Si son horrible père lui a encore joué un mauvais tour, Adam pourrait vouloir attendre, pour te protéger. Promets-moi que tu ne le laisseras pas faire.

— Je vous le promets. Si c'est ce qu'il souhaite.

Ismay se pencha pour embrasser la joue rose de la vieille dame.

— Nous trouverons une maison où nous serons heureux de vivre ensemble, comme une vraie famille. Et tout cela, c'est grâce à vous. Un jour, vous serez une merveilleuse grand-mère.

Maintenant, c'était Harriet qui avait les larmes aux yeux.

Elles restèrent un moment sans bouger, se tenant la main, heureuses d'être ensemble. Le poids douloureux qui s'était logé dans le cœur d'Ismay depuis le traumatisme qu'elle avait subi se dissolvait enfin.

Rory avait fait ce qu'il y avait de pire, mais elle n'allait pas le laisser lui gâcher sa vie. Ni celle d'Adam.

Dougal alla chercher Livia pour qu'elle l'accompagnât au cimetière. Il avait revêtu les habits noirs de circonstance, ainsi qu'un brassard de deuil sur les conseils insistants de Linny.

En route, des connaissances l'arrêtèrent pour lui souhaiter un bon retour chez lui et faire leurs condoléances. Il en profita pour annoncer le mariage de sa sœur et afficher sa satisfaction.

En entrant dans le cimetière, il se tut. Livia ne chercha pas à le distraire. Elle l'accompagna jusqu'à la tombe, qui n'avait pas encore de stèle, et lui dit simplement.

— C'est ici. Je vous attends à la grille.

— Non, s'il vous plaît ! Restez avec moi.

Il tenta de prier, sans succès, et se contenta de rester un moment devant la tombe, tête baissée, comme il se devait.

— Hum…, intervint Livia. Vous devriez faire poser une stèle.

— Oui, sans doute. Pouvez-vous m'aider avec ça ?

— Bien entendu. Nous pouvons passer chez un marbrier en rentrant, sauf si vous souhaitez réfléchir au dessin.

— Je veux une stèle aussi sobre que possible, sans fioritures. Avec seulement son nom et celui de mon père.

Le ton de sa voix était plus brutal qu'il ne l'aurait souhaité.

— Alors, rien de plus simple.

— Merci, dit-il en lui prenant le bras.

Elle le regarda d'un air perplexe.

— Pourquoi me remerciez-vous ?

— Pour votre présence ici, aujourd'hui. Et parce que vous comprenez ce que je ressens.

— Je ne fais que mon travail.

— Vous le faites très bien. Sans vous imposer, vous êtes d'une grande aide.

Il lui offrit son bras sur le chemin du retour. Il n'avait pas l'intention de retourner au cimetière s'il n'y était pas obligé.

Adam rentra en fin d'après-midi. Il n'avait aucune envie d'aller inspecter ses biens et se dirigea vers leur logement de fortune. Apercevant sa tante et Ismay, il ne s'approcha pas. Il n'avait pas la moindre idée de ce qu'il allait faire. Il savait qu'Ismay se moquait de sa réputation mais il devait la protéger.

Au crépuscule, deux lampes accueillantes éclairaient l'entrée du bazar. Adam avait besoin de parler avec quelqu'un. Le frère d'Ismay était l'interlocuteur idéal. Il connaissait la colonie et était un commerçant avisé, peut-être pourrait-il le conseiller.

Bram était en train d'encaisser un achat en plaisantant avec sa cliente. La boutique était sur le point de fermer. Il lança un sourire à Adam, raccompagna la dame à la porte de la boutique et attendit qu'elle fût sortie pour parler.

— Comment cela s'est-il passé ? Mauvaises surprises ?

Adam hocha la tête.

— Est-ce que nous pouvons aller dans votre bureau ? J'ai besoin de vos conseils.

— Aïe, ça s'annonce mal !

Après avoir écouté le récit d'Adam, Bram éclata :

— Quelle folie ! Ces hommes qui font le mal pour le plaisir ! Votre père et le mien, ils étaient faits pour s'entendre !

— Je savais que vous comprendriez. Pour moi, le problème, c'est Ismay. Comment puis-je l'épouser maintenant ? Elle serait la proie de la malveillance et des pires ragots.

— Je vous conseille d'attendre quelque temps.

— Je comprends.

Adam voyait que Bram avait raison mais il n'en était pas moins désemparé. Il voulait épouser Ismay le plus vite possible, être avec elle, l'aimer. Créer un foyer pour elle et pour Harriet.

Est-ce qu'il en demandait trop ?

19

Rory Flynn commençait à perdre patience. Le fait d'avoir revu Ismay avait ravivé sa détermination. Il y avait longtemps qu'il avait décidé de faire d'elle sa femme. Ce qu'il ressentait était bien plus que du désir. Il la considérait comme lui revenant de droit. Et plus encore maintenant qu'il avait mis sa marque sur elle. Elle portait son enfant. Même le père Patrick avait dit qu'ils devaient se marier.

Il alla rôder du côté du bazar après son travail, et regarda sortir la dernière cliente de la boutique à la devanture brillamment éclairée. Et quelle boutique ! Elle était énorme. Comment ce pouilleux de Bram Deagan avait-il pu s'offrir ce gigantesque magasin ? Sans doute en usant de quelque moyen malhonnête. Mais quoi qu'en disent ces maudits prêtres, le jeu en valait la chandelle. Car qui n'aurait pas vendu son âme au diable pour réussir et ne plus avoir à se soucier du lendemain ?

Sur cette pensée Rory fit un pas hésitant, puis commença à gravir la colline. Il allait mettre Bram au pied du mur. Maintenant qu'il savait que sa sœur attendait un enfant, il allait certainement vouloir la marier au plus vite. Que diraient les gens quand son ventre se mettrait à enfler et qu'elle donnerait le jour à un bâtard ? Cela risquait fort de nuire à sa réputation.

Un homme entre deux âges se tenait debout devant la porte.

— Le magasin est fermé, monsieur.

— Je suis venu pour parler à Bram, par pour acheter.

L'homme lui décocha un regard dédaigneux.

— Il est occupé. Revenez un autre jour.

Sans la moindre hésitation, Rory poussa violemment le vieil homme, qui tituba et tomba à la renverse, puis s'engouffra dans le magasin.

Une cloche se mit à sonner derrière lui et il fit volte-face, se demandant d'où venait ce raffut.

Dans son bureau, Bram bondit de son fauteuil dès qu'il entendit la cloche.

— Il y a un problème, cria-t-il en s'élançant vers la porte.

Adam le suivit.

Bram s'arrêta net en voyant Rory debout au milieu de l'allée et soufflant comme un taureau furieux. Il ne l'avait pas revu depuis l'arrivée d'Ismay, et maintenant qu'il savait tout le mal qu'il avait fait à sa sœur, il avait une folle envie de lui fracasser le crâne. Mais il s'en garda bien.

— Nous allons le combattre avec des mots, murmura-t-il à Adam. Je n'ai pas envie qu'il saccage mon magasin. Nous avons beau être à trois contre un, il risque de tout casser et de me coûter de l'argent. Mais si je choisis bien mes mots, il remettra les coups de poing à plus tard.

Adam émit un grognement mais ne chercha pas à argumenter.

Bram s'approcha de Rory tout en réfléchissant à ce qu'il allait dire.

— Rory Flynn, c'est bien toi ?

— En personne. Il faut qu'on parle.

— Eh bien, je t'écoute.

Adam se retrancha dans la partie sombre du bazar et se saisit d'une canne au pommeau de bois sculpté au cas où il y aurait de la bagarre. Il se tenait à l'extérieur du cercle de lumière qui éclairait le seuil, et Flynn ne semblait pas avoir remarqué sa présence.

— En privé, dit Rory.

— Oh, avec ce cher vieux Sim tes secrets ne risquent rien.

Sim, un ancien forçat qui travaillait à présent comme vigile au bazar et mettait un point d'honneur à assurer la sécurité de la marchandise, était à l'évidence furieux de s'être laissé prendre par surprise.

— Ce ne sont pas que mes secrets. Ce sont aussi ceux de ta sœur. Tu ne voudrais pas que tout le monde soit au courant.

— Ismay n'a pas de secrets pour moi.

— Dans ce cas, elle t'aura dit qu'elle attend un enfant de moi. Nous nous sommes querellés et elle s'est enfuie en Australie, mais je suis venu la chercher. Je suis toujours prêt à l'épouser, et le plus tôt sera le mieux.

Bram émit un rire forcé.

— Ma sœur n'attend pas d'enfant, et je ne vois pas pourquoi tu prétends le contraire. C'est une jeune femme tout à fait respectable, alors je te prie de ne pas salir sa réputation.

Rory resta interdit.

— Je ne te crois pas. Je *sais* qu'elle est enceinte.

N'y tenant plus, Adam sortit de l'ombre.

— En aucune façon. Mlle Deagan a partagé la cabine de ma tante depuis que nous nous sommes fiancés. Je pense que nous le saurions si elle attendait un enfant.

Jamais Bram n'avait vu une expression de haine semblable à celle qui avait envahi les traits d'Adam. Il le laissa continuer. Il avait à présent non pas un mais deux hommes fous de rage à refréner – sans parler de sa propre colère.

Si costaud et imposant qu'il fût, Rory fit instinctivement un pas en arrière quand Adam s'approcha, la canne à la main.

— Si jamais j'apprends que vous avez sali son nom, Flynn, je vous le ferai payer, s'exclama Adam, d'une voix si forte qu'elle résonna en écho dans tout le hangar.

Rory ouvrit la bouche puis la referma. Il resta un moment réduit à quia, après quoi il dit d'une voix menaçante :

— J'ai eu la permission de son père, et même sa bénédiction. Je vous conseille de ne pas l'approcher. Elle est à moi. À moi !

— Elle t'a toujours fui, dit Bram. Elle ne veut pas de toi, Rory.

Flynn foudroya Bram du regard.

— Bah, c'est rien que des minauderies de bonne femme. Elles disent toutes ça alors qu'elles pensent le contraire.

Le croyait-il vraiment ? À en juger par son expression, oui. Il en était convaincu.

Adam prit à nouveau la parole.

— Si elle voulait vous épouser, pourquoi se serait-elle fiancée avec moi ?

La mâchoire de Rory s'affaissa quand il réalisa ce que cela impliquait.

— C'est impossible. Impossible.

— Si, si, je vous assure.

— Eh bien, elle va pas le rester longtemps, dit Rory en serrant les poings, tête baissée comme s'il était prêt à se ruer en avant.

Cependant, quelque chose le retint – le sentiment de honte qu'il éprouvait depuis qu'il l'avait prise de force – et il se contenta de frapper le sol de ses talons en grognant.

Le silence qui s'installa était empli de colère.

Soudain, Adam frappa sa canne dans la paume de sa main, tandis que Sim faisait un pas en avant, une quille lestée de plomb à la main.

— Trois contre un, Rory, dit Bram précipitamment, soucieux de préserver sa marchandise. Tu n'en sortiras pas gagnant.

Il leva une main pour arrêter ses compagnons.

Ils s'immobilisèrent, prêts à passer à l'action à tout moment.

Rory hésitait. Devait-il les attaquer ? Non, car s'il frappait son frère, ils ne pourraient plus jamais se réconcilier avec lui ensuite. Il inspira profondément une fois, deux fois. Il allait prendre le temps de réfléchir soigneusement. Il pourrait peut-être attraper Ismay par surprise et lui dire que tout était arrangé. Qu'il était toujours d'accord pour l'épouser.

Pivotant sur ses talons, il sortit du bazar en faisant claquer la porte. Il redescendit la colline en ruminant. Frapper aveuglément n'était pas une solution. Il l'avait appris à ses dépens quand il était gamin, sous le fouet du vieux Largan.

Comment avait-elle pu se fiancer avec cet avorton ? Pour pouvoir donner un nom à l'enfant, bien sûr ! Sauf que c'était son enfant à lui, Rory !

Peu à peu il ralentit l'allure. Bram et son ami avaient l'air de penser qu'elle n'était pas enceinte. Mais elle l'avait été. Il en était certain. Avait-elle fait une fausse couche ?

Probablement. Et si c'était le cas, il ne pouvait plus prétendre à rien.

Pour l'instant tout au moins.

Il sourit. Ils ne pouvaient pas la surveiller à chaque heure de la journée. Il allait trouver un moyen de la leur reprendre.

Il n'avait tout de même pas fait le chemin jusqu'en Australie pour rien ? Il était venu pour l'épouser et il arriverait à ses fins !

Le vigile regarda Bram puis Adam.

— Vous pouvez compter sur moi. Je vais pas aller crier ce qui s'est dit sur les toits.

Sur ces mots, Sim commença à longer le sentier, le crissement de ses pas sur le gravier se faisant de plus en plus lointain tandis qu'il faisait le tour du bâtiment.

– Bah, on a au moins réussi à éviter la bagarre, dit Bram. Mais il va falloir veiller de près sur Ismay. Rory Flynn n'est pas du genre à lâcher prise une fois qu'il s'est fourré une idée en tête. Le seul qui ait jamais réussi à le mater c'était le vieux maître. Déjà depuis tout jeunot, tout le monde craignait Rory au village.

Bram médita, puis dit :

– Rory ne s'en est jamais pris à moi ou aux miens, même s'il lui est arrivé de me rosser une ou deux fois, moi et tous les autres gamins. C'est une brute épaisse.

Même si Ismay était enceinte de lui, je ne voudrais pas qu'elle l'épouse. Elle serait trop malheureuse.

Il marqua une pause, puis suggéra :

— Vous feriez peut-être bien d'épouser Ismay au plus vite.

— Je vous ai expliqué quelle était ma situation, dit Adam. Comment pourrais-je l'épouser alors que la succession de mon père n'est pas encore réglée ? Vous imaginez la réputation qu'on lui ferait si on apprenait que je suis le propriétaire d'un bordel ?

— Vous vous souciez trop du qu'en-dira-t-on.

— Mais non. Cette maison est bel et bien un lupanar, Bram. J'en suis malade rien que d'y penser.

— Dans ce cas, fermez-la. Vous voulez l'épouser, oui ou non ?

— Oui, bien sûr ! C'est ce que je désire le plus au monde. Mais je tiens à y mettre les formes. Si vous saviez comme ma mère a souffert des commérages, et combien les gens peuvent être cruels… Je n'ai pas envie qu'il arrive le même sort à Ismay.

— Et ce que veut Ismay ne compte pas ?

Adam secoua la tête.

— Si, bien sûr.

— Dans ce cas, posez-lui la question. Laissez-la décider si elle veut attendre ou non.

— Vous croyez que… je peux ?

— Évidemment.

Le visage d'Adam s'éclaira légèrement. Il lui donna une tape sur l'épaule.

— Ce n'est pas votre mère, et vous n'êtes pas son père. Laissez-la décider quand elle veut se marier.

— Entendu. Il n'y a rien que je désire plus que l'épouser, Bram. Mais je veux faire les choses correctement.

— Eh bien, allons-y et voyons ce qu'elle en pense. Le dîner doit être prêt, et je meurs de faim.

Haussant la voix, il dit :

— Je m'en vais, Sim ! Garde bien cette quille à portée de main et sonne la cloche s'il y a un problème.

Sim déboucha au coin du bazar :

— Oui, m'sieur.

Lorsqu'ils furent presque arrivés au cottage, Bram s'arrêta à nouveau et dit :

— Vous devriez raconter exactement à Ismay ce que vous avez découvert à Perth. Telle que je la connais, ma sœur proposera de vous aider à chasser ces gens de votre établissement.

— C'est une femme merveilleuse ! Si courageuse ! Je n'en connais pas deux comme elle.

Bram réprima un sourire. Pour lui, la femme la plus merveilleuse du monde était sa propre épouse, mais on ne contredisait pas un homme aussi éperdument amoureux.

Cependant, cette histoire n'avait rien de drôle et il se faisait un sang d'encre pour sa sœur et son futur époux. Rory Flynn était un adversaire redoutable, fort comme un bœuf et obstiné.

La seule façon de lui couper l'herbe sous le pied était qu'ils se marient.

Quand les deux hommes regagnèrent la maison, ils avaient l'air tellement maussades qu'Isabella ne put s'empêcher de demander :

— Que s'est-il passé ?

Bram soupira :

— Nous venons de recevoir la visite de Rory Flynn.

— Oh, non ! s'exclama Ismay en plaquant une main sur sa bouche.

— Il continue de s'obstiner à vouloir t'épouser, même s'il sait qu'il n'y a aucune raison pour cela.

— Jamais je ne l'épouserai. Plutôt mourir, déclara Ismay en regardant Adam.

Ce dernier s'approcha et dit :

— Vous et moi devons parler. Sortons faire quelques pas du côté de l'écurie.

— Je vais vous surveiller d'ici, au cas où il serait en train de rôder dans les parages, dit Bram. Et dites à Lester de rester sur ses gardes. Je ferais peut-être bien d'engager un autre vigile.

— Mais cela va te coûter de l'argent, protesta Ismay.

— Je dépenserais jusqu'au dernier penny pour protéger ma famille, dit-il. Mais ne t'inquiète pas, j'en ai les moyens.

— Je sais. Et je suis si fière de toi.

Il rougit et Isabella passa son bras sous le sien.

Adam entraîna aussitôt Ismay vers l'écurie, où Lester et lui verrouillèrent les grandes portes extérieures tandis qu'Ismay attendait sur l'arrière, là où se trouvaient les chambres.

Quand Adam vint la rejoindre, ils s'assirent côte à côte sur le petit lit.

— Qu'avez-vous découvert à Perth ? demanda-t-elle. Vous aviez l'air contrarié à votre retour, quand vous êtes allé au bazar.

— Ce ne sont pas de bonnes nouvelles.

Il la mit au fait de ce que le notaire lui avait dit.

Elle balaya ses doutes d'un revers de main.

— C'est tout ? Cela m'est égal.

— Je vous aime et je veux vous épouser, mais pas dans la précipitation, sans cérémonie et sans invités. L'ombre d'un soupçon suffit à délier les mauvaises langues.

— Votre tante m'a fait promettre de ne pas retarder le mariage, quoi qu'ait pu faire votre père.

Adam soupira.

— Ce n'est pas raisonnable. J'avais prévu d'attendre un peu avant de vous épouser, mais maintenant, il y a Rory qui vient tout compliquer.

Elle lui prit la main.

— C'est vous qui n'êtes pas raisonnable, cher Adam. Je me moque que vous soyez un fils bâtard. Je me moque de ce que votre père vous a légué. Tout ce que je veux, c'est devenir votre femme. Et je pense qu'il est urgent que nous nous marions pour que Rory cesse de me harceler. L'idée qu'il puisse me prendre à nouveau de force m'est insupportable.

Sa voix se brisa sur ces derniers mots tandis que les mauvais souvenirs refaisaient surface.

Les derniers doutes d'Adam s'envolèrent. L'attirant à lui, il l'embrassa tendrement en la serrant contre son cœur. Puis il la relâcha et murmura :

— Si tel est votre désir, nous allons nous marier dès que les bans auront été publiés.

— Ne serait-il pas possible d'obtenir une licence spéciale pour pouvoir le faire sur-le-champ ? (Elle frissonna.) Je n'ai pas envie de laisser trois semaines à Rory pour qu'il puisse me capturer. Il va essayer, j'en suis certaine. C'est l'homme le plus obstiné de la terre. Sans quoi il ne m'aurait pas suivie jusqu'en Australie.

Adam repoussa doucement une mèche de son front. Il se sentait si bien avec elle. Elle lui donnait un sentiment d'appartenance qu'il n'avait pas ressenti depuis des années.

— Très bien, mon adorée. Va pour une licence spéciale. Mais même lorsque nous serons mariés, nous devrons rester sur nos gardes jusqu'à ce que nous ayons trouvé un moyen de nous débarrasser de Flynn. Je veux qu'il parte d'ici, et si possible qu'il quitte la colonie.

Rory se rendit à la gargote où il allait parfois. Le patron l'appelait le pub, mais les clients l'appelaient le troquet, car c'était un bouge minuscule et miteux. Il commanda une bière et alla s'asseoir. La femme qui servait s'approcha pour causer un peu. Ce n'était pas la première fois. À l'évidence, il lui plaisait.

Il soupira. Tessie était une bonne nature, aimable et travailleuse, mais ce n'était pas Ismay.

Quand il eut terminé le seul verre qu'il s'autorisait, il sortit faire quelques pas et passa devant les écuries où *elle* avait sa chambre. Il savait même laquelle.

Il ne put résister à l'envie de contourner la bâtisse et d'aller cogner à la fenêtre.

— Je t'ai à l'œil, Ismay Deagan. Tu ne m'échapperas pas.

Il entendit du bruit à l'intérieur et déguerpit. Il sourit à la pensée qu'elle n'allait pas pouvoir fermer l'œil de la nuit. Et son avorton non plus. Bien fait pour eux.

Il regagna sa paillasse, dans le grenier de l'étable où il travaillait. Il eut une pensée émue pour les pauvres vaches enfermées ici à longueur d'année, et qui ne paissaient jamais au soleil, mais cela ne l'empêcha pas de dormir sur ses deux oreilles.

*

Le lendemain, Adam se rendit à l'église St John pour demander à se marier rapidement. Ismay ne tenait pas à ce que le mariage fût célébré dans une église catholique. Elle en avait assez des prêtres qui voulaient l'obliger à épouser Rory. C'est pourquoi il avait choisi l'Église d'Angleterre, dont sa tante Harriet était membre et où elle allait à la messe.

Le curé, un homme jeune du nom de Howarth, fronça les sourcils.

— Pourquoi une telle hâte, monsieur Tregear ? Votre fiancée serait-elle… ?

— Non. C'est une jeune femme tout à fait respectable.

Le curé rougit.

Après quelque hésitation, Adam décida de lui parler de Rory.

— Vous êtes sûr que l'individu va continuer de harceler Mlle Deagan ?

— J'en suis certain. Il l'a suivie jusqu'ici depuis l'Irlande.

— Depuis l'Irlande ? Vous voulez dire qu'elle est catholique ? Si tel est le cas…

— Elle fréquente l'Église d'Angleterre depuis qu'elle vit avec ma tante.

C'était un petit mensonge, mais la sécurité d'Ismay l'emportait sur tout le reste.

— Oh, je vois.

Le curé se mordilla l'intérieur de la joue, puis conclut :

— Compte tenu de tout ce que vous m'avez indiqué, je pense que rien ne s'oppose à ce que je vous marie demain. Je vais tout de même consulter mon doyen.

Quand il revint, un quart d'heure plus tard, il avait toujours l'air aussi maussade.

— Il est d'accord, étant donné les circonstances. Disons, 14 heures demain, et vous devrez vous payer un supplément pour la licence spéciale.

— Je vous remercie.

— Et n'oubliez pas d'amener deux témoins.

Soulagé d'avoir pris congé de ce curé taciturne, il fila prévenir Ismay. Celle-ci n'avait pas dormi de la nuit et avait les traits tirés.

— Ce sera une cérémonie sans chichis et des plus expéditives, j'en suis désolé.

Elle sourit.

— Pas moi. Il me tarde tellement de devenir votre femme que la cérémonie m'importe peu.

— Vous êtes si facile à vivre. (Il résista à une folle envie de l'embrasser à nouveau et tira sa montre de sa poche.) Je ferais bien de me mettre au travail. Je dois aller voir à quoi ressemblent mes propriétés à présent.

— Puis-je venir avec vous ?

— Non, malheureusement. Les gens se mettraient à jaser si on apprenait que vous êtes entrée dans une maison close.

Elle soupira.

— Je sais, mais j'ai l'impression d'être une prisonnière.

— Plus pour bien longtemps. Demain nous serons mariés, et il cessera certainement de vous harceler.

Quand sa tante entra, il lui annonça :

— Nous nous marions demain. Tu veux bien aider Ismay à se choisir une toilette, tante Harriet ?

— Avec plaisir. (Elle passa un bras autour d'Ismay.) Et je vais veiller à ce que tu aies une chemise propre, Adam.

*

Livia se réveilla de bonne humeur. Maintenant, au moins, elle avait de quoi s'occuper, même si ce n'était que temporaire. Sa femme de chambre et elle passèrent la matinée à trier les affaires de la vieille dame.

— M. Deagan pourrait mettre ses effets en vente dans son magasin, dit Orla. Si le capitaine McBride ne veut pas de l'argent, ça vous rapporterait un peu. On va les nettoyer et les brosser. À défaut d'autre chose, Mme McBride était au moins quelqu'un de soigneux. Il y a une pièce à l'arrière du bazar, avec une entrée séparée, pour les articles de seconde main. J'y ai déniché un joli châle bleu, la semaine dernière.

— Je vais aller trouver M. Deagan.

— Vous voulez bien acheter le journal, tant que vous y êtes, madame Southerham ? Il faut qu'on vous trouve un emploi, ou une maison à louer pour ouvrir une école. On ne peut pas rester les deux pieds dans le même sabot.

— Mais il ne faut pas se précipiter pour autant. Le capitaine McBride a dit que nous pouvions rester ici aussi longtemps que nous le souhaitions. Mais je vais tout de même acheter le journal. Ça me fera de la lecture.

Quand elle fut partie, Orla dit à Rhoda.

— C'est la crème des maîtresses, avec un cœur gros comme ça, mais elle n'a pas deux sous de sens pratique. Elle est obligée de faire des listes pour se souvenir de ce qu'elle doit faire.

— S'il y a bien une femme qui a besoin d'un mari pour s'occuper d'elle, c'est Mme Southerham, commenta Rhoda en secouant plusieurs fois la tête. Et un mari avec les moyens d'avoir des domestiques et tout le reste.

— On va jeter un coup d'œil aux petites annonces du journal. Il y a des hommes de toutes sortes qui cherchent une femme. Ils ne mentionnent pas leur nom, ils écrivent juste : *Monsieur bien recherche dame pour mariage.* Ou bien : *Fermier cherche épouse qui s'y connaisse en laiterie.*

— Et le capitaine McBride ? Est-ce qu'il ferait pas un bon époux ?

— Il n'a pas manifesté d'intérêt pour elle. Et elle non plus. Et de toute façon, il va certainement épouser une femme qui a de l'argent. Et du sens pratique, parce qu'il est souvent en mer, sur son bateau. Non, il va falloir qu'on cherche ailleurs pour Mme Southerham.

Ignorant que les deux femmes étaient en train de comploter pour lui trouver un mari, Livia prit le temps de discuter un moment avec Bram et Isabella, après quoi elle revint à la maison avec Isabella afin de lui montrer les affaires qu'elle voulait mettre en vente.

Vers le milieu de l'après-midi, une pile de vêtements et d'effets personnels fut transportée jusqu'au bazar, tandis que de son côté, Orla emportait une sélection de vêtements de moindre qualité chez un revendeur qu'Isabella leur avait indiqué.

Livia passa la soirée à lire le journal, puis le donna aux domestiques.

— Rien qui vaille cette semaine, déclara Orla après avoir passé les petites annonces au crible.

— Bah, on va prendre notre temps puisqu'elle a dit qu'on n'allait pas nous mettre à la porte.

— Elle le dirait même si on se retrouvait sous les ponts. Je me demande bien pourquoi je reste à son service.

— Parce qu'elle a besoin de toi.

— C'est vrai, dit Orla en plissant le front. J'ai une bonne place tout compte fait. C'est une brave femme.

*

Adam n'eut pas de mal à trouver la maison de passe. C'était une bâtisse en bois délabrée, avec plusieurs chambres sur l'arrière qui auraient eu besoin d'un bon coup de peinture. Les volets étaient fermés et il n'y avait aucun signe d'activité. Les occupantes étaient sans doute encore en train de dormir après leur nuit de travail.

Décidé à fermer l'établissement sur-le-champ, il cogna à la porte jusqu'à ce que quelqu'un vînt ouvrir.

Une femme au teint rouge, enveloppée d'un peignoir déchiré, entrebâilla légèrement la porte.

— C'est fermé jusqu'à ce soir, monsieur.

— Je veux parler au gérant.

Elle hésita, puis dit :

— Si monsieur a un besoin urgent, je peux lui trouver une fille, moyennant un petit extra.

— Je suis le nouveau propriétaire, pas un client. Mon nom est Tregear. Le nom figurant sur le bail est Neville Charrock. Est-il là ?

— Non, monsieur.

— Dans ce cas, c'est à vous que je vais devoir remettre ceci. (Il lui tendit la lettre que le notaire avait rédigée pour lui.) Vous avez vingt-quatre heures pour quitter les lieux.

Elle écarquilla des yeux ahuris, trop choquée pour songer à ouvrir la lettre.

— Vous voulez dire déménager ? (Ses yeux s'étrécirent.) Qu'est-ce qui me prouve que vous êtes le propriétaire ?

— Oh, j'ai tous les papiers pour le prouver.

Elle jeta un coup d'œil à la lettre en la tournant en tous sens.

— Écoutez, il y a sûrement un moyen de s'arranger. On pourrait payer un peu plus. Pas beaucoup plus, notez bien. On gagne pas des mille et des cents.

— Je ne veux pas encaisser des loyers découlant d'une activité immorale. Je ferme la maison immédiatement et je veux que vous partiez.

Il fallut un moment à la fille pour comprendre qu'il était on ne peut plus sérieux. Elle lui jeta la lettre à la figure.

— Vous pouvez pas faire ça ! On a toujours payé le loyer rubis sur l'ongle.

— Je ne veux pas d'une maison de passe.

— Vous avez pas à vous en occuper. Personne vous oblige à nous rendre visite. Vous toucherez votre loyer et on vous causera pas d'ennuis. Y'a Nev qui fait le service d'ordre pour pas qu'il y ait de bagarres. Il…

— J'ai dit que je fermais la maison. *Aujourd'hui même.*

— Mais de quoi on va vivre, nous autres ? Où est-ce qu'on va aller, moi et les filles ?

— Vous pourriez essayer un travail honnête pour changer. Je vous laisse deux jours pour débarrasser le plancher. Mais pas plus.

Elle posa une main sur son bras, et d'une voix enjôleuse, lui expliqua que ça lui rapporterait un bon loyer, et combien il allait perdre. Mais il la repoussa d'un geste sec, se baissa pour ramasser la lettre et la lui fourra à nouveau dans les mains.

— Je vais revenir cet après-midi pour inspecter tout le bâtiment. Tirez les filles du lit, et que tout soit prêt dans deux heures. Et n'oubliez pas : interdiction d'ouvrir ce soir. Je vais passer pas ici à intervalles réguliers et demander à la police de surveiller la maison.

Comme il commençait à s'éloigner, elle se mit à le couvrir d'injures, mais il ne prit pas la peine de lui répondre. Son langage ordurier ne fit que renforcer sa détermination à se débarrasser d'elle.

*

Madge cessa de jurer et regarda s'éloigner cette bourrique de « Môsieur » Tregear. Qu'allait-elle faire ?

Elle referma la porte en frissonnant. Nev allait sortir de ses gonds quand il apprendrait qu'on les avait congédiés, et quand il était déchaîné, il était capable de faire n'importe quoi.

Il allait à coup sûr s'en prendre à M. Tregear, qui n'avait pas l'air d'un boxeur. Elle plissa le front. Il n'avait pas non plus l'air d'un poltron et semblait déterminé à se débarrasser d'eux. Ce devait être encore un de ces bigots collet monté.

Elle alla à la cuisine, jeta des bûches dans le poêle et quand le feu crépita, posa la petite bouilloire sur la plaque de fonte.

Tout en sirotant sa première tasse de thé, elle se demanda comment se sortir de ce pétrin.

Nev ne rentrerait pas de Perth avant ce soir. Le mieux était qu'elle et les filles fassent leurs valises. Et celles de Nev ? Il n'aimait pas qu'on touche à ses affaires.

Elle allait envoyer Chrissie chercher des chambres à louer en attendant. Mais les seules maisons vacantes étaient des baraques délabrées qui se trouvaient dans les faubourgs. Et dans leur profession, il valait mieux se trouver au centre. Les matelots n'aimaient pas trop s'éloigner de leurs bateaux. Ils partiraient à la concurrence. Sans compter que dans les faubourgs, les voisins risquaient de leur chercher des noises.

Ça grouillait de calotins ces temps-ci à Fremantle, des gens comme le nouveau propriétaire, qui faisaient des histoires aux pauvres filles qui devaient se démener pour gagner leur pitance, comme tout un chacun.

Madge regarda autour d'elle, les larmes aux yeux. Cette maison était agréable et idéalement située, à deux pas de la rue principale. Elles étaient bien ici. Pourquoi est-ce que cette maudite bourrique ne se contentait pas d'encaisser le loyer et de leur fiche la paix ?

Elle vida sa tasse. Il fallait qu'elle réveille les filles. Une rude journée les attendait. Nev était peut-être un bon boxeur, mais ce M. Tregear était du genre teigneux. Et puis il avait la loi de son côté.

Adam entra dans la propriété suivante, le pub, ou plutôt le « bouge » comme l'avait désigné le notaire avec un air de dépit. C'était une bâtisse en bois qui devait être une maison à l'origine. Elle avait l'air solide, mais aurait eu besoin d'un bon rafraîchissement. À l'intérieur, les clients étaient déjà en train de lever le coude.

La femme derrière le petit comptoir l'accueillit avec un sourire.

— Qu'est-ce que je vous sers, monsieur ?

— Vous êtes la patronne ?

— Non, monsieur, c'est Tommy.

Elle désigna un homme qui buvait une pinte de bière dans un coin.

— Je dois m'entretenir avec lui en privé.

Une expression de défiance envahit aussitôt les traits de la femme, qui alla chuchoter quelques mots à l'oreille de Tommy.

Ce dernier tourna la tête, les sourcils froncés, puis se leva lentement et échangea une blague avec son voisin de table. Il s'approcha du zinc sans se presser.

— C'est à quel sujet ?

Il hésita, puis ajouta « Monsieur », sur un ton qui sonnait comme une insulte.

À l'évidence, Adam n'était pas le bienvenu.

— Je suis le nouveau propriétaire. Mon nom est Tregear. Je ferme l'établissement. Vous avez deux jours pour vider les lieux. Il lui tendit la lettre du notaire. Voici la notification officielle de congé.

La mine affable de l'homme changea instantanément.

— Je ne crois pas que mes clients vont apprécier.

— Ce n'est pas à eux de décider.

— J'ai payé mon loyer. Je reste.

— Tout est expliqué dans la lettre. Si le loyer a été payé d'avance, vous serez remboursé. À condition de laisser les locaux en bon état.

L'espace d'un instant, Adam crut que l'homme allait lui sauter à la gorge, mais la femme, qui avait tout entendu, lui attrapa le bras et le secoua.

Adam la remercia d'un hochement de tête, auquel elle répondit par un regard torve.

— Je reviendrai après-demain.

Lorsqu'il ressortit, il entendit quelqu'un qui disait :

— Attends un peu que Nev apprenne la nouvelle. Il va tout casser si on ferme son bistrot préféré.

À nouveau ce nom. Mais qui donc était ce Nev ?

Une voix lui lança :

— Tu ferais mieux de raser les murs, l'étranger.

Adam fit volte-face.

— Est-ce une menace ? (Il n'avait pas la moindre idée de qui avait parlé, mais la voix provenait de la table de Tommy.) Encore une remarque comme celle-là et je fais venir la police pour tous vous évacuer. D'après ce que je sais, ils se feront un plaisir de vous mettre dehors.

Un silence maussade accueillit ses paroles. Il soutint les regards sans ciller pour bien leur faire comprendre qu'il n'était pas intimidé, puis tourna les talons et s'éloigna.

Après cela, il traversa la rue pour jeter un coup d'œil à la maison qu'il était censé habiter. Avisant une masure, il pria le Ciel pour que ce ne fût pas celle-là. Mais lorsqu'il regarda le numéro, il dut se rendre à l'évidence. Il se figea sur place en ravalant un grognement.

Elle était non seulement délabrée, mais crasseuse. Il n'allait tout de même pas venir vivre ici avec Ismay et sa tante ! L'une des marches qui menaient à la véranda était affaissée, et une vitre était cassée. Le jardin n'était qu'un désert de sable parsemé çà et là de mauvaises herbes écrasées de chaleur.

Il gravit prudemment les deux marches branlantes de la véranda. Devant la porte, le plancher affaissé grinça et ploya sous ses pieds.

Il se servit de la clé que lui avait remise le notaire pour entrer et fut assailli par une odeur de renfermé qui lui fit froncer le nez. La porte ouvrait sur un étroit corridor flanqué de chaque côté par une chambre à coucher, et un peu plus loin, de deux autres chambres plus petites. Hormis la poussière et les toiles d'araignées, la maison était vide.

Au fond du couloir il trouva la cuisine, où deux hommes étaient endormis. Il flottait dans la pièce des effluves nauséabonds de corps mal lavés et de viande faisandée. Ils devaient être là depuis un bout de temps. La porte du fond pendait sur ses gonds, et quand il s'en approcha pour voir à quoi ressemblait l'arrière de la maison, une grosse araignée velue lui passa sous le nez. Le jardin de derrière était aussi négligé que celui sur l'avant, mais il y avait quelques arbres ainsi que des plantes dont il ignorait le nom et qui semblaient s'accommoder de la terre aride et de la chaleur.

Curieusement, les deux hommes ne s'étaient pas réveillés. Furieux, il s'empara du tisonnier et le cogna contre le vieux poêle rouillé.

— Debout ! cria-t-il aussi fort qu'il le pouvait tout en continuant de frapper le poêle.

Les hommes se réveillèrent en sursaut et clignèrent des paupières. L'un des deux se gratta, l'autre bâilla.

— Je suis le nouveau propriétaire de cette maison, et vous êtes en infraction. Si vous ne quittez pas les lieux sur-le-champ, je vous fais arrêter.

— Mais on n'a rien fait, geignit l'un des vagabonds. La porte était déjà défoncée.

— Elle ne le sera plus d'ici ce soir. À présent, partez et ne revenez plus.

Lorsqu'ils eurent rassemblé leurs misérables baluchons, il les suivit dehors, puis attendit qu'ils aient tourné au coin de la maison pour s'assurer qu'ils partaient bien. La barrière pendait sur ses gonds. Il parvint à la caler dans l'espace qui séparait la maison de la clôture. Il aurait suffi d'un coup de pied pour la faire tomber, mais c'était toujours mieux que rien.

Il regagna la maison en soupirant et examina à nouveau les six pièces vides, au plancher grinçant et couvert de poussière. Furieux, il ressortit et verrouilla soigneusement la porte derrière lui.

Bram lui avait dit où se trouvait le poste de police. Adam s'y rendit et se présenta en expliquant ce qui l'amenait.

— Pas facile pour ces femmes de trouver à se reloger en si peu de temps, lui dit l'un des brigadiers. Ce ne sont pas de mauvaises filles, monsieur, elles nous ont jamais posé de problèmes.

L'autre policier fusilla son collègue du regard et déclara :

— De la gueusaille, voilà ce que c'est ! Et l'engeance du troquet ne vaut pas mieux. Je me réjouis de les voir tous partir.

Adam vit là une occasion de faire valoir sa respectabilité.

— Et moi aussi. J'ai été horrifié quand j'ai découvert que j'avais hérité d'une maison close.

Les deux hommes opinèrent du chef, puis l'un d'eux dit :

— Je vous conseille d'aller en toucher un mot au juge de paix également, monsieur. Demandez-lui une autorisation pour qu'on puisse vous prêter main-forte. Après quoi, j'irai trouver Nev et je lui dirai que lui et ses filles doivent débarrasser le plancher.

— Le nom de cet homme est dans toutes les bouches. Qui est-ce ?

— Une canaille. Pas un forçat, même s'il a toutes les raisons du monde d'être envoyé au bagne. Méfiez-vous de lui.

— Je serai sur mes gardes.

L'autre policier dit :

— On va aller trouver Tommy. Vous risquez de vous mettre pas mal de gens à dos si vous fermez le bistrot. Faites attention à vous, monsieur. Il y en a qui peuvent être violents.

— Je vous remercie, dit Adam quelque peu dépité.

Il passa le reste de la journée à courir à droite et à gauche, trop occupé pour surveiller Rory, et même pour passer quelques minutes en compagnie de sa future épouse.

Quand le soir tomba, une nouvelle serrure avait été posée à l'arrière de la maison, et il était retourné deux fois rôder autour de la maison close et de la gargote, en faisant en sorte qu'on le vît.

Mais à chaque jour suffit sa peine. Il allait se marier demain ! C'était irréel… et en même temps merveilleux.

Il était soudain follement impatient d'avoir une épouse, des enfants, et sa tante autour de lui : une vraie famille. Sa famille à lui.

20

Ismay attendait avec impatience le retour d'Adam. Il ne réapparut qu'à l'heure du dîner. Elle le vit remonter la rue jusqu'à la maison de son frère et courut l'accueillir. Devant sa mine contrariée, elle stoppa net.

— Ces maisons, elles sont vraiment affreuses ?

— Oui. Il lui prit la main en souriant. Je raconterai tout quand nous serons avec les autres. Maintenant, je dois me rafraîchir.

Il posa un baiser sur sa joue et se dépêcha de faire une toilette sommaire dans sa chambre. Pendant le dîner, il leur expliqua en quoi consistait son héritage.

— Je peux rendre la maison habitable, lança immédiatement Ismay.

— Et moi, je peux aider, ajouta tante Harriet.

— Il est hors de question que vous y alliez tant qu'elle n'aura pas été nettoyée. Cette maison empeste.

— Je suis sûre que Rhoda serait prête à la nettoyer pour vous, proposa Isabella. Elle ne demande pas mieux que de gagner un peu plus d'argent, et a une amie qui peut la seconder. Après le repas, vous pouvez aller voir Livia et lui demander si Rhoda est disponible.

— Parfait. Il faudra aussi que j'achète des meubles.

— J'ai quelques pièces à vous offrir, annonça Bram.

— J'ai les moyens de les payer.

— Ismay est ma sœur. Permettez-moi de lui faire un cadeau.

— Merci. Pardonnez ma brusquerie, je suis un peu… perturbé. Est-ce que je peux rester quelques jours de plus dans votre chambre d'hôte derrière les écuries ?

Ismay se sentait de tout cœur avec son bien-aimé. Il désirait tellement être respectable ! Après le dîner, elle annonça d'un ton léger.

— Je viens avec vous, Adam.

C'était la première fois qu'ils se retrouvaient seuls depuis le début de la journée. Après qu'ils eurent passé le bazar et salué le gardien de nuit, elle l'attira dans un coin sombre.

— Il est temps que vous me donniez un vrai baiser. Nous nous marions demain, je vous rappelle.

Elle passa un bras autour de son cou. Son baiser resta léger comme une aile de papillon mais il la tint serrée contre elle.

— Ismay, je t'aime.

— Tant mieux. Parce que je vous aime, moi aussi. (Elle sentit qu'il se détendait.) N'oubliez pas que j'ai grandi dans une masure de deux pièces, en Irlande. Nous étions dix, le sol était en terre battue. Vous pensez vraiment qu'une maison de cinq pièces n'est pas assez bonne pour moi ?

— C'est une porcherie.

— Une porcherie, ça se nettoie.

— J'aurais voulu que tout soit parfait pour toi.

— Ensemble, nous en ferons une maison parfaite, répondit elle en riant. Votre tante nous aidera. Ce sera un plaisir, pour elle comme pour moi.

— Tu es merveilleuse, je ne te mérite pas !

Ils poursuivirent leur route main dans la main.

Neville rentra de Perth à la nuit tombée. Il débarqua dans la maison en beuglant qu'on allumât les lanternes à l'extérieur.

— Que vont penser les clients ?

Madge vint à sa rencontre.

— Ils penseront que nous ne sommes pas ouverts. Neville, on nous a fermés.

Il la regarda fixement, les poings serrés, les tempes palpitantes.

— Qui est ce « on » ?

— Le nouveau propriétaire.

— Je ne te crois pas.

— Il est venu aujourd'hui et a laissé une lettre pour toi.

Elle alla prendre l'enveloppe sur la cheminée et la lui tendit d'une main qui tremblait légèrement.

Neville la lui arracha, décacheta l'enveloppe d'un geste rageur et lut en hâte. Puis il poussa un juron et jeta la lettre à terre.

— Il ne peut pas nous faire ça !

Elle se garda bien de le contredire.

— Fais allumer les lanternes ! intima-t-il.

— Nev... la maréchaussée est venue. Avec un papier du tribunal. Ils ont dit qu'on n'a pas le droit d'ouvrir.

Neville donna un coup de pied dans une chaise puis en saisit une autre à pleines mains et l'envoya valser à l'autre bout de la salle.

— Bon sang ! Je m'éloigne pendant une journée, une seule journée ! Et quand je reviens, mon affaire est fermée !

— Ce n'est pas de ma faute, geignit-elle en s'écartant prudemment. Nev, j'ai imploré le propriétaire de nous laisser continuer, je lui ai proposé plus d'argent pour le loyer, mais il a refusé. Il ne veut pas de cette activité, et il ne changera pas d'avis.

— C'est un vieux, non ?

— Pas du tout. Il a plus ou moins ton âge. Et puis, Nev… on m'a dit qu'après il est allé au pub, et qu'il l'a aussi fait fermer.

Sans un mot, Neville sortit en claquant la porte. Madge, toute tremblante, se servit un verre de porto, puis un deuxième. Elle redoutait son retour.

La fureur de Neville ne fit que s'accroître quand il constata qu'en effet, la gargote était fermée. Mais il y avait de la lumière à l'intérieur et il entendait des voix. Il cogna à la porte. Tommy vint ouvrir.

— Ah, c'est toi, entre ! Je t'offre un verre. Je n'ai plus le droit d'en vendre, mais rien n'interdit de donner à boire à un ami.

— Pourquoi est-ce qu'il t'a fermé ?

— Il ne m'a pas dit. Il m'a juste tendu un papier de son notaire et précisé qu'on avait deux jours pour vider les lieux. Puis la police a débarqué et m'a dit d'obtempérer, sinon on irait en prison. Nev, je ne veux pas me retrouver devant le juge.

— Ce nouveau propriétaire est un abruti. Il a besoin d'une leçon. Tu sais où il habite ?

— Un de mes clients m'a dit qu'il avait pris une des chambres derrière les écuries.

— Ce n'est pas un rupin, alors.

— Il parle comme un aristo. Et il te regarde de haut.

— Une fois que je lui aurai réglé son compte, il ne parlera plus du tout.

Tommy le prit par le bras.

— Nev, ça n'apportera rien de bon.

— Déjà, je me sentirai mieux, et ça lui apprendra à ne pas me chercher noise à l'avenir.

Quand il revint, titubant et porté par deux amis, l'aube pointait. Madge ouvrit la porte et leur montra un sofa où le déposer. Elle était soulagée de ne pas devoir subir sa rage. Le calme revint, mais elle savait que c'était le calme qui annonce la tempête.

Ismay dormit mal. Elle se demandait si elle n'avait pas trop insisté pour qu'Adam l'épousât sans attendre. Tante Harriet l'entendit s'agiter derrière la cloison et vint lui demander ce qui la perturbait.

— Il t'aime, ma chère enfant, et tu seras pour lui la meilleure des épouses. Maintenant, laisse-moi te border. Il faut que tu dormes.

Pour Ismay, c'était merveilleux d'être choyée comme une enfant. Elle n'avait jamais connu cela. Sa mère avait toujours été soit indisposée par une grossesse, soit trop occupée avec un nouveau-né.

Quand elle se réveilla, il faisait jour. Le jour de son mariage ! Elle bondit hors du lit, esquissa un pas de danse et alla se regarder dans le miroir. Isabella et tante Harriet avaient insisté pour qu'elle prît un bain et se lavât les cheveux. Sa chevelure, lissée avec un chiffon de soie, était resplendissante.

Elle alla rejoindre Isabella et insista pour aider aux préparatifs, puis joua avec Louisa. La petite oubliait sa timidité quand elle voyait Ismay. Elle voulait s'amuser avec les quilles qu'Adam avait apportées et toutes deux sortirent à l'arrière de la maison.

Isabella apparut, le sourire aux lèvres.

— Louisa, s'il te plaît, il est temps d'arrêter. Papa va monter des tables derrière la boutique, nous devons laisser la place libre pour le passage.

Ismay la regarda avec étonnement.

— Vous ne m'aviez pas parlé de ça.

— Nous avons décidé hier soir. Un mariage, ça se fête ! Nous avons invité quelques amis à se joindre à nous après la cérémonie, dont Livia et Dougal.

La petite Louisa entassa les quilles dans un coin et aida à porter verres et assiettes à la boutique.

— Vous lui faites un bien fou, murmura Isabella à Ismay. Je suis tellement occupée que je n'ai pas de temps à lui consacrer.

— Excusez-moi si je suis indiscrète... Elle vit avec vous ?

— Oui. C'est la fille que ma cousine Alice a eue de son premier mariage. La pauvre petite a vécu des moments terribles, elle a vu son père se faire assassiner sous ses yeux. Pas étonnant qu'elle ne soit pas gaie. Mais elle vous a adoptée immédiatement, et elle adore ces quilles, allez savoir pourquoi.

— J'aime beaucoup les enfants. J'en veux plusieurs... mais moins que maman.

Elle frémit en songeant au destin de sa mère, qui passait sa vie à tomber enceinte, à accoucher et à perdre la moitié de ses bébés qui mouraient de maladie ou d'accidents. Quelle vie pour une femme !

Après un déjeuner rapide, tante Harriet fit venir les couturières pour l'essayage de la robe de mariée. Elle prêta à Ismay un ravissant collier d'argent, et Isabella drapa sur ses épaules une étole de soie parfaitement assortie à la robe.

Puis on s'occupa de la coiffure. Après moult tergiversations, Isabella tendit un filet de résille.

— Un petit cadeau pour ma nouvelle sœur.

Ismay en eut le souffle coupé. La résille de soie noire était semée de perles. Elle n'avait jamais rien vu de si beau. Puis Isabella ajouta un petit chapeau très chic.

— La dernière touche, c'est parfait.

— Je ne peux pas accepter tous ces cadeaux.

— Vous n'avez pas le choix. Dans quelques heures, vous deviendrez ma sœur. Comme je suis plus âgée que vous, c'est moi qui commande !

Quand elles eurent terminé, Ismay rayonnait de bonheur, jamais elle ne s'était vue aussi belle. Sans vouloir tomber dans la vanité, de toute façon elle n'était pas assez riche pour cela, elle voulait faire honneur à Adam.

— Un dernier détail. Bram a prévu un photographe, qui va passer au bazar après la cérémonie pour faire votre portrait. J'espère que vous êtes capable de rester une minute entière sans bouger.

Cette attention laissa Ismay sans voix. Toute cette générosité lui faisait venir les larmes aux yeux.

Les hommes se préparaient dans le bâtiment annexe où étaient les chambres qui hébergeaient le trio. Il avait été décidé que Bram accompagnerait sa sœur à l'autel et prendrait avec lui la bague qu'Adam destinait à Ismay. Un simple anneau d'or qui avait appartenu à sa propre grand-mère.

— J'aurais dû vérifier la taille, dit-il d'un ton préoccupé. Je voulais le faire hier.

— Si elle est trop large, Ismay n'aura qu'à garder le doigt plié jusqu'à ce qu'on la fasse ajuster.

Lorsqu'ils allèrent à la maison, tout le monde s'écarta pour laisser Ismay accueillir seule son fiancé sur le perron.

Quand il approcha, elle n'eut aucun doute. C'était le plus bel homme qu'elle eût jamais vu. Il était très élégant, vêtu d'une redingote grise sur un gilet à boutonnage simple, avec une montre à gousset accrochée à la boutonnière. Le pantalon à jambes étroites tombait sur des bottes noires parfaitement cirées. Ses cheveux sombres luisaient et son regard brillait d'amour.

— Tu es si belle, lui dit-il d'une voix douce quand il fut près d'elle. Je suis le plus chanceux des hommes.

Tante Harriet soupira d'émotion, le reste de l'assemblée sourit.

— Allons-y, lança Bram. Nous ne voulons pas arriver en retard.

Ils partirent tous ensemble vers l'église. Ismay marchait au bras d'Adam. Elle n'avait qu'un seul souci en tête, mais n'en avait pas parlé pour ne pas gâcher l'ambiance. À son immense soulagement, il n'y avait pas trace de Rory.

Le curé sembla étonné de voir toute cette assemblée joyeuse de gens bien habillés qui accompagnait les mariés. On aurait cru qu'il s'était attendu à n'accueillir que le couple et les témoins.

Il célébra le mariage d'une voix de stentor comme s'il s'était adressé à des sourds, puis les déclara mari et femme en appuyant ses propos d'un grand geste de la main.

Ismay se tourna vers Adam.

— C'est vrai ? Je ne rêve pas ? Nous sommes vraiment mariés ?

— Si tu rêves, alors moi aussi, et c'est un rêve merveilleux. Je t'aime de tout mon cœur, ma femme chérie.

Il l'embrassa sur la joue et ils signèrent le registre. Puis il lui offrit son bras et ils sortirent les premiers de l'église. Tout le monde repartit ensemble vers la maison de Bram.

Cette perfection ne pouvait pas durer éternellement, pensa Ismay quand elle aperçut Rory au loin. Elle tira sur la manche d'Adam et murmura.

— Rory est là…

La silhouette à la forte carrure était parfaitement reconnaissable. Il conduisait une génisse à l'étable, et il s'arrêta net quand il les vit. Il attacha le licol à un poteau et s'avança vers eux, le regard fixe.

Il ne dit rien mais tout en lui exprimait la menace, et Ismay comprit soudain qu'il n'allait pas en rester là.

— Je ne le laisserai pas te faire du mal, murmura Adam d'une voix sourde.

Ismay se rendit compte qu'elle agrippait son bras de toutes ses forces et tenta de relâcher son étreinte.

— Ce que je redoute le plus, c'est qu'il vous agresse. Il ne se bat pas loyalement.

— Je pense que je suis capable de me défendre. Ne le laissons pas gâcher notre mariage, ma chérie.

Ismay eut beau faire de son mieux, elle ne réussit pas à surmonter son inquiétude. Rory recula mais les suivit jusqu'à la maison. Bram leur fit signe de continuer et leur dit qu'il les rejoignait. Isabella hésita, puis elle mena la marche jusqu'au bazar.

Bram se tourna pour affronter Rory.

— Tu n'es pas le bienvenu chez moi, Rory, surtout aujourd'hui.

— Elle l'a épousé, c'est ça, hein ?

— Bien sûr. Ils s'aiment.

Bram fut surpris de déceler de la souffrance dans les yeux de Rory.

— L'amour, ça ne se commande pas, tu sais ! Tu dois t'en trouver une autre, mon gars. Ismay ne pourra jamais être à toi.

Rory leva les yeux vers lui, puis vers le bazar, et tourna les talons.

— Espérons que ça va se terminer là, murmura Bram pour lui-même.

Mais Adam devrait rester vigilant, nul ne savait comment Rory allait réagir. Ces Flynn avaient un caractère imprévisible.

À l'intérieur du Bazar Deagan, on avait monté une table à l'arrière de la boutique qui avait été fermée au public. Elle était décorée de fleurs coupées et couvertes de plats de viandes froides avec des cornichons, des fromages, des tranches de pain et des scones. Un vrai festin.

Quelques clientes les regardèrent entrer et quand Bram les rejoignit d'un pas vif, il annonça :

— C'est ma sœur qui se marie.

Les clientes firent leurs vœux de bonheur aux mariés, terminèrent leurs achats et sortirent, le sourire aux lèvres.

À l'arrière, Sally et les deux bonnes qui travaillaient pour Mme Southerham attendaient comme au garde-à-vous, radieuses, leur tablier impeccablement repassé. La petite Louisa jouait dans un coin avec ses quilles. Elle lança un timide sourire à la mariée avant de retourner à son jeu.

Mme Southerham, qu'Ismay n'avait vue qu'une fois, les attendait et avança à leur rencontre avec un sourire cordial. Elle leur souhaita tout le bonheur du monde et leur tendit un cadeau de mariage, une plante verte dans un joli pot.

Au centre de la table trônait un gros gâteau décoré de crème au beurre, avec une guirlande de cerises et d'angéliques confites.

— C'est Rhoda qui l'a fait, expliqua Isabella à voix basse. Elle n'arrête pas de nous étonner avec ses gâteaux.

Bram avait engagé des violoneux qui, à son signalement, se mirent à jouer un air irlandais. Il s'avança vers Ismay.

— Que serait un mariage sans musique ? Tu me dois une danse, ma petite sœur !

En riant, il l'entraîna dans une danse traditionnelle populaire parmi les jeunes de leur village. À la fin, il lui dit avec tendresse.

— J'espère que tu seras heureuse, ma chère petite sœur. Adam ne parle pas beaucoup mais il t'adore, c'est évident.

— Je suis sûre que nous serons très heureux ensemble.

Ismay eut l'impression qu'une silhouette passait derrière la fenêtre, mais l'ombre disparut en un clin d'œil et elle n'en dit mot. Rory n'allait tout de même pas tenter quelque chose, alors qu'elle était si entourée.

Puis ce fut au tour d'Adam de l'inviter à danser.

— Je ne suis pas très doué, chuchota-t-il en la prenant dans ses bras.

— Moi, si. Je vous guiderai.

Occupée à compter les pas pour lui jusqu'à ce qu'il entrât dans le rythme, elle en oublia son appréhension et se laissa aller au simple plaisir de danser avec lui comme s'ils étaient seuls au monde.

Le soir tomba. Sally et Rhoda allèrent chercher plus de nourriture. La boutique ferma avant l'heure habituelle. Les invités s'étaient assis, maîtres et domestiques mélangés, et bavardaient avec aise en oubliant leurs différences.

Voyant Ismay en train de s'éventer, Adam l'attira vers lui.

— J'emmène ma femme respirer un peu d'air frais, lança-t-il à la cantonade.

Un bras passé autour de ses épaules, il avança vers la porte mais à peine fut-il sorti qu'une masse le heurta de plein fouet et Ismay fut projetée sur le côté. Elle tomba en poussant un cri et appela à l'aide. Tout ce qu'elle voyait, c'était une silhouette sombre avec le bras levé, prête à rouer de coups Adam qui s'était laissé surprendre.

En hurlant, elle se jeta contre l'agresseur, persuadée que c'était Rory. Mais ce n'était pas lui.

De toute évidence, l'inconnu avait l'habitude de se battre. Il lui décocha un habile croche-pied et elle tomba de nouveau, appelant encore au secours.

Avant qu'elle eût le temps de se relever, elle entendit un rugissement de colère. Un autre homme se jeta dans le combat et s'en prit à l'agresseur, qu'il détacha d'Adam et envoya valser d'un coup de poing.

Des invités s'étaient maintenant massés à la porte du bazar, mais Bram leur enjoignit de ne pas s'approcher.

Adam réussit à s'éloigner des deux hommes qui luttaient si furieusement qu'ils ne semblaient plus s'apercevoir de sa présence. Il aida Ismay à se relever. C'est alors qu'un des deux hommes assena un coup violent sur la tête de l'autre. Ce dernier retomba sur le sol, inerte.

Rory, sans comprendre encore ce qu'il venait de faire, se tourna lentement vers Adam avec un air si menaçant qu'Ismay ne put retenir un cri et vint se placer devant son mari comme pour le protéger. Mais Adam l'écarta.

— Ne t'en mêle pas. Ceci est entre Flynn et moi.

L'homme que l'on croyait évanoui choisit ce moment pour lancer une pierre sur Rory. L'instant d'après, il tira un couteau de sa poche.

Cette fois, ce fut la rapidité d'action d'Adam qui sauva Rory, car il réussit d'un coup de pied à faire sauter le couteau de la main de l'homme avant qu'il eût le temps de le lancer.

Bram ramassa la petite statue de pierre porte-bonheur qu'il avait rapportée de Singapour et s'en servit pour donner un bon coup sur la tête de l'inconnu.

Cette fois, celui-ci était vraiment évanoui.

Le regard méfiant, Adam regarda Rory, toujours habité par la fureur mais qui visiblement ne savait pas quoi faire.

— Tu ne vas quand même pas attaquer un homme qui vient de te sauver la vie, Rory Flynn, dit Bram d'une voix où l'accent irlandais avait curieusement repris le dessus.

Un silence de mort s'ensuivit. Rory lança à Ismay un regard si chargé de regret qu'elle comprit soudain que, à sa manière, il éprouvait pour elle une véritable affection.

Elle lui parla du fond du cœur.

— Maintenant, Rory, il faut que tu me laisses tranquille. J'ai épousé l'homme que j'aime et tu ne pourras jamais me faire changer d'avis. L'amour, ça ne se commande pas.

Rory secoua la tête et reprit son air menaçant.

— Qui est ce type ? demanda Adam pour changer de sujet. Et pourquoi est-ce qu'il m'a agressé ? Je ne l'ai jamais vu de ma vie.

C'est Rhoda qui répondit.

— Neville Charrock. C'est lui qui tenait la maison close que vous avez fermée. On le dit aussi un peu voleur, même s'il n'a jamais été pris la main dans le sac.

Adam le toucha du bout de son pied avec mépris.

— Et qu'est-ce que nous allons faire de lui ?

— Nous n'allons rien faire mais le remettre à la maréchaussée, répondit Bram. Je pense qu'il sera inculpé de coups et blessures et de tentative de meurtre. Isabella, ma chérie, pourriez-vous trouver une corde ? Cette brute commence à remuer.

Rory allait s'en aller mais Bram le rappela.

— J'ai besoin que tu restes pour prêter main-forte, au cas où ce type tenterait de s'enfuir. Et puis il va falloir que tu racontes à la police qu'il a tenté de te poignarder.

Puis il ajouta avec un sourire malicieux :

— Tu es un héros, Rory Flynn. Tu te rends compte ?

Rory en resta bouche bée tandis que Bram, prenant la corde des mains de sa femme, ligotait le prisonnier.

— Un vrai héros, reprit-il. Et Adam aussi. Tu lui as sauvé la vie, et lui la tienne. Entre donc et viens boire un verre de bière. Ça donne soif de se battre, conclut-il en flanquant une petite claque dans le dos de Rory.

Celui-ci, après un moment d'hésitation, se laissa convaincre. Il entra, les épaules rentrées, et but sa bière sans se mêler aux invités. De temps à autre, il se contentait de fixer Ismay d'un regard où la colère avait cédé le pas à la tristesse.

Adam garda le bras passé à l'épaule de sa femme et tint Flynn à l'œil. Il était plein d'admiration pour son beau-frère, qui usait des mots comme d'autres employaient leurs poings ou des armes. Mais il aurait préféré que Bram ne l'invitât pas à entrer. Il sentait Ismay inquiète et leur trouva des sièges aussi loin de Rory que possible. Rory avait accepté un autre verre de bière, ainsi qu'un morceau du gâteau de Rhoda.

— Mon frère sait s'y prendre pour arrêter une bagarre, dit Ismay à voix basse. Je l'ai souvent vu faire quand j'étais petite, et il n'y avait que lui qui pouvait calmer notre père.

Puis elle leva les yeux vers son mari et s'exclama :

— Oh là là !

— Qu'est-ce qu'il y a ?

— Vous allez avoir un œil au beurre noir, mon chéri.

Tante Harriet posa devant eux deux belles parts de gâteau et prit le visage de son neveu dans sa main pour l'examiner.

— Je vais chercher de l'eau chaude et un linge, il faut te nettoyer le visage. (En passant devant Rory, elle s'arrêta.) Je m'occuperai de vous après, monsieur Flynn. Votre œil n'a rien à envier à celui d'Adam.

Rory acquiesça en silence. La tournure qu'avaient prise les événements le laissait sans voix.

Tandis qu'Harriet tamponnait l'œil d'Adam avec un linge humide, Ismay prit Louisa dans ses bras. L'irruption de violence avait terrorisé la petite. Ismay se rappela qu'Isabella lui avait parlé des traumatismes qu'elle avait subis.

Un bruit à la porte la fit sursauter et elle empoigna une quille, prête à protéger l'enfant. Mais ce n'étaient que les agents, qui posèrent leurs questions aux hommes témoins et acteurs de la scène. Personne ne révéla que Rory avait voulu agresser Adam, et on le dépeignit comme le héros de la soirée.

Une fois le visage d'Adam bien nettoyé, Harriet alla trouver Rory avec un bol d'eau chaude et un linge propre.

— Laissez-moi faire, jeune homme. Il faut nettoyer cette coupure, elle risquerait de s'infecter.

Tandis que Rory, à son tour, répondait aux agents et qu'Ismay jouait avec Louisa, Dougal s'approcha d'Adam.

— Je sais que ce n'est pas le moment idéal pour vous parler, mais c'est assez urgent. Voilà. Je viens d'acheter une deuxième goélette, plus petite que la mienne, et j'ai besoin d'un capitaine. Seriez-vous intéressé ? Je pense que Joss va être occupé pendant pas mal de temps avec ses voyages à Sydney, et je ne crois pas qu'Ismay souhaite rester éloignée longtemps de son frère.

— Oui, je suis intéressé, répondit Adam sans quitter Flynn des yeux.

— Je n'en demande pas plus, du moment que je sais que je n'ai pas besoin de chercher ailleurs, répondit Dougal avec le sourire. Vous pouvez faire confiance à Bram pour calmer le jeu. Et à votre tante. Regardez Flynn, il ne sait plus quoi faire, ni quoi penser.

Quand les agents en eurent terminé avec lui, Rory finit son verre et se leva. Bram le rejoignit aussitôt.

— Ça va aller ?

— Je ne suis plus en colère, si c'est ça que vous voulez savoir. Ils sont mariés, qu'ils aillent au diable.

Il se dirigea vers la porte et sortit après s'être retourné une dernière fois vers Ismay. On le vit s'éloigner à grandes enjambées. Bram lâcha un petit sifflement.

— Ouf ! Il s'en est fallu de peu…

— C'est moi qui aurais dû la protéger, intervint Adam.

Bram éclata de rire.

— Vous venez de sauver la vie d'un homme. Laissez-moi au moins quelques miettes de gloire, mon cher beau-frère ! Vous allez la rendre heureuse, j'en suis certain. Voyez comme elle est rayonnante !

Après un silence, il poursuivit :

— J'espère que ma famille me rejoindra en Australie, maintenant. C'est mon rêve depuis que j'ai ouvert le bazar… Pas mes parents, je pense que ce n'est plus envisageable après ce que mon père a fait à Ismay. Mais je pense à mes autres frères et sœurs. Je pourrais faire beaucoup pour eux s'ils venaient ici.

— Peut-être un jour.

— Je l'espère. En attendant, allez retrouver votre épouse, et je vais rejoindre la mienne. Nous devons fêter ces noces dans la joie. Quant à nos rêves, nous nous en occuperons un autre jour.

Les invités rentrèrent chez eux peu de temps après. Les domestiques commencèrent à débarrasser la table et rapportèrent à la maison les reliefs du festin. Dougal raccompagna Livia chez elle. Isabella avait lancé quelques allusions ; visiblement elle voyait en Livia une épouse potentielle, mais lui la considérait plutôt comme une sœur et n'arrivait pas à se l'imaginer autrement. Il se demanda ce qui clochait chez lui, pour qu'il n'arrivât pas à trouver une femme qu'il eût envie d'épouser.

Adam et Ismay se séparèrent de la compagnie. À leur grand soulagement, ils n'eurent droit à aucune de ces blagues salaces que l'on réserve généralement aux jeunes mariés. Au contraire, ce ne furent que vœux de bonheur et de félicité.

Ils rentrèrent dans la petite chambre derrière les écuries qu'ils allaient désormais partager. Deux lits simples avaient été assemblés pour former un grand lit.

Adam s'arrêta sur le seuil de la chambre et fit la grimace.

— Ce n'est pas la plus belle chambre du monde pour passer sa nuit de noces.

— Elle me semble parfaite, à moi. Adam, mon chéri ! (Souriante, Ismay joignit les mains sur la nuque de son mari et leva vers lui un regard plein d'amour.) Maintenant, le temps nous appartient…

Mais lorsqu'elle commença à retirer une à une les épingles à cheveux de son chignon, il vit que son sourire se faisait moins radieux, même si elle n'en voulait rien montrer.

— Ismay, dis-moi. Tu es tendue ?

— Pas à cause de vous. Non, pas vraiment…

— Mais tu ne connais rien d'autre que la brutalité que ce voyou t'a fait subir.

Elle hocha la tête, soulagée. Il comprenait et ne s'était pas rué sur elle avec avidité. Il était capable de patienter.

— Nous pouvons attendre que tu te sentes… prête.

Sa réaction fut immédiate. Elle secoua la tête d'un geste décidé qui acheva de défaire son chignon et fit retomber ses cheveux en une cascade ondulée sur ses épaules.

— Non. Je veux que nous ayons une vraie nuit de noces.

Il prit sa main et la porta à ses lèvres.

— Eh bien, madame Tregear, dans ce cas nous allons prendre notre temps. Et je vais te montrer que quand un homme et une femme veulent se donner mutuellement du plaisir, cela peut être merveilleux.

Avec des gestes d'une grande délicatesse, il l'aida à se déshabiller tout en l'embrassant. Elle se sentait en totale sécurité avec lui, et si sûre de son amour que sa peur disparut peu à peu.

Elle ne craignait plus qu'il la touchât. Ses baisers et ses caresses la faisaient flotter sur un nuage de bonheur. Elle comprenait pour la première fois qu'avec la bonne personne l'acte d'amour était une joie sans mélange. Et à en juger d'après ses réactions, Adam était aussi heureux qu'elle.

Sa mère n'avait connu que le devoir conjugal, une obligation à laquelle elle se soumettait. La pauvre !

Avec un mari qui vous aimait, cela devenait tout autre, une façon de célébrer la joie que vous donnait la présence de l'autre.

Quand ils reprirent leur souffle, enlacés tendrement sur le lit, elle soupira d'aise.

— Adam, mon chéri, je vous aime de tout mon cœur.

— Et moi, mon Ismay, je t'aime encore plus, répondit-il d'une voix basse et ensommeillée. Et tant… qu'il y aura un souffle de vie dans mon corps… je te montrerai ce que je ressens pour toi.

À demi assoupie, elle laissa échapper un petit rire.

— Si c'est votre manière de le montrer, j'en serai toujours ravie.

Elle ne fut pas sûre qu'il l'avait entendue parce que sa respiration profonde et régulière lui indiqua qu'il s'était endormi.

En souriant, elle déposa un baiser sur la main qui tenait encore la sienne. Puis elle laissa les bras de Morphée l'envelopper comme dans une douce caresse.

Elle n'avait jamais été aussi heureuse.

Cet ouvrage a été composé
par Facompo à Montrouge (Hauts-de-Seine)

Impression réalisée par
CPI France
en mai 2022
pour le compte des Éditions Archipoche

IMPRIM'VERT
Votre imprimeur agit pour l'environnement

Imprimé en France
N° d'édition : 732
N° d'impression : 3047857
Dépôt légal : juin 2022